Thomas Raab
Der Metzger geht fremd

PIPER

Zu diesem Buch

Am liebsten hockt Willibald Adrian Metzger in seiner Werkstatt. Aber seine Danjela kurt in der Provinz und braucht ihren Metzger dringend. Durchaus mit Bewunderung für die Gründlichkeit der hiesigen Reinigungskräfte registriert Danjela Djurkovic die blitzblanken Fliesen des Kurschwimmbades. Es herrscht eine gespenstische Stille, denn außer ihr ist nur eine andere Person anwesend, die als marmorne Statue am Grunde des Beckens liegt. Der Mann ist tot, daran besteht kein Zweifel. Mit seltener Gelassenheit alarmiert die Djurkovic die Klinikleitung und schickt einen Hilferuf in Richtung ihres geliebten Willibald. Der sitzt in seiner fernen Restauratorenwerkstatt und bricht nur widerwillig in die Fremde auf. Doch bald schon nimmt ihn das Leben auf dem Land gefangen. Denn auch dort haben die Familien ihre Leichen im Keller. Den Keller allerdings nimmt der Täter bei seinem nächsten Opfer nicht so wörtlich.

Thomas Raab, geboren 1970, entdeckte schon während seines Mathematik- und Sportstudiums die Liebe zur Musik und zum Schreiben. In beiden Sparten preisgekrönt, lebt er heute zusammen mit der Schauspielerin Simone Heher und der gemeinsamen Tochter als Sänger, Komponist und Autor in Wien. Der erste Fall für seinen Ermittler Willibald Adrian Metzger, »Der Metzger muss nachsitzen«, wurde für den Glauser Preis und den LITERAturpreis 2008 nominiert. Nach »Der Metzger sieht rot« und »Der Metzger geht fremd«, der wochenlang auf den ersten Plätzen der Bestsellerlisten stand, erschien zuletzt »Der Metzger holt den Teufel«. Weiteres zum Autor: www.thomasraab.com

Thomas Raab

DER METZGER GEHT FREMD

Kriminalroman

Piper München Zürich

Mehr über unsere Autoren und Bücher:
www.piper.de

Von Thomas Raab liegen bei Piper vor:
Der Metzger sieht rot
Der Metzger geht fremd
Der Metzger holt den Teufel

Ungekürzte Taschenbuchausgabe
1. Auflage Mai 2011
2. Auflage Juni 2011
© 2009 Piper Verlag GmbH, München
Umschlagkonzept: semper smile, München
Umschlaggestaltung und Artwork: Cornelia Niere, München
Umschlagabbildung: Nicole Strasser / Visum buchcover.com (Hintergrund),
Stefan Albers / die Kleinert.de (Illu Mischlingshund),
Bridgeman Art Library Ltd. Berlin (Titelcollage mit einem Bild von BAL)
Satz: Uwe Steffen, München
Gesetzt aus der MinionPro
Papier: Munken Print von Arctic Paper Munkedals AB, Schweden
Druck und Bindung: CPI – Clausen & Bosse, Leck
Printed in Germany   ISBN 978-3-492-27184-4

»Wer keine eigenen Entscheidungen treffen will,
den treffen die Entscheidungen der anderen.«

1

»Das grösste Schwein ist der Mensch«, hat seine Mutter immer gesagt. Mittlerweile weiß der Metzger, dass diese Erkenntnis vor allem das Schwein beleidigt. Ganz abgesehen davon: So eine Sau schwitzt nicht, sie legt sich niemals ungeschützt in die Sonne, und es entspricht ihrem natürlichen Verhalten, immer dasselbe Plätzchen zum Erledigen ihres Geschäfts zu frequentieren. Menschen hingegen hinterlassen es überall, mit Vorliebe im Leben der anderen.

Eine Wagenladung Krempel, die bei Nacht und Nebel in einen fremden Sperrmüllcontainer hätte wandern sollen, kann also durchaus vom rechten Weg abkommen und sich als kleines Häufchen Elend vor die Werkstatt eines Restaurators verirren. Fluchend betrachtet Willibald Adrian Metzger das Werk seiner Artgenossen. Wenn unter all dem Ramsch, den er bisher mühselig mit seinem Freund, dem Hausmeister Petar Wollnar, und dessen Pritschenwagen zu entsorgen hatte, wenigstens ein einziges Mal eine Rarität zu finden gewesen wäre! Aber nein, die Menschen überlegen sich eben nicht nur sehr genau, was sie wegschmeißen, sie sind in ihrem Überfluss auch noch geizig. In Kellern oder auf Dachböden vermodernde wertvolle Antiquitäten gäbe es nämlich zuhauf.

So nimmt der Tag also seinen unerfreulichen Lauf, jetzt, wo dem Willibald beruflich ohnedies gewaltig der Hut brennt. Es dauert, bis all der Unrat in den Hof geräumt ist, und wie der Metzger schließlich schweißgebadet das vorletzte Stück, eine tapezierte Kastentür, anhebt, eröffnet sich ein unverhoffter Anblick. Da amüsiert sich das Schicksal heute ja offenbar ganz besonders auf seine Kosten, so ein entsetzliches Abfallprodukt der Sechzigerjahre anzuliefern. Eines, das er aus Geschmacksgründen eigentlich gerne wegschmeißen würde, aus beruflichem Ethos aber nicht wegschmeißen darf. Für den Müll ist dieser hässliche schwarz lackierte Barschrank mit schwenkbarer weiß beschichteter Deckplatte, integriertem Kühlschrank und versenkbarem Tablett eindeutig zu schade.

Jetzt hat er also sein Fundstück.

Widerwillig schleift der Metzger diese ihm zugedachte Designernotdurft in seine Werkstatt und widmet sich endlich seiner Arbeit. Und die könnte unerfreulicher nicht sein.

»So etwas mach ich nicht!«, wäre die richtige und vor allem ehrliche Antwort gewesen. Aber nein, ein: »Gerne, Frau Pollak« ist es geworden. Was hätte er auch tun sollen?

Ein Restaurator muss sich um jeden seiner Auftraggeber bemühen, vor allem um die einträglichsten. Und weil das eben so ist bei den großen Geschäften, dauert es nicht lange, und es geht los mit den kleinen Gefälligkeiten: »So viel lassen wir bei Ihnen herrichten. Da bin ich mir ganz sicher, Sie können diese Kleinigkeit zwischendurch einfließen lassen!«, hat sie herablassend gemeint, die Frau Pollak. Das Einzige, was Willibald Adrian Metzger während der Arbeit zwischendurch einfließen lässt, ist ein gutes Achterl Rotwein.

Außerdem, was heißt Kleinigkeit? Gerade die Kleinigkeiten samt der dafür notwendigen Feinmotorik kosten einen Restaurator Zeit, auch wenn, wie in diesem Fall, das Ergebnis unnötiger nicht sein könnte. Der Metzger wüsste sich nämlich wirklich eine sinnvollere Tätigkeit, als mühsam zwei abgebrochene Pfeile eines geschnitzten, an einen Stamm gefesselten heiligen Sebastian nachzubilden, nur damit der arme Kerl, wenn er als originelle Fünfziger-Überraschung in die Kanzlei Dr. Michael Pollak darf, einen schönen amtlich durchbohrten Eindruck hinterlässt.

Jetzt legt der Metzger aber grundsätzlich eine Gründlichkeit an den Tag, da könnten sich jene großen Zauberer, die innerhalb einer Legislaturperiode staatliche Gelder gründlich ins Nichts verschwinden lassen und wie aus dem Nichts diesen Geldern folgen, ein Beispiel nehmen. Folglich ist es am Spätnachmittag vorbei mit seiner Geduld. Verärgert schmeißt er das kleine Schnitzeisen auf die Werkbank, blickt sich mürrisch um, sieht den längst fälligen Gründerzeit-Schreibtisch einer verliebten Witwe, den wartenden Biedermeiersekretär eines ehemaligen Obersten und – den Barschrank.

Und weil sich so ein Stiefkind ja hervorragend dazu eignet, für diverse Unannehmlichkeiten sein Köpfchen hinhalten zu müssen, beschließt der Restaurator, nach einem Tag voll ärgerlicher Zeitvergeudung, entsprechend Hand anzulegen. Wie besessen beginnt er also die Deckplatte aufzupolieren. Der Schweiß tropft ihm von der Stirn, als säße er in der Sauna auf dem obersten Bankerl. Hurtig bewegen sich seine kräftigen Arme über die Oberfläche, bis er schließlich seinem Spiegelbild gegenübersteht: wohlbeleibt, in der zweiten Hälfte seines

Lebens und allein. Bis auf das Alter hat er alles sich selbst zu verdanken, sein Übergewicht und sein Strohwitwerdasein.

Niedergeschlagen macht er sich nach getaner Arbeit auf den Heimweg. Es folgen eine ausgiebige Dusche, die nichts von seiner Schwermut wegwäscht, und ein diesbezüglich, so hofft er zumindest, erfolgreicherer Blaufränkischer. Willibald Adrian Metzger hockt in seinem Chesterfieldsofa und bemitleidet sich selbst. Mit dem Alleinsein ist es anders als mit dem Radfahren. Es ist verlernbar, und bei plötzlichem Auftreten bringt es uns aus dem Tritt. Niemals hätte er sich in seiner erst kurz zurückliegenden Existenz als Einzelgänger vorstellen können, eines Tages mit so einem Auf-sich-selbst-geworfen-Sein nichts anfangen zu können. Die Schulwartin Danjela Djurkovic und er leben zwar nicht zusammen, füllen ihre eigenen Kühlschränke und Speisekammern, haben zwar die Ersatzschlüssel zur Wohnung des anderen, sehen sich beinah täglich, nächtigen trotzdem unter der Woche jeder für sich im eigenen Doppelbett, und doch sind sie verbunden mit einer nicht mehr wegzudenkenden Selbstverständlichkeit, mit einer Ahnung von »Bis dass der Tod euch scheidet!«.

Wie sehr er sie vermisst. Denn jetzt ist sie weg, die Djurkovic, genauso wie ihr Hund, und dem Metzger bleiben nur das Selbstmitleid, der Rotwein und die Arbeit.

2

WAS GIBT ES SCHÖNERES als den geregelten Müßiggang, als die servierte Befriedigung aller Grundbedürfnisse inklusive professioneller medizinischer Betreuung? Und all das mitten im Grünen, vor glasklarem Binnengewässer am Fuße silbrig glänzender Berge.

Natürlich gibt es etwas Schöneres. Etwas Schöneres gibt es immer, und wenn etwas zur Gewohnheit wird, ist es ohnedies vorbei mit der ganzen Pracht. Frühstücks-, Mittags- und Abendbüfett, Massage-, Physio- und gelegentliche Psychobehandlungen, lupenreiner Satellitenempfang von über dreihundert Sendern, Leseecken mit breit gefächertem Lektüreangebot, ein monströses Doppelzimmer mit Traumbad inklusive Whirlpool, getrenntem Schlaf- und Wohnraum, beide mit märchenhaftem Blick auf den glasklaren See, und dazu jede Menge alleinstehender Männer – all das wird durchaus jenem Bild gerecht, welches sich Danjela Djurkovic in vergangenen Zeiten vom Paradies auf Erden so ausgemalt hat. Da gab es allerdings den Metzger noch nicht.

Und jetzt?

Jetzt hockt sie da, allein, am Ende der Welt, zwischen gigantischen Nadelhölzern inmitten betagter Herren, die mit jeder Geste den Eindruck erwecken, sie müssten die Bereitwilligkeit zum ungezügelten Beweisakt ihrer immer noch intakten Manneskraft zur Schau stellen.

Partnervermittlung ist ja keineswegs dem Grundsatz der Freiwilligkeit untergeordnet, viel eher gilt: »Was du nicht willst, dass man dir tu, das fügt dir jemand anderer zu.«

Das beginnt bei krampfhaft nach Ehepartnern suchenden Müttern, geht über den missionarischen Eifer ungefragt kuppelnder Freunde und endet beim ärztlichen Verordnungsschein zum Kuraufenthalt.

Begeistert war sie also nicht über diese Zuweisung, die Djurkovic, vor allem nach ihrem ohnedies so langen Spitalsaufenthalt: »Gerade jetzt, wo bin ich zu Hause bei diese Metzger-Einzelgänger! Is nix gut, vielleicht kriegst du wieder Gusta auf Einsiedelei?« Verschmitzt und mit unterwürfigem Blick hat die Danjela dem Willibald zugelächelt, vielleicht in der Hoffnung auf ein: »Bleib doch zu Hause, die beste Kur erhältst du ohnedies bei mir!«

Ohne Erfolg. Die alternative Metzger-Antwort dürfte ihr aber dennoch trotz der vorhandenen Nüchternheit irgendwie geschmeichelt haben: »Glaub mir, bevor ich dich nach einer Kur sitzen lass, passiert das eher umgekehrt!« Als hätte der Willibald bereits geahnt, wie sehr bei so einem Erholungsaufenthalt in der Wildnis das Wildern im Zentrum steht.

Die ersten zwei Wochen waren also für die Djurkovic trotz himmlischer äußerer Bedingungen die Hölle. So viele Komplimente, Aufwartungen und Einladungen, allesamt vorgetragen mit schmierigem Lächeln, hat die Danjela selbst in ihren besten Jahren nicht erhalten. Alles, was sie bisher dabei empfunden hat, war eine tiefe Sehnsucht nach einer Welt ohne Zahnprothesen.

Wenigstens fehlt es der Djurkovic nicht am Mut zur Lücke. Bei Gruppentherapien, diesem Schaulaufen vor versammelter Klientel, bleibt ihr Platz in der Reihe der angetretenen Teilnehmer leer. Da unternimmt sie lieber einen Spaziergang oder einen kurzen Badeausflug.

Schwimmen geht die Djurkovic mittlerweile ausschließlich in den See, auch wenn der in diesem bis jetzt kläglich versagenden Sommer nur knapp an der Einundzwanzig-Grad-Marke kratzt. In das Becken des hauseigenen Hallenbads mit seinen unzähligen Sprudeln und Springbrunnen setzt sie nämlich keinen Fuß mehr, die Danjela, denn wer niemanden zum Kuscheln findet, kuschelt dort mit den Düsen.

Prof. Dr. Berthold, medizinischer Leiter des Kurhotels Sonnenhof, dem selbst angesichts seines Räusperticks ein betreuter Urlaub in einem Psychosomatik-Therapiezentrum recht gut täte, hat der Djurkovic zwar während eines Vieraugengesprächs streng erklärt, die Unterwassertherapie mit ihrer einzigartigen Mischung aus Auftrieb und Widerstand sei eine der Grundsäulen der Rehabilitation. Die Danjela hat daraufhin jedoch gemeint: »Grund für meine Widerstand, Herr Doktor, ist gerade wegen einzigartige Auftrieb! Bei dem, was da kommt an Oberfläche oder was schwimmt in Wasser, bin ich mehr krank nach Wassertherapie als vor Wassertherapie!«

Was den einzigartigen Auftrieb betrifft, wird die Djurkovic noch ganz schön ins Strudeln kommen, auch ohne Düsen.

Zum Glück hat da am dritten Tag ihres Aufenthalts eine Düse der ganz anderen Art ihre Bahn gekreuzt: Helene Burgstaller. Und das beinah im rechten Winkel. Denn bei der mit geschlossenen Augen durchzuführenden einbeinigen Gleichgewichtsübung im Gymnastikraum ist dieses schlagfertige Prachtweib nach einigen verzweifelten Ruderbewegungen quer auf der ausgerollten grünen Schaumstoffmatte vor der Djurkovic zum Liegen gekommen.

»Schade, dass wir sind nur Frauengruppe, hätten Männer sicher große Freude mit so bereitwillige Umfaller auf Matratze!«

»Das wäre für mich dann allerdings wieder eine Übung mit geschlossenen Augen. Denn mit offenen ist mir in diesem Haus die Aussicht auf Sie bedeutend lieber!«, so die Antwort der Burgstaller und der Beginn einer wohltuenden, von übereinstimmendem Sarkasmus dominierten, sehr begrenzten Lebensabschnittspartnerschaft.

Seither betreiben die beiden zu zweit, in einem Eck des gigantischen Speisesaals sitzend, als kleinstmögliche Selbsthilfegruppe dreimal täglich eine nicht zu überhörende Unterhaltungstherapie, lautstark ihre eigene Grundsäule der Rehabilitation demonstrierend: Lachen ist die beste Medizin.

Und weil aus diesem Winkerl ein stetes Prusten und Gackern über die Köpfe der Anwesenden hinwegfegt, hat sich der Bekanntheitsgrad der beiden mittlerweile flächendeckend auf den Speisesaal und somit das gesamte Kurhotel ausgebreitet.

Was abermals zu einem Gespräch, diesmal unter sechs Augen, mit Prof. Dr. Berthold und einer weiteren Ergänzung der Djurkovic-Rehabilitationsgrundsätze geführt hat: Ist der Ruf einmal ruiniert, lebt es sich völlig ungeniert. Bei Danjela betrifft diese Schamlosigkeit hauptsächlich die Einhaltung, oder eigentlich die Nichteinhaltung, der Hausordnung. Ungeniert im eigentlichen Wortsinn leben nach wie vor eher die triebgesteuerten Kurgäste. Und während die Allgemeinheit zu später Stunde in den Gemeinschaftsräumen herumhängt, an der Hausbar ein Gläschen trinkt oder sich zur Ruhe oder wohin auch immer legt, durchquert die Djurkovic heimlich das leere

Hallenbad, schleicht durch den Wellnessbereich, betritt den angrenzenden Ruheraum, setzt sich mutterseelenallein in eine der fulminanten Entspannungsliegen und beobachtet die Fische in dem überdimensionalen Salzwasseraquarium. Seit dem zweiten Abend ihres Aufenthalts betreibt sie diese kleine Unanständigkeit gegenüber der Sperrzeit des Badebereichs.

So auch heute. Eine beinah gespenstische Stille liegt über dem spiegelglatten Schwimmbecken. Dezent quietschend verhallen die Schritte ihrer Gummibadeschlapfen über den sauberen Steinboden. Auffällig sauber, wie Danjela Djurkovic mit ihrem diesbezüglich professionellen Auge bemerkt. So eine Schulwartin ist nämlich nicht nur Stiegenhausdirektorin, Schlapfensheriff oder Nikotinspitzel, sondern auch noch die Putzfrau ihrer Arbeitsstätte – ein wahres Multitaskingtalent. Durchaus mit Bewunderung für die Gründlichkeit der hiesigen Reinigungskräfte registriert die Djurkovic, dass da kein Tropfen am Boden neben dem Schwimmbecken übersehen wurde. Staubtrocken und blitzblank glänzen die braunmelierten Natursteinplatten. Dann öffnet sie die Tür zum Ruheraum und begrüßt die Fische. Die Lautlosigkeit hat etwas beinah Hypnotisches. Einige der kleineren Fische verharren in einer regungslosen Position im Wasser und treiben still über dem nachgebauten Korallenriff. Sie scheinen mit offenen Augen zu schlafen. Oder zu meditieren?, geht es der Djurkovic durch den Kopf. Ihren Körper hat sie mittlerweile mit seiner ganzen Schwerfälligkeit der Entspannungsliege anvertraut. Warum treiben Fische nicht an Oberfläche? Wovon träumt so eine Viecherl, wenn schläft? Wie lange lebt so eine Fisch? Kann Fisch sehen aus Aquarium, bis zu mir?

3

Anton & Ernst – Die Erste

Anton: Ernst, mir ist schlecht!

Ernst: Na, das ist ja nichts Neues!

Anton: Was Neues? Hast du nicht selbst behauptet, in unserer Situation auf etwas Neues zu hoffen wäre völlig schwachsinnig?

Ernst: Stimmt. Nur mittlerweile glaub ich, mit einem gehörigen Dachschaden hättest du es garantiert wesentlich leichter als mit deiner ständigen Raunzerei – und ich auch! Jeden Tag ist irgendetwas anderes! Einmal sind es Kopfschmerzen, dann Verdauungsprobleme, gestern war es Zahnweh, dann hast du Angst vor Selbstverlust, und seit Neuestem bist du einsam. Einsam! Obwohl ich da bin! Äußerst schmeichelhaft! Aber egal, ich kann mir's ja nicht aussuchen. Also, lieber Anton, warum ist dir schlecht? Hast du Hunger?

Anton: Du wirst doch wohl nicht ernsthaft annehmen, dass mein Körper bei dieser miesen Verpflegung, die uns der kümmerliche Glatzkopf mit seinen abstehenden Ohren zum Fraß vorwirft, noch so was wie Hunger kennt? Schlecht ist mir vom ewigen Rundherum! Es ist alles immer dasselbe, tagaus, tagein! Und übr…

Ernst: Und? Glaubst du, draußen ist es anders? Abgesehen davon, kannst du ja jederzeit die Richtung ändern und gegen den Strom schwimmen, den übrigens wir selber erzeugen. Ich kann dir aber jetzt schon versichern, es wäre wieder nur dasselbe Rundherum! Selbst die größten Revoluzzer landen irgendwann in der trostlosen Kreisbewegung des Alltags, in der wir uns alle so lange unaufhaltsam immer mehr dem Abfluss nähern, bis wir schließlich blubbernd im schwarzen Nichts verschwinden.

Anton: Was für ein Genuss, mit dir an der Seite dem Siphon entgegenzusteuern! Da geht es dann gleich noch ein bisserl schneller abwärts. Nur zur Information, lieber Ernst: Bevor ich so eine Lebenseinstellung vertrete, bin ich lieber ein Jammerlappen, das kannst du mir glau…

Ernst: Auch nur zur Information, lieber Anton: Du hast dich dank mir gerade vom wehleidigen Weichei zum genügsamen Sensibelchen gewandelt. Das kostet dich eine Runde!

Anton: Ha, das mit der Runde ist witzig. Linksherum oder rechtsherum?

Ernst: Die Richtung ist völlig egal, ihrem Blick entkommst du auf keinen Fall. Da, schau raus, beim Fenster. Sie ist wieder hier. Wie verloren sie doch in ihrem Liegesessel hockt. Glaubst du, sie will zu uns herein? Da sind wir dann zu dritt!

Anton: Aber nicht lange! Das wäre dann nämlich einmal wirklich etwas Neues, zumindest kulinarisch!

Ernst: Da hast du recht. Einmal sündigen würde der Linie nicht schaden!

Anton: Wieso sündigen?

Ernst: Schau sie dir doch an. Gesund ist der Happen garantiert nicht. Ein Bomberl für den Cholesterinspiegel!

4

ZWEI DEUTLICH GRÖSSERE FISCHE sind es, die wie Fremdkörper ruhelos ihre Kreise ziehen, viel zu kleine Kreise in einem für sie immer noch viel zu kleinen Becken. Die Djurkovic kommt aufs Neue aus dem Staunen gar nicht heraus. Einem Staunen über die Dekadenz des Menschen. Denn aus Danjelas bodenständiger Perspektive gehört da schon eine Abgehobenheit in besonders sauerstoffarme Sphären dazu, zwei Schwarzspitzenriffhaie, ausnehmend wendige und flinke Dauerschwimmer, die in der Bewegung fressen und schlafen, hinter Panzerglasscheiben einzupferchen, auf dass sie jämmerlich ihrem trostlosen Ende entgegenplanschen.

Jeden Abend kommt sie also hierher, um sich diesem gespaltenen Zustand zwischen Mitleid und Faszination auszusetzen, und jeden Abend geht sie auf sonderbare Weise innerlich ruhig und traurig zugleich zurück auf ihr Zimmer.

»Wenigstens zwei Haifische von selbe Sorte sind in Aquarium!«, hat sie dem Willibald erschüttert erzählt und hinzugefügt: »Ganz in Gegenteil zu mir: Bin ich nämlich nur eine Solofisch in komische Sonnenhof-Biotop, weil mich Mann, der mich hat lieb, geschickt hat allein in so entsetzliche Schlamassel. Na, wann kommt jetzt strenge Willibald heimsuchen Strohwitwe? Wann?«

Das war am zweiten Abend. Nach fast zwei Wochen Aufenthalt ist er noch immer nicht hier gewesen, der Metzger. Viel zu tun hat er in seiner Werkstatt, das weiß sie, keinen Führerschein hat er, das bedauert sie, und abwechselnd mit ihrer Freundin Zusanne Vymetal passt er auf den Hund auf, das freut und ärgert sie zugleich. Wer kann schon vorhersehen, dass eines Tages doch noch ein menschlicher Partner daherkommt und einen emotional aufsteigen lässt wie einen Heißluftballon. Da ist so ein Hunderl wahrlich ein Sandsack für jede Art spontaner Höhen- oder gar Abflüge.

Den sollte sie jetzt auch schön langsam machen.

Die Zeit vor dem Aquarium ist einmal mehr wie im Flug vergangen: Dreiundzwanzig Uhr zeigt ihre Armbanduhr. Schläfrig steht sie auf, verlässt den Ruheraum, durchquert den Wellnessbereich, betritt abermals das Schwimmbad und geht aufmerksam durch die Halle.

Die Gartenbeleuchtung wirft von außen Licht durch eine überdimensionale, direkt an den gegenüberliegenden Beckenrand angrenzende Glasscheibe und legt ein einladendes Glitzern auf die Wasseroberfläche. Nachtschwimmen könnte ja durchaus etwas Schönes sein, nur eben nicht unbedingt in diesem Becken, geht es Danjela durch den Kopf. Dann zuckt sie zusammen. Ein runder Schatten schimmert aus der Tiefe empor.

Vorsichtig beugt sie sich hinunter und fixiert diesen dunklen Fleck, der regungslos am Grund des Beckens in seiner Position verharrt.

Dann kann sie alles erkennen. Dunkel sind nur die Haare, ganz im Gegenteil zum dazugehörigen Körper. Es gibt also noch andere Individualisten, die den Öffnungszeiten ein Schnippchen schlagen. Wie eine versunkene marmorne Statue liegt der Körper im Wasser, schwach hebt er sich in seiner Nacktheit vom Weiß der Fliesen ab. Einige Zeit starrt Danjela Djurkovic noch angespannt, auf irgendeine Regung wartend, ins Schwimmbecken, dann wird ihr klar: Mehr als dieses Weiß wird sich langfristig von den Bodenplatten auch nicht mehr abheben. So lange bleibt keiner unter Wasser, außer er ist tot.

Von einer seltsamen Gelassenheit erfasst, steuert sie mit ruhigem Schritt einen der roten Knöpfe an der Wand des Hallenbads an und hält die Notglocke lange gedrückt. So lange, bis dort, wo der Warnton ankommt, klar wird: Es ist etwas passiert.

Dann nimmt sie Tempo auf, knirschend wälzen sich ihre Badeschlapfen über den immer noch staubtrockenen Boden. Gehetzt verlässt sie den Badebereich. Erst in der Nähe der Rezeption versucht sie bedächtiger durch das Haus zu schlendern, um in Anbetracht ihres eigenen verbotenen Ausflugs keine unnötige Aufmerksamkeit auf sich zu ziehen.

Am Gang nähern sich aufgeregte Stimmen. Zwei Angestellte laufen an ihr vorbei. Ein Stein fällt ihr vom Herzen, sie muss nichts weiter unternehmen.

Eine Viertelstunde später trifft der Notarztwagen ein. Danjela Djurkovic tritt vom Fenster ihres Zimmers 3.14 im dritten Stock zurück, legt sich aufs Bett, nimmt ihr Mobiltelefon und drückt die Kurzwahltaste zwei.

5

ES IST KURZ VOR MITTERNACHT, der Metzger wird schweißgebadet aus seinem Sommernachtstraum gerissen. Eigenhändig von Danjela Djurkovic vor der Geschenkübergabe speziell für ihre Anrufe ausgewählt, ertönt der Hochzeitsmarsch von Mendelssohn-Bartholdy.

Auch Felix Mendelssohn wäre jetzt wohl schweißgebadet und würde dem 21. Jahrhundert schockiert seinen *Sommernachtstraum* entreißen. Das Display des Metzgers zeigt: »*Beste Frau für Willibald*«.

»Ist alles eingespeichert, was notwendig! Brauchst du nur einschalten. PIN-Code 8317. Kannst du leicht merken, weil umgedreht gelesen heißt: LIEB. Darfst du nur drehen ab, wenn bin ich bei dir!«, hat die Djurkovic mit einem verliebten Lächeln verkündet.

Gut, sie hat es lustig gemeint, aber lustig ist das nicht, einem bekennenden Handy-Verweigerer ein solches liebevoll vor den Latz zu knallen. Gehorsamstreu schleppt der Metzger nun dieses Terrorgerät mit sich herum und sieht einmal mehr seine Theorie bestätigt: Je freier der Mensch, desto größer seine Bereitschaft zur selbst verursachten Geiselhaft. Ein Mobiltelefon nimmt dem Menschen schleichend die Fähigkeit, ungestört allein sein zu können, und lässt ihn quasselnd vor sich selbst davonlaufen, jedes drängende Problem ausbreitend: »Was mach ich denn jetzt, ich hab doch ein stilles Mineralwasser bestellt, und das Servierte sprudelt?« Die Welt ist umsponnen mit einem Netz ständiger Offenbarungen und erfüllt von einem Ruf nach unmittelbarer Aufklärung, in den Augen des Willibald jedoch ganz im Sinne Immanuel Kants: »*Aufklärung ist der Ausgang des Menschen aus seiner selbstverschuldeten Unmündigkeit. Unmündigkeit ist das Unvermögen, sich seines Verstandes ohne Leitung eines anderen zu bedienen.*« Das von Kant verwendete Wort »Leitung« betrachtet der Metzger in diesem Zusammenhang als atemberaubend visionär.

Danjela Djurkovic beschränkt sich zum Glück auf durchaus nette, kurz gehaltene und vor allem einmalige

Tagesendberichte. Außerdem hat sie erklärt, ein ständiges Hin-und-her-Versenden von Kurzmitteilungen käme erst gar nicht in Frage und wäre langfristig eingeführt nichts anderes als die unsoziale Einladung, aus Desinteresse oder mangelnder Courage mit dem anderen irgendwann gar nicht mehr sprechen zu müssen. Weitaus häufiger als zur Liebes- und Sympathiebekundung werde dieses dämliche Herumgetippse nämlich genutzt, um doch noch das letzte Wort zu haben, Lügen zu verbreiten, Termine abzusagen, Mitarbeiter zu kündigen und Beziehungen zu beenden, kurz, um sich zu schreiben, was man nicht sagen will. Heilfroh ist er, der Willibald, dass er sich diese Fingerübung erspart.

Besorgt hebt der Metzger ab, wobei ihm einmal mehr bewusst wird, dass die Entwicklung der Sprache nicht immer mit dem Entwicklungstempo der Technik mithält. »Abheben« kann man ein Mobiltelefon nicht, nur auf diese winzige Taste mit dem grünen Hörersymbol drücken, und das ist für Mobilfunkanfänger zu vorgerückter Stunde wirklich keine Kleinigkeit.

»Ja, Danjela! Ist was passiert, geht es dir nicht gut?«

»Nicht so gut, nein.«

Der Metzger weiß es, er weiß, dass er längst schon einen Besuch zumindest hätte ankündigen müssen. Und jetzt sieht er am anderen Ende der Leitung, die in Wahrheit genauso wenig eine Leitung ist, wie man das Mobiltelefon abheben kann, auch noch das moralisch Unausweichliche auf sich zukommen. Dem Ruf seines Herzens entsprechend, reagiert er prompt: »Ich werd dich am Wochenende besuchen kommen, Danjela. Bevor du dir den Trost woanders suchst! Versprochen.«

»Musst du nicht, hast du gerade so viel Arbeit!«

Wehe, man nimmt sich diese verbal dargebotene Freiheit und setzt so ein »Musst du nicht« in die Tat um. Augenblicklich wird da ein beleidigtes »Brauchst du auch nicht mehr« draus. Versteht sich von selbst, dass der Metzger die einzig angemessene, ja einzig mögliche Reaktion eines wahrhaftig Beziehungswilligen abliefert: »Stimmt schon, Fräulein Djurkovic, dass ich nicht kommen muss. Aber wollen tu ich, *wollen*!«

Leider kann der Metzger jetzt nicht sehen, wie zufrieden sich die auf ihrer Zwei-mal-zwei-Meter-Matratze liegende Danjela aus der Rücken- in die Seitenlage dreht und mit der freien Hand das Kopfkissen der leeren Bettseite an ihre üppige Brust drückt.

Beinah hätte sie dank ihrer aufwühlenden Vorfreude das eben Geschehene vergessen, wäre da nicht berechtigterweise die folgende Frage aufgetaucht: »Jetzt erzähl mal, verlassenes Prachtweib, warum geht es dir zu so später Stunde nicht gut?«

»Na, geht mir eigentlich eh gut in Vergleich zu Mann, der gerade geschwommen in Schwimmbassin, wie bin ich gegangen von Liege zurück in Zimmer. Nackert!«

»Was, du bist nackt vom Ruheraum in dein Zimmer gegangen?«, erhebt der Metzger erstaunt seine Stimme.

»Bist du gefallen aus allen Wolken! Mann war nackert in Schwimmbassin. Nackert und tot!«

»Du meine Güte!« Der Metzger kommt ins Stocken: »Was, was, was … Hast du wen verständigt?«

»Notfallknopf! Rettung gleich gekommen, obwohl, viel hat nicht mehr retten können, die Rettung!«

Dann schildert die Djurkovic ausführlich, wie prächtig das alles harmoniert und entsprechend aufs Gemüt

schlägt: eine als Kuranstalt getarnte Partnervermitt-
lungsbörse in einer völlig verlassenen Gegend inmitten
eines weitläufigen Waldgebiets am Ufer eines einsamen
Sees. Da könne man ja nur ins Wasser gehen.

»Morgen bin ich da«, kommentiert der Metzger diese
schaurigen Aussichten, ohne sich im Klaren zu sein, was
das rein logistisch für ihn bedeutet.

»Keine Kleider, Willibald. Sind nicht einmal Bademantel und Handtuch gelegen in Hallenbad, oder Was-
sertropfen! Muss er gekommen sein wie geschaffen von
Herrgott. Entweder wegen Techtelmechtel oder wegen
Selbstmord oder mit Leichentransport wegen Matrosen-
beerdigung!«

»Danjela! Da ist einfach wer ertrunken, und du hattest
leider das Pech, zur falschen Zeit am falschen Ort zu sein.
Mehr ist das nicht.«

»Falsche Ort zu falsche Zeit kann auch sein richtige
Ort zu richtige Zeit!«

»Du hast aber nicht vergessen, was dich überhaupt in
dieses noble Kurhotel gebracht hat, oder? Das war ausschließlich der falsche Ort zur falschen Zeit.«

6

VIELLEICHT HILFT DER TOD, *um zu vergessen. Um vergessen zu werden, hilft er nicht. Selbst ohne greifbaren Nach-
lass bleibt das unwiderrufliche Vermächtnis der Erinnerungen. Der Rest ist nichts als eine optische Täuschung.
Ein Mensch in seiner fleischlichen Form entzieht sich der*

Sicht und nimmt alles Unausgesprochene mit, auf immer und ewig. Dieses endgültige Schweigen rückt all jene, die schon zu Lebzeiten nahe waren, noch näher heran, und die, deren Gegenwart wie ein Schatten über dem Leben der anderen lag, schieben sich weiter vor die Sonne. Niemand verschwindet, nur weil er gestorben ist. Es gibt keinen Weg, den Erinnerungen zu entkommen, sie heften sich hartnäckig den Lebenden an die Fersen. Sich nicht von ihnen überholen zu lassen, sondern beharrlich einen Schritt vor den anderen zu setzen, darum geht es.

Genauso hatte er seine Richtung gefunden. Allein. Um für andere gestorben zu sein, ist der Tod nicht nötig. Nichts ist ihm schwerer gefallen als der Kampf der Konsequenz gegen die Trägheit, als der standhafte Blick auf das Gute. Der Mensch entdeckt immer ein Haar in der Suppe, selbst wenn er dazu sein eigenes hineinwerfen muss. Alles war gut.

Bis zu diesem Tag.

Eines der in diesem Fotoalbum archivierten Gesichter war plötzlich leibhaftig vor ihm aufgetaucht. Mächtige Arme stemmten einen sehnigen Körper mit einer einzigen fließenden Bewegung auf den Steg. Genauso hatte er ihn in Erinnerung: schwimmend. Zwei Züge unter Wasser, dann einatmen. Das war sein Rhythmus. Während am Ufer ein Leben stattfand, in dem gegen das Ertrinken gekämpft wurde, zog er in unbeirrbaren Zyklen seine Kreise, wie eine Raubkatze, die stumpfsinnig die Gitterstäbe entlangschreitet. Diese Gitterstäbe waren sein freier Entschluss, errichtet, um die anderen auszusperren und ihrem Schicksal zu überlassen. Er war mitten unter den Seinen, Tag für Tag, hat mit ihnen am Tisch gesessen, sie leben und leiden gesehen und war doch nicht vorhanden als Mensch, nur als

Maschine. Keiner wäre damals so gebraucht worden wie er. Er, der jede Bezeichnung verdient bis auf diese eine. Bis auf Vater.

Mit in sich gekehrtem Blick ging dieser Mann, der ihm zum Leben verholfen und unmittelbar danach dem Leben überlassen hat, an ihm vorbei, als genau der Fremde, der er auch war. Lange ist er einfach nur dagestanden, unfähig zu jeder weiteren Bewegung, versteinert, mit pochendem Herzen. Vergangenheitsbewältigung funktioniert nur dann, wenn die Vergangenheit auch gefälligst dort bleibt, wo sie hingehört. Nun hat ihn die Erinnerung überholt.

Die nächsten Tage verbrachte er versuchsweise so wie sonst. »Es ist nichts geschehen!«, war sein tägliches Nachtgebet. Doch nichts war in Ordnung.

Er musste es ihr erzählen. Ihr, der all seine Liebe gehört. Nur ein Jahr ist sie jünger als er, und doch sind sie beide ein ganzes Leben voneinander entfernt.

Zweimal telefonieren sie täglich. Einmal morgens, einmal abends. Das gehört schon zur Gewohnheit, egal, was andere darüber denken. Jeder von beiden lebt sein eigenes Leben, und doch sind sie miteinander verwoben und gleichzeitig gefangen, auf ewig. Alles lässt sich ändern, die krumme Nase, das zu kurze Bein, nur die eigene Herkunft, die nicht. Sie bleibt eingebrannt bis zum letzten Tag.

Eines Abends jedoch brach es aus ihm heraus. Er erzählte ihr von ihm, und dieses eine Mal, nur dieses eine Mal, war sein zweiter Anruf einer zu viel. Aufrichtigkeit kann ganz schön viel anrichten, den trittsichersten Menschen in die Knie zwingen.

Sie schwieg.

»Bist du noch dran?« Er musste sich wiederholen: »Bist du noch dran?«

»Ja, ich bin dran!«, war ihre Antwort, und während er diesen Satz hörte, wurde ihm klar: Jedes dieser Worte trifft auf ihn selbst zu, mit erschreckender Präzision.
Er ist an der Reihe.

7

BIS ZUM BAHNHOF ist es ja noch gegangen, da gab es den Kofferraum des Taxis, auch im Zug und im Bus bestand die einzig wirklich schwierige Aufgabe darin, dieses Monstrum zu verstauen, aber jetzt, mitten im Niemandsland, spürt er es gewaltig, sein gigantischen Gepäckstück.

Was hätte er nachts zwischen eins und halb zwei in Anbetracht der unmittelbar bevorstehenden Reise auch anderes tun sollen, der Metzger, als wahllos irgendwelche Kleidungsstücke direkt aus dem Schrank in den Koffer zu befördern, klarerweise zusammen mit drei Flaschen Rotwein.

Jetzt steht er also hier am Eck einer Kreuzung, wie abgegeben und vergessen, und außer dem Schild mit der Aufschrift des Zielorts ist weit und breit kein Haus in Sicht, nur Landschaft: linker Hand Wald, so weit das Auge reicht, rechter Hand ein mit Heuhaufen überzogener Hügel inklusive ansteigendem Schotterweg und direkt vor der Nase des ratlosen Willibald dieser Wegweiser: »Pension Regina, ein Kilometer!«, liest der Metzger sich selbst samt der bestimmt artenreichen Fauna ungläubig vor und spickt die Erinnerung an Frau Marianne im Fremdenverkehrs- und Reisebüro von vorhin mit ein paar gesalzenen Verwünschungsgedanken. Genauso unterkühlt wie ihre Arbeitsstätte hat sie ihm nämlich erklärt: »Privat, nicht zu teuer und nicht zu weit weg? Da fällt mir eigentlich nur die Hackenberger Regina ein!«

Als hätte sich die Unterkunftswahl der sportlichen Frau Marianne beim Anblick ihres sichtlich übergewichtigen Kunden ohne Mitleid von missionarischem Eifer leiten lassen, zeigt der Wegweiser von allen möglichen Himmelsrichtungen ausgerechnet zur Hügelspitze. Von »gut erreichbar« kann für einen beleibten Fußgänger also beileibe nicht die Rede sein.

Ein Marsch von fünfhundert Metern bergauf und dann fünfhundert Metern bergab ist bereits eine kleine Herausforderung für den Metzger. Für den Metzger mit Koffer allerdings ist diese Strecke ein ausgedehnter Kreuzweg. Vor allem, weil ihm als Dauerjacketträger in all seiner Pein keine Sekunde der Gedanke kommt, dieses ablegen zu können. Sein Jackett wird liebevoll halbjährlich in die Reinigung getragen, spannt bedenklich um den Bauch und hat dunkelbraune Lederflecke auf den Ellbogen, was ja heute durchaus eine modische Note darstellt, zum Zeitpunkt der Anbringung auf dem graubraun melierten Stoff hingegen als rein restauratorische Zwangsmaßnahme gedacht war.

Ermattet, durchgeschwitzt und kurzatmig wie ein Pekinese am Abrichtplatz erreicht Willibald Adrian Metzger an diesem frühen Samstagnachmittag seine Unterkunft.

Die Frühstückspensionsbetreiberin Frau Regina Hackenberger begrüßt ihn überschwänglich, als wäre er einer der regelmäßig wiederkehrenden schwäbischen Stammgäste. Dann folgt eine Abfolge vielsagender Bemerkungen: »Na, Sie sind ja ziemlich erschöpft, nicht? Ohne Auto und dann so ein unglaublich großer Koffer! Bleiben Sie gar länger als drei Nächte? Hoffentlich ist in Ihrem Koffer auch leichtere Bekleidung, wir haben Hochsommer, nicht? Keine Sorge, die Sachen von meinem Mann müssten Ihnen passen. Glauben Sie mir, ein wenig Bewegung an der frischen Luft, und der kleine Hügel herauf wird ein Kinderspiel, nicht?«

Um Gottes willen, denkt sich der Metzger, ein »Nicht?«-Mensch! Während das englische »Isn't it?« durchaus Charme versprüht, ist das deutsche »Nicht?« von der ganz unguten Sorte. Ein »Nicht«, das eigentlich für die Beschreibung einer Verweigerung oder Ablehnung vorgesehen war, stattdessen als Untermauerung der eigenen Ausführungen an ein Satzende anzuhängen beeinträchtigt den Gesprächspartner erheblich darin, das eben Gehörte zu verneinen, und fordert stets neue Informationen. Einen offenkundigeren Beweis hochgradiger Neugierde und bestätigungssüchtiger Rechthaberei gibt es kaum.

Das könnte anstrengend werden!, denkt sich der Metzger.

»Und, haben Sie schon ein paar Ausflugsziele?«

»Ich will nur in die Kuranstalt, deshalb bin ich hier.«

»Es gäbe da aber schon einiges …!«

»Nur in die Kuranstalt!«, wird die Hausherrin freundlich, aber bestimmt unterbrochen.

»Da werden Sie auf jeden Fall viel Bewegung haben, denn ohne Auto ist das ein ziemliches Stück, das sag ich Ihnen. Etwa fünf Kilometer, ganz schön weit für einen Stadtmenschen, nicht?«

Der Metzger erblasst. Also auch »nicht zu weit weg« war eine Lüge, was den Willibald sofort zu dem Gedanken veranlasst, Frau Marianne könnte von »privat, nicht zu teuer und nicht zu weit weg« einzig das »privat« wörtlich genommen haben.

Freunderlwirtschaft kommt in den schlechtesten Familien vor.

Beim Anblick hängender Schultern und eines bekümmerten Eindrucks erwacht nun intuitiv der Hackenberger-Beschützerinstinkt: »Das geht schon, Sie werden sehen. Wenn Sie wollen, können Sie gerne das Rad von meinem Mann verwenden, der braucht es ohnedies nie. Schade, wenn so ein Rad nur herumsteht, nicht? Sie finden es hinten in der Scheune, bitte einfach nehmen. Ab der Bundesstraße geht es dann eh nur mehr leicht bergab!«

Was hin leicht bergab geht, geht zurück bekanntlich leicht bergauf. Es dauert ein wenig, bis beim Metzger das Angebot durch den innerlich schlagartig errichteten Hackenberger-Schutzwall bis zur Vernunft vordringt. Dann meint er lächelnd: »Das Rad wäre sicher einen Versuch wert – nicht?«

Zwei Zimmer befinden sich im ersten Stock, eines davon bekommt der Metzger. Dusche und WC sind am Gang, und laut Frau Hackenberger ist der Gast im zweiten Zimmer ein durchaus reinlich wirkender Mann.

Mit großer Sehnsucht nach Stille bezieht Willibald Adrian Metzger einen recht entzückenden mit dunklem Holz vertäfelten Raum, ausgestattet mit einem dunkelroten, beinah antiquarischen Polstersessel, einem alten Tischchen mit Hocker, einem Kleiderkasten, einem Kreuz, zum Glück ohne leidenden Jesus, roten Vorhängen und einem rot-weiß kariert überzogenen Bett ohne Kopf- und

Fußteil – sehr zur Freude des im Schlaf Schutz suchend in Richtung Ober- oder Unterrand wandernden Willibald.

Schwungvoll hievt er den Koffer auf die Matratze. Zum letzten Mal war dieses erinnerungsbeladene Erbstück in Verwendung, als er schweren Herzens eine für ihn niemals vorstellbare Ankündigung seiner Mutter in die Tat umsetzen musste. Am Bahnhof ist er gestanden, neben ihr, lange Zeit hat sie geschwiegen, nur um in diese Stille hinein den Koffer in die eine und ihn an die andere Hand zu nehmen: »Eines Tages wirst du damit den Inhalt meiner Garderobe zur Altkleidersammlung bringen. Irgendwann tragen dann sie uns, die Dinge, die wir durchs Leben schleppen!« Kaum einer seiner Wege bisher war schwerer gewesen.

Und während der Metzger ganz in Gedanken an seine Mutter den Inhalt des Koffers aufs Bett entleert, fällt als Letztes, als würde etwas von den Toten zu den Lebenden zurückkehren, ein kleiner Gegenstand aus einem der unzähligen Fächer.

Ergriffen und fassungslos sitzt der Metzger auf einem Bett in der Fremde und starrt in seine Kindheit. Die Nagelzwicke seiner Mutter!

Wie hat er es gehasst, wenn die linke ihrer ansonsten so zärtlichen Hände der Reihe nach jeden seiner kleinen Finger fest umklammerte, als wären sie Reckstangen, Schneebesen oder Zahnbürsten, nur damit die rechte in aller Ruhe all das wegzwicken konnte, was der kleine Willibald so gerne selbst abgebissen hätte.

»Wehe, du fängst mir mit dem Nägelbeißen an!«, wurde er auch noch verbal bedroht, und da es sonst von mütterlicher Seite so gut wie nie ein »Wehe, du …!« gab, war dieses eine umso wirkungsvoller. Ihr »So mittellos können wir gar nicht sein, Willibald, dass wir keine gepflegten Hände zusammenbringen; Verwahrlosung fängt mit den Händen an!« hört der Metzger heute noch. Und das sieht man seinen Händen, in denen er nun gerührt dieses geschichtsträchtige Teil hält, auch jetzt noch an, obwohl er sich bisher hartnäckig gegen den Einsatz dieses Hilfsmittels gesträubt hat.

Gedankenverloren beginnt er nun, am Bett hockend, seine Nägel zu bearbeiten. Begleitet von diesem vertrauten bedrohlichen Geräusch springen die Nagelteilchen in hohem Bogen quer durchs Schlafzimmer, und dem Willibald wird klar: Wenn man über den heimtückisch verstreuten kleinen spitzen Verschnitt hinwegsieht, ist die Dienstleistung der Nagelzwicke ganz schön beachtlich.

Die wird noch viel beachtlicher werden.

Nach einer ausgiebigen Dusche in der engen und bei jeder Berührung der Duschwand scheppernden Nasszelle macht sich der Metzger auf den Weg, natürlich in frischer Kleidung, natürlich mit Rad, natürlich ohne zuvor den Reifendruck überprüft und die Sattelhöhe eingestellt zu haben. Der erste Fünfhundert-Meter-Anstieg wird schiebend zurückgelegt, man will ja nichts übertreiben, dann bringt der Metzger mit einem schmerzhaften Übergrätschen der Mittelstange den Körper in Abfahrtsposition, steigt ins linke Pedal, bemerkt, dass das Rad leicht zu rollen beginnt, steigt ins rechte Pedal, bemerkt, dass das Rad beschleunigt, sucht mit seinem Gesäß den Sitz, bemerkt, dass sich dieser auf Höhe des Kreuzbeins in seinen Rücken bohrt, streckt sich hoch, um aufzusitzen, sitzt auf und bemerkt, dass seine Füße kaum noch die Pedale berühren, bemerkt, dass die Landschaft neben ihm in bedenklich hoher Geschwindigkeit vorüberzieht, bringt das rechte Bein zwecks Einleitung eines Bremsmanövers in die richtige Position, steigt beherzt in die Bremse und bemerkt schließlich nach einigen panischen Wiederholungen desselben Vorgangs, dass das Rad wahrscheinlich alles hat, nur keinen Rücktritt. Was bedeutet, dass jedes weitere hektische Nach-hinten-Treten genauso viel bringt, als würde er nach vorn in die Luft pusten. Wer so wie der Metzger noch nie zuvor mit den Fingern gebremst hat, wird im Zustand einer Heidenangst alles tun, nur nicht mit den Fingern bremsen. »Abspringen oder mit aller Kraft die Lenkstange festhalten?«, geht es ihm durch den Kopf.

Trotz des aller Voraussicht nach bevorstehenden chirurgischen Eingriffs entscheidet sich der Metzger aus emotionalen Gründen für die zweite Lösung.

In der Ferne taucht der Wegweiser zur Pension samt der T-Kreuzung zur Hauptstraße und dem dahinter liegenden Waldgebiet auf. Dann übernimmt der Verstand das Hirn, reißt den Lenker scharf nach links und runter vom Schotterweg. Der Metzger kommt in den Genuss des vorderen Stoßdämpfers, steuert das Rad kontrolliert über die holprige Wiese, setzt sich auf den Sattel, nimmt die Füße von den Pedalen, spreizt die Beine seitlich vom Rad ab und schließt die Augen.

8

PROF. DR. WINFRIED BERTHOLD hat sie alle nach dem Frühstück im Speisesaal antreten lassen, hinter sich das gesamte Personal, vor sich die Kurgäste. Streng erhebt er, natürlich nach mehrmaligem Räuspern, seine Stimme: »Meine Damen und Herren – *mhhhmh* –, ich weiß, dass hier viele von Ihnen glauben, Sie seien zum Vergnügen in dieser Kuranstalt – *mhhhmh*. Und vergnügen sollen Sie sich ja auch!« Einer kurzen Gedankenpause folgt die deutlich lautere Fortsetzung der Ansprache: »Aber Grundlage dieses Vergnügens ist immer noch die Einhaltung der vorgeschriebenen Therapie, der festgelegten Termine und vor allem der Hausordnung!«

Stumm werden erstaunte Blicke der Sorte »Ich doch nicht!« im Saal ausgetauscht, während der medizinische Leiter des Hauses energisch fortsetzt: »Und glauben Sie mir, wir haben uns bei alldem etwas gedacht – *mhhhmh*. Unser Ziel ist es, dass Sie gesünder und erholter nach Hause kommen –«

Es folgen eine weitere Unterbrechung, ein tiefes Luftholen mit anschließender Atempause und das Heraustreten der Adern auf seiner Stirn.

Dann brüllt er: »– und nicht tot!«

Ein Raunen geht durch den Saal.

»Noch nie ist in meinem Haus jemand umgekommen, und noch nie habe ich ein derart undiszipliniertes Publikum gehabt wie zurzeit, mit den daraus resultierenden Beschwerden der Ärzte und Therapeuten. Gestern Nacht wurde Herr August-David Friedmann nackt im Schwimmbecken aufgefunden. Ertrunken!«

Abermals erheben sich gedämpft die Stimmen.

»Ich weiß nicht, was manche hier treiben, aber ab jetzt, meine Herrschaften, werde ich über jeden, der hier vom Kurs abweicht, eine Beschwerde genau an die Stellen schicken, die Ihnen Ihren noblen Kuraufenthalt hier finanzieren. Das Schwimmbad ist bis auf Widerruf geschlossen!«

Mit diesem Satz knallt er hinter sich die Tür zu.

Das war wohl längste störungsfreie Berthold-Sprachbeitrag überhaupt, denkt sich die Djurkovic und bemerkt abermals, wie schon während ihrer Gespräche mit dem Professor, dieses seltsame Kratzen im Hals.

Noch bevor aus dem betretenen Schweigen ein Stimmengewirr wird, sind die Djurkovic und die Burgstaller aus dem Speisesaal hinaus.

»Recht so, dass denen jetzt mal ordentlich der Kopf gewaschen wurde!«, meint Helene Burgstaller.

»Stimmt schon, nur glaub ich, ist auch aus mit unsere Extrawürste! Müss ma gehen wahrscheinlich in Gruppentherapie. Glück ist nur, dass Schwimmbad gesperrt!«

»Na, Weiberheld war der ja keiner, der Friedmann«, beginnt die Burgstaller nun das eigentliche Thema in Angriff zu nehmen, »kann ich mir nicht vorstellen, dass bei dem auch nur eine der brünstigen Damen zu einer Notlandung angesetzt hätte. Das war doch der Glatzerte, der im Speisesaal immer allein und stocksteif beim Tisch neben dem Ficus gesessen ist und jeden Tag im See schwimmen war, bei jeder Temperatur, oder? Können Sie sich den auf einem nächtlichen Ausflug im Schwimmbad vorstellen? Nackt?«

Vorstellen hätte sich das die Djurkovic garantiert nicht können. Nur von »vorstellen« kann ja bei ihr nicht die Rede sein.

35

»Hören Sie auf, will ich nicht denken an so was. Pfui! Aber haben Sie recht, Friedmann hat gefunden Schwimmbad genauso grauslich wie wir, außerdem Friedmann und Weiberheld passt zusammen wie ausgezogene Apfelstrudel und Essiggurkerl.«

Die Burgstaller muss hellauf lachen, was die aus dem Speisesaal herausströmenden Patienten natürlich entsprechend honorieren: »Pietätlos!«, »Unmöglich!«, »Primitiv!«, »Typisch!«, »Menschen gibt es!« sind nur Auszüge der Kommentare. Auszüge, weil, wenn einer wo seinen Senf dazugibt, auch gleich alle anderen auf die Tube drücken: Es kann eben nicht scharf genug sein.

Scharf genug können sich die Anschluss suchenden Damen dieser Anstalt gar nicht mehr herrichten, weil sich so ein Todesfall nämlich ganz schlecht auf die Potenz der noch lebenden Männchen auswirkt. Richtig erschüttert hat es die Herren, dieses endgültige Untertauchen des August-David Friedmann. Die Djurkovic versteht ja überhaupt nicht, was die Damen hier an den Männern so anziehend oder ausziehend finden. Nicht im Traum käme ihr da auch nur ein Einziger in den sündigen Sinn. Natürlich ausgenommen ihr wunderbarer Physiotherapeut Jakob Förster, der einzige männliche Lichtblick an diesem Ort der Verdammnis, mit seinen tiefgründigen dunklen Augen und seinen begnadeten Händen. Nur zählt Jakob Förster nicht, denn von Unerreichbarem lässt es sich leicht und vor allem guten Gewissens sündig träumen.

Nachdem endlich wieder Ruhe eingekehrt ist und in den Zimmern die Fernseher laufen, laufen die Djurkovic und die Burgstaller in die Arme von Prof. Dr. Winfried Berthold.

»*Mhhhmh* – das trifft sich gut, meine Damen, kommen Sie doch gleich einmal mit – *mhhhmh* – *mhhhmh*!«

Ein Büro erzählt viel über seinen Besetzer. Mahagoniholz, wohin man sieht, die Bücherregale, der Schreibtisch, die zwei davorstehenden Besucherstühle, auch der wuchtige Schreibtischsessel. Und der Glaskasten. In dem stehen keine Trophäen, Prestigeobjekte, Pokale oder in Alkohol eingelegte Körperteile, sondern Lokomotiven. Ob Dampf-, Diesel- oder Elektrolok, aus Blei, Glas, Metall, Holz, aus Knetmasse vom jüngsten Enkel, aus Ton vom ältesten. Der reinste Wagenschuppen, dieser Glaskasten, zur Verdeutlichung eines der kuriosesten tierischen Rückstände der Entwicklung vom Tier zum Menschen: des Sammelns!

So ein Viecherl weiß wenigstens: Es sammelt für sich, seinen Partner und seinen Nachwuchs, um im Winter nicht vom Fleisch zu fallen. Menschen hingegen sammeln zwar auch, um sich beispielsweise mit Gleichgesinnten auszutauschen, mit dem einen gravierenden Unterschied zum Tierreich: Die Gleichgesinnten, die dieses Sammeln interessiert oder die davon etwas haben, sind mit verschwindend geringer Häufigkeit die eigenen Partner.

»Sie gehören also zusammen, Sie beide – *mhhhmh*?«

Es wird genickt.

Professor Berthold betrachtet seine zwei geladenen Gäste, die betrachten ihn ebenso. Schweigend.

Dann meint er ruhig: »Soso. Na, jetzt sind wir wenigstens unter uns – *mhhhmh*! Ich weiß – *mhhhmh* –, dass gerade Sie beide das alles hier als unglaublich lustiges Kasperltheater betrachten – *mhhhmh*!«

Wieder folgt ein schweigsames gegenseitiges Betrachten, wobei der Djurkovic auffällt, dass der Herr des Hauses erstens nervös sein dürfte und zweitens von ihnen beiden deutlich länger Helene Burgstaller fixiert, die da mit ihrem kecken Pferdeschwanz einen ebenso kecken Blick zurückschickt. Wenn Prof. Dr. Berthold allerdings annimmt, mit dieser Eröffnung beiden Damen etwas Respekt ins Gesicht zaubern zu können, hat er sich getäuscht. Seelenruhig sitzen sie auf ihren Stühlen und halten seiner Fleischbeschau stand.

»Frau Djurkovic und Frau Burgstaller, jaja!«, setzt er fort.

»Jaja!«, antworten die beiden im Chor, und wie es der Teufel so will, kann sich die Burgstaller abermals ihr Lachen nicht verkneifen.

»Wissen Sie was – *mhhhmh*: Mir sind Patienten, die alles und jeden offensichtlich als Kasperltheater betrachten und trotzdem zumindest teilweise ihren Pflichten nachkommen, bedeutend angenehmer als die vordergründig freundlichen und dann heimlich hintertriebenen – *mhhhmh*. Die Damen werden ja nicht annehmen, dass sich noch keiner der anderen Kurgäste bei mir über sie beschwert hätte, oder? Da fühlt sich so mancher offensichtlich zu genau beobachtet – *mhhhmh*. Und genau deshalb hab ich Sie zu mir gebeten: Was bitte geht da draußen so vor sich? Wer hat was mit wem, und wer hatte was mit Herrn Friedmann?«

Beinah unerträglich ist es, dieses durch Professor Bertholds akustischen Reiz verursachte Kratzen im Djurkovic-Hals. Dankend nimmt sie die Frage zum Anlass, einen als Lachen getarnten Huster loszuwerden: »Aber Herr Doktor, komm ich mir gerade vor wie ausspionierte Spion. Ist aber schnell alles gelegt auf Tisch, weil, wissen Sie, hat irgendwie jeder was mit jede. Oder besser gesagt, hat jeder, der was will, mit jeder, die was will. Ist hier ein wenig wie in Swingerklub.«

Jetzt lacht auch der Berthold.

»Ich sag Ihnen jetzt was unter der Hand – *mhhhmh*: Wenn da wirklich wer gemeinsam mit Herrn Friedmann baden war, dann hat diese Person nicht einmal die Courage besessen, den Todesfall persönlich zu melden, sondern offenbar alle seine Sachen gepackt – *mhhhmh* – und während der heimlichen Flucht den Notfallknopf gedrückt. Die würd ich mir gern zur Brust nehmen, diese Person – *mhhhmh*!«

Und wäre die Danjela nicht absolut überzeugt, dass Prof. Dr. Winfried Berthold von ihrem nächtlichen Ausreißer garantiert nichts wissen kann, könnte sie sich durch seinen etwas zu langen Blick, der nicht ihren Augen gilt, mit dem »zur Brust nehmen« durchaus angesprochen fühlen.

»Das kann ich mir vorstellen!«, meint Helene Burgstaller, beugt sich kokett lächelnd ein wenig vor und liefert den Beweis, dass der Herr des Hauses in Anbetracht dieser deutlich strafferen Merkmale einer ausgeprägten Weiblichkeit noch erheblich eindringlicher starren kann.

Werd ich Lustmolch kleine Schrecken einjagen!, denkt sich die Djurkovic, räuspert sich auffällig laut, fixiert suchend die aufgescheuchten Augen und fragt: »Haben Sie genug geschaut? Und trotzdem nix gefunden?«

Ein bisserl rot wird er jetzt, der Herr Professor, was die beiden Damen natürlich höchst amüsiert. Dann folgen die erlösenden Worte: »Keine Handtuch oder Bademantel, auch nix in Ruheraum oder Garderobe?«

»Nichts – *mhhhmh*!«

»Vielleicht ist Unfall nicht richtige Idee?«

»Wie meinen Sie das?«

Jetzt ist Professor Berthold wieder ganz konzentriert.

»Kann ja auch gewesen sein Vorfall mit ein wenig Sterbehilfe!«

»Sie meinen Absicht? – *Mhhhmh* – besser gesagt: Mord?«

Keinem ist mehr zum Lachen.

»Das Letzte, was ich in meinem Haus brauch, ist die Polizei und so eine blöde Geschichte. Verbreiten Sie Ihre Phantasien um Gottes willen nicht außerhalb meines Büros, Frau Djurkovic – *mhhhmh*: Herumschnüffeln muss hier wirklich niemand.«

Bei »schnüffeln« wirft er Helene Burgstaller einen kurzen Blick zu: »*Mhhhmh* – immerhin geht es auch um die Intimsphäre meiner Gäste.«

Es folgt das nächste Augenspiel in dieselbe Richtung: »Und da zählt mein Grundsatz: Was ich nicht weiß, macht mich nicht heiß – *mhhhmh*!«

Und während sich beim Ritardando des Wörtchens »heiß« zwei Blicke finden, wird der unbeachteten Djurkovic bewusst, wie gänzlich dieser Berthold-Grundsatz ihren eigenen Prinzipien widerspricht.

9

DER METZGER IST ALSO in den Genuss des vorderen Stoßdämpfers gekommen. Zuerst technisch, dann kulinarisch. Vom Technischen ist er lückenlos überzeugt, vom Kulinarischen kann er das leider nicht behaupten.

Problemlos konnte der Metzger bei seinem beabsichtigten wilden Ritt über die holprige Wiese dank der Federung kontrolliert sein Ziel ansteuern. Der Heuhaufen hat dann bremstechnisch auch nichts zu wünschen übrig gelassen, beinah abrupt ist das Rad zum Stillstand gekommen. Nicht jedoch Willibald Adrian Metzger: Der ist mit aufgerissenem Mund, festgekrallt am Lenker, im flüchtigen Handstand gelandet und körperlich komplett überfordert aus dieser ungewohnten Position, begleitet vom Knistern des Heus, über den Lenkervorbau zum rettenden Stoßdämpfer hinuntergeglitten, um beiläufig in denselben zu beißen, womit es also mit der Lückenlosigkeit sein Ende hatte.

Wenigstens ist nicht das Leben verloren, sinniert er versunken im Heu vor sich hin, wie es ihm so ungewohnt beim Mund hereinzieht, ein Vorderzahn reicht aber auch. Der hat sich halbiert, genau unterhalb der Nerven.

Schmerzfrei, bis auf das leicht aufgeschürfte Nasenbein, befreit sich der Metzger aus dem Haufen, ganz dem Gedanken ausgeliefert: Hab ich ihn jetzt verschluckt oder nicht? Für die Beantwortung dieser Frage wird er sich allerdings noch etwas gedulden müssen.

Während er das Rad gemächlich zur Straße hinunterschiebt, hinterlässt ein viel zu schnell fahrender dunkelblauer Lieferwagen eine ausgedehnte Staubwolke über dem Schotterweg. Und so friedfertig der Metzger ansonsten auch ist, kommt ihm jetzt doch der Gedanke an einen Reifenplatzer, ein Bremsversagen und ein frontal an die Windschutzscheibe klatschendes Rotkehlchen.

Auf der Bundesstraße widmet er sich dann endlich ausführlich dem Drahtesel. Aufmerksam beginnt er, sein Gefährt zu studieren, langsam und vorsichtig, übt mit den Händen zu bremsen und testet sich durch alle einundzwanzig Gänge. Mit seiner aufgekrempelten Schnürlsamthose, seinem mittlerweile um die Hüfte gebundenen Jackett und seinem karierten Hemd böte er wohl so manchem ein recht skurriles Bild, vorausgesetzt, es käme da überhaupt jemand vorbei. Ausgestorben wie eine Fußgängerzone am Morgen eines 1. Jänner erscheint ihm diese Gegend.

Dann fährt er los.

Mit »leicht bergab« hat Frau Hackenberger recht gehabt. Und wie der Metzger nach der Abzweigung zum Kurhotel Sonnenhof ohne den geringsten Grad an Erschöpfung auf einer Forststraße durch dieses sagenhafte Waldgebiet radelt, stellt sich fast ein Zustand der Glückseligkeit ein. Die Vögel zwitschern, die Luft duftet frisch und würzig, die Sonne durchdringt mit ein paar Strahlen die dichten Bäume und malt leuchtende Streifen auf den Weg, der Wind rauscht über die Wipfel, und irgendein Tier balzt eifrig durchs Geäst.

Wie lange balzt so ein Viecherl eigentlich? Ob dieses Gejohle die erwünschte Wirkung hat?, grübelt er vor sich hin. Unterdessen ist dieser Balzruf zu einem veritablen Brüllen angewachsen, was den Metzger auf die blöde Idee bringt, dass, dem Klang nach zu schließen, der Tonerzeuger ja nicht unbedingt tierischer Natur sein muss. Und vorbei ist es mit der märchenhaften Idylle.

So blöd ist diese Idee allerdings gar nicht.

»Sind Sie Frau oder Lulu?«, schmettert die Djurkovic kichernd der Burgstaller entgegen. »Is doch nix kalt. Hat mindestens zwanzig Grad. Ist gut für Körper, bringt müde Knochen in Schwung und Spannung in faltige

Haut, außerdem ist beste und billigste Behandlung für Haut wie Orange!«

Munter schwimmt die Djurkovic in der Rückenlage mit Blick zum Ufer langsam auf den See hinaus, einige Meter unter ihren Füßen verharrt unbeeindruckt ein Schwarm Rotfedern, und einige Meter vor ihren Augen verharrt beeindruckt Helene Burgstaller. Mit hochgezogenen Armen steht sie bis zum Saum ihres Badeanzugs im etwa siebzig Zentimeter tiefen Wasser, und bereits dieses lächerliche Stückchen hat sie größte Überwindung gekostet.

Unüberhörbare Überwindung. Abermals quietschend und hechelnd vollführt sie nun die nächsten Schritte, und wie ihr das Wasser über den Bauchnabel hinaufsteigt, geht ein markerschütternder Schrei über den See. Die Djurkovic wechselt blitzschnell in die Bauchlage und schwimmt zurück in Richtung ihrer Sonnenhof-Leidensgenossin. Die Burgstaller steht wie erstarrt im Wasser, ohne sich auch nur einen Zentimeter zu bewegen, und am Himmel verschwindet die Sonne hinter den aufziehenden Wolken.

»Haben Sie das gehört?«, ruft Helene Burgstaller der näher kommenden Danjela Djurkovic zu.

»Ja, ist gekommen drüben von Wald!«

»Das hat sich aber nicht gerade von Freude erfüllt angehört, oder?«

»Nein, war genauso wenig von Freude erfüllt wie von Getier aus Wald produziert!«

»Wie meinen Sie das?«

Mittlerweile hat die Djurkovic die Burgstaller erreicht. Beide stehen regungslos im Wasser, und beiden steht das regungslose Wasser bis zum Hals. »Na, hat geklungen wie Stimme von Frau, oder?«

Der Metzger schwenkt abermals gezielt den Lenker vom Schotterweg, diesmal nach rechts, wobei nun weniger der Verstand als vielmehr Neugier das Hirn leitet. Aus dieser Richtung muss der Schrei gekommen sein. Ein schmaler Weg führt in den Wald, und während er sich im leichtesten Gang abstrampelt, wie ein Pygmäe beim Quickstepp, wird der Wald immer dichter. Einige Äste streifen über sein Gesicht, immer wieder muss er kurz die Augen schließen. Dieses etwas längere Augenzwinkern reicht, und wie aus dem Nichts ist der Wald verschwunden. Vor seinem erstaunten Blick breitet sich einladend schimmernd ein See aus. Nicht einladend genug, denn der Metzger hat seine Reflexe meisterhaft im Griff, im wahrsten Sinn des Wortes. Anstandslos ziehen seine kräftigen Finger die Bremsen, und das Rad kommt mit dem Vorderreifen im Wasser zum Stehen. Etwa hundert Meter entfernt ragen zwei Köpfe aus dem Wasser.

»Wiiiiiiiiiillibald!«, dröhnt es freudvoll über den See, jeder grabende Maulwurf, jeder klopfende Buntspecht, jeder grundelnde Haubentaucher kann es hören.

Mit wuchtigen Kraularmzügen wälzt sich ein erregter Körper durchs nun nicht mehr regungslose Wasser. In den Herz-Schmerz-Filmen, die die Djurkovic so gerne sieht, würde sich jetzt der andere Part ebenso in den See schmeißen, und inmitten von Seerosen und Schwänen käme es zum feuchtfröhlichen Begrüßungskuss. Nur fängt das wahre Leben genau da an, wo Herz-Schmerz-Filme aufhören, folglich fällt es dem Metzger nicht im Traum ein, seiner Danjela entgegenzuspringen, weder angezogen, bei aller Liebe. Nass wird er aber trotzdem, angezogen, versteht sich. Denn keine Frage, dass die Djurkovic euphorisch aus dem Wasser stürmt, als wären einer zugegebenermaßen wuchtigen Meerjungfrau Beine gewachsen, und keine Sekunde zögert, ihren Willibald an ihr wild pochendes Herz zu drücken: »Bist du ja gekommen wirklich, nicht nur als leere Versprechen! Ach, Willibald!«

Und während sich die Gänsehaut über den Djurkovic-Körper zieht, zieht das Metzger-Hemd die Feuchtigkeit an wie ein Schwamm. Einige Zeit stehen sie eng umschlungen, dann löst die Danjela ihre Arme, gibt ihrem Willibald einen Kuss, streicht ihm zärtlich übers Gesicht und lächelt ihn liebevoll an.

Auch der Metzger lächelt, was zur Folge hat, dass das liebevolle Lächeln der Djurkovic in ein gackerndes Lachen übergeht. Ob diese hemmungslose Erheiterung als Höhepunkt weiblicher Wiedersehensfreude gewertet werden kann, wagt Willibald Adrian Metzger zu bezweifeln.

»Bitte entschuldige, Willibald, bitte. Aber kann ich nicht bleiben ernst, obwohl ist ganz bestimmt nicht lustig!«

»Ist schon recht«, entgegnet der Metzger, und beim »ist« und »schon« pfeift es durch die Zahnlücke ungewohnt aus seinem Mund, was die Djurkovic abermals mit einem Prusten kommentiert.

Es dauert ein wenig, bis sich die Djurkovic endlich beruhigt, dann stellt sie so mitleidsvoll wie nur möglich die drängende Frage: »Hast du wenigstens verschluckt, oder hast du verloren?«

»Weiß ich noch nicht.«

»Wann ist passiert und was? Nase schaut aus wie Liebkosung von Reibeisen!«

»Vor etwa einer Stunde, den Rest erzähl ich dir in Ruhe. Treffen wir uns beim Eingang der Kuranstalt!«

Dann folgt ein bei Weitem nicht mehr so euphorischer, dennoch liebevoller Kuss, und beide treten den Weg zum Treffpunkt an. Die Djurkovic allein durchs Wasser, denn Helene Burgstaller ist längst ans Ufer zurück, der Metzger allein durch den Wald.

So ganz hundertprozentig bei der Sache war er ja gerade nicht, der Willibald. Natürlich hat es ihn gefreut, wie da voll überschäumender Freude, ähnlich einer rubensschen Nymphe, seine Danjela völlig überraschend aus dem Wasser gestiegen ist. Die Ursache dieser Spontanzusammenkunft dröhnt ihm aber immer noch im Ohr. Verzweifelt hat er geklungen, dieser Schrei.

Langsam fährt der Metzger den engen Weg zurück und zögert nicht lange, wie da rechter Hand ein schmaler Pfad abzweigt. Die Richtung zur Kuranstalt müsste stimmen, schlimmstenfalls hört der Fußweg einfach auf, und es heißt umkehren. Vorsichtig schiebt er sein Rad entlang des Pfads, und obwohl der mit dichtem Moos überzogene Waldboden, die prallvollen Heidelbeersträucher, die üppigen Tannen und einfach alles hier so unberührt wirken, als wäre vor dem Metzger noch kein anderer Mensch vor Ort gewesen, legt der Wald dann doch Zeugnis ab über einen erst kurz zurückliegenden menschlichen Besuch.

Der Metzger muss da aber schon etwas genauer hinsehen, um dieses Zeugnis als menschlich zu identifizieren. Im Vorbeigehen und flüchtigen Hinunterschauen ist er zuerst gar nicht schockiert. Wie ein kleiner Wurm mit einem eindrucksvollen Kragen sieht es aus. Gut wäre es, hätte sich der Metzger mit diesem ersten Eindruck zufriedengegeben. Aber nein, er muss ja sein Rad an den nächsten Baum lehnen, in die Knie gehen und mit einem Ast daran herumstochern.

Keinerlei Anstalten wegzukriechen macht er, der Wurm, dafür rutscht ihm der Kragen hinunter und bleibt golden glänzend im Moos liegen.

Dabei bemerkt der Metzger,

* dass das Moos eigentlich mehr dunkelrot als braun ist,
* dass der goldene Kragen ein goldener Ring ist,
* dass der Wurm ein abgezwickter Wurm, um nicht zu sagen ein abgezwickter Ringfinger und wahrscheinlich sogar ein relativ frisch abgezwickter Ringfinger ist und
* dass dieses Abzwicken garantiert jeden zum Schreien brächte, außer einen reumütigen Samurai.

Schlecht ist ihm, dem Willibald, wie er da so im Moos hockt und sich geistig mit der Prozedur des Finger-abtrennens beschäftigt, was ihn unweigerlich gedanklich zurück zur mütterlichen Nagelzwicke führt. Da muss schon jemand ziemlich geistesgestört sein, sich so etwas anzutun. Und alles andere, als dass sich hier jemand aus freien Stücken von einem seiner Körperteile getrennt hat, will der Metzger erst gar nicht denken, nicht dass er am Ende die restliche Leiche auch noch findet. Außerdem sprechen zwei triftige Gründe für eine freiwillige Verstümmelung: Erstens führen Blutstropfen von dem Finger weg, der genauso wie dieser zuvor ausgestoßene Schrei allem Anschein nach zu einer weiblichen Person gehört, und zweitens: Was wäre das für ein unterbelichteter Mörder, der im Wald jemandem unüberhörbar den Finger abzwickt, dann tötet, den Finger liegen lässt, aber mit der Leiche quer durchs Gemüse irgendwohin verschwindet.

Jetzt hat der Willibald natürlich vergessen, dass der Irrsinn eines Mörders wahrlich über jedes gewöhnliche Vorstellungsvermögen hinausgeht. Was sich ein Verbrecherhirn so ausmalt, dagegen ist ein Kandinsky klassische Malerei.

Was tun, grübelt der Metzger, ich kann ja den Finger schlecht mitnehmen.

Den Finger nicht, aber der Ring böte sich an.

10

AM TAG, BEVOR ES PASSIERTE, *begegneten sie sich abermals am Ufer des Sees. Mit triefendem Körper kam er ihm entgegen. Aus den Haaren tropfte ihm Wasser auf die Stirn und rann durch seine Augen. Ihm fiel auf, dass er es einfach zuließ, unbekümmert, wie ein Vieh, dem die Fliegen auf der Pupille sitzen. Diesmal gab er sich zu erkennen.*

Ohne einander von der Seite zu weichen, gingen sie den See entlang zum Steg, wortlos, bis ihm sein Gegenüber die Frage stellte: »Wie lang hast du Zeit?«

»Zeit? Zeit spielt keine Rolle!«

Nach dieser Antwort spürte er, wie sich ein Bollwerk an Zurückhaltung aller Schutzschilder entledigte, wie sich für einen kurzen Moment lang irgendwie dankbar und unbeholfen eine Hand auf die seine legte, ganz selbstverständlich, als hätte dieses Leben, in dem keine Berührung zwischen ihnen erfolgte, nie stattgefunden. Es tat weh, körperlich, brannte bis in sein Inneres.

»Ich bin nicht hier, um jemand Vertrautem zu begegnen!«, war seine Antwort, während er ein Stück zur Seite rückte. »Wenn, dann bin ich hier, um einen Fremden kennenzulernen.«

»Du bist auch hier, um dich selbst kennenzulernen«, wurde ihm entgegnet.

Die Worte trafen ihn wie ein Keulenschlag. Doch er sprach nicht weiter. Neben ihm saß ein Gefallener.

Nur die wenigsten Gefallenen sind freiwillig auf der Strecke geblieben, er weiß das selbst am besten. Hinzufallen bedeutet aber nicht, Unschuldige mit sich in den Abgrund zu ziehen. Nein, er hat kein Mitleid mit ihm.

Dann wurde es Zeit zu gehen. Um sich ein Schweigen anzuhören, muss er nicht neben einem Fremden sitzen: »Wenn du reden willst, du weißt jetzt, wo du mich findest!«

Er wird nicht mehr sprechen. Und nun spricht auch sie nicht. Er war zu weit gegangen, hätte nichts sagen dürfen und sie beschützen müssen, so wie früher, als er ein Junge und sie sein kleines Mädchen war.

Seit er ihr von ihm erzählt hat, telefonieren sie nur noch einmal täglich. Morgens. Das »Gute Nacht« war ausgefallen. Beide nahmen es unkommentiert hin. Gegenseitige Vorwürfe sind bei ihnen nicht üblich. Heute aber ist selbst der Morgenanruf ausgeblieben.

Was passiert, wenn ich mich nicht melde?, hat er sich noch gedacht. Nichts ist passiert. Es kam kein Anruf.

Liegt der Grund ihres Schweigens in diesem letzten Telefonat? »Es ist etwas passiert!«, hat er gesagt.

Sie schwieg.

»Er ist tot!«

Nichts.

»Bist du noch dran?«

»Ja, ich bin noch dran.«

Weit weg erschien sie ihm. So weit weg.

11

»Bist du gewesen noch auf Schwammerlsuche in Wald?«
Eingewickelt in ein weißes Handtuch, steht Danjela Djurkovic leicht fröstelnd vor dem Kurhotel.

»Tut mir leid, ich bin da ein wenig vom Weg abgekom-
men!«, lächelt ihr der Metzger zu.

»Solang nicht rechte Weg war! Willibald, weißt du
was? Bist du noch goldiger jetzt mit Lücke in Gebiss!«

Unbeholfen hievt sich der Restaurator von seinem
Rad, die aufgeschürfte Nase brennt vom über die Stirn
rinnenden Schweiß, denn richtig beeilt hat er sich, getrieben von einem unheimlichen Gefühl, als hätte der Wald
versteckte Augen, als säße ihm jemand im Nacken. Abgesehen davon melden sich nun mittlerweile zwischen
Nacken und Ferse Muskeln zu Wort, deren bisheriges
Schweigen der Metzger ganz einfach als mögliche Folge
ihres Nichtvorhandenseins fehlgedeutet hat. Gemächlich lehnt er sein Rad an einen dafür vorgesehenen Stän-
der und hört ein resolutes: »Kommst du, oder willst du
mich gleich schicken auf nächste Kur wegen Lungenent-
zündung?«

Dann traut der Metzger seinen Augen nicht. Was
sich da vor ihm eröffnet, hat mit seiner Vorstellung von
einer Kuranstalt aber rein gar nichts zu tun. Eher gleicht
das Haus einem Nobelhotel: edle Möbel im Barockstil,
schwere Vorhänge, weitläufige Teppiche und überall frische Blumen.

»Und bei diesem schönen Ambiente kannst du es nicht
erwarten, nach Hause zu kommen?«, fragt er verwundert
seine Danjela.

»Bist du erstes Mal in Speisesaal und siehst du andere Patienten, bleibt von schöne Ambiente nur ›-ente‹, falls Ente steht auf Speisekarte. Zieh ich mir schnell was an, dann zeig ich dir ganze Zoo bei Fünfzehn-Uhr-Kaffee!«

Die Danjela duftet in jeder Falte nach frischem Seewasser und Höhenluft, der Metzger nach den eigenen Körpersäften. Die perfekte Kombination für den Austausch derselben, möchte man meinen. Welch grober Irrtum! Der Geruch von Männerschweiß behagt der weiblichen Nase nur in entsprechenden literarischen Ergüssen aus zumeist männlicher Hand, nicht jedoch in der Realität. Vorbei sind die Zeiten, wo Frauen aus Glück und Dankbarkeit über den vorhandenen häuslichen Mann seine aromatische und gelegentlich auch verhaltenstechnische Nähe zum Wildtier hinnehmen.

Nachdem die Djurkovic also am Zimmer ihre Nachmittagsjausenadjustierung angelegt hat, wird auch dem anwesenden Mannsbild unmissverständlich die Badezimmertür aufgehalten: »Kannst du dich machen ein bisserl frisch!«

In Anbetracht seiner verschwitzten Kleidung, die er auch noch für den Rest des Tages tragen muss, unterlässt der Metzger die von ihm angestrebte Dusche, wäscht sich sein Gesicht, ächzt, wie ihm das Wasser über die aufgeschürfte Nase rinnt, wird von seiner betörend nach Vanille duftenden Danjela folglich mit der besorgten Frage: »Alles in Ordnung?« im Badezimmer besucht, erhält eine liebevolle Spontanverarztung und verfällt abermals in Wehklage. Es hat also seinen Nutzen, wenn man zur Nagellackentfernung stets ein Desinfektionsmittel verwendet: »Na schau, bring ich meine Willibald zum Stöhnen!«

Als wäre das der Startschuss, setzt im Nebenzimmer plötzlich unüberhörbar der Sturmlauf zum folgenschwersten Gipfel dieser Welt ein. Es wird geächzt, nach allen Regeln der Kunst, vorwiegend aus weiblichem Mund. Der männliche Teilnehmer folgt eher dem Grundsatz: In der Ruhe liegt die Kraft – anscheinend auch die Manneskraft. So intensiv steigert sich diese gelegentlich zweistimmige Musik, dass der Djurkovic bald die Freude an ihrer ärztlichen Improvisationskunst vergeht.

»Hörst du?«

»Naja, ist ja wirklich nur schwer zu überhören! Das klingt allerdings weniger nach Nagellackentferner-Erstversorgung.«

»Muss aber Erstversorgung sein, weil hab ich noch nie gehört so ein Gejaule aus Nebenzimmer.«

Lange dauert es dann nicht, bis das von Textzeilen wie »Oh Gott« begleitete Crescendo in ein hysterisches »Oh Gott, oh Gott« übergeht und schließlich in einem monströsen Schlussakkord endet, gefolgt von einem volltönenden, lang gezogenen »Ooh« und kurz angehängten »– Gott!«.

Die Tatsache, dass gar nicht so wenige Menschen auf dem Gipfel ihrer Lust, unabhängig von ihrem Familienstand oder ihrer Konfession, völlig gedankenlos diese Verkündigung ausstoßen, könnte so manchen religiösen Fundamentalisten in schweren Argumentationsnotstand bringen. Besonders, wenn die Djurkovic diesen Vorgang mit einfachen Worten einleuchtend erklärt: »Hat Herrgott schon gewusst, wie bringt man Menschen noch zu Lebzeiten in heitere Himmel.«

»Dem dann gelegentlich aus heiterem Himmel schwerwiegende Überraschungen folgen«, ergänzt der Metzger amüsiert, ohne zu ahnen, wie schwerwiegend diese Überraschungen im Nebenzimmer tatsächlich sein werden.

»Wenn schon wieder geht mit Scherzen, dann geht auch schon wieder mit Denken?« Und dann erzählt die Danjela von der Friedmann-Geschichte: Sie erzählt von ihrem Ausflug zu den Haien, von der ungestörten Stille, von der wie von Zauberhand im Schwimmbecken auf- oder eigentlich untergetauchten Leiche, vom Fehlen eines Handtuchs, Bademantels oder anderen Kleidungsstücks und von den staubtrockenen Fliesen. Daraus abgeleitet eröffnet sie dem Metzger einige Theorien:

• Entweder August-David Friedmann war freiwillig schwimmen und ist dazu nackt durch den Sonnenhof stolziert.

• Oder August-David Friedmann wurde begleitet, und nach seinem Untergang ist die offenbar reinlichkeitsfanatische zweite Person mit Sack und Pack schockiert auf und davon, natürlich nicht ohne davor den Fliesenboden aufzuwischen.

• Oder August-David Friedmann wurde bereits tot vom Gang aus ohne einen Spritzer Wasser ins selbe befördert.

»Oder von der anderen Seite«, äußert sich der Metzger, der es sich mittlerweile im herrlichen Fauteuil neben dem Sofa bequem gemacht hat, während seine Danjela ruhelos im Zimmer auf und ab geht.

»Aber direkt bei Beckenrand auf andere Seite ist Glasscheibe, große Fensterfläche, große Horror zum Putzen!«

Mit einem »Und?« seitens des Metzgers wird ein langes Gähnen abgerundet.

»Na geht keine Weg vorbei!«

»Und? Man kann jemanden ja auch geräuschlos durch eine Glasscheibe befördern, vorausgesetzt, sie lässt sich öffnen!«

»Gut!« Die Djurkovic-Augen werden staunend größer, während den Metzger-Pupillen nur noch ein sehr schmaler Sehschlitz bleibt.

»Sehr gut!«, steigert sich nun Danjelas Begeisterung. »Fenster sind bei Schönwetter immer offen, was bedeutet: Fenster gehen auf von außen!«

»Na siehst du! Wahrscheinlich ist er trotzdem eines natürlichen Todes gestorben!«

»Nackert? August-David Friedmann, der ruhigste und einzigste Mann in Anstalt, garantiert ohne Jägerei auf Schürzen oder Hosen oder sonst was!«

»In den ruhigsten Menschen kann man sich aber am meisten täuschen, sag ich dir!«

»Stimmt, kann man sich täuschen, nur nicht Djurkovic. Hab ich Auge für so was wie Röntgen!«

»Wenn du schon so einen durchleuchtenden Blick hast, dann sei so gut und sag mir, wem der gehört?«

Verwundert sieht die Djurkovic zu, wie sich der Metzger nun aufrafft, den Schlaf aus den Augen reibt, ins Badezimmer geht, in seiner Hosentasche herumkramt, einen Gegenstand ziemlich gründlich im Waschbecken abspült und wie eine Trophäe präsentiert.

Die Gänsehaut läuft ihr den Rücken hinunter, natürlich aus Eigenverschulden, denn diesen aufgeregten, feierlichen Gedankenschluss hat sie rein ihrer romantischen Phantasie zu verdanken und nicht der Tatsache, dass ihr Willibald einen Goldring in seiner Hand liegen hat.

»Da fahr ich mit dem Rad vom See zurück …«

Und dann schildert der Metzger, was die Djurkovic zuerst eigentlich gar nicht hören will. Am Ende dieser Ausführungen ist sie zwar etwas verärgert über die eigene Naivität, aber wieder ganz Herrin ihrer schier grenzenlosen Neugierde.

»Gib her!«, meint sie kurz, betrachtet den gereinigten Ehering, so wie ihn jede Frau betrachten würde, nämlich von innen nach außen.

»Ja, kann ich sagen, wen hat gehört bevor schmerzhafte Trennung! Wett ich, Frau von Friedmann rennt herum seit Vormittag mit eine Finger weniger!«

Wo vorhin getrocknetes Blut klebte, steht nun in eingravierten feinen kursiven Lettern zu lesen:

»*August-David, 1. 4. 1974*«

12

»ZEIT FÜR NACHMITTAGSJAUSE!«, kündigt die Djurkovic den versprochenen Zoobesuch an.

Halbwegs instand gesetzt betreten die beiden also den Gang und stoßen auf Betretenheit. Denn auch beim Zimmer 3.15 öffnet sich die Tür. Dem sich die Haare richtenden Herrn ist dieses unverhoffte Aufeinandertreffen sichtlich unangenehm. Älter als dreißig ist der nicht, überlegt der Metzger, während der Gemeinte dermaßen rot anläuft, dass jeder Verkehr sofort zum Stillstand käme. Ein Feschak, wie er im Buche steht, und mit dieser vor Kraft strotzenden Sanftheit, bei der selbst atheistische Schwiegermütter ihr Kerzerl anzünden gehen: bei funktionierender Ehe der eigenen Tochter offenkundig und dankbar in diversen Gotteshäusern, bei nicht funktionierender Ehe der eigenen Tochter heimlich und hoffnungsfroh im eigenen Schlafzimmer. So wie es aussieht, dürfte der junge Mann auch die Mütter den Töchtern vorziehen.

Sichtlich peinlich berührt wird ein von beiden Seiten freundlicher Gruß ausgetauscht, und erst nachdem der Herr im Stiegenhaus verschwunden ist, meint der Metzger, seiner Danjela zugewandt, mit kritischem Blick: »Der persönliche Service durch die Hausangestellten dieser Anstalt wird aber hoffentlich nicht von allen Gästen wahrgenommen?«

»Erstens klingt diese Service eher nach Abfertigung, und zweitens glaub ich, dass diese Gigolo arbeitet mehr in Kuranstalt als für Kuranstalt!«

Weiter als bis ins Erdgeschoss ist den beiden dann jedoch die Erörterung dieses durchaus spannenden Themas nicht vergönnt. Denn vor ihnen bietet sich ein ungewöhnliches Bild: Zwei kleine Gruppen stehen sich gegenüber, aufgepflanzt wie zwei als sichtbare Grenzzüge hochgezüchtete Thujenhecken. Der zwischen den beiden Parteien gehaltene Sicherheitsabstand von etwa drei Metern böte für etwaige Passanten zwar einen ausreichend breiten Gang, nur wer spaziert schon freiwillig die Front entlang, außer er ist Feldherr, Kriegsberichterstatter oder Meteorologe? Der Metzger und die Djurkovic bleiben also stehen und lauschen den derben Äußerungen.

Und diese versetzen die Danjela durchaus in Staunen. Nicht den Metzger, der weiß dank seiner regelmäßigen Besuche auf diversen Auktionen bereits: Je größer der Wohlstand der Kontrahenten, desto niedriger das Niveau des

Wortgefechts. Eine Fraktion in Bademänteln liefert sich mit einer herausgeputzten Fraktion in markenschwangerer Nachmittagsjausenbekleidung vordergründig einen heftigen Disput über die soziale Verantwortung gegenüber den ehemals lebendigen Kurgenossen. Hintergründig geht es natürlich um etwas gänzlich anderes.

Fadenscheiniger Inhalt der Auseinandersetzung dürfte das Thema »Benutzung oder eigentlich Nichtbenutzung des Wellnessbereichs« sein, denn eine Dame in weißem Frottee meint lautstark mit einer ungewöhnlich tiefen Stimme: »Und wir gehen trotzdem. Das schau ich mir an, wie uns der ehrenwerte Professor Berthold verbieten will, wenigstens die Sauna zu benutzen. Erstens zahl ich dafür, zweitens kann der hier zusperren, wenn er seine Gäste, von denen er sich ohnedies das Geld für jeden noch so minderen Service in den Arsch schieben lässt, nach Hause schickt, und drittens: So wie heute Morgen kann ein Professor Berthold eventuell mit seinem Personal reden, aber garantiert nicht mit uns.«

Ein wohlwollendes Gemurmel lässt die transpirationsbedürftige Truppe in ihren strahlend weißen Mänteln wirken wie eine Schar Zisterziensermönche beim Stundengebet. Dann erhebt deren Fürsprecherin abermals die Stimme: »Diesem miesen Personal hier, in diesem absolut überbewerteten Haus, gehören sowieso längst einmal ordentlich die Leviten gelesen!«

Aus dem Hintergrund hat sich mittlerweile ein untersetzter, kleinwüchsiger Herr mit hoffnungslos abstehenden Ohren, blank polierter Stirnglatze und lang gezogenem Gesicht zur Jausentruppe dazugesellt, der zwar in seiner Bademeistermontur kleidungstechnisch überhaupt nicht dazupasst, diesen Makel jedoch inhaltlich eindrucksvoll kompensiert. Seine helle Stimme setzt sich schneidend über das Gerede hinweg, und würde er nicht wirklich absolut akzentfrei klingen und ebenso aussehen, einen prächtigen Südländer gäbe er ab. Wild gestikuliert er, als ginge es darum, eine ambitionierte Standchoreografie zur Uraufführung zu bringen. Mit ausladenden Bewegungen saust beim Sprechen sein linker Arm durch die Gegend: »Da geht es aber gar nicht ums Verbot, Frau Leimböck. Zumindest ein wenig Ehrerbietung hat sich der verstorbene Friedmann, Gott hab ihn selig, verdient. Ziemlich pietätlos, jetzt baden oder sonst was gehen zu wollen! So viel Egoismus hab ich noch selten erlebt, das sag ich Ihnen!«

»Ah, der Herr Anzböck. Was sind Sie: Hauswart, Bademeister, Chlorgehaltmesser, Fischerlfütterer? Bin mir nicht sicher, ob Sie hier überhaupt was zu sagen haben, und dann in diesem Ton! Da können Sie sicher sein, dass das erhebliche Konsequenzen für Sie hat. Außerdem, was bitte hat das Benützen der Sauna oder des Schwimmbads mit dem Friedmann zu tun? Erstens ist der dort ohnedies längst nicht mehr auf Tauchstation, und zweitens, glauben Sie mir, Anzböck, allein die Vorstellung, mit Ihnen im Becken zu sein, empfinde ich als weitaus unappetitlicher als das Planscherl mit einer Leiche!«

Gelächter auf der frommen Seite. Angespornt von dem anscheinend hohen Unterhaltungswert ihres Vortrags, setzt Frau Gertrude Leimböck fort: »Und außerdem: Hat sich da eben erstaunlicherweise gerade aus Ihrem Mund das Wort Pietät verirrt? Nur weil Sie zwangsweise aus Ihrem unteren Stockwerk etwas andere Aussichten genießen als unsereins, besitzen Sie noch lange nicht die

Freikarte, uns Damen ständig ins Dekolleté oder dermaßen penetrant auf unsere gewiss großartigen Hintern zu glotzen. Bekommen Sie im Saunabereich nicht genug zu sehen? Das wäre für Sie ja übrigens ein prächtiger Grund gewesen, sich mit dem Herrn Friedmann, wer auch immer ihn selig hat, beinah brüderlich zu vereinen. Der hat auch gegafft wie ein Zwölfjähriger in der Damendusche.«

Wieder Gelächter, diesmal etwas verhaltener, als könne man in die Zukunft blicken.

»Großartiger Hintern? Groß ist er, das stimmt, wirklich nicht zu übersehen, nur von artig kann ja bei einer ›Dame‹ wie Ihnen kaum die Rede sein. Möchte nicht wissen, wie viele Zimmer Sie im Hotel Sonnenhof schon von innen gesehen haben!«

»Sind wir ein wenig neidisch, Anzböck? Haben Sie ja auch allen Grund dazu, denn bevor sich eine Dame in die Dienstwohnung eines so aufgeblasenen Gartenzwergs wie Ihnen verläuft, geht sie ins Kloster!«

Keinem der Anwesenden ist die beängstigende Aggressionssteigerung des Gesprächs entgangen. Mit der letzten Bemerkung dürfte die Leimböck allerdings einen mächtigen Schritt zu weit gegangen sein. Schlagartig verändert Ferdinand Anzböck seine Strategie: »Na, dann müssen ja Ihrerseits schon recht ausführliche Runden durch diverse Arkadenhöfe zurückgelegt worden sein, Gertrude Leimböck, denn das Spitzenhöschen, Größe Kinderhängematte, das da seit letztem Mittwoch in meiner Nachtkästchenlade auf die Rückkehr seiner Besitzerin wartet …«, bevor der Anzböck den Satz vollendet, folgt eine dramaturgische Pause, die er einzig und allein dazu nutzt, sein Ziel, Gertrude Leimböck, über die Pfeilspitze des gespannten Verbalbogens hinweg mit eiskalter Entschlossenheit anzuvisieren, »… denn dieses Höschen ist von *dir*!«

Volltreffer.

Die Leimböck wird rot, der Anzböck schmunzelt, und die Djurkovic kichert, was dem Metzger bei Weitem unangenehmer ist als das eben Gehörte. So ein leises Kichern in die stille Bestürzung hinein ist nämlich nicht zu überhören. Und vor allem nicht zu vergessen, besonders für die eben Bloßgestellte, die trotz all ihrer Betroffenheit Zeit für einen kurzen verächtlichen Blick in Richtung Danjela Djurkovic hat.

»Gertrude, mit dem? Also pfui!«, wendet sich eine ältere Dame erbost ab, rudelartig gefolgt vom Großteil der Anwesenden.

Dann findet klatschend eine Ohrfeige ihr Ziel: »Du elendes Schwein, wir haben uns versprochen, dass das unter uns bleibt!« Gertrude Leimböck steht verlassen mit hochrotem Kopf vor einem zufrieden grinsenden Ferdinand Anzböck: »Erstens war ich betrunken, anders wärst du mir ja gar nicht passiert, und zweitens haben sich doch offensichtlich eben die Spielregeln geändert! Übrigens denk ich, ist unser kurzes Abenteuer wohl der einzige Grund für eine etwaige posthume Verbrüderung mit Herrn Friedmann, oder?«

Wahrscheinlich aus Symmetriegründen wird umgehend, abermals klatschend, die andere Anzböck-Gesichtshälfte bedient: »Du gehörst deinen Fischen zum Fraß vorgeworfen. Ich könnte dich …!«

»Was?«, fragt der Anzböck nun deutlich ruhiger. »Was könntest du? Überleg dir, was du sagst, Gertrude Leimböck. Überleg dir das gut.«

Dann passiert das Unausweichliche, der letzte verzweifelte weibliche Rettungsanker im anscheinend verlorenen Gefecht: Gertrude Leimböck breitet sich in ihrer ganzen Pracht zu Füßen ihres Angreifers aus, der dazu, als wäre er doch ein Italiener, mit verdrehten Augen meint: »Mamma mia!«

Eine kleine Ohnmacht also, die aufgrund der scheinbaren Eigendynamik eines Bademantels an nicht unwesentlichen Körperstellen unbedeckt endet. Scheinbare Eigendynamik deshalb, weil sich der Metzger jetzt nicht ganz sicher ist, ob die während des Zusammensackens den Bademantel öffnende Handbewegung der Gertrude Leimböck als zufällig bezeichnet werden kann. Sprachlos ist er aber dennoch. Herr Anzböck beugt sich hinunter, ohne Anstalten zu machen, die offengelegten Einsichten nicht noch länger ertragen zu können, und schüttelt die Leimböck mit entsprechend schwungvollen Konsequenzen. Dann folgt die längst fällige Retourkutsche. So lange tätschelt er beherzt die Leimböck-Backen, bis unweigerlich der rettende Augenaufschlag folgt. Wer lässt sich schon freiwillig mehrfach ins Gesicht schlagen?

»Gehen wir. Ist genug Stegreiftheater für ganze Leben!« Die Djurkovic zieht ihren Willibald an diesem bedauerlichen Schauspiel vorbei, während sie ein vom Metzger durchaus registriertes beinah pubertäres Lächeln auf ihre Lippen zaubert. Ein nicht für ihn gedachtes Lächeln, denn ein stattlicher braun gebrannter Mann in hauseigener weißer Tracht marschiert eilig an ihr vorbei, den Blick geradeaus, ganz auf die am Boden liegende Gertrude Leimböck gerichtet. Auch der Metzger blickt hinunter und wird wohl danach so schnell nicht ans Schlafen denken können. Denn was er zu Gesicht bekommt, sind nicht nur die Schlapfen des vorbeihuschenden Schönlings, sondern klarerweise auch seine Zehen.

Oder seine Zehe. So eine dermaßen gigantische große Zehe hat der Willibald noch nie gesehen. Breit und lang überragt sie an beiden Füßen ihre vier Artgenossen auf derart eindrucksvolle Weise, als wäre eine Salatgurke zwischen ein paar Essiggurkerln gerutscht. Es gibt sie also doch nicht, die makellose Schönheit, denkt sich Willibald Adrian Metzger beruhigt und vergisst, dass sich das weibliche Verständnis von Makellosigkeit nicht einmal annähernd mit dem männlichen deckt. Denn auch so eine Zehe kann eine schwärmerische Dame nicht bremsen. Folglich entfleucht der Danjela in Gegenwart des braun gebrannten Adonis ein auffällig zartes, bemüht akzentfreies »Hallo«.

»Hallo, Frau Djurkovic!«, kommt es freundlich retour, kombiniert mit einem Lächeln von der Sorte: Ich kann jede haben.

»So schlecht geht es dir hier ja offensichtlich nicht!«, meint der Metzger etwas spitz und setzt fort: »Und, wer war er, und wer warst du, Cary Grant und Doris Day?«

»Willibald. Schaust du mich an und denkst du an Doris Day. Wie lieb!«

Es ist eine hohe weibliche Kunst, zum richtigen Zeitpunkt alles gänzlich anders zu verstehen, als es gemeint war.

»War nur meine Physiotherapeut Jakob Förster!«

»Physiotherapeut. Aha.«

Bevor sich der Metzger den masochistischen Überlegungen hingibt, wie nun so eine physiotherapeutische Behandlung aussehen könnte, wechselt er das Thema: »Du bist dir aber schon im Klaren, dass du dich gerade mit diesem Gekicher nicht unbedingt beliebt gemacht hast, oder? Muss ich aus lauter Sorge jetzt hier einziehen?«

»Gute Idee mit Einziehen, ist nur leider verboten. Machst du dir keine Verdruss. Die Leimböck ist Feindin hier von fast alle Frauen. Brauchst du nur haben kleinere Hintern, größere Busen oder stabilere Dauerwelle. Außerdem, Helene Burgstaller und ich sind sowieso ganz oben auf Leimböck-Liste, weil können wir immer so viel lachen zusammen, meistens eben über Leimböck samt ihre paar aufgeblasenen Badenixenschwadronen!«

Das Lachen wird der Djurkovic noch ganz schön vergehen.

»Hast du gehört, was hat gesagt Anzböck? Ist schon komisch, weil kann ich mir nix vorstellen, dass Friedmann hat gehabt hier Techtelmechtel mit Leimböck oder sonstwen. War so eine ruhige, zurückgezogene Mann!«

Das kostet jetzt den Metzger einen Lacher: »Ich hab's dir vorhin schon gesagt. Bei allem Respekt vor deinem Instinkt, aber täusch dich nicht. Stille Wässerchen …!«

13

AUCH DER KAFFEE IM RESTAURANT ist ein stilles Wässerchen, um nicht zu sagen: ein Graus, das Publikum eine Zurschaustellung an Geschmacklosigkeiten, Helene Burgstaller auf Anhieb ein Lichtblick. Ganz begeistert ist der Metzger von dieser humorvollen, hochintelligenten und vor allem aufgeschlossenen vierzigjährigen Frau. Ein Schlaganfall mit einer kaum sichtbaren Restlähmung der rechten Gesichtshälfte und der Prognose: »Das wird schon wieder« hat sie hierher gebracht.

»In dieser netten Gesellschaft bist du ja gut aufgehoben, freut mich für dich!«, flüstert er seiner Danjela zu und ist sich nicht ganz sicher, ob da nicht ein Funken Eifersucht in den leuchtend grüngrauen Djurkovic-Augen zu sehen ist. Wenn Männer in weiblichen Augen einen Funken Eifersucht wahrnehmen, ist längst Feuer am Dach.

Die Danjela hat sie nämlich sofort bemerkt, diese heftigen Wellen der Sympathie zwischen ihrem zahnlosen Willibald und der heute besonders gut gelaunten Burgstaller. Und wie dann die nette Helene mit ihrem Wissen über Biedermeiermöbel, altdeutsche Schreibtische und Barockengelchen zu protzen beginnt, als ginge es um eine Restauratorenlehrstelle, spürt der Metzger unterhalb der Tischkante ein schmerzhaftes Zwicken im Oberschenkel, oberhalb begleitet von einem sehr bestimmten: »Gehn wir, Willibald, möcht ich noch Runde spazieren, bis Einzeltherapiestunde«, wobei die Djurkovic ihr Sprechtempo beim letzten Wort völlig bewusst und unüberhörbar entzückt einbremst.

»Einzeltherapiestunde? Mit wem?«

»Na alleine, heißt ja ›einzel‹!«

»Du mit dir alleine?«

»Nein, mit Jakob Förster!«

»Turnen, alleine mit Jakob Förster. Na wunderbar.«

Lange wird nichts gesprochen, nur eingehängt zum See geschlendert, bis der Metzger das Schweigen bricht: »Nicht, dass das jetzt zur Gewohnheit werden soll, aber ich find es wirklich unglaublich entzückend, wenn du eifersüchtig bist.«

»Ich eifersüchtig, wo …!«

Ein Kuss verunmöglicht der Djurkovic, den Rest des Satzes über die Lippen zu bringen. Der Spaziergang wird in anmutiger Liebespaarmanier absolviert, viel seufzen, wenig reden, gelegentlich die wunderbare Natur kommentieren.

Wieder zurück beim Eingang des Kurhotels angelangt, folgt schließlich direkt neben dem dort abgestellten Rad und einem daneben geparkten entsetzlichen Opel Kadett mit Heckspoiler eine innige Verabschiedung mit der nicht ganz so innigen Djurkovic-Bemerkung: »Na schaust du, gehen wir jetzt beide turnen!«

Dann tritt der Metzger die Bußreise für seine jahrelangen Bewegungssünden an. Die ersten tausend Meter sind noch halbwegs erträglich, trotz des enorm schwülen Wetters. Dass dann jedoch ab dem zweiten Kilometer aus dem lachhaft sanften Gefälle der Hinfahrt eine hinterfotzige, immer heftigere Steigung wird, kann der Metzger nur deuten mit: »Die Erde ist doch eine Scheibe, und der Himmel erteilt mir gerade eine Lektion!«

Grinsend sieht er ihn vor sich, den Herrgott, wie er mit jedem mühevollen Pedaltritt seines unübersehbar der Maßlosigkeit frönenden Menschenkindes die Platte ein wenig mehr aus der Waagrechten kippt. Dass eine Person innerhalb kurzer Zeit zu so viel Schweißabgabe fähig ist, hätte der Metzger nie für möglich gehalten. Schwer beschäftigt ihn die Frage, wozu ein Rad einundzwanzig Gänge hat, wenn sich der leichteste bergauf immer noch mit kaum bezwingbarem Widerstand jeder Umdrehung entgegenstemmt. Und wie dem Willibald dann um Luft ringend klar wird, dass dieser kaum bezwingbare Widerstand einzig und allein sein eigener Körper ist, hat er noch nicht einmal die Hälfte des Weges zurückgelegt.

Schwer übersäuert schmeißt der Metzger sein Rad in die üppige Futterwiese, folgt diesem umgehend und breitet sich erschöpft im hohen Gras aus. Zwischen Wiesenlieschen, Weidelkraut und Klee gibt er sich bereitwillig seinem kleinen Schwächeanfall hin. Den Kühen ist das wurscht, der Sonne auch, die ist nämlich weg. Dann geht alles sehr schnell. Blitzartig erhebt sich der Wind, ein ohrenbetäubender Donner grollt so nahe, als säße er brüllend auf dem Gepäckträger, und kaum dass sich der Metzger mit seinen müden Muskeln auf die dringende Notwendigkeit weiterer Bewegung geeinigt hat, beginnt es zu schütten, als kämen dem Herrgott in Anbetracht seiner jämmerlichen Kreatur vor lauter Lachen gerade die Tränen.

Die kommen der Danjela jetzt beinah auch. Denn so ein Regen könnte genau das fortspülen, was mancher Frau besonders am Herzen liegt. Nein, nicht die Wimperntusche, die tönende Tagescreme oder die Undurchsichtigkeit einer weißen Bluse, sondern Informationen. Laufen muss die Danjela, damit sie vor dem riesigen Panoramafenster des Schwimmbads vielleicht doch noch etwas findet.

Natürlich hat dieses Sauwetter auch den Vorteil, dass kein Mensch auch nur einen Fuß vor die Tür setzt. Folglich steht Danjela Djurkovic allein links der Kuranstalt Sonnenhof, während neben ihr das Wasser wie ein Sturzbach aus der Regenrinne schießt und den Rasen beinah überflutet. Nicht gerade die besten Bedingungen, um etwas zu finden, von dem man gar nicht weiß, wie es aussehen könnte und ob es überhaupt existiert. Einen Versuch ist es in jedem Fall wert, beschließt die Djurkovic. Nass ist man ja in einem Kurhotel ohnedies die meiste Zeit, kommt es also auf einen Guss mehr oder weniger auch nicht mehr an, und außerdem könnte August-David Friedmanns Leben ja auch wirklich von der Sonnenseite des Beckens ins Wasser gefallen sein.

Gebückt schleicht sie durchs Gras. »Zum Glück ist eine warme Niederschlag«, geht es ihr durch den Kopf, dann schaltet sie auf Allradautomatik. Mit großer nach hinten gerichteter Vorsicht und hoher nach vorn orientierter Konzentration landet sie immer wieder auf allen vieren, in der Hoffnung, selbst übersehen zu werden und selbst nichts zu übersehen.

Mittlerweile zieht sich eine Schleifspur durchs durchtränkte Gras. Vor einem nach oben hin breiter werdenden Buchsbaum ist es dann vorbei mit dem österlichen Treiben, denn was man von oben aufgrund der ausladenden Breite nicht sieht, sieht man von unten: ein Taschentuch. Aus Stoff. Wer benutzt so etwas heutzutage noch, außer Medizinal-, Hof-, Geheim-, Oberstudienräten, Smokingträgern, Urgroßeltern und rührseligen Erben? Danjela Djurkovic muss lachen, denn einen Menschen kennt sie schon, der diese Tücher gebügelt, gleichmäßig gefaltet und auf Kante gestapelt in seinem Kleiderschrank direkt neben den Unterhosen lagert: Willibald Adrian Metzger. Eines hat er immer in der Innentasche seines Jacketts, und alle tragen sie die Buchstaben »W. A. M.« in Kursivschrift eingestickt. Zum Glück sind sie weiß, die Metzger-Schnäuzfetzen. Der Finder eines gebrauchten könnte da beim Betrachten der Anfangsbuchstaben fast meinen, den getrockneten Nasenrammel von Mozart in Händen zu halten. Ja, selbst für den hätte so mancher mehr im Börserl als für Menschen, die ihren eigenen fressen müssen.

Das Stofftaschentuch am Fuße des Buchsbaums ist mit einem schwarz-weiß-grün-braunen Streifenmuster versehen, da kann man also einiges unterbringen, bevor es offensichtlich in die Wäsche muss. Das vorliegende Exemplar scheint auf den ersten Blick unbenutzt, riecht seltsam süßlich und hat ebenfalls Initialen eingestickt, wenn auch weit weniger kunstvoll. Eher so, als hätte es ein Grundschüler dank des wohl einzigartigen Ideenreichtums der Lehrkraft zum Muttertag heimgeschleppt.

Deutlich lesbar steht am braunen Zipfel: »*F. A.*«

14

HEKTISCH JAGEN DIE SCHEIBENWISCHER über die Windschutzscheibe. Selbst mit der größten Geschwindigkeit sind sie der Heftigkeit des Regens, der sich vom Himmel stürzt, nicht gewachsen. Einer Heftigkeit, als gelte es, diese Welt fortzuspülen. Nur sie lässt sich nicht fortspülen, schon gar nicht die innere. Der eigene Kosmos ist das auf die Welt gerichtete Teleskop. Durch dieses Glas blickt der Mensch ins Leben, mit seiner ureigensten Verzerrung, stellt dort scharf, wo er es für nötig hält, sieht dort verschwommen, wo es besser ist, nicht hinzusehen.

Sie hat sich gemeldet, endlich.

»Was ist los, was ist passiert, wo bist du?«, war seine Frage.

Mit schwacher Stimme folgte ihre Antwort: »Hier. Ich bin hier!«

Seit Jahren haben sie sich nicht gesehen. Telefonieren war ihr einziges gegenseitiges Zugeständnis, mehr hätten sie nicht gewagt. Und nun ist sie hier. Er wird sie wiedersehen. Sein Herzschlag dröhnt ihm in den Ohren, unerträglich laufen seine Gedanken im Kreis und stehen mit einem Mal still: »Sie ist nicht wegen mir gekommen!«

Laut brüllte er einen Schrei der Verzweiflung ins dumpfe Innere des Wagens. Warum musste er den Stein ins Rollen bringen? Diese zwanghafte Ehrlichkeit. Wäre sie ihm doch nur ein einziges Mal gelungen, die Klugheit des Verschweigens.

Trotz seines aufgewühlten Zustands überholt er mit ruhiger Hand die selten vor ihm auftauchenden, dahinschleichenden Fahrzeuge. Der Mensch ist so von seiner Gewohnheit gelähmt, dass er zwar innerhalb seines Programms scheinbar unbeirrt durchs Leben gleitet, es aber außerhalb, oder allein beim Gedanken an dieses Außerhalb, mit der Angst zu tun bekommt. Und doch ereignen sich die größten Tragödien inmitten des selbst gewählten Gleichklangs, auf genau dieser geläufigen Spur.

Wie an der Scheibe vor ihm rinnen die Tropfen über sein Gesicht.

Nichts wird bleiben, wie es war.

Die Reifen surren über die nasse Fahrbahn. Ihm scheint, dem Teufel kämen gerade vor Lachen die Tränen. Dann zuckt er zusammen.

Nur mit aller Gewalt kann er den Wagen unter Kontrolle halten und rechtzeitig zum Stillstand bringen.

*Mitten auf der Straße steht eine heruntergekommene
ältere Frau. Völlig durchnässt, in Ordenstracht. Blass
und eingefallen leuchtet ihr Gesicht im Scheinwerferlicht.
Apathisch blickt sie ins Leere. Und obwohl er sie in dieser Gegend noch nie gesehen hat, obwohl sie sich in ihrem
schrecklichen Zustand selbst fremd zu sein scheint, strahlt
sie Wärme und Vertrautheit aus.*

Von ihrer Hand tropft Blut.

Dann sinkt sie auf die Knie.

15

DER METZGER STEHT, mit einer vom Regen geprügel-
ten, buckligen Haltung, völlig durchnässt in der knie-
hohen Futterwiese, direkt neben einem Elektrozaun und
den dahinter gleichgültig weidenden Kühen. Kein Wunder, wenn bei solch einer verdrießlichen Gesamtsitua-
tion schlagartig unerfreuliche Erinnerungen aufblitzen.
Die Zuwendung, die dem Außenseiter Willibald Adrian
durch seine lieben Mitschüler während seines ersten und
zugleich letzten Wandertags in Verbindung mit elektri-
schen Zäunen zuteilwurde, kann nämlich durchaus als
schlagartig bezeichnet werden. Nie zuvor und nie wieder hatte man ihn so oft an der Hand genommen. Wahrscheinlich zeigt der Himmel nun deshalb ausnahmsweise
Herz und schickt einen Engel.

Anders kann es sich der Metzger nämlich nicht erklären, dass da jetzt trotz höchst widriger Bedingungen
ein Wagen hält, ein junger Mann aus dem dunkelblauen

Transporter steigt und, von den herabstürzenden Wassermassen unbeeindruckt, auf ihn zukommt. Weitaus gelassener als einige Stunden zuvor. Denn der Auftritt dieses feschen Kerls beim Verlassen des Nachbarzimmers 3.15 kam dem Willibald trotz fehlenden Niederschlags im Vergleich zu jetzt eher so vor, als wäre dem ertappten Liebhaber der Himmel auf den Kopf gefallen. Einem knappen, äußerst freundlichen »Kommen Sie!« folgen ein vorsichtiger, aber bestimmter Griff unter die Achsel des Restaurators, die Abnahme des Rades und die Beförderung der beiden ins Wageninnere.

Im Rückspiegel sieht der Metzger eine dermaßen gigantische Ladefläche – da würde spielend die Möbelgrundausstattung einer Studentenbude Platz haben. Gigantisch und leer, bis auf eine große Werkzeugkiste, Arbeitshandschuhe, eine Schaufel, einen Spaten, einen Krampen, eine Axt, einen großen dunkelbraunen Lederkoffer, ein Rad und nun das zweite Rad. Vorne widerspricht eine penible Aufgeräumtheit jeder Lieferwagenmentalität, was den Metzger zur Bemerkung veranlasst: »Ich mach Ihnen ja alles nass!«

»Wasser trocknet!«, ist die nicht gerade redselige Antwort, und wären da nicht diese tiefschwarzen treuen Augen, es könnte einem schon angst und bang werden, außer man hat, so wie der Metzger, einen polnischen Hausmeisterfreund, dessen sprachliche Jahresausgangsleistung maximal die Rückseite einer Postkarte füllt.

»Stimmt!«, setzt der Metzger hinzu. »Das ist wirklich sehr lieb von Ihnen. Ich wohne übrigens ganz in der Nähe, Pension Regina. Metzger ist mein Name. Willibald Adrian Metzger. Also vielen Dank, Herr …?«

»Friedmann. Kein Problem.«

Jetzt muss er doch ein wenig schlucken, der Metzger.

Zwei Namensvettern ohne Verwandtschaftsverhältnis inmitten dieser Einöde erscheint ihm eher unwahrscheinlich. Vielleicht ist an der ganzen Wasserleichengeschichte ja doch etwas faul. Das könnte sich zu einem ziemlich wilden Ritt entwickeln.

Im Sonnenhof hockt die Djurkovic, deren Neugierde er im Zaum halten muss, auf seiner Schulter hockt mittlerweile ein hartnäckiger Einflüsterer, der ihn drängt, möglichst rasch Licht in diese undurchsichtige Angelegenheit zu bekommen, und neben ihm hockt ein zweiter Friedmann. Nur Friedmann was? Hans, Kurti, Diego, Pavel …?

Ja, es gibt so Menschen, die der Angabe ihres Nachnamens weder einen Vornamen voranstellen noch hinterherschicken. Der Metzger hat Kundschaften, die kennt er mittlerweile seit zehn Jahren und könnte trotzdem nicht sagen, was da beispielsweise zwischen Dr. und Weinschober hineingehört. Der längst verstorbene Gemüsehändler Navradill ums Eck war zeit seines Lebens sowieso nur »der Gemüsehändler Navradill«, ja, und seine Frau, die war namenstechnisch überhaupt nicht vorhanden, sondern lediglich »die Frau vom Gemüsehändler Navradill«.

Dem Metzger ist der Vorname seines hilfsbereiten Chauffeurs aber jetzt zunächst einmal egal. Hauptsache, er erspart sich die Steigung.

Zügig geht es trotz des Regens voran, dann wird für einen kurzen Moment das Bremspedal betätigt, mit der entsprechend marginalen Verzögerungswirkung, die dem angespannten Willibald Adrian in Anbetracht der kommenden scharfen Rechtskurve gar ein wenig lächerlich erscheint. Trotz der gewaltigen Phantombremsleistung, die der führerscheinlose Metzger seinem imaginären Bremspedal entlockt, reduziert sich die Kurvengeschwindigkeit nur unerheblich. Außer, dass sich eine speckige Restauratorenschulter ein wenig dem mächtigen Friedmann-Oberkörper nähert, passiert nicht viel. Sacht pendelt der Metzger aus der Kurve in die Mittellage zurück, dann geht es den Schotterweg hinauf, dank des Regens ohne Staubwolke und ohne an die Windschutzscheibe klatschendes Rotkehlchen.

Der Haltegriff über der Beifahrertür hat längst mit einer feuchten Hand Bekanntschaft geschlossen, und als der Wagen schließlich zum Stillstand kommt, braucht der Metzger noch ein wenig Ruhezeit, um den Ausstieg schwindelfrei meistern zu können.

Herr Friedmann hat mittlerweile das Rad ausgeladen und öffnet die Beifahrertür.

»Das ist ja jetzt schnell gegangen!«, meint der Metzger und lächelt verkrampft seinem Wohltäter zu. »Thausend Dank!«, zischt es ihm dabei unkonzentriert durch die Zahnlücke, unkonzentriert, weil ihm konzentriert inzwischen durchwegs ein sprachfehlerfreies Kommunizieren möglich ist. Es wird ebenso lächelnd zurückgenickt.

Ein bisserl seltsam kommt es dem Willibald dann schon vor, dass der inzwischen ebenso völlig durchnässte Friedmann selbst im Vorraum der Pension nicht von seiner Seite weicht: »Das schaff ich schon allein, wirklich, Sie müssen sich wegen mir nicht mehr aufhalten!«

»Tu ich nicht, ich wohne hier!«

Und wieder muss er schlucken, der Metzger.

Dieser Friedmann hat etwas an sich, etwas Besonderes, Vertrauenswürdiges und Geheimnisvolles zugleich. Ruhig ist sein Gang, der eine große, kräftige, Respekt einflößende Statur aufrecht durchs Leben trägt, und genau in diese überzeugend männliche Gestalt hinein, als ginge es darum, ein friedfertiges Gegengewicht zu setzen, ist dieses beinah feminine Gesicht gezeichnet, dessen einzige Botschaft an die Außenwelt Güte zu sein scheint.

Bis in den ersten Stock folgt ihm Herr Friedmann und sperrt das Zimmer links der Treppe auf. Der reinliche Mann auf derselben Etage hat also ein Gesicht und halbwegs einen Namen bekommen.

»Na, dann sehn wir uns ja vielleicht beim Frühstück!«, meint der Metzger, zögert ein wenig und setzt versuchsweise fort: »Tut mir leid, was da in der Kuranstalt passiert ist!«

Kein Staunen ist den dunklen, freundlichen Augen abzulesen, nicht die geringste Verwunderung, als wäre dieses Wissen seines Gegenübers eine Selbstverständlichkeit.

»Danke!« Diesmal nickt Herr Friedmann zuerst, und der Metzger nickt lächelnd zurück. So eine kleine höfliche Kopfbewegung schafft oft mehr Vertrautheit als das süßlichste Geschwätz.

Nach einer kurzen Gedankenpause folgen zwei aufschlussreiche Sätze: »Für Vater war es offenbar Zeit!«

Und: »Sterben ist leichter als leben.«

Dann geht er in sein Zimmer.

Wirklich schlafen kann der Metzger nach seinem zärtlichen mobilen »Gute Nacht« an Danjela Djurkovic auf dieser weichen Matratze im knirschenden Kiefernholzrahmen nicht. Schuld ist aber nicht das Bett. Schuld ist die Begegnung mit diesem Friedmann junior. August-David Friedmann war also sein Vater, einer, für den es Zeit war zu sterben. Warum? Weil er so alt war, weil er schwer krank war, weil er oder ein anderer es so wollte? Warum war für ihn das Sterben leichter als das Leben, und was soll dieser Ring samt lautstark abgetrenntem Finger?

Müde stülpt sich Willibald Adrian Metzger sein Jackett über den Pyjama, Schlafen ist jetzt ohnedies kein Thema, durchquert schleichend das vom Mondlicht erhellte Treppenhaus und tritt durch die offene Haustür, an deren Innenseite der Schlüssel steckt, hinaus auf den hölzernen Vorbau. Sofort geht sein Blick zum Himmel, verbunden mit einem der tiefsten Atemzüge seines bisherigen Lebens. Schimmernd und galaktisch eröffnet sich dem sonst von flimmernder nächtlicher Dauerbeleuchtung geblendeten Stadtmenschen das überwältigende Firmament. Den Großen Wagen erkennt er, der Willibald, eine jämmerliche Bildungsausbeute für sein Alter, und obwohl er gelegentlich ein kleines Interesse für die Anordnung der Sterne in sich ausmacht, versteckt sich diese Wissbegierde in Anbetracht der ganzen schwachsinnigen Scharlatanerie rund um das Thema Horoskop im hintersten Winkel seiner Gehirnwindungen.

Wenn ein Mensch bei einer ersten Begegnung gleich nach dem Namen das Sternzeichen wissen will, dann ungefragt eine Litanei an dazupassenden Eigenschaften loswird, sich dabei brüstet wie ein Schriftgelehrter, der seine Kenntnis ausschließlich aus Billig- oder Gratismagazinen bezieht, fragt sich der Metzger, was genau dieselbe Person veranlasst, sich beim Thema Rassismus so liberalitätsgeschwängert aufzuregen. Wo ist bitte der Unterschied, wenn einer bei »Widder« die Augen verdreht oder wenn einer bei »Türke« die Augen verdreht? Beide verdrehen ihre Augen in Gegenwart eines Menschen, von dem sie nichts wissen.

Aber sonst sind sie herrlich, die Sterne. Zufrieden verkündet er dies ehrfürchtig der Nacht: »Herrlich!« Und während dabei von vorn unbeirrt die Grillen ihr Liedchen singen, hört er aus dem Hintergrund eine gespenstische Erwiderung: »Schön, nicht?«

Vom Metzger beim Herauskommen einfach übersehen, steht Frau Hackenberger im Nachthemd ans Haus gelehnt.

»Jaja, wenn der Himmel reingewaschen ist, sieht man die Sterne am besten, nicht?« Und selbstverständlich wird, ohne auf Antwort zu warten, umgehend weitergesprochen: »Kurz vor Vollmond, da hab ich immer so meine Probleme mit dem Einschlafen. Zum Glück, kann man da nur sagen, sonst würde mir nämlich so was Wunderschönes entgehen. Und Sie, Herr Metzger, Sie sind da also auch so ein Sensiberl, nicht?«

Die hat ihm gerade noch gefehlt, die Hackenberger: »Nicht, was den Mond betrifft!«

»Sondern?«

Zum Plaudern hat er sich wirklich nicht vors Haus gestellt, schon gar nicht für tiefsinnige Gespräche. Und so lieb sie jetzt auch dreinschaut, in ihrem Blümchenmuster, der Metzger bleibt ihr die Antwort schuldig und wendet sich sinnvolleren Themen zu: »Und, wird es morgen wieder regnen?«

»Morgen? Morgen wird es so richtig heiß! Da haben Sie ja heute ordentlich Glück gehabt. Der Herr Friedmann hat Sie heimgebracht, nicht?«

»Was soll man auch anderes machen, den ganzen lieben langen Tag, als seine Hausgäste durch den Küchenvorhang beobachten, nicht?« – genau diese Erwiderung läge dem Metzger jetzt auf der Zunge, aber weil die Frage

76

von Regina Hackenberger ja gar keine Frage ist, sondern ein Ausschnitt ihrer getätigten Beobachtung, bleibt er abermals die Antwort schuldig.

Unbeirrt davon fährt sie fort: »Fragen Sie doch Herrn Friedmann, so ein netter Kerl ist das, der bringt Sie sicher morgen zur Kuranstalt. Er ist ja eh jeden Tag mit seinem Lieferwagen unterwegs.«

»Wieso jeden Tag? Wie lang ist denn Herr Friedmann schon hier?«

»Seit einer Woche. Urlaub macht er bei uns!«

Und wieder schaudert dem Metzger. Herr Friedmann war längst hier, bevor sein Vater gestorben ist oder, wie er es selbst erklärt hat, bevor es für seinen Vater einfach Zeit war.

»So, lieber Herr Metzger, ich verabschiede mich. Haben Sie eine gute erste Nacht, und bitte, wenn Sie hineingehen, sperren Sie die Haustür zu. Es ist zwar eine sichere Gegend, aber sicher kann man sich nie sein, nicht?«

Regina Hackenberger geht schlafen, dem Metzger geht dieser Friedmann nicht aus dem Kopf, und über seinem Kopf, da geht leise ein Fenster zu.

Sicher kann man sich ja nie sein, nicht?

16

DANJELA DJURKOVIC SCHLÜPFT mit spannenden Neuigkeiten voll Vorfreude auf das zeitige Läuten ihres Weckers unter die Decke. Sie schläft auf Nummer 3.14 tief und fest, in ihrem Sonnenblumenmuster-Restposten-

Pyjama eines geschmacklosen Versandkatalogs, begleitet von einem leichten Schnarchen.

Helene Burgstaller auf Nummer 3.06, ganz am Ende des Gangs, schläft ebenso tief und fest, in ihrer ganzen wohlproportionierten Entblößtheit eines kaum vorhandenen Negligés, ebenfalls begleitet von einem leisen Schnarchen, nur dass dieses Schnarchen nicht ihr eigenes ist.

Das hat sich irgendwie schon am Vormittag angekündigt, dass da eventuell in naher Zukunft mit einem derartigen Besuch zu rechnen sein könnte. Wie dann allerdings die Einzeltherapiestunde nach dem Abendessen vom Hausherrn höchstpersönlich durchgeführt wurde und dieser nach einer eindrucksvollen Nackenmassage eine völlig neuartige Methode der Behandlung praktizierte, ist der Burgstaller beim anschließenden Notieren ihrer Handy- und Zimmernummer klar geworden, dass so eine nahe Zukunft gewissermaßen in die Gegenwart rutschen könnte.

»Sind Sie also selbst ein kleiner Schürzenjäger, Herr Professor?«, hat Helene Burgstaller Professor Winfried Berthold wenig später beim Durchschreiten ihrer Einzelzimmertür neckisch zugeflüstert.

Worauf dieser mit Bernhardinerblick munkelte: »Das passiert mir in all den Jahren nun zum ersten Mal – *mhhhmh* –, aber Sie sind einfach unwiderstehlich!«

Um mit Bernhardinerblick lügen zu können, muss man ja nicht unbedingt Bernhard heißen. Das darauf folgende, nahe am Professorenohr gehauchte: »Winfried, ich freu mich allein über das ›unwiderstehlich‹, vom Rest muss ich nichts wissen!« war natürlich auch gelogen. Dann wurde die Einzelzimmertür versperrt. Erst nach einer erneuten, für Helene Burgstaller dann schon etwas nervenaufreibenden Nackenmassage wurde das Einzelbett endlich dem erwünschten Test unterzogen.

Jetzt allerdings herrscht auch auf Nummer 3.06 Ruhe, und obwohl die Djurkovic und die Burgstaller zu diesem Zeitpunkt ein friedlicher Schlummer verbindet, ist es ab nun verständlicherweise vorbei mit ihrem solidarischen Bündnis. Zumindest für ein Weilchen.

Das Kurhotel Sonnenhof also schläft. Beinah. Nur Gertrude Leimböck auf Nummer 3.17 liegt, zu Tode gekränkt, mit offenen Augen in ihrem Bett. Allein. Erniedrigt, vor aller Augen bloßgestellt, lächerlich gemacht und gedemütigt, von diesem läppischen Wicht Ferdinand Anzböck. Was der sich herausgenommen hat, ist unverzeihlich.

17

Anton & Ernst – Die Zweite

Anton: Schläfst du, oder schwimmst du?

Ernst: Wir schwimmen grundsätzlich, wenn wir schlafen!

Anton: Also du schläfst nicht. Wunderbar, ich hätte da nämlich eine Frage.«

Ernst: Sag, weißt du eigentlich, wie spät es ist?

Anton: Nein, diese Frage ist es nicht. Die könntest du mir auch sicher nicht beantworten, weil warum soll ausgerechnet dir in unserem künstlichen Schaukasten ohne Tageslicht mehr Zeitgefühl geblieben sein als mir. Was ich gern von dir wissen würde, ist …

Ernst: Was soll das? Den ganzen Tag nervst du mich mit deinem Geflenne, nötigst mich zu Gratistherapiestunden, schläfst dich dabei aus, und in der Nacht bist du dann auf Zack. Ich brauch meine Ruhe!

Anton: Beschäftigt dich das nicht? Da schleppen die einen saftigen Kadaver aus dem Schwimmbad an unserer Tür vorbei und werfen ihn uns nicht zum Fraß vor. Was machen die damit? Tot ist tot. Fressen die sich gegenseitig, oder ist es nur ihr Geiz? Der kümmerliche Glatzkopf mit seinen abstehenden Ohren hätte uns den Happen doch ruhig servieren können, die zwei haben sich ja ohnedies erst kürzlich direkt vor unserer Scheibe in die Haare bekommen.

Ernst: Welche Haare? Glatzert wie wir waren sie beide!

Anton: Ha, du bist also munter!

Ernst: Ja, ich bin munter, und nein, das beschäftigt mich nicht. Nachdem du mich allerdings ohnedies so lange nerven wirst, bis du deine Antwort bekommen hast, sei dir gesagt: Ich bin mir sicher, es ist ihr Geiz, und sie bringen ihren Toten mehr Respekt entgegen als den Lebenden. Sozusagen als Pseudowiedergutmachung. Wahrscheinlich packen sie so einen Kadaver auch noch in irgendwas ein, verscharren ihn unter der Erde, damit ja keiner herankommt, und erzählen dem Erdhaufen all das, was die langsam verfaulenden Überreste darunter ihr Lebtag nicht zu hören bekommen haben!

Anton: Mensch, hast du eine kranke Phantasie! Das erzählst du jetzt nur, damit ich auch nicht schlafen kann, oder? Die werden sich doch da draußen, solang sie leben, nicht gegenseitig nur was vormachen. Wie soll das gehen? Immerhin haben die auch alle ein Herz.

Ernst: Nur zum Leben, Anton, nicht zum Fühlen!

Anton: Bin ich froh, dass du schon zu Lebzeiten so aufrichtig und herzlich zu mir bist!

Ernst: Schlaf!

Anton: Du meinst wohl schlafen und schwimmen!

Ernst: In unserem Fall sogar im Kreis. Was übrigens nicht leicht ist. Und jetzt gib endlich einen Frieden!

Anton: Nicht leicht? Also ich schwimm die Runde hier im Schlaf.

18

JE GRÖSSER DIE AUSWAHL, desto eher greift der Mensch offensichtlich zum Gewohnten. Käse, Wurst, Schinken, Speck, Sauerrahm-, Süßrahm- oder Almbutter, Joghurts mit und ohne Beigaben, Müslis, Flocken, Körndeln, Dörrallerlei und andere demonstrative »Ich-ernähr-mich-gesund«-Objekte, Konfitüren mit und ohne Fruchtstückchen, Backwaren süß oder gesäuert, Aufstriche aus Topfen, Frischkäse, Leberwurst oder Soja, Obst und Gemüse bissfest oder gepresst, Eier in allen Größen und Konsistenzen und weiß die Galle, was so ein Morgenmagen noch alles verträgt – aber die meisten Gäste des Kurhotels Sonnenhof sitzen an diesem wolkenlosen Morgen vor ihrer Tasse Kaffee, ihrem Marmeladesemmerl und ihrem Butterbrot mit Toastschinken samt einer Scheibe Gouda.

Das Einzige, was der Metzger sich aussuchen konnte, war: »Wollen Sie das Ei hart oder weich?« und »Tee oder Kaffee?«, wobei den Tee mit Milch und Zucker zu mischen dem Metzger noch eine Spur abartiger erscheint, als dem Kaffee eine getrübte Entstellung zu verpassen.

Immer zuerst was trinken, hat ihm seine Mutter beim Frühstück konsequent eingetrichtert, das brauche der Magen. Und nachdem sich die Ratschläge der Ernährungsberater so schnell ändern wie die Schuhgröße eines Menschenkindes, hält er es am Morgen heute noch so, der Metzger, allerdings nicht mit Kakao, sondern meistens mit einer Tasse koffeinhaltigem Schwarzen, ab und zu einem Pfefferminztee und ganz selten einem Glas Rotwein.

Nach dem ersten Schlückchen beißt er genüsslich in die Semmel mit herrlicher selbst gemachter Hackenberger-Marillenmarmelade, bringt, ohne zuvor geschluckt zu haben, die notwendige Wenigkeit Kaffee in die Mundhöhle und zermanscht das so entstandene Schlamassel zu einem bekömmlichen Brei. Ganz schlecht ist es, in diesem Moment angesprochen zu werden.

»Wunderschönen guten Morgen, Herr Metzger!« Herr Friedmann betritt den gemütlichen und engen Frühstücksraum, in dem Willibald Adrian Metzger zu dieser frühen Stunde noch allein sitzt, und nimmt am Tisch nebenan Platz.

»Ein wunderschöner Morgen ist das, nicht?«, wiederholt Frau Hackenberger lautstark aus der Küche, wobei sie mit der Variation: »Ein wunderschöner Morgen, hab ich's Ihnen nicht gesagt!« kurz zuvor auch schon den Metzger begrüßt hat, der ihr, um der penetranten Nachfragerei schließlich ein Ende zu setzen, erläutern musste, was mit seinem Zahn passiert ist. Gar nicht fassen konnte sie es, die Hackenberger, dass ihr da in der Nacht vor lauter blitzenden Sternen das fehlende Blitzen im Metzger-Gebiss entgangen ist, wo sie doch so aufmerksam sei.

Die Qualität ihrer Aufmerksamkeit stellt sie nun, abermals aus der Küche schreiend, unter Beweis: »Für Sie grünen Tee, Herr Friedberg, so wie immer, nicht?«

»Friedmann!«

»Wie bitte?«

»Immer noch Friedmann – und grünen Tee, so wie immer!«

»Also grünen Tee so wie immer. Gerne, Herr Friedberg!«

Herr Friedmann schüttelt mit verdrehten Augen den Kopf.

»Mit einem Sebastian Friedberg war ich übrigens in der Schule. War damals ein unguter Schüler und ist heute ein guter Arzt!«, versucht der Metzger das Gespräch aufzugreifen.

»Dann werden aus guten Schülern wohl ungute Ärzte!«, erwidert Herr Friedmann.

Erstaunt über die überraschend humoristische Ader seines Mitbewohners kontert der Metzger: »Ich kann mich nicht erinnern, dass es zu meiner Schulzeit so viele gute Schüler gegeben hätte.«

Das Amüsement der beiden Herren währt nur kurz, denn die Hausherrin betritt den Raum: »So, da kommt Ihr grüner Tee! Soll ja ziemlich gesund sein, nicht? Und, meine Herren, was werden Sie heute machen, bei dem schönen Wetter? Wieder auf Besuch in die Kuranstalt hinunter, Herr Metzger? Und Sie, Herr Friedberg, sind Sie wieder den ganzen Tag unterwegs? Ist ja so schön die Gegend hier, nicht?«

Dann erhält der wunderschöne Morgen schlagartig ein anderes Gesicht. Frau Hackenberger durchbricht die Stille, als wäre sie gerade aus einem Kartäuserorden ausgetreten. Sie redet unaufhörlich, während Willibald Adrian Metzger und sein Tischnachbar zusammengesunken vor sich hin kauen, erzählt von Familie Eifel, die hier so gern Urlaub macht und auch heuer wieder für drei Wochen kommt, während das vom Metzger bestellte weiche Ei erbarmungslos durchgekocht wird, erzählt vom einsamen Witwer Herrn Rubens, der die Pension als seine zweite Heimat bezeichnet, erzählt von ihrer Nichte Emma, die so fleißig studiert, sie erzählt, bis rettend die

84

nächsten Opfer den Frühstücksraum betreten: »Ah, Herr und Frau Schaden! Was für ein wunderschöner Morgen, nicht?«

Selten zuvor hat sich der Metzger an einer an und für sich hervorragenden Marillenmarmelade in so kurzer Zeit beinah bis zur Magenverstimmung satt gegessen. Nur die Verstimmung reicht ihm aber auch. Lästiger kann ein Tag nicht beginnen.

»Sie haben ja gar nichts gegessen!«, stellt Frau Hackenberger fest, und der Metzger ist sich nun absolut sicher, während er garantiert zum letzten Mal eine Tasse der Pension Regina in Händen hält: Die Hausherrin hat hundertprozentig selbst nicht alle im Schrank. Dass zum Betreiben einer Frühstückspension dem Frühstückspensionsbetreiber im Grunde null diesbezügliche Hotelgewerbefachkompetenz samt entsprechend grundlegenden sozialen Umgangsformen abverlangt wird, erinnert den Metzger schwer an die Gepflogenheiten bei der Vergabe von Ministerposten.

»Ihr Ei, Sie haben Ihr Ei vergessen!«

»Sie haben mein Ei vergessen!«, wäre wieder die passende Antwort. Stattdessen wählt er die feine Klinge: »Danke, Frau Hackenberger, ich bin richtig satt!«

»Warten Sie! Ich pack's Ihnen ein als Jause, Sie haben ja wirklich nichts gegessen. Da kann so ein stattlicher Mann doch nicht satt sein, nicht?«

Dann wechseln mit den Worten: »Hier, für den kleinen Hunger unterwegs!« abgeschreckt ein hartes Ei, zwei Scheiben Schwarzbrot, irgendetwas in Stanniol Eingewickeltes und eine Papierserviette in einem durchsichtigen Plastiksackerl den Besitzer und verschwinden in der linken Jacketttasche, denn in die rechte hat sich bereits, zusätzlich zur dort archivierten Nagelzwicke, ein Hackenberger-Kaffeelöffel hineinverirrt.

Im Stiegenaufgang ist hinter dem eilig flüchtenden Restaurator Herr Friedmann aufgetaucht. Und eilig hat es der Metzger allemal.

»Ich bring Sie zur Kuranstalt!«

»Das muss doch nicht sein!«, antwortet der Metzger höflich, aber kurz angebunden, und denkt sich: Zurückbringen wäre mir lieber!

Als könne er Gedanken lesen, meint Herr Friedmann: »Ich hol Sie auch gerne wieder ab, rufen Sie einfach an!« und streckt ihm ein Zettelchen entgegen, auf dem nichts als seine Mobilnummer steht.

»Haben Sie nichts Wichtigeres zu erledigen?«

»Gewisse Dinge eilen nicht!«

Gewisse Dinge aber schon, wird dem Metzger nun qualvoll bewusst. Ohne stehen zu bleiben, meint er: »Ich sollte wohl eher mit dem Rad zur Kuranstalt fahren, Herr Friedmann, das schadet mir bestimmt nicht. Zurück würde ich aber natürlich sehr gerne zusteigen, sollten Sie wieder in der Nähe sein!«

»Kein Problem, einfach anrufen!«

Was für ein netter Kerl. Es folgen ein freundlicher Dank, eine freundliche gegenseitige Verabschiedung und ein beschleunigtes Anpeilen der Toilette am Gang. Selten zuvor, dass der Metzger sein Morgengeschäft derart sehnsuchtsvoll erwartet hat. Selten zuvor, dass er es dennoch nicht wirklich genießen konnte.

»Wenigstens ein Flachspülbecken«, geht es ihm hoffnungsvoll durch den Kopf. Behutsam erledigt er sein Geschäft, angestrengt in sich hinunterfühlend, auf den hinteren Bereich der Schüssel konzentriert. Dass da ja kein Teilchen der möglicherweise wertvollen Ladung über die Vorderkante in den Abfluss rutscht, verloren auf immer und ewig. Nach Absolvieren der ersten Etappe folgt zwar der gewohnte Griff zum Toilettenpapier, diesmal jedoch ausschließlich zur hygienischen Unterstützung des bevorstehenden operativen Eingriffs mit dem Hackenberger-Kaffeelöffel. Andächtig kniet der Metzger am Fliesenboden, hofft auf ein weißes Blitzen und seziert dieses undefinierbare Gemenge. Wie ein Fremdkörper kommt es ihm vor, obwohl er es mehr oder minder täglich selbst produziert.

Eines Tages hatte ihn seine Mutter beim Nachhausekommen gebeten, vor der Haustür den Kopf zu heben, ihm dabei sanft übers Haar gestreichelt und liebevoll gemeint: »Die Dinge, die uns am nächsten sind, betrachten wir selten genauer.« Der wunderschöne Engelskopf direkt über dem Eingang war ihm noch nie zuvor aufgefallen. Und jetzt kniet er vor seinem eigenen Haufen, und diese Geschichte fällt ihm ein. »Ganz schön abartig«, denkt sich der Metzger. Gewisse Rück- und Einblicke gewährt einem das Leben eben nur in Ausnahmesituationen. Ähnlich einer Perle im Schlamm glitzert ihm endlich die verschollene Hälfte seines Vorderzahns entgegen, und während er diese in mehrfacher Hinsicht äußerst erleichtert zu reinigen beginnt, kommt es zur unerwarteten Entdeckung:

Hinter dem Sockel der Toilette ragt das Eck eines Kuverts hervor, als wäre es auf den Spülkasten gelegt, von der Schwerkraft in den Abgrund gerissen und unbeabsichtigt dort vergessen worden. Auf der Vorderseite des leeren Umschlags steht in Blockbuchstaben: »FÜR MEI-

nen Sohn«, auf der Rückseite ist deutlich eine Sonnen-
hof-Prägung zu erkennen.

»Jetzt weiß ich auch nicht unbedingt mehr über Herrn
Friedmann«, denkt sich der Metzger vorschnell, wäscht
vorsichtig seinen Zahn und gründlich seine Hände,
wickelt den Zahn in Klopapier, steckt das Kuvert in
die linke Brusttasche seines Jacketts und geht auf sein
Zimmer.

Dinge, die aus scheinbarer Bedeutungslosigkeit irgendwo vergessen werden, können in anderen Händen zu
Juwelen werden.

19

Helene Burgstaller freut sich, beim Aufstehen war
ihr Einzelbett immer noch unkeusch überladen. Und wie
sich dann der stattliche Winfried mit einem süßen Kuss
aus dem Zimmer geschlichen hat, ist ihr der absurd weibliche Gedanke gekommen: Das könnte Gutes verheißen.

Gertrude Leimböck dagegen freut sich, denn heute
wird Ferdinand Anzböck sein blaues Wunder erleben
und mächtig baden gehen.

Und Danjela Djurkovic freut sich, weil sie diesem wun-
dervollen Morgen bereits gegenübergetreten ist, da war
noch gar nicht die Sonne aufgegangen. Einmal mehr sind
Neuigkeiten in Reichweite, einmal mehr wird sie diesen
auf allen vieren begegnen.

Dieser abermalige Wissenshunger wurde am Vorabend
mit unwiderstehlicher Kost gesteigert: Danjela Djurkovic

stand, weil ja der Ruheraum im Wellnessbereich als nächtlicher Erholungsort entfiel, zu später Stunde auf dem Gemeinschaftsbalkon ihres Stockwerks. Vorerst allein, also ein Gemeinschaftsbalkon ohne Gemeinschaft, der als nicht vorhandene Nummer 13, also als plakative Demonstration irrationalen Aberglaubens, zwischen Zimmer 3.14, also ihrem Zimmer, und Zimmer 3.12 liegt. Diese trügerische Idylle währte nicht lange, denn gegen dreiundzwanzig Uhr stieß eine gewisse Frau Eisler dazu.

Ursache ihres Balkonbesuchs war ebenfalls Neugierde. Sie sei, sagte sie, von mittlerweile übermächtigen Umzugsambitionen erfüllt, habe die Aussicht von ihrer ebenerdigen, rückseitig gelegenen Kammer in den düsteren Wald satt und wolle nur mehr eines: Zimmer mit Seeblick. Abermals habe man ihr heute am Empfang die unbefriedigende Auskunft erteilt: »Leider sind alle vorderen Zimmer belegt«, worauf sie diesen saublöden Rezeptionstussis, so Frau Eisler wörtlich, lautstark erklärt habe, wenn sie schon den Terminus »belegt« benutzten, müsse es richtigerweise heißen: »Eigentlich sind alle Zimmer belegt!«

»Eigentlich«, weil im Fall des wunderbaren Zimmers 3.12 und seines ehemaligen Bewohners August-David Friedmann dieses »belegt« nur im metaphysischen Sinn stimmen könne: Liegen als finale Stellung des Menschen. Folglich sehe sie trotz der großen Tragik absolut nicht ein, warum dieser Raum nicht bezogen werden könne! Herr Friedmann liege erstens nicht mehr dort und komme zweitens höchstwahrscheinlich auch nicht mehr dorthin zurück.

Das habe gesessen. Höflich sei ihr versichert worden, dass heute Nachmittag Herrn Friedmanns Sohn das

Zimmer räumen werde und sie es morgen im Lauf des Tages beziehen könne. Und jetzt, erzählte sie euphorisch der erstaunten Danjela, sei sie aus lauter Neugierde hier, um vorab, vom direkt an das Zimmer 3.12 angrenzenden Gemeinschaftsbalkon, ihre zukünftige Aussicht zu genießen.

»Dann lassen Sie sich nix stören!«, war die kurze Djurkovic-Antwort.

In Wahrheit wollte sich natürlich die Danjela selbst nicht stören lassen, immerhin gab es mit dieser Ladung an Information im Djurkovic-Hirn einige durchaus schaurige und zugleich interessante Schlussfolgerungen zu verarbeiten:

• August-David Friedmann war, getrennt durch den Gemeinschaftsbalkon, indirekt ihr Zimmernachbar gewesen.

• Dass das heute Nachmittag geräumte Friedmann-Zimmer erst morgen bezogen werden kann, liegt aller Wahrscheinlichkeit nach an den Dienstzeiten des Reinigungspersonals. Was bis fünfzehn Uhr nicht geputzt werden kann, bleibt ein Saustall bis zum nächsten Tag.

• Wenn man folglich morgen sehr zeitig das Zimmer 3.12 besucht, könnte es ein bisserl was zu sehen geben.

Das hat der Djurkovic an Argumenten gereicht, um ihren Wecker auf vier Uhr dreißig zu stellen. Es hat ihr ebenfalls gereicht, um die Umkletterung einer jener Holztrennwände in Angriff zu nehmen, die auf jedem Stockwerk innerhalb der protzigen Balkonfront separate Nischen erzeugen. Dazu musste sie mit ihrem wuchtigen Körper die Balustrade des Gemeinschaftsbalkons überwinden, auf der schmalen Bodenkante Halt finden und, sich von außen am Geländer festklammernd, wie ein

Zaungast spitzentänzelnd zur Balkonseite des Zimmers Nummer 3.12 hinüberbewegen. Und das alles, während sich ihr Hinterteil, weit über den Abgrund ragend, von den Verlockungen der Schwerkraft angezogen fühlte.

Und jetzt ist sie hier, im Zimmer 3.12.

Ein überraschendes Bild eröffnet sich da. Denn obwohl das Zimmer noch nicht geputzt wurde, herrscht eine erstaunliche Ordnung. Schleichend durchwandert die Djurkovic die Räume. Das Bett gemacht, leere Kästen und Laden, die Handtücher aufgehängt, Klodeckel geschlossen, kein Krümel oder Papierl am Boden. Der Vater ein Pedant, der Sohn ein Pedant. Nicht einmal ein Solosocken wurde vergessen, alle Friedmann-Privatgegenstände sind dem Junior in die Hände gefallen. Und alle Friedmann-Privatgegenstände, die der Senior die letzten Stunden seines Lebens nicht mehr zu seinen Privatgegenständen zählen wollte, die sind gewiss dorthin gefallen, wo der Junior ganz im Gegensatz zur Danjela aller Wahrscheinlichkeit nach seine Hände nicht hineinsteckt: in den Mistkübel.

Der Wohnzimmerabfall von August-David Friedmann präsentiert sich im geflochtenen Rattankübel erwartungsgemäß in hygienischer Aufgeräumtheit, und einmal mehr sieht die Djurkovic ihre auf reichlicher Erfahrung basierende Theorie eindrucksvoll bestätigt: Zeig mir deinen Mistkübel, und ich sage dir, wer du bist!

Im Friedmann-Fall:
- Papier, nicht zerknüllt, sondern gleichmäßig zerrissen, und zwar in beinah gleich große Rechtecke; egal, ob die Tageszeitung, das Tagesprogramm, die Tagesmenükarte oder andere Durchläufer;

• Speisereste, offenbar der Kern eines Pfirsichs und die Schale einer Banane, in ein Taschentuch eingewickelt;
• ein löchriger schwarzer Socken, innig verschlungen mit seinem lückenlos treuen Partner;
• der Plastikbehälter eines Fruchtjoghurts, ausgewaschen; darin gefaltet die vollständig vom Becher abgelöste Aluabdeckung;
• eine bis zum letzten Drücker aufgebrauchte und eingerollte leere Zahnpastatube;
• gebrauchte Zahnseide, fein säuberlich in Toilettenpapier gewickelt;
• eine zerdrückte, klein gemachte Plastikflasche.

Das Djurkovic-Resümee: alles nicht wirklich auffällige Gegenstände in einem Abfalleimer außerhalb eines Feuchtraums – und dass Männer überall lieber Zähne putzen und Zahnseide durch ihre Zwischenräume jagen als im Bad, ist ja nichts Neues.

Die Besonderheit liegt einzig in der bürokratischen Entsorgungsmethode des Mülls. Und genau diese Beseitigungspraxis bewirkt in weiterer Folge, auf die Zimmergesamtsituation bezogen, im so gründlichen weiblichen Wahrnehmungszentrum eine leichte Irritation.

Das würde einem Mann gar nicht auffallen: Im Schlafzimmer und in dem unter dem Nachtkästchen angebotenen, etwas kleineren Mistkübel schaut die Welt nämlich etwas anders aus. Denn darin befinden sich ausschließlich Taschentücher und abermals Papier. Zerknüllt!

Danjela Djurkovic streicht die Bögen glatt und ist selbst so gerührt wie offenbar der Verfasser beim Schreiben dieser Briefe. Aus Rührung könnte man schon einmal das exakte Papierzerreißen vergessen, noch dazu, wenn anscheinend etwas auf der Seele brennt und man nicht weiß, wie dieses Feuer zu Papier gebracht werden kann. Ein Briefumschlag und drei Bögen des hauseigenen Briefpapiers liegen vor der Danjela ausgebreitet auf dem flauschigen Kurzhaarwollteppich-Bettvorleger. Auf dem Kuvert steht in großen, geschwungenen Buchstaben: »*Für Xaver*«. Die Briefe weisen alle in etwa denselben Inhalt und eine ähnliche Länge auf:

»*Mein Sohn! Ich weiß nicht, wie ich nach all den Jahren anfangen soll. Dein Hass auf mich ist berechtigt. Es gäbe …*«, dann Gekritzel.

»*Lieber Xaver! Ich kann Dinge nicht ungeschehen machen, so viel ist falsch gelaufen, wegen mir. Es tut mir so …*«, dann, wie eine Schreibübung, willkürlich auf dem Zettel verteilt, das Wort »*leid*«.

»*Mein Sohn! Wo sind die Jahre hin? Was bin ich geworden? Was bist Du geworden? Ich bitte Dich nur, verzeih mir. Gönn mir noch ein paar Jahre mit …*«, mehr nicht.

Dann ein leises Klicken, hervorgerufen durch das Anlegen einer Schlüsselkarte, dann das Öffnen und das Zufallen der Zimmertür. Neben dem Bett am Boden kauernd, den Kopf in den Händen vergraben, wartet Danjela Djurkovic darauf, dass sich der kleine Wollteppich sanft vom Boden hebt und mit ihr durch das geschlossene Schlafzimmerfenster davonschwebt in Richtung Morgendämmerung.

Das Einzige, was im Moment allerdings dämmert, ist der Djurkovic ihre Gewissheit, wer da gerade die 3.12

betreten hat, hervorgerufen durch ein heftiges Halskratzen.

»Nur nicht husten«, geht es der Danjela konzentriert durch den Kopf.

20

SIE IST VERZWEIFELT, *als sie ankommt. In seinem Gesicht steht die einzig bedeutsame Frage, und sie antwortet sofort: »Ich war es nicht, ich schwör es dir. Ich wollte es tun, aber ich konnte nicht!«*

Er erfährt, dass sie seit Tagen im Auto schläft, ganz in der Nähe der Kuranstalt.

Wie schön sie ist, schöner als in seiner Erinnerung. Er kann nicht aufhören, sie anzustarren. Jetzt ist sie hier, steht leibhaftig vor ihm, mitten in seiner Wohnung.

Dann umarmen sie sich, und es durchschneidet ihm den Atem. Dieses Leben hält ihn immer noch gefangen. Sie flüstert: »Ich wollte es tun. Er hätte es verdient, alles hat er zugelassen, alles. Aber ich war es nicht!«

Aus dem Nebenraum dringt plötzlich ein unverständliches Lallen. Behutsam löst sie sich aus seiner Umarmung.

»Wer ist das? Ist sie eine …?«

»Ja, wenn man von ihrer Kleidung ausgeht, schon!«

Nebenan liegt eine Frau, mit blassem Gesicht, halluzinierend und fiebernd. Über dem Fußteil ihres Bettes hängt, sorgsam gefaltet, eine Ordenstracht. Erschreckend sieht sie aus, völlig abgekämpft und ausgezehrt. Aus dem offenen

Mund kommen stoßartige Laute, während ihr Körper immer wieder vom Fieber geschüttelt wird.

Leise erzählt er: »Sie ist plötzlich aus dem Wald gekommen und dann einfach auf der Straße zusammengebrochen. Alles war voller Blut. Ihr rechter Ringfinger fehlte, der muss ganz frisch abgetrennt worden sein. Die Zunge hat sie auch verloren, das liegt aber sicher schon einige Jahre zurück!«

Die vielen Wunden ihres Körpers, hervorgerufen durch Äste und spitze Steine, sind perfekt versorgt, der Fingerstumpf vernäht.

»Sie braucht viel Schlaf.«

»Schrecklich«, *sie hängt sich bei ihm ein, legt den Kopf auf seine Schulter und fragt:* »Wie geht es jetzt weiter, jetzt, wo er tot ist?«

Wer weiß das schon? Ihn quält eine ähnliche und doch ganz andere Frage. Schweigend dreht er sich zu ihr: »Wie geht es jetzt weiter, jetzt, wo du hier bist?«

21

WÄRE ER UNTERHALB des Bettvorlegers abgegeben worden, hätte dieser gewaltige Huster der auf dem Boden kauernden Danjela Djurkovic den kleinen Wollteppich wohl ein Stückchen angehoben. Für das Davonschweben war es allerdings ohnedies zu spät, denn dem Überraschungsbesucher haben offenbar ein paar Sekunden gereicht, um alles zu sehen. Der Djurkovic haben sie auch gereicht, die paar Sekunden Angst, die ihr wie Stunden vorkamen. Sie konnte nicht anders, als tief durchatmend in ihrer Kauerstellung zu verharren. Ein uneingeweihter Beobachter hätte bei diesem Anblick durchaus auf die Idee kommen können, hier begrüßt zur frühen Stunde eine yogabegeisterte Dame mit der »Stellung des Kindes« den anbrechenden Tag.

Begrüßt hat die Djurkovic dann etwas anderes. Denn während die Putzleistung des Hotelpersonals im Schwimmbad strahlende Qualitäten aufzuweisen hatte, braute sich unter dem Friedmann-Bett ein mächtiges Gewitter zusammen. Kumulusartig tummelten sich die Staubwölkchen, als hätte hier seit der Verschraubung des Betts kein Staubsauger mehr vorbeigeschaut. Dazwischen lagen gebrauchte Taschentücher, Spangen, Haargummis, das Verpackungsmaterial andersartiger Gummis – alles an sich kein begrüßenswerter Anblick. Nur war da eben noch etwas.

Etwas, das mit Begrüßungszeremonien dann wieder äußerst viel zu tun hat: ein Mobiltelefon. Ein veraltetes Modell.

Eines, das man in einem so noblen Haus wie dem Kurhotel Sonnenhof zwar genauso wenig erwartet wie den krankheitserregenden Boden unter dem gesunden Bett, das jedoch dem Altersdurchschnitt der hier anwesenden Personen entsprechend keineswegs überrascht.

Nachdem ein Mobiltelefon ja gegenwärtig das sich am schnellsten wandelnde Statusobjekt der besonders schnelllebigen Generationen ist, muss es nach seinem kurzfristigen Gebrauch schließlich irgendwo hin. Also werden in der Regel die im wahrsten Sinn des Wortes in die Tage gekommenen Geräte innerhalb der Familie altersmäßig aufwärts verteilt, meist in Kombination mit einer Telefonwertkarte unterm Weihnachtsbaum. Zeig mir dein Handy, und ich sag dir dein Alter. Am meisten aber freuen sich die Großmütter und Großväter, ganz zu schweigen von den Uromis und Uropis, wenn die Schnelllebigen ein bisschen Zeit aufbringen, den Beschenkten das Geschenk auch sorgfältig zu erklären. Wobei eines gilt: Je älter das Handy, desto größer die Freude, denn: Je geringer die Funktionen, desto einfacher die Bedienung und desto größer die Tasten.

Hocherfreut hält die Djurkovic das Mobilfunkgerät in ihren von Staub und Lurch beschmutzten Händen. Hocherfreut, denn erstens leuchtet das Display grün mit fetter schwarzer Schrift, was bedeutet, der Akku ist nicht leer, was des Weiteren bedeutet, so lang kann es da noch nicht liegen. Zweitens haftet auf der Rückseite, mit einem durchsichtigen Klebestreifen befestigt, ein Zettelchen mit einer Ziffernfolge, wahrscheinlich die Nummer des beschenkten Besitzers. Und drittens hätte mit diesem Fund und den drei begonnenen Briefen die Ausbeute ihres kleinen Besuchs wahrlich besser nicht ausfallen können.

So euphorisch hat sich die Djurkovic im wahrsten Sinn des Wortes aus dem Staub gemacht, dass ihr beim Verlassen des Zimmers gar nicht der Gedanke gekommen ist, sich mit einem kurzen Blick zurück ins Zimmer dieselbe Aussicht zu gönnen, wie sie der vorangegangene Überraschungsbesucher genießen konnte.

Sie hätte zwar ohnedies nicht ganz dasselbe zu Gesicht bekommen, denn im Wohnzimmerspiegel wäre nur der kleine Bettvorleger-Wollteppich ohne den gewaltigen Hintern einer seltsam verrenkten darauf knienden Person zu sehen gewesen. Die Balkontür allerdings hätte noch genauso offen gestanden.

22

Anton & Ernst – Die Dritte

Ernst: Sieh mal, heute sind's zwei!

Anton: Fein! Jetzt schaut auch noch jemand dabei zu, wie uns der kümmerliche Glatzkopf mit seinen abstehenden Ohren den grindigen Kübelinhalt in unser Wohnzimmer kippt. Einfach entwürdigend, Abfälle fressen müssen vor Publikum!

Ernst: Ich trau mich wetten, dass im Vergleich zu dem, womit sich die da draußen ernähren, unsere Abfälle weitaus bekömmlicher sind!

Anton: Da hast du vielleicht sogar recht. Aber weißt du, was ich glaube? Ich glaube, der Zweite schaut gar nicht uns zu, sondern dem Glatzerten!

Ernst: Vielleicht wird das der Neue. Schöner als der Alte ist er ja. Wahrscheinlich bekommt er gerade seine Einweisung im Kübelausleeren und Fischfutter-für-die-Winzlinge-Einwerfen oder weiß Poseidon!

Anton: Ernst, du überraschst mich immer wieder! Seit wann glaubst du an Gott?

Ernst: Der alte Poseidon, der schaut schon auf die Seinen.

Anton: Da muss er sich aber gerade ganz versunken mit seinem Dreizack ein paar Speisereste zwischen den Eckzähnen herausgekratzt haben, wie wir aus unserem wunderbaren Korallenriff gefischt und in dieses mickrige Becken umgesiedelt worden sind. Unter »auf die Seinen schauen« versteh ich was anderes. Das sa…

Ernst: Woher willst du wissen, ob es das Meer da draußen überhaupt noch gibt? Vielleicht gehören wir mittlerweile zu den letzten Überlebenden.

Anton: Ausgestellt vor verrunzelten Menschen am Arsch der Welt? Das glaubst du doch selber nicht.

Ernst: Auch wieder wahr! Aber ich bin sicher, wir kommen hier schon noch auf unsere Rechnung!

Anton: Auf unsere Rechnung? Kam das gerade aus deinem Mund? Dass ich nicht lach! Früher, so hat mir zumindest mein Onkel Horst erzählt, ist wenigstens öfter mal ein Gaul ins Meer gefallen, weil die Seefahrer noch mit ein bisserl Frischfleisch bei unserem Herrgott um eine sichere Überfahrt bitten wollten. Das war dann ein Festmahl. Aber heute! Das Einzige, was heutzutage ins Meer fällt, sind ungenießbare Abfälle, merkwürdige Tonnen, und gelegentlich ein Mensch mit Gewichten an den Füßen.

Ernst: Achtung Anton! Da kommt was!

Anton: Um Gottes willen, was war das denn?

Ernst: Ich fass es nicht! Ist das nicht irre?

Anton: Wahnsinn! Ein Pferdeopfer. Mehr oder minder!

Ernst: Hab ich's nicht gesagt? Wir kommen auf unsere Rechnung. Ehre sei Poseidon in der Tiefe und Frieden im Wasser den Fischen seiner Gnade!

Anton: Halleluja! Die Ohren gehören mir!

23

»Offen gestanden, sie hat ganz einfach offen gestanden, und ich bin hinein!«, schallt es über den See.

Verwundert nimmt Willibald Adrian Metzger schon von fern wahr, dass an diesem strahlenden Vormittag irgendetwas auffällig viele Gäste aus dem Haus gelockt hat. Während sein Rad den Kieselsteinweg zum Eingang der Kuranstalt entlangknirscht, rechnet er noch mit einer Verkaufsveranstaltung, beispielsweise für Beauty-Pflegeprodukte auf Totes-Meer-Salz-Basis oder der Werbeveranstaltung eines plastischen Chirurgen. Und obwohl er mit plastischer Chirurgie, Meer und Tod im weitesten Sinn gar nicht so danebenliegt, täuscht er sich doch. Und zwar gründlich.

»Wie soll ich wissen, dass da noch zu ist, obwohl die Tür offen steht?« Eine aufgeregte Menschenmenge füllt den Raum unter dem überdachten Hauptportal der Kuranstalt, in deren Mitte, völlig außer sich, eine schlanke Dame mittleren Alters steht, ein großes Handtuch um den Körper gewickelt.

Der Metzger bleibt am Rande der Versammlung stehen, lauscht höchst konzentriert dem aufgeregten Treiben und zuckt plötzlich heftig zusammen, obwohl es nur eine sanfte Berührung an seiner rechten Schulter ist.

»Guten Morgen! Na, hat meine Willibald schlechte Nerven?« Danjela Djurkovic ist an seine Seite getreten und fährt in nüchternem Tonfall fort: »Glaub ich, wirst du brauchen jetzt gute Nerven mit noch bessere Magen!«

»Wie meinst du das, und was gibt es hier für ein Problem?«

»Nachtaktiv und nix wählerisch!«

»Wer?«

»Weiß ich schon, nachtaktiv und nix wählerisch trifft zu auf meiste Gäste in Kuranstalt, trifft aber noch besser zu auf beide Haifische in Ruheraum!«

Und dann erzählt die Djurkovic dem Metzger wohl die absurdeste Geschichte, die ihm in seinem bisherigen Leben zu Ohren gekommen ist. Es wird diesbezüglich allerdings nicht die letzte sein.

Die Tür ins eigentlich geschlossene Schwimmbad ist also offen gestanden. »Wie reizvoll«, hat sich Frau Kirschner wohl gedacht. Für ein Erfrischungsbad im Schwimmbecken war ihr Ekel dann allerdings doch etwas zu groß. Gegen eine Sprudelrunde im Whirlpool und ein zufriedenes Versinken in der Entspannungsliege war aber nichts einzuwenden.

Zuerst hat sie es für einen Beleuchtungseffekt gehalten, dieses aus dem Aquarium schimmernde heimelige rote Licht. Wie ihr dann aber plötzlich hinter der dicken Glasscheibe eine Hand mit zwei ganzen und drei halben Fingern zugewunken hat, war es sowohl mit der Entspannung als auch mit dem Liegen vorbei. In Anbetracht des mittlerweile vollständig sichtbaren ohr-, nasen-, schulter- und geschlechtsorganlosen Restkörpers ist Frau Kirschner schließlich ohne Rücksicht auf das liegen gebliebene Handtuch splitternackt und schreiend ins Nirgendwo gelaufen – also durchs Schwimmbad, hinaus auf den Gang, am Empfang vorbei, vor die Tür und wieder zurück zum Empfang. Mit beiden Armen fuchtelnd: »Hilfe, Hilfe!« Es dauerte ziemlich lange, bis ihr außer diesem »Hilfe« noch das wesentliche Weshalb zu entlocken war.

Immer wieder hysterisch aufschreiend, steht sie nun bestens betreut von allerlei Kuranstaltspersonal im Freien. Prof. Dr. Berthold betritt die Bühne des dramatischen Geschehens und erhebt, von der Mitte des Eingangsportals aus, blass, mit versteinerter Miene und überraschend gefasst, die Stimme: »Ich bitte Sie, Ruhe zu bewahren. In Kürze kommt die Polizei – *mhhhmh* –, rein routinemäßig. Was für eine entsetzliche Geschichte mit unserem lieben Herrn Anzböck, ein wirklich ganz schrecklicher Unfall!«

Ein Raunen geht durch die Menge. Entsetzensrufe werden angestimmt – »Schrecklich!«, »So eine Tragik!«, »Um Himmels willen!« –, wobei sich irgendwo in der Menge aus dem Wirbel ein deutliches, durchwegs bekanntes »Oh Gott!« heraushebt. Sosehr sich die Danjela und der Willibald allerdings auch bemühen, der aufschlussreiche Blick über die Menge gelingt ihnen nicht. Die Gottesanbeterin bleibt gesichtslos.

So wie Ferdinand Anzböck. Denn obwohl mit dessen Namensnennung durch Professor Berthold die Leiche im Haifischbecken ihr Gesicht bekommen hat, ist von diesem in Wahrheit nicht mehr viel zu sehen. Erkennen könnte den Anzböck keiner mehr.

Nach Verklingen der allgemeinen Bestürzung fährt Professor Berthold fort: »*Mhhhmh* – trotzdem, alle vorgesehenen Programme und Therapien werden selbstverständlich durchgeführt. Seien Sie nur so gut und halten Sie sich bitte auf dem Kurhotelgelände auf, bevorzugt im Zimmer-, Restaurant-, Eingangs- und Stegbereich, zumindest, bis ich von der Polizei grünes Licht bekommen habe. Ich werde mich natürlich dafür einsetzen, dass das alles schnell geht und Sie keine Unannehmlichkeiten haben – *mhhhmh*. Wer heute heimdarf, möge sich bitte etwas gedulden, und natürlich müssen Sie die Zimmer nicht räumen. Wir werden Ihre Wartezeit so angenehm wie möglich gestalten. Das gilt auch für die Besucher. Sie sind für die Dauer des verpflichteten Aufenthalts unsere Gäste. Danke!«

Nach seiner Rede geht er ab, und es folgt der nächste zu erwartende Auftritt des Volks: »Sind wir jetzt Gefangene?«, »Soll das heißen, wir werden verdächtigt?«, »Was heißt ›routinemäßig‹?«, »Das war sicher nur ein Unfall beim Fischefüttern!«, »Eher ein Reinfall zum Fischefüttern«, »Na, dann bleiben wir halt auf unseren Zimmern!« »Und mein Zimmer«, Frau Eisler ist zu hören, »kann ich jetzt trotzdem das Zimmer wechseln? Ich bekomm nämlich eines mit Seeblick!«

»Ich würde jetzt gerne gehen«, stupst der Metzger die Djurkovic an. Übel ist ihm. Die größte Gefahr für den Menschen ist sein Egoismus.

Dem Metzger wird klar, dass die Anweisung, nicht das Gelände zu verlassen, auch für ihn gilt. Es könnte ihm durchaus Schlimmeres passieren, als einen Tag gratis in einem feinen Hotel an der Seite seiner Danjela verbringen zu müssen, mit Haus- oder eigentlich Zimmerarrest. Außerdem hat er mit seiner Angebeteten etwas zu klären.

Im Zimmer 3.14 angekommen, fragt ihn die Djurkovic: »Und, hast du gut geschlafen in Pension, meine Willibald? Kannst du bleiben jetzt bei mir vielleicht ganze Nacht, merkt niemand bei so viel Aufregung, weil musst du ja bald wieder zurück allein in Werkstatt.«

»Sicher nicht!«

»Was: sicher nicht?«

»Ich hab sicher nicht gut geschlafen in dieser Pension, und ich fahr sicher nicht allein zurück.«

»Musst du mir erklären.«

»Keine Minute länger bleibst du hier allein, Danjela, trotz der wunderbaren Lage und des Luxus. Das ist mir viel zu gefährlich. Ich bin zwar sicher, dass die ganze Angelegenheit auf einen Unfall hinausläuft – und selbst wenn nicht, kann uns das auch ziemlich egal sein. Was mir allerdings nicht egal ist, ist die Gewissheit, mit der ich Folgendes behaupten kann: Madame Djurkovic wird hier garantiert alles tun, nur nicht die notwendige Ruhe geben. Du weißt, was ich meine!«

Jetzt hat es der Djurkovic die Sprache verschlagen, denn mit so einem Beweis männlicher Führungsqualitäten hätte sie bei ihrem Willibald nicht gerechnet: »Aber ...!«

»Nichts aber. Dass ich für diese Kur war, stimmt. Meine Meinung hat sich eben jetzt geändert – Punkt!«

»Punkt?«

»Ja, Punkt. Und zwar ein dicker, fetter!«

»So eine dicke und fette wie der hier?«

Die Djurkovic deutet zärtlich auf den unter dem Kurzarmhemd hervorleuchtenden blauen Fleck, eine der zahlreichen schmerzhaften Erinnerungen an seinen gestrigen Sturz vom Rad.

»So in etwa!«

»Arme Willibald, bist du lädiert wegen mir und hast du schlecht geschlafen in Pension. Hab ich auch wenig geschlafen diese Nacht. Können wir ja machen gemeinsames kleines Schlaferl in große Bett!«

Die noch mangelnde Müdigkeit erarbeiten sich die beiden dann durch diverse Überlegungen zu dem innerhalb der letzten vierundzwanzig Stunden angehäuften Material.

• Da erzählt der Metzger zum Beispiel von einem Herrn Friedmann ohne Vornamen, Sohn von August-David Friedmann, der nicht nur kurzfristig in Zimmer 3.15, sondern auch langfristig in der Pension Regina eingecheckt hat, und das, bevor sein Vater ertrunken ist. Was gar nichts anderes heißen muss, als dass ein Sohn ausführlich seinen Vater besucht. Einen Vater, dessen Tod er kommentiert mit: »Für Vater war es einfach Zeit!«, und: »Sterben ist leichter als leben!« Weiters erzählt der Metzger von seinem Abenteuer am Etagen-WC der Pension Regina, von seinem Zahn und dem gefundenen leeren Kuvert, auf dem vorn in Blockschrift »FÜR MEINEN SOHN« steht.

• Worauf sich zum Thema Sohn auch die Danjela einschaltet und euphorisch erklärt, dass am gestrigen Nachmittag von einem Friedmann-Sohn das väterliche Zimmer geräumt wurde, folglich also aus den verzweifelten Schreibversuchen des Vaters doch ein ganzer Brief geworden sein könnte. Einer, den beispielsweise dieser Xaver Friedmann, der da offensichtlich zusammen mit dem Metzger in der Pension Regina wohnt, beim Zimmerräumen gefunden und zwecks entspannten Studiums aufs Häusel mitgenommen hat. Durch diese Schilderung weiß der Willibald zwar jetzt, dass sein Hackenberger-Kollege eventuell Xaver heißen könnte, nur interessiert ihn diese mögliche Erkenntnis momentan einen Schmarren. Da drängen sich nämlich weitaus brennendere Themen auf. Mit der begründeten Angst vor einem unmittelbar bevorstehenden inhaltlichen Meteoriteneinschlag stellt der Metzger betroffen die Frage: »Was für verzwei-

105

felte Schreibversuche? Und woher weißt du, dass der Sohn Xaver heißt?« Worauf ihm die Danjela erklärt:

• Es gibt dieses Kuvert und die drei zusammengeknüllten angefangenen Briefe des Vaters an einen Sohn Xaver, die sie im Mistkübel des Friedmann-Zimmers gefunden hat und die aufzeigen, dass der Vater eine gewisse Entfremdung registrierte, deswegen ein schlechtes Gewissen und einigen Erklärungsnotstand hatte, sich außerdem für etwas entschuldigen wollte, worüber offenbar lange nicht geredet wurde, und schließlich beim Verfassen der Zeilen sehr aufgewühlt gewesen sein muss.

Die Meteoriten sind also eingeschlagen und lösen die logische Erschütterung aus. Der Metzger traut seinen Ohren nicht. Die Djurkovic war für ihn bisher, trotz diverser Macken, der Gipfel der Vollkommenheit. Diese galaktische Bruchlandung allerdings hinterlässt einen tiefen Krater. Heftig durchzucken ihn schwere Zweifel an der Zurechnungsfähigkeit seiner Angebeteten: »Wie bitte, wo bist du gewesen? Sag, bist du noch zu retten? Und wie bist du überhaupt in dieses Zimmer gekommen?«

Nach entsprechender Schilderung des genauen Hergangs und der Erklärung, wie leicht aus einer gekippten eine geöffnete Balkontür wird, gibt es eine kurze Unterbrechung, weil der Metzger die von ihm, mit durchaus romantischen Ambitionen, mitgebrachte Flasche Blaufränkischen öffnen und zügig zur Hälfte leeren muss. Ja, muss! Schwere Kost lässt sich nur mit anständigem Wein hinunterspülen. Dann hält der im Zwei-mal-zwei-Meter-Bett links liegende, regungslos an die Decke starrende Metzger neben der rechts liegenden, ebenso regungslos an die Decke starrenden Danjela eine in den leeren Raum geschmetterte Ansprache zum Thema: Vernunft,

Klugheit, Achtung vor dem Geschenk des wiedergegebenen Lebens, Respekt vor der Gesundheit und der Sorge liebender Menschen, und so weiter, und so fort.

Da die Ansprache ja nicht direkt an die Danjela gerichtet ist, nutzt diese die nach dem Schlusssatz entstandene Pause, um, ziemlich unbeeindruckt vom Kopfschütteln ihres Bettnachbarn, die besagten Briefe auf dem Bett auszubreiten: »Waren zusammengeknüllt zu kleine Fußbälle! Schaust du, ist so schöne Schrift für eine Mann, so kunstvoll geschwungene M und feine A, und schau mal diese lustige Schlauferl bei G!«, was beim Metzger keineswegs zu irgendeiner Form der Erheiterung beiträgt, ganz im Gegenteil. Sein nicht enden wollendes Kopfschütteln entlockt der Djurkovic dann ein: »Mit dem Gewackel schaust du aus wie komische Plastikhund auf Autorückbank!«

Worauf der Metzger meint: »Besser ein Plastikhund auf der Rückbank als ein Djurkovic-Erinnerungsbildchen am Rückspiegel!«

Bei Rückspiegel fällt dem Willibald still und heimlich ein:

• Es gibt also ein am Nachmittag des Vortags vom Friedmann-Sohn geräumtes Zimmer und einen am Spätnachmittag vom vermutlichen Sohn durchgeführten Metzger-Rettungstransport. Komplett durchnässt ist er da im Kastenwagen gesessen, mit Blick in den Rückspiegel und somit auf die gigantische Ladefläche samt diversen Werkzeugen und dem dunkelbraunen Lederkoffer. Es könnte also der Koffer aus August-David Friedmanns geräumtem Zimmer gewesen sein und der in der Pension Hackenberger untergebrachte Herr Friedmann junior wirklich Xaver Friedmann heißen.

- Und schließlich gibt es noch diesen Ring samt schmerzerfüllten Schreien, der Gravur »*August-David, 1. 4. 1974*« und dem Djurkovic-Kommentar: »Da war Ehefrau aber ziemlich glücklich wegen katholische Scheidung durch Tod!«

Und weil ihr geliebter Willibald ohnedies schon grantig und schweigsam ist, bringt sie frohen Mutes gleich den nächsten Punkt aufs Tapet: »Schau, hab ich wo gefunden Taschentuch. Könnte fast sein von dir!« Seelenruhig zaubert sie dieses Musterstück an Geschmacklosigkeit hervor.

»Und, wo ist das jetzt her?«, fragt der Metzger resignierend und setzt nach einer weiteren heldenhaften Erzählung seiner Danjela sarkastisch fort: »Also nur ein Duscherl unter freiem Himmel, weil es im Sonnenhof ja kaum fließendes Wasser gibt! Na, da bin ich ja beruhigt!« Dann entscheidet er sich zur Rückkehr vom Kriegspfad, was soll er auch jetzt noch ändern, und betrachtet das Taschentuch: »Riecht ein wenig chemisch?«

Danjela Djurkovic hat ihn also bezwungen, den berechtigten Ärger ihres Willibald, mit der diesbezüglich wirksamsten Nahkampfwaffe: unbekümmert weiter lieb sein.

»Na bitte. Friedmann hat also bekommen seine Betäubung vor letzte Tauchgang!«

»*F. A.!*«, liest der Metzger vor. »Jetzt bräuchte man halt eine Liste aller im Haus anwesenden Personen!«

»Liste? Brauch ich nicht!«, meint die Djurkovic, und ein kindlicher Stolz ist ihr ins Gesicht geschrieben.

»Und?«, fragt der Metzger ungerührt.

»Weißt du noch, gestern, Streit zwischen Leimböck und …?«

»Und was?«

»Na, wie heißt Hausmeister?«

Die Djurkovic-Augen leuchten, und obwohl der Metzger längst weiß, wovon die Rede ist, will er, wohlerzogen, wie er ist, seiner Danjela die Pointe nicht nehmen: »Keine Ahnung!«

»Na, Hausmeister heißt Ferdinand Anzböck!«

Erstaunen legt sich, so gut es geht, aufs Metzger-Gesicht: »Tatsächlich? *F. A.*, Ferdinand Anzböck. Gut, der könnte problemlos alles auf- und zusperren, Fenster auf- und zumachen, Wasser wegwischen. Nur, warum soll er einen Gast umbringen?«

Die Djurkovic hat mittlerweile richtig rote Backerln bekommen: »Vielleicht wegen Leimböck. Hat Anzböck doch im Streit was gesagt über Friedmann und Leimböck. Dreieckgeschichte!«

»Dreiecksgeschichte. Aber mit nur mehr einem Eck. Immerhin lebt bloß noch die Leimböck.«

»Schau, Willibald, ist alles ganz einfach: Anzböck und Friedmann sind, warum, weiß nur Geschmacksverwirrung, scharf auf Leimböck. Anzböck tötet Friedmann. Leimböck tötet deshalb Anzböck!«

»Ich weiß schon, du magst sie nicht, die Leimböck.«

»Nein, aber ist trotzdem gute Theorie, oder? Wenn dir nicht gefällt, gibt es auch andere Möglichkeit: Anzböck tötet Friedmann, fällt Gerechtigkeit zum Opfer und fällt deshalb, ein bisserl von Gerechtigkeit gerempelt, unglücklich in Becken! Fall erledigt!«

Und damit hört der Metzger zum ersten Mal etwas Erfreuliches: »Abgemacht, Danjela! Fall erledigt. Ferdinand Anzböck war eifersüchtig, hat den Friedmann beseitigt und ist, vom Herrgott gerempelt, ins Becken gestürzt.

Das heißt, du gibst dich mit diesem Wissensstand zufrieden und deinen Frieden!«

»Mach ich mir aber noch ein wenig eine Gaudi!«

Ein verschmitztes Lächeln streift über ihr Gesicht, und dabei zückt sie es: das Mobiltelefon, zu dem es mittlerweile auch ein Ladegerät gibt, denn eine der »saublöden Rezeptionstussis«, wie Frau Eisler am Vorabend die Empfangsdamen so charmant bezeichnet hatte, hat sich in Gegenwart der in aller Herrgottsfrüh vergnügt vor ihr stehenden Danjela alles andere als blöd erwiesen: »Da könnten Sie Glück haben. Ich hab vor einiger Zeit die vergessenen Ladegeräte zu sammeln begonnen, glauben Sie mir, da ist schon ganz schön was zusammengekommen!«

Eine Schuhschachtel landete auf dem Tisch, der Metzger als penibler Schuhschachtelsammler hätte seine Freude gehabt, und in Sekundenschnelle hatte Fräulein Sandra, wie das Schildchen auf ihrem weinroten Hosenanzug verriet, den passenden Stecker in ihrer schlanken Hand: »Vergessen Sie ihn einfach im Zimmer, wenn Sie abreisen!«

»Du hast also auch noch ein Handy geklaut. Was im Vergleich zu deinem Einbruch ja durchaus als Kleinigkeit zu werten ist!« Der Metzger ist verzweifelt.

»Hab ich gefunden! War in Friedmann-Zimmer unter Bett, brauchst du nicht noch einmal schimpfen!«

»Und, was bitte machst du jetzt mit diesem Telefon?«

»Abwarten!«, ist das letzte Wort der mittlerweile im Minutentakt gähnenden Danjela. Und nachdem der Metzger diese Anweisung wörtlich nimmt, weil ihn die besorgniserregende Einsicht erfüllt, dass bei seiner Danjela gute Ratschläge nur sinnlose Turnübungen sind, erfüllt bald ein von der rechten Bettseite kommendes genüssliches Gurgeln den Raum.

Es ist kurz vor Mittag. Und obwohl im Nebenzimmer 3.15 das Mittagsgebet, treffend bezeichnet als die Sext, ausfällt, wird dem Metzger die mittlerweile bekannte Anrufung des Herrn noch ein Weilchen verfolgen.

24

EIN KAMPF AM BECKENRAND. Eine kräftige Hand drückt seinen Kopf über die Kante, die Wasseroberfläche kommt immer näher, dann taucht sie ein, die rechte Wange. Der Metzger schreit.

»Och, meine Willibad! Hast du gut geschlafen, aber schlecht geträumt?«

Es ist fünfzehn Uhr, die nassen Haare mit einem Handtuch turbanartig hochgeschlagen, kommt die Djurkovic frohgemut aus der Dusche, ganz im Gegenteil zum Metzger, der aufrecht und niedergeschlagen im Bett sitzt. Die rechte Gesichtshälfte fühlt sich feucht an. Die Speichelreste im rechten Mundwinkel und ein Blick auf das Kopfkissen verraten ihm, warum.

»Was glaubst du, wie geht es Zusanne mit Edgar?«

»Genau jetzt muss sie nach ihrem sabbernden Hund fragen«, denkt sich der Metzger, »genau jetzt.«

Gebeugt schleppt er sich an der erschreckend gut gelaunten Danjela vorbei zum Waschbecken. Wenn so ein Nachmittagsschlaferl den Rahmen der erholsamen zehn

Minuten sprengt, hinterlässt diese Sprengladung zumeist ein dermaßen zerknittertes Äußeres, als hätte man am Mittagstisch anstelle der Nachspeise ein paar Hochprozentige gekippt. Erst nachdem sich der Metzger mit einer eiskalten Kopfspülung auf eine halbwegs vertretbare geistige Betriebstemperatur gebracht hat, beantwortet er die ausständige Frage: »Wie es Zusanne mit Edgar geht, wolltest du wissen? Vielleicht ist es besser zu fragen: Wie geht es Edgar mit Zusanne? Nachdem ich mich aber wetten trau, dass garantiert der Wollnar auf ihn aufpassen muss, kannst du beruhigt sein. Der Hund hat alles, was er braucht: was zum Fressen und wen zum Gassigehen!«

Und recht hat er, der Metzger, denn während er da an der Seite der eigentlichen Hundbesitzerin dem Wohlleben frönt, rennt der Hausmeister Petar Wollnar treuherzig einem hechelnden Wollknäuel hinterher. Nur ein paar Tage wollte sich die Danjela kleinlaut von ihrer Freundin Zusanne Vymetal erbitten: »Weißt du, weil meine Willibald steht Arbeit bis über Kopf!« Wozu sind Freundinnen auch da.

»Kein Problem, das mach ich schon«, war die erwartet liebenswürdige Antwort. Das »kein Problem« hat ja auch wirklich gestimmt, das »ich« allerdings nicht. Mit dem Hund durch die Gegend rennen darf nämlich der Wollnar. Was soll man machen, wenn einem das Herz am rechten Fleck schlägt?

Während dem Metzger nun auffällt, wie sehr ihm der Magen knurrt, beschließt seine Danjela: »Ist eigentlich ziemlich gute Idee, Fressen und Gassigehen!«

Im Restaurantbereich herrscht eine Drängelei, als stünde Fastenbrechen ohne Aufbautage auf dem Programm. Es ist Nachmittagsjausenzeit. Wenn man das Mittagessen verpasst hat, kann einen allerdings selbst so ein Getümmel nicht abschrecken. Gekonnt windet sich die Djurkovic durch die Menge: »Suchst du Platz, hol ich Futter!«

Bei »Futter« erntet sie naturgemäß einige abschätzige Blicke, die anderen können ja auch wirklich nicht wissen, aus welchem Grund es zu dieser Wortwahl kam.

»Oh Gott – oh Gott«, dröhnt es plötzlich durch den Speisesaal.

»Das kommt mir bekannt vor«, denkt sich der Metzger. Dann sieht er sie endlich, die Dame aus der Nachbarschaft, nur wenige Meter entfernt.

Unauffälliger könnte eine Frau in dieser Umgebung gar nicht sein. Wüsste er nicht um die Freizeitvergnügungen dieser unscheinbaren Person, sie gäbe optisch eine wunderbare Ordensschwester ab. Ein dunkler, langer Faltenrock, eine weiße Bluse, darüber trotz der Hitze ein dunkler Pullunder, brav zu einem Knoten hochgestecktes Haar und ein tatsächlich frommes Gesicht, dem es momentan etwas an Farbe fehlt.

Deutlich gibt sie zu erkennen, dass ihr der kurze ekstatische Aufschrei äußerst peinlich ist – mit geschlossenen Fingern liegt ihre Hand am Mund, die andere umklammert krampfhaft ein Mobiltelefon.

»Alles in Ordnung!«, beruhigt die blasse Dame ihre etwas verwundert wirkende Umgebung. Dann geht sie am Metzger vorbei aus dem Saal. »Das kann nicht sein!«, murmelt sie dabei vor sich hin.

Er hätte auch ohne die aus der Ferne schelmisch herübergrinsende Danjela begriffen, warum da etwas nicht sein kann.

Mit einem Tablett, auf dem zwei voll beladene Salatteller stehen, kommt die Djurkovic herüber. »Gut, nicht?«, begrüßt sie ihn, das Friedmann-Handy zwischen der rechten Hand und dem Tablett eingeklemmt.

»Was meinst du mit ›gut‹? Das, was du auf die Teller, oder das, was du auf die Schultern dieser sensiblen Frau geladen hast? Ich würde an deiner Stelle ein bisschen aufpassen, Danjela, das kann ins Auge gehen. Immerhin handelt es sich um das Telefon eines Toten!«

Die Djurkovic muss lachen und meint: »Nächste Nummer!«

25

EIN TELEFON KLINGELT. *Das Läuten kommt aus dem Nachtkästchen seines Pflegefalls. Es kam ihm ohnedies sonderbar vor, dass jemand wie sie ein Mobiltelefon besitzt. Sie soll in Ruhe schlafen können, je ausgiebiger und ungestörter, desto gesünder. Das Läuten hört nicht auf. Leise huscht er ins Zimmer, um das Telefon auszuschalten.*

Das kann nicht sein.

Zärtlich wird er von hinten umarmt. Auch sie ist hereingekommen.

»Was ist los?«, fragt sie ihn flüsternd, ihre Aufmerksamkeit fürsorglich auf das Bett mit dieser geschundenen Frau gerichtet.

»Das ist los!«, antwortet er und zeigt ihr das Display. Blässe steigt in ihr Gesicht, sie muss sich festhalten, um nicht einzuknicken. Es läutet wieder, dann stellt er das Handy ab.

Das kann einfach nicht sein. Nicht dieser Name. Nicht August-David. August-David Friedmann ist tot.

Dann überlegt er. Natürlich kann es sein. Jeder kann mit diesem Gerät telefonieren, jeder, der es in die Hand bekommt. Nur warum erreicht der Anruf die Frau im Nebenzimmer? Ist so ein Zufall, so eine Namensgleichheit möglich? Es ist auszuschließen.

Warum hat sie diesen Namen eingespeichert?

Warum hatte sein Vater ihre Nummer?

Wer ist sie?

Was stimmt hier nicht?

Der ganze Morgen verläuft schon mysteriös. Ferdinand Anzböck ist verunglückt, das Rückgrat der Kuranstalt. Ein netter Kerl, einfach gestrickt, absolut verlässlich. In letzter Zeit allerdings wirkte Ferdinand Anzböck wie ausgewechselt, leicht fahrig und manchmal geistig abwesend. Trotzdem unvorstellbar, dass er aus Unachtsamkeit zu seinen Fischen stürzt.

Er nimmt einen Notizblock, notiert den Namen August-David Friedmann samt dazugehöriger Nummer und legt im Adressbuch seines Mobiltelefons einen neuen Teilnehmer an. Nach einigem Zögern wählt er die Nummer.

26

DIE ERBLASSTE NACHBARIN auf Zimmer 3.15 heißt Johanna.

Weiters steht in der Liste der gewählten Rufnummern eine Gertrude, was nur die Leimböck sein kann, so die fasziniert vorlesende Djurkovic. Ein Anruf bestätigt diese Theorie. Ziemlich gelassen führt Gertrude Leimböck am Tisch knapp neben dem Büfett ihr Telefon zum Ohr und blickt suchend um sich.

Die übrigen Einträge »*Sascha*«, was nur der Sohn sein kann, und zwei namenlose Rufnummern führen, wie die bereits probierte »*Paula*«, zu keiner Reaktion im Speisesaal. Paula ist die letzte von August-David Friedmann gewählte Nummer.

In der Liste der angenommenen Anrufe stehen neben den bekannten Namen drei weitere: eine Luise, ein Hans und ein Benedikt. Luise ist der vorletzte angenommene Anruf auf diesem Mobiltelefon, eine namenlose Nummer der letzte.

»Hat er ganz schön stattliche Menge an Damen in seine Telefonverzeichnis, der Friedmann, hast du vielleicht recht mit stille Wässerchen, meine kluge Metzger-Meister!« Richtig Spaß macht es ihr, dieses Spiel – bis zum ersten Rückruf.

Schrill klingelt das Telefon, für alle unüberhörbar. Hektisch fummelt die Djurkovic unterm Tisch herum, nicht ohne ihre Gesichtsfarbe der des roten Tischtuchs anzupassen, dann findet sie endlich die richtige Taste, unterbricht das Läuten, hebt den Kopf, und mit dem ersten Blick in den Saal sieht sie ihr in die Augen. Immer noch ziemlich gelassen, mit einer boshaften Note im Gesicht, hat Gertrude Leimböck abermals ihr Telefon am Ohr.

Erneut klingelt es, und die Djurkovic hebt endlich ab. »Wem für solche Spielchen die Intelligenz fehlt, um das eigene Telefon auf Lautlos zu schalten, der sollte wirklich beim Mensch-ärgere-dich-nicht bleiben. Apropos Ärger:

Ich würde vorschlagen, weil zufällig gerade die Polizei im Haus ist, wir besuchen jetzt umgehend den Herrn Professor!« Dann wird die Leitung unterbrochen.

Am Tisch knapp neben dem Büfett herrscht Aufbruchsstimmung, die Djurkovic ist bleich und dem Metzger schlecht. Mit auf den Teller gerichtetem Blick meint er: »Jetzt haben wir den Salat!«

Etwas Bedenkzeit wäre hilfreich, die gibt es aber nicht. Da nützt auch das abermalige Klingeln des Telefons nichts, diesmal von einem nicht eingespeicherten Anrufer.

Gertrude Leimböck hat mit einer offenbar frisch rekrutierten Eskorte, bestehend aus zwei gebleichten Blondinen, einer kastanienfarbenen Roten und einer erdigen Braunen, den Tisch erreicht, an dem die Danjela und der Willibald noch immer nach Luft ringen. In forschem Ton gibt sie das Kommando: »Gehen wir?«

Und weil da jetzt am Tisch nicht unbedingt die rechte Aufbruchsstimmung aufkommen will, setzt sie fort: »Wir können die Herren des Gesetzes auch herholen, wenn Ihnen das lieber ist! Blöde Sache, nicht?« Vor dem inneren Auge des Willibald erscheint Regina Hackenberger.

Wortlos erhebt sich die Djurkovic und setzt sich in Bewegung. Als wäre der ebenfalls aufgestandene Metzger gar nicht anwesend, drängen sich die Schlachtschiffe der Leimböck-Flotte an ihm vorbei, umzingeln ihr Opfer, von dem sie wahrscheinlich gar nicht wissen, warum es überhaupt ihr Opfer ist, und schwanzeln wichtigtuerisch in Richtung Berthold-Büro.

Auf dem Gang bleibt die Djurkovic abrupt stehen. Ein kleiner Auffahrunfall zwischen der kastanienfarbenen Roten und der erdigen Braunen leitet ein heftiges Gekeife

117

ein, welches die Djurkovic überraschend selbstbewusst zur Leimböck gewandt unterbricht: »Müssen wir reden!«

»Sicher nicht. Was soll ich mit Ihnen reden?«

»Na, reicht es wahrscheinlich auch, wenn nur ich rede mit Ihnen! Denk ich aber, ist besser ohne weibliche Zuhörer!«

»Denken? Aha! Und er?«

»Er weiß schon!«

Die Leimböck deutet ihrer Gefolgschaft, ein paar Schritte zur Seite zu treten.

Was kommt jetzt?, fragt sich der Metzger. Seiner Danjela traut er mittlerweile alles zu.

Aufmerksam hört er ihre Worte: »Gehörst du deine Fische vorgeworfen zum Fraß – nicht wahr!«

Jetzt weiß er, was kommt, der Metzger.

»Kann ich mich gut erinnern an große Krach gestern samt bedenkliche Wortlaut, so wie andere Zuhörer sicher auch. Und kann ich mich gut erinnern an Anzböck-Bemerkung über ein Friedmann-Techtelmechtel. Dummer Zufall, was passiert ist mit Anzböck heute. Oder doch nicht Zufall? Schaun Sie, hab ich dazu noch Ihre Nummer auf Friedmann-Telefon mit Anrufliste und Nachricht auf Mobilbox. Was glauben Sie, für wen ist Besuch bei Polizei wirklich blöde Sache?«

Gertrude Leimböck kocht, und beim Metzger kommt der Appetit zurück.

»Würd ich sagen, geh ich jetzt mit meine Mann in Ruhe auf eine Kaffee, und Sie kümmern sich, wenn sein muss mit Ihre Damen, auch um Kaffee – um Ihre eigene!«

Dann kehrt die Djurkovic der völlig verdutzten Leimböck den Rücken und begibt sich erhobenen Hauptes auf den Weg zurück in den Speisesaal. Der Metzger muss sich

Mühe geben, um vor lauter Staunen nicht den Anschluss zu verlieren.

»Na, mit dir möchte ich mich nicht anlegen!«, keucht er seiner Danjela hinterher.

»Möchte ich dir auch nix raten!«

»Und was für eine Leimböck-Nachricht ist beim Friedmann auf der Mailbox?«

»Weiß nicht, war taktische Lüge!«

Trotz ihres Lächelns übersieht der Metzger nicht die Ernsthaftigkeit in ihrem Blick: »Weißt du, Willibald, hab ich jetzt schön langsam bisserl Respekt vor kommende Tage hier allein. Wäre wahrscheinlich am besten, wenn fahr ich wirklich mit nach Hause!«

»Liebe Danjela! Ich denke, du hast mich falsch verstanden. Die Option zu bleiben hast du ja gar nicht.«

Wenn er sich da nur nicht täuscht, der Willibald! Die Danjela fühlt sich jedenfalls geschmeichelt. So schön kann Bevormundung sein.

Es geht aber auch anders. Denn kaum, dass die Djurkovic abermals Platz genommen hat, klopft ihr, während diesmal der Metzger in kulinarischen Angelegenheiten unterwegs ist, von hinten Fräulein Sandra von der Rezeption auf die Schulter: »Frau Djurkovic? Hab ich mir das richtig gemerkt?«

Nach Erhalt einer freundlich zurückhaltenden Bejahung setzt sie fort: »Der Herr Professor hätte Sie gerne gesprochen!«

Der Metzger wird informiert, und wie es aussieht, wird er heute um einige Gramm leichter werden.

»*Mhhhmh* – Frau Djurkovic.«

»Ja?«

»Sie sind also neugierig?«

»Was meinen Sie?«

»Sie wissen, was ich meine.«

»Nein, ich weiß nicht.«

»Sie wissen es also nicht – *mhhhmh*? Frau Djurkovic, ich hab Sie gesehen.«

»Wie?«

»Kniend, neben dem Bett! Ich weiß, dass Sie im Zimmer von Herrn Friedmann waren und wie Sie dort hineingekommen sind, ich weiß nur nicht, warum. Der Polizei hab ich noch nichts erzählt – *mhhhmh*. Wir reden hier, was Sie betrifft, von Einbruch, ist Ihnen das klar? Ich nehme zwar nicht an, dass Sie da irgendwie mit drinstecken, außer mit Ihrer neugierigen Nase, trotzdem – *mhhhmh* –, Sie haben da Grenzen überschritten. Also, was haben Sie im Zimmer gesucht, und was haben Sie gefunden?«

Jetzt weiß die Djurkovic ausnahmsweise nicht, was sie sagen soll. Sie sitzt in ihrem Mahagonisessel mit Blick auf den Eisenbahnerglaskasten und denkt sich: Muss ich wieder auf Schiene kommen! Dazu wählt sie folgende Strategie: »Sagen Sie mir, warum Sie zu so frühe Stunde waren einfach so in Friedmann-Zimmer, sag ich Ihnen, was war Interessantes in Mistkübel!«

»Stellen Sie jetzt die Bedingungen? In meinem eigenen Haus? Ich kann in jedes leere Zimmer gehen, einfach so, egal um welche Uhrzeit. Kann es sein, dass Sie die Situation etwas falsch einschätzen? Ich habe, wie gesagt – *mhhhmh* –, der Polizei noch nichts erzählt. Die Betonung liegt hier auf *noch*!«

Die Djurkovic schaut betreten zu Boden, als säße sie wie einst, nachdem sie dreizehnjährig mit ihrer um zwei Jahre älteren Freundin Svetlana auf dem Mädchenklo beim Rauchen einer Selbstgedrehten erwischt worden war, vor ihrem Direktor. »Aber ...«

»Nichts aber, Frau Djurkovic!«

Ein mitleidiges Schmunzeln huscht Professor Berthold über das Gesicht: »Also meinetwegen, ich zuerst. Das ist nämlich ganz leicht erklärt – *mhhhmh*. Frau Friedmann, mit der ich natürlich wegen des Todesfalls ihres Mannes einige Male telefonieren musste, hat sich gestern spätabends aufgeregt zu mir durchstellen lassen, weil sie ihren Sohn nicht erreichen konnte. Sie wollte wissen, ob er wie ausgemacht das Zimmer geräumt hat. Ich hab versprochen, nachzusehen und sie zurückzurufen. Leider ist mir aber gestern noch einiges dazwischengekommen – *mhhhmh*. Tja, und da ich ein Morgenmensch bin und das natürlich umgehend erledigen wollte, hab ich gleich in aller Früh einen Blick in Zimmer 3.12 geworfen und – *mhhhmh* – meinen Augen nicht getraut. Das ist alles. Nicht sehr spektakulär. So, Frau Djurkovic, jetzt bitte Sie!«

Es folgen eine ausführliche Djurkovic-Entschuldigung über den durch Neugierde und Stöbersucht hervorgerufenen eigenhändig bewilligten Besuch im Friedmann-Zimmer, die Schilderung der Ordentlichkeit der Räume und des daraus resultierenden nicht vorhandenen Diebesguts und, ganz spontan, die Beschreibung eines – ja, eines – im Papierkorb gefundenen versuchten Schreibens des Vaters an seinen Sohn. Irgendetwas muss ich ihm ja erzählen, denkt sich die Djurkovic, ist ja ohnedies egal, denn die Briefe hat sie selbst, und die Papierkörbe des Zimmers sind längst geleert – der Professor kann also nicht einmal nachsehen gehen.

»Und Ihr Resümee?«

»Glaub ich, war keine Verbrechen!«

»Gut – *mhhhmh*. Heißt das, Sie lassen uns jetzt mit Ihrer Neugierde in Frieden?«

»Ja, und zwar absolut.«

»Absolut heißt für mich und für Sie: Sollte ich Sie die nächste Zeit hier noch einmal herumschnüffeln oder Ihre Mord-und-Totschlag-Theorien verbreiten sehen, dann seh ich mich gezwungen – *mhhhmh* –, über Ihr Verhalten mit der Polizei zu reden. Ich sprech diesen Ratschlag nur ungern aus, denn ich schätze Sie sehr, Frau Djurkovic« – wobei der Danjela nicht entgeht, dass der Berthold-Blick wiederum keineswegs auf ihre Augen gerichtet ist –, »aber ich muss jetzt in meinem Haus für Ruhe sorgen, das verstehen Sie doch. Gönnen Sie sich also diese Ruhe auch selbst, und lassen Sie es sich gut gehen bei uns. Bitte.«

»Haben Sie ja recht, Professor! Aber ist für Ruhe in Kuranstalt nicht besser, wenn ich fahr nach Hause?« Denn nach Hause könnte sie, jederzeit, ihre Kur finanziert nämlich keine Kassa und keine private Krankenversicherung, sondern die Geldbörse des schlechten Gewissens in Gestalt des ehemaligen Präsidenten jenes Fußballklubs, dessen gemeingefährliche Fantruppe sie vor mehreren Monaten beinah ins Jenseits geprügelt hätte.

Prof. Dr. Berthold überlegt, sitzt dabei wie versteinert hinter seinem Schreibtisch, nur der rechte Zeigefinger klopft unrhythmisch auf die Mahagoniplatte. Deutlich ist Professor Berthold anzusehen, dass ihm dieser Vorschlag sehr viel geistige Anstrengung abverlangt.

Nach sicher dreißig Sekunden, und das ist gewaltig lange, wenn zwei Menschen schweigend voreinander sitzen, erwacht er wie ausgewechselt aus seiner Gedankenstarre. »Das kommt überhaupt nicht in Frage, liebe Frau

Djurkovic! Sie sind unser Gast. Gut, Sie haben einen Fehler gemacht, aber wer ist schon perfekt? – *Mhhhmh.* Ich besteh darauf, dass Sie bleiben, die nächsten Tage abschalten und den Restaufenthalt hier genießen. Schwamm über die Angelegenheit! Gleich für morgen setz ich für Sie ein paar Extrabehandlungen an, die ganz dem Motto ›Rundherum wohlfühlen‹ gewidmet sind – *mhhhmh* –, Sie werden sehen, das tut Ihnen gut!«

Jetzt ist Malheur perfekt!, denkt sich die Djurkovic mit zunehmender Skepsis angesichts des Begriffs »Extrabehandlung«. Zuerst erwischt sie der Berthold von hintenherum, dann droht er unverblümt damit, ihr in den Rücken zu fallen, und jetzt hockt er vor seiner Reißaus nehmenden Angeklagten, mit süßlichem Lächeln, krallt sich ihren wehenden Rockzipfel und hat sie am Krawattl. Wie soll die Djurkovic da Nein sagen, mit der Last ihrer zugegebenermaßen saublöden Aktion auf den Schultern? Dem Berthold-Willen ist sie in der momentanen Situation hoffnungslos ausgeliefert.

27

Der Jubel über die verkündete Entwarnung ist groß, keiner ist ein Mörder, der Anzböck ein Pechvogel, das Wetter herrlich. Als wäre eine Woche Hausarrest überstanden, wird am Nachmittag anständig um den See gelustwandelt, und bereits am Abend wandelt wieder unanständig die Lust. Die Gehirnzellen der meisten Sonnenhof-Gäste vollbringen, was die Überreste des

Anzböck-Unglücks betrifft, eine noch effektivere Säuberungsleistung als die auf Hochtouren laufenden Filtersysteme im Aquarium. Dort dienen noch ein paar Hautfetzen den beiden Schwarzspitzenriffhaien als traurige Gabelbissenerinnerung an ein vergangenes Festmahl.

Für den Metzger wird es nun Zeit. Dass seine Danjela jetzt doch bleiben muss, hat ihn zuerst ziemlich vor den Kopf gestoßen, immerhin sah er sich schon wieder daheim, vereint in trauter Zweisamkeit. Die Erklärung der Djurkovic war dann allerdings einleuchtend. Denn als jemand, der durch ein gekipptes Fenster in ein fremdes Zimmer eingestiegen ist, dort herumgeschnüffelt hat, entdeckt wurde und nach einer mahnenden Vorladung durch eine barmherzige Einladung begnadigt wird, könne man nicht einfach am nächsten Tag das Weite suchen, ohne sich verdächtig zu machen.

Wenigstens sind im Berthold-Büro offene Worte gewechselt worden, und seine Danjela ist nun zur Vorsicht gezwungen. Und genau deshalb lässt sich der Metzger sicherheitshalber auch die Briefentwürfe, das Kuvert, den im Wald gefundenen Ring und das zusammengelegte, in ein dünnes Müllsackerl gefaltete Stofftaschentuch aushändigen. Die Gegenstände wandern zur Nagelzwicke in die rechte Jacketttasche und der Metzger hinaus zum Fahrradständer.

Was den aufbrechenden Willibald nun etwas im Magen liegt, ist die Tatsache, dass für ihn die Übernachtung in der Djurkovic-Traumsuite ein Hirngespinst bleibt und ihm zwei weitere Nächtigungen ohne Frühstück in der Frühstückspension Regina bevorstehen.

Bevor steht ihm zudem abermals das Thema: Wie komm ich dorthin zurück? Und weil der Willibald tief in seinem Inneren doch einen gewissen Ehrgeiz sitzen hat, weigert er sich, die angebotene Dienstleistung des Herrn Friedmann junior in Anspruch zu nehmen. »Wo man allein hinaufkann, von da sollte man auch wieder allein hinunterkönnen!«, wurde dem kleinen Willibald einst so hilfreich von seinem Vater nahegelegt, wie ihm da jammernd auf einem Ast in väterlicher Augenhöhe die Erkenntnis eingeschossen ist, dass er ja wieder retour müsse. Ohne den Finger zu rühren, hat ihm sein Vater dann mit regungsloser Miene zugesehen: beim unentschlossenen Herumgreifen am Stamm, beim Sitzwechsel von der rechten auf die linke Arschbacke, beim verzweifelten Suchen nach einem Auftritt, beim brüllenden Auftritt in der Rolle des Vogeljungen beim ersten Flugversuch.

»So geht's auch!«, waren dann die tröstenden väterlichen Worte, während sich der unsanft gelandete Willibald immer noch brüllend am Boden krümmte. »Hör auf zu flennen. Is ja nix passiert!«

Genug ist passiert, weiß der Metzger heute, und er weiß deshalb auch: »Wo man allein hinunterkommt, muss man auch wieder allein hinaufkommen!« Mit der Hilfe seines Vaters, vor allem nach dessen eigenem Absturz im Anschluss an die Scheidung seiner Eltern, hat der Metzger nicht mehr gerechnet. Trotzdem würde er niemals, obwohl es zuträfe, seinen Kindern, wenn er welche hätte, predigen: »Das hab ich mir alles allein aufgebaut!«

Heute baut ihn die schöne Nachmittagssonne auf, die frische Luft und der wolkenlose Himmel. Weit und breit kein Unwetter in Sicht, schwül ist es auch nicht, da radelt es sich schon um einiges leichter. Vorbei an der Stelle des gestrigen Gewittereinbruchs, vorbei an denselben unbeeindruckten Kühen, vorbei an dem wunderbaren alleinstehenden Bankerl ein Stückchen oberhalb der Straße, mit kleinem Marterl und wahrscheinlich fulminantem Blick über das Tal.

Gerade mal hundert Meter weiter zeigt nun die Straße erstmals eine deutlich erkennbare Steigung, wobei dem Willibald bisher die nicht erkennbare auch schon ganz schön zu schaffen gemacht hat. Die Aussicht auf das mühevolle Bergauf kann klarerweise mit der möglichen Aussicht von der Bank rechts oben nicht mithalten. Außerdem hab ich mir eine Pause verdient, denkt sich der Metzger, bleibt stehen, wirft das Rad in die Wiese, nimmt sein Jackett vom Gepäckträger herunter und schleppt sich das Stückchen Berg hinauf. Und wieder Kühe, natürlich mechanisch vor sich hin kauende Kühe. Gras fressendes Getier kann beim Metzger normalerweise keinen Appetit auslösen, obwohl es von ihm selbst gern medium, durch, geschnetzelt oder faschiert verspeist wird. Wem läuft auch schon beim Anblick eines lebendigen Rindviehs das Wasser im Mund zusammen? Heute allerdings schaut er den Kühen beim Kauen zu, und ihm knurrt der Magen. Kein Wunder, schließlich hat der Metzger vor allem Erlebnisse konsumiert, die den Magen nicht füllen, sondern auf denselben schlagen.

Keuchend erreicht er die etwas verdreckte Bank, breitet sein Jackett aus und setzt sich hin. Hin stimmt dann auch wirklich. Denn der Widerstand des seltsam nachgebenden Etwas unter seinem Hintern fällt in Anbetracht der darauf einwirkenden Masse eher marginal aus. Ein wenig knirscht es, dann sitzt er, der Metzger, und das Ding ist hin. Hin, aber nicht hinüber. Um hinüber zu sein, hätte es nicht länger als drei Minuten gekocht werden dürfen. Was für ein Segen, denkt sich Willibald Adrian Metzger, was für ein kleines Wunder! Fürsorglich lächelnd blickt ihm ein farbenfroh gemalter Jesus mit ausgebreiteten Armen aus dem Marterl entgegen, und wüsste er es nicht besser, am liebsten würde er sich bei ihm bedanken. »Wahrscheinlich lachst du nur so, weil ich mich bei wem ganz anderen bedanken muss«, startet der Metzger einen Gesprächsversuch. In diesem Fall jedoch sind die Dinge selbstredend. Bedächtig packt es der Metzger aus, das Hackenberger-Lunchpaket. Anfangs schämt er sich ein wenig für seine morgendliche Überheblichkeit angesichts der Eiübergabe. Wie er dann jedoch das Stanniol auswickelt, schämt er sich gewaltig. Ein wunderbares Stück geselchter Karreespeck. Heilige Regina, geht es dem Metzger durch den Kopf. Ein Rückenstück vom Schlachtvieh als Auslöser einer Heiligsprechung, halleluja.

Er bröselt sich die verwertbaren Eireste auf ein Schwarzbrot, beißt vom Speck ab und stellt fest, um was für Klassen ein Essen besser wird, wenn die Umgebung stimmt und Besteck abkömmlich ist. Glücklich kaut er vor sich hin, ganz den Kühen gleich, denen das natürlich gleich ist, freut sich, auch weil die Aussicht ganz den Erwartungen entspricht, atmet tief durch und lässt den Blick übers Land schweifen. Kein Mensch weit und breit, nur er, Willibald Adrian Metzger. Wobei er darüber nachzudenken beginnt, ob es in Mitteleuropa überhaupt Regionen gibt, denen man den Menschen nicht ansieht. Denn obwohl er hier keinen Vertreter seiner Art erspäht, es menschelt doch gewaltig. Der Kondensstreifen am Himmel, das Marterl, das Bankerl, die auf der Wiese abgestellten Kühe, die Straßen und Wege, die Felder und Zäune, der Vierkanthof am gegenüberliegenden Hang, die gestapelten Baumstämme am Waldrand, der dort geparkte dunkelblaue Kastenwagen.

Ja, so ein Wald macht viel Arbeit; was allerdings ein Herr, wahrscheinlich Xaver Friedmann, wenn das auch wirklich sein Vorname oder Wagen ist, so im Wald zu suchen hat, gibt doch einige Rätsel auf. Möglicherweise brockt er nur ein paar Himbeeren, grübelt der Metzger, beißt in sein Brot mit Eibelag und holt abermals tief Luft. Zum ersten Mal, seit er in dieser Gegend ist, strömt Ruhe durch seinen geschundenen Leib. Das hat schon was, einfach nur irgendwo sitzen und schauen. So lange schauen, bis es nichts mehr zu sehen gibt. Bis der Blick ins Leere einsetzt und alles freigibt. So hockt er auf seiner Bank, der Metzger, verzehrt genüsslich sein Bauernbrot, trotz der Übermacht von Kümmel und vor allem Fenchel, ein Gewürz, das auf seiner lukullischen Sympathieskala zusammen mit Anis ziemlich weit unten kurz vor Ketchup steht, und entspannt sich völlig, während die Sonne langsam den Himmel hinunterwandert.

Hinunterwandern, denkt sich der Metzger, wenn heute noch bewegen, dann eventuell hinunterwandern. Aber hinaufradeln? Unmöglich! Und je länger er so sitzt, desto utopischer erscheint ihm dieser Gedanke. Da sich die Bank mit ihrer hervorragenden Aussicht durchaus als Hochsitz eignet, beschließt Willibald Adrian Metzger, seinen Platz zur Beobachtung alternativer Beförderungsmittel zu nutzen. Lang kann es ja nicht dauern, bis der Friedmann endlich wieder aus seinem Wald heraußen ist.

Es dauert dann aber doch ein Zeitchen, die Jause ist längst verbraucht, das Jackett mit aufgestelltem Kragen längst da, wo es hingehört, die Sonne längst auf Tuchfühlung mit dem Horizont. Dann starten sie endlich, der

Transporter und der Metzger, wobei Letzterer sich tatsächlich zu einem kleinen Laufschritt hinreißen lässt. Jetzt die Mitfahrgelegenheit zu verpassen wäre höchst ungemütlich. Beim Rad angelangt, ist er so außer Atem, als wäre er tatsächlich bergauf unterwegs gewesen. Verhältnismäßig gesittet kommt schließlich der dunkelblaue Kastenwagen um die Kurve, blinkt links, schert aus, fährt vorbei und dem engen Straßenverlauf folgend hinein in das unmittelbar beginnende Waldstück. Dem Metzger bleibt das Herz stehen: »Ja, fährt der jetzt einfach weiter? Das darf doch nicht wahr sein!«

Unausgesprochene Erwartungen können gestrichen in die Hose gehen.

28

Zum Glück ist das Marterl außer Sichtweite, denn dem freundlichen Jesus würde in Anbetracht des fluchenden Willibald das Lächeln ganz schön vergehen. »Himmelherrgott!«, tönt es in den sich auftuenden Wald, der entsprechend der Tageszeit nur mehr wenig Licht abbekommt. Kaum dass der Metzger die erste Baumreihe hinter sich hat, sieht er ihn in einem abzweigenden Forstweg am Straßenrand stehen, den dunkelblauen Kastenwagen.

»Tut mir leid, ich war in Gedanken und hab zu spät reagiert!«, ruft ihm Herr Friedmann entgegen.

Wenn man den Himmel und den Herrgott gleichzeitig anruft, hilft es offensichtlich. Dem Metzger hüpft das Herz: »Da bin ich jetzt aber wirklich sehr froh!«

»Hätten Sie mich angerufen, war ja irgendwie ausgemacht – nicht?«

Ein spitzbübischer Blick wird dem Metzger zugeworfen, der umgehend reagiert: »Das ist nicht meine Art, außerdem, wer ist schon gerne aufdringlich – nicht?« Und beide müssen sie lachen.

»Also, Regina Hackenberger, wir kommen!«, setzt der Metzger nach und geht seitlich des Wagens zur Beifahrertür, während Herr Friedmann das Rad neben sein eigenes auf die Ladefläche stellt. Dann steigen beide ein, und der Metzger hievt sich vergnüglich auf die weichen Sitze. Mit deutlich langsamerer Geschwindigkeit als am Vortag fährt Herr Friedmann die Straße entlang.

»Und, einen schönen Tag gehabt in der Kuranstalt?«

»Na ja, schön passt nicht wirklich!«

»Wieso?«

»Wissen Sie denn gar nicht, was passiert ist?«

Dann erzählt der Metzger vom tragischen Unglück des Herrn Ferdinand Anzböck. Keinen Kommentar ist dem Friedmann junior diese grauenvolle Schilderung wert. Obwohl die plötzliche Erstarrung in seinem Gesicht doch auch als eine Art Reaktion gewertet werden könnte. Der Metzger beschließt, nicht genau den Fehler zu begehen, den die meisten Menschen, die auf engem Raum mit einem zweiten zusammenkommen, beispielsweise dem Ehepartner, zur hohen Kunst entwickeln: ja nicht die Themen anzusprechen, die offenkundig in der Luft liegen.

»Ist alles in Ordnung, Herr Friedmann?«

»Ja, alles in Ordnung!«

Das war ja auch nicht anders zu erwarten!, denkt sich der Metzger. Trotzdem, er hat mit seiner Frage etwas bewegt, denn allzu oft wurde dem Mann hinterm Steuer die Frage »Alles in Ordnung?« noch nicht gestellt – nicht zu reden von der dahintersteckenden Botschaft: Fürsorge.

»Die Fragen, die ein Mensch stellt, erzählen mehr von ihm als seine Antworten«, hat die Metzger-Mama immer gemeint.

»Ein großes Auto haben Sie!«, stellt der Willibald fest, um thematisch ein wenig vom Anzböck wegzukommen.

Und er erhält sogar eine Antwort: »Ja, ich helf aus, wenn bei uns in der Gegend wo Not am Mann ist.«

»Aha, wie kann man sich das vorstellen?«

»Reparaturarbeiten, Transporte, Handwerkliches, Schlachtungen, Arbeiten mit Holz, was halt so anfällt. Am liebsten im Wald oder beim Hausbau. Da ist ein großes Auto nicht schlecht«, und während er das erzählt, schaut er schon wieder deutlich zufriedener drein, der Friedmann junior.

»Was für ein vielseitiger Beruf! Da kommen Sie sicher ganz schön viel herum!«

»Nein, nur bei uns in der Gegend. Mein Beruf ist« – eine kurze Denkpause wird eingeschoben –, »eigentlich arbeite ich daheim am Hof. Und da am liebsten draußen. Den Forst betreuen, das ist meins!«

»Da haben Sie recht. Arbeiten mit Holz, was gibt es Schöneres? Ich bin übrigens Restaurator!«

»Restaurator?«

Was kommt jetzt?, denkt sich der Metzger.

»Das heißt, Sie nehmen alte Möbel?«

»Ja, unter anderem, nehmen und wieder herrichten!«

»Da hätte ich was für Sie!«

»Was und wie alt?«

»Ein Tisch und Sessel. Schaut alt aus, nicht schäbig, sondern alt halt, vom Stil. Großvater will das Zeug loswerden, das steht nur herum. Können Sie haben, wenn Sie wollen. Natürlich umsonst.«

Das hat der Metzger schon sehr oft erlebt, dass er seine Berufsbezeichnung angibt und mit einem Wohnungsräumer oder Trödelladen verwechselt wird. Früher hat ihn das in seiner Berufsehre schwer getroffen, bis er eines Tages vor der Werkstatt zusammen mit Petar Wollnar eine Jugendstilvitrine aus Mahagoni – da hätte Prof. Dr. Berthold seine Freude – in den Pritschenwagen laden musste und von einem gerade vorbeigehenden Passanten wegen einer Räumung angesprochen wurde. Petar Wollnar spricht selten. Der Metzger hatte gerade Nein gesagt, da sind dem Wollnar unerwartet dann doch verhältnismäßig viele Sätze herausgerutscht: »Warten Sie!«, war der erste, dann wurde der Metzger am Ärmel hinter das Auto gezogen und bekam die weiteren serviert: »Wenn du nicht räumst, räum ich! Ist das beste Revier, um an Menschen zu kommen mit wenig Ahnung und vielen Schätzen. Zu dir kommen nämlich nur welche mit viel Ahnung und wenig Schätzen, und nur selten schätzen sie deine Arbeit!«

Das hat gesessen. Seither sitzt der Metzger im Wohnzimmer in seinem Chesterfieldsofa, sieht ihn noch, den Ikea-Katalog am Fußboden dieser Kundschaft, und hört sie noch, die Worte: »Das muss raus, unbedingt!«

»Kein Problem!«, hat er gesagt, der Willibald.

»Kein Problem!«, sagt er auch jetzt. »Ich seh's mir an.«

Zu sehen wird er da so einiges bekommen, der Metzger.

In gewohnter Stille geht die kurze und überraschend beherrschte Fahrt weiter, und wie schließlich hinter der

132

Kuppe des Schotterwegs die Lichter der Pension Regina aufleuchten, hört er sie, der Metzger, die inneren Stimmen des verlogenen Stolzes und enttäuschten Ehrgeizes: »Na, weit wäre das ja wirklich nicht mehr gewesen, das hätten wir hundertprozentig auch allein geschafft!«

Beim Aussteigen bricht dann der Metzger höchstpersönlich das Schweigen: »Jetzt trinken wir gemeinsam eine Flasche Wein auf der Terrasse, was halten Sie davon? Zum Tagesausklang. Ich hab da einen wirklich guten Tropfen Roten mit!«

Ein Begeisterungssturm ist es nicht, der ihm da entgegenschlägt: »Tagesausklang – aha!«

»In einer halben Stunde?«

»Gut«, antwortet Herr Friedmann, ohne sich eine Gefühlsregung anmerken zu lassen. Trotzdem, da ist wieder eine Frage, eine einladende, die wohlwollend ihre Hand ausstreckt. Der Metzger würde sich ganz schön freuen, könnte er in das berührte Herz seines Chauffeurs hineinschauen. Die tatsächlichen Aussichten sind nämlich weitaus weniger erquicklich: Herr Friedmann muss ja noch das Rad ausladen und öffnet zu diesem Zweck die Tür des Kofferraums. In seiner momentan vom Thema Tod sehr dominierten Situation fällt es dem Metzger beim Anblick der gestern noch sauberen und nun erdigen Schaufel und der gestern ebenfalls noch ziemlich sauberen und nun dunkelrot gefärbten Arbeitshandschuhe nämlich beim besten Willen etwas schwer, nicht auf blöde Ideen zu kommen.

»Bis gleich!«, verabschiedet sich Herr Friedmann, schultert seinen Rucksack, drückt dem Metzger das Rad in die Hand und verschwindet im Haus.

29

SIE IST GEFAHREN. *Lange haben sie offen geredet, ohne Vorbehalte. Sie hat gemeint: »Nicht in diesem Leben, nicht in diesem grausamen Leben!«, ihn zärtlich umarmt und sich auf ihren Weg gemacht. Verbinden wird sie auf ewig nur ihre Herkunft.*

Zwanzig Jahre ist es jetzt her. Vor zwanzig Jahren hat er die Hölle verlassen. Seit zwanzig Jahren ist bis auf sie niemand aus seiner Herkunftsfamilie auch nur einen Schritt auf ihn zugegangen. Jede Bewegung ging von ihm aus, bis er eines Tages selbst für diese kleinen Zeichen die Kraft verloren hatte. Danach war nichts mehr übrig geblieben, beinah so, als wäre er gestorben. Beinah, denn die Grabpflege hätten seine hinterbliebenen Angehörigen gewiss intensiver betrieben. Verloren hat er sich trotz dieses Bruchs nie gefühlt.

Aufgegeben vielleicht, aber keineswegs verloren.

Kann man überhaupt ein Verlorener sein, ohne aus freiem Entschluss zu den anderen gehört zu haben?

Er hat weder zu ihnen, noch hat er ihnen gehört. Nichts spürte er deutlicher bei all dem, was er zu spüren bekam. Der Liebe Gottes sei er nicht würdig, wurde ihm gesagt. Seitdem sein kindlicher Verstand diese Dinge begreifen konnte, wusste er nur, dass er mit allen Gleichaltrigen eines nicht gemeinsam hatte: die Taufe, diese sogenannte Schwelle zwischen dem alten Sein des Menschen in Sünde und dem neuen Sein eines Lebens in Christus. Die einzige Erlösung des Menschen von der Urschuld der Erbsünde, die ab dem Zeitpunkt der Empfängnis schon im Mutterleib wirksam wird, in die jeder Mensch als Nachkomme des lasterhaften

Adam hineingeboren wird, die den Menschen zum Bösen neigen und den Verstand Gottes nicht mehr erkennen lässt, diese Erlösung wurde ihm versagt. Sein Leben hatte aus Reue zu bestehen. Ohne Kompromisse. Auf Holzscheiten knien müssen, im Schuppen eingesperrt sein, den geknoteten Lederriemen als Lehrmeister erdulden, das waren noch die erträglichsten Methoden, wenn in Vertretung eines gerechten Gottes und einer fürsorglichen Maria Hand angelegt wurde. Widerrede wurde ihm genauso wenig gestattet wie dem Vieh. Das Vieh erfuhr mehr Zuwendung, vom Vieh lebten sie.

Das Weib war zur Leibeigenschaft verdammt, dem Willen des eigenen Vaters oder des gnadenlosen Mannes zum Gehorsam verpflichtet. Das sei auch die Aufgabe der Frau, so die Haltung seiner Mutter, sich fügen. Dementsprechend hat sie alles getan, ihre Kinder genährt, gewickelt und ihnen später, bis sie es schließlich selbst konnten, die vom Bettnässen durchtränkten Laken gewechselt, sie pünktlich abgegeben und nie vergessen, sie wieder abzuholen, außer aus ihrem Leid. Sie hat alles getan, nur ihre Kinder nie an sich gedrückt, nie liebkost oder ihnen Geschichten erzählt, nie mit ihnen gespielt, sie getröstet oder in den Schlaf gesungen. Es war kalt um sie herum, eiskalt. Seine Mutter hat nur funktioniert, herzlos und blind gehorchend. Und selbst in diese Geringschätzung hinein gelang es ihr, ihm noch eine Spur mehr an Verachtung zukommen zu lassen.

Er weiß bis heute nicht, warum.

Sein Vater hat nicht existiert. Sogar dem Hund wurde mehr Beachtung geschenkt. Er aß, arbeitete, schwamm im Weiher zur warmen Jahreszeit, lief um den Weiher, wenn es kalt wurde. Er half weder seiner Frau und den verzweifelten Kindern, noch half er sich selbst. Gebraucht hätten sie ihn, wie einen Bissen Brot. Dann ist er weg, er, das älteste der vier Kinder, weg von diesem Ort der Verdammnis, und irgendwie war ihm, als seien sie alle froh darüber.

Nur seine geliebte Schwester weinte. Er konnte sie nicht mehr beschützen, er musste sich selbst beschützen. Das bekam sie zu spüren, immer wieder. Erst viel später hatte sie die Kraft zu fliehen, da war er schon zehn Jahre frei. Erst in dieser Freiheit waren sie wieder aufeinandergetroffen.

Anfangs sind sie sich öfter begegnet. Sie hatte ihn ausfindig gemacht. Vor ihm stand kein Kind mehr, nicht mehr dieses wehrlose Geschöpf, vor ihm stand eine wunderschöne Frau, der er ins Leben half. In ein Leben ohne Angst, in das Leben eines wohlgesinnten Himmels. Die ersten Jahre war der Kontakt zu ihr so etwas wie Familie. Dann mussten sie voreinander fliehen, um sich nicht gegenseitig zu Gefangenen zu machen.

Lange Zeit sind sie sich daraufhin aus dem Weg gegangen, aus Schutz füreinander, aus Angst vor so viel Sünde. In dieser Zeit heiratete er, aus Flucht, aus Verzweiflung, nahm den Namen dieser Frau an, als könnte ihn ein anderer Name von seinem Bluterbe reinwaschen, als könnte er so seine Liebe fortspülen. Zwei Jahre hat sie gehalten, diese Ehe, zwei Jahre waren seiner Frau genug: »Du lebst nicht mit mir, du lebst an mir vorbei!«, waren ihre Worte, und sie hatte recht.

Es blieben ihm der neue Name und die alte Last. Am letzten Weihnachtsabend war er vor dieser alten Last in die Knie gegangen und hatte seine Schwester angerufen, seither telefonierten sie, täglich.

Dieses heutige Wiedersehen wird sie auf lange Zeit wieder auseinanderführen. Es zerreißt ihn vor Schmerz. Er *hat seinen liebenden Gott gefunden, auch ohne Taufe, und doch fühlt er ein verzehrendes Höllenfeuer um sich. Er darf sie nicht lieben. Nicht seine Schwester.*

Sie ist weg.

Dafür ist etwas anderes hier. Eine Verunsicherung.

Wenn jemand, so wie diese Djurkovic, aus purer Neugierde so mutig ist, über einen Balkon zu klettern und in ein fremdes Zimmer zu steigen, ist dieser Jemand auch so verschlagen, angesichts einer drohenden Anzeige die Nerven zu bewahren.

Sie hat Winfried nicht alles erzählt, da ist er sich sicher. Ein Briefentwurf! Im Mistkübel! Mehr nicht? Das ist unmöglich. Da war mehr, und sie weiß mehr, viel mehr, ganz gewiss.

An dieses Wissen muss er herankommen.

Aus dem Nebenzimmer hört er eine Stimme.

Unglaublich, diese Frau liegt hier, und trotz all ihrer Schmerzen wirkt sie nicht zerbrochen. In ihren Augen ist Leben, Traurigkeit und zugleich Glanz. Er will ihr Zeit lassen, sie nicht mit Fragen quälen. Es muss von ihr ausgehen. Behutsam legt er seine Hand auf ihre Stirn, die Temperatur geht zurück.

Morgen muss er sie untertags allein lassen, morgen hat er wieder zu tun.

30

DIE HALBE STUNDE vergeht im Flug, und wie der Metzger mit einer Flasche Zweigelt Mitterjoch und einem unguten Gefühl im Magen die Terrasse ansteuert, duftet es im Haus nach angerösteten Zwiebeln, als hätte Petar Wollnar die Verpflegung übernommen. Zum unguten Gefühl mischen sich Heimweh und ein wenig Sehnsucht nach seinem polnischen Hausmeisterfreund.

Kein Wunder, dass der Metzger auf der Hackenberger-Terrasse hofft, endlich den mittlerweile anständigen Hunger mit dem Inhalt seiner vor ihm stehenden offenen Flasche Rotwein ertränken zu können. Mit einer großzügig geschätzten Zwanzig-Minuten-Verspätung taucht endlich Herr Friedmann auf, in der einen Hand eine Pfanne, in der anderen zwei Gabeln und ein paar Scheiben Brot. »Von Ihnen der Wein, von mir das Essen! Ganz frische Steinpilze.«

»Selbst gefunden?«

»Natürlich!«

Schwammerl suchen war er also, denkt sich der Metzger skeptisch, wobei der Appetit längst das Kommando übernommen hat.

»Und wer hat Ihnen diese Prachtexemplare jetzt so wunderbar zubereitet? Frau Hackenberger?«

»Nein, meine mobile Einzelkochplatte. Aber warten Sie!«

Als wäre Hackenberger das passende Stichwort, dreht sich Herr Friedmann um, bückt sich, zupft im Beet neben der Terrasse herum und lässt die Ernte über die Pfanne rieseln: »Petersilie von Frau Hackenberger!«

Das wohlriechende Abendessen in Kombination mit diesem schweigsamen, ruhigen und so angenehmen Herrn Friedmann lässt schließlich jeden Anflug von Zweifel ersterben. Da spielt es dann auch keine Rolle, dass es schon Menschen gegeben haben soll, die an servierten Pilzen erstickt wären, hätten sie nicht auf ihren Zweifel gehört.

Ein derart herrliches Pilzgericht hat er noch nie serviert bekommen, der Metzger. Wenn er nicht so gehörig von den manierlichen Essgepflogenheiten seines Kulturkreises verzogen wäre, er würde vor Freude schmatzen. Und während sich Willibald Adrian Metzger hauptsächlich mit dem Inhalt der Pfanne beschäftigt, widmet sich sein Nachbar, als wäre ein Tausch vollzogen, dem Inhalt der Flasche. Nebeneinandersitzende, trinkende, essende, schweigende, glückliche Männer also, denen ganz auf sich gestellt eine seltene Kunst gelingt: genießen, ohne zu reden.

Wenn man nun täglich sein Gläschen Wein zu sich nimmt, wird einem eine Bouteille Roter nicht vom Hocker hauen. Herr Friedmann allerdings wirkt beim zweiten Gläschen, als hätte er seinem Körper gerade das erste Viertel seines Lebens verabreicht. »Ein guter Wein ist das!«, artikuliert er mit einem schon deutlich weicher gewordenen T, da ist der Metzger noch bei seinem ersten Glas.

»Tja, Herr Friedmann, das ist auch einer der besten Zweigelt hierzulande, das sag ich Ihnen!«

Bei »Ihnen« erhascht er einen sehr vertrauensseligen und leicht anhänglichen Blick, was den Metzger umgehend dazu motiviert, die Gesprächsleitung zu übernehmen und etwas persönlicher zu werden: »Und, haben Sie heute einen schönen Tag gehabt, um an unser Gespräch im Auto anzuknüpfen?«

»Na ja, schön passt nicht wirklich.«

Einen trockenen Humor hat er ja, der Friedmann, denkt sich der Metzger in Anbetracht dieser exakten Wiederholung seiner eigenen Antwort während der Heimfahrt. »Wieso?«

Dann wird es anders.

»Glück hab ich gehabt.«

Jetzt könnte Herr Friedmann natürlich weitererzählen. Tut er aber nicht.

Womit er offenbar zur Spezies jener Menschen zählt, die mit jeder ihrer kurzen Aussagen mehr Fragen hinterlassen, als sie Antworten geben, so die ungeteilte Aufmerksamkeit ihrer Gesprächspartner erzwingen, ein kindisches Rätselraten inszenieren und ihre Zuhörer in eine hochgradig nervenaufreibende Interviewsituation manövrieren, in der nur mehr Fehler gemacht werden können. Und wehe, der Gesprächspartner wird des Fragens müde oder beginnt, sich nebenbei zu beschäftigen, dann folgt umgehend ein: »Es interessiert dich nicht, was ich dir erzählen will«, »Du hörst mir nicht zu«, »Mit dir kann man nicht reden«.

Als hilfreiches Mittel gegen diese eigentlich für Partnerschaften vorgesehene Konflikterzeugungsstrategie eignen sich für gewöhnlich ein paar Tropfen Alkohol hervorragend. Um den Friedmann-Redefluss in Gang zu bringen, muss der Metzger allerdings noch ein wenig nachschenken.

»Glück haben Sie gehabt? Wieso Glück?«

»Ist mir was vors Auto gesprungen.«

»Ein Reh?«

»Zum Glück nur ein Hase.«

»Und, was kaputt?«

»Ja, der Hase. Hab ihn vergraben.«

Nachfragen kann sich also auszahlen. So schnell werden erdige Schaufeln und blutige Handschuhe zu den harmlosesten Utensilien eines Kofferraums.

Das war's dann wieder ein Weilchen mit dem Reden. Und nun packt den erleichterten Willibald ein wenig die Neugierde, als hätte ihn seine Danjela angesteckt, was ja kein Wunder ist. Menschen übernehmen unweigerlich gewisse Eigenschaften ihrer Partner, oft so lange, bis sie in sich selbst immer mehr vom anderen und im anderen immer mehr von sich selbst sehen. Was dazu führen kann, dass sie irgendwann als die anderen, die sie geworden sind, an sich selbst gar nicht mehr herankommen. Der Metzger erkundigt sich also: »Und, wie lange werden Sie noch hierbleiben?«

»Bis morgen.«

»Schon tragisch, das mit Ihrem Vater.«

Herr Friedmann beginnt, sein mittlerweile wieder leeres Glas am Tisch hin und her zu schieben, dann steht er auf und geht: »Muss aufs Klo, komm gleich.«

Die Zeit nützt auch der Metzger, ruft seine Danjela an, um Gute Nacht zu wünschen, entledigt sich eines Tröpferls und holt das nächste.

»Und jetzt probieren Sie den!«

Ein herrlicher Oxhoft atmet Bergluft und landet mit einer überraschenden Assoziation im Friedmann-Rachen: »Rache fürs Leben!«

»Was meinen Sie?«

»Der Tod meines Vaters!«

»Warum?«

»Sterben im Wasser. Dort, wo er immer hingeflüchtet ist. Obwohl wir ihn gebraucht hätten!«

Es folgt der nächste Schluck, und in Anbetracht der hemmungslosen Trinkfreude wäre irgendein Tetrapack-Vino-rosso-Verschnitt weitaus angemessener.

»Wie gebraucht?«

Dann passiert es endlich. Der Wein wirkt, und die Zunge wird locker: »Wie man halt einen Vater nur brauchen kann, wenn zu Hause der Satan in Gestalt des Großvaters umgeht und die Mutter vorm Teufel hab Acht steht! Da wäre ein Vater schon hilfreich, oder? Aber nein, geschlichen hat er sich, war mehr im Stall bei den Viechern als bei seinen Kindern und seiner Frau. Einmal Knecht, immer Knecht!«

Das Glas wird geleert und etwas heftiger auf den Tisch zurückgestellt. »Die drei Wochen Kur, das war das erste Mal, dass er von zu Hause weg ist, der feige Hund, ganz offiziell und allein. Ich kenn meinen Vater nicht, obwohl er jeden Tag mit mir beim Tisch gehockt ist. Hab ihn hier nur besucht, um ihn kennenzulernen. Bin auch extra länger geblieben, ohne Erlaubnis, dafür erwartet mich am Hof die Hölle. Und dann stirbt dieses Schwein. Haut ab, wie immer. Ohne ein Wort. Das Einzige, was er uns vererbt hat, ist ein Rätsel.«

Jetzt ist der Metzger angesichts dieser unglaublichen Wucht an Offenheit ziemlich ratlos. Noch dazu, wo dieser Mensch neben ihm äußerst niedergeschlagen wirkt.

Mitleid bewirkt bei Anteil nehmenden Menschen oft überraschende Verhaltensformen: Draufgänger, die spontan mitheulen; Hypochonder, die erklären: »Du musst dich jetzt zusammenreißen!«; Pessimisten, die meinen:

»Das wird schon wieder, Kopf hoch!« – und kleine Schurken, die ein Geständnis ablegen.

So wie der Metzger. Denn beinah unerträglich brennt ihm das an sich belanglose Diebesgut in seiner linken Jackettinnentasche. Gut, er hat es zufällig bei seiner konzentrierten Vorderzahnsuche entdeckt. Nur: Etwas zu finden und es dann mitgehen zu lassen, obwohl man weiß, wem es gehören könnte, das ist Entwendung. Und weil der Metzger diesbezüglich bei Weitem rühriger ist als seine Danjela, zieht er das Kuvert heraus: »Ich glaub, das gehört Ihnen. Das hab ich heute Morgen auf dem WC gefunden!«

»Oh.«

Dankend, ohne weiteren Kommentar nimmt Herr Friedmann das »FÜR MEINEN SOHN«-Kuvert entgegen, mit Augen voll Traurigkeit, die sich längst hinter den schützenden Vorhang geschlossener Lider sehnen.

Die beiden sitzen noch ein Weilchen beisammen, bis Herrn Friedmanns Schweigen in ein lautstarkes gleichmäßiges Atmen übergeht. Mit jedem Luftstrom auswärts bewegt sich sein Körper ein Stückchen weiter nach rechts, ganz Willibalds breiter Schulter zugeneigt. Vorsichtig stoppt der Metzger dieses große Kind und führt es behutsam in die Waagrechte.

Es ist ein lauer Sommerabend.

Es wird eine ebensolche Nacht.

Gelegentlich nickt der Metzger, der natürlich den Friedmann weder aufweckt noch allein auf dieser Bank hier liegen lässt, selbst ein. Ein durchaus angenehmes Einnicken, umgeben vom friedlichen Friedmann-Atem und anderen Geräuschen der Nacht. Und würde sich da kein weiteres dazumischen, es wäre wohl seine erste Nacht im Freien geworden.

Schuld an diesem romantischen Konjunktiv ist ebenfalls etwas anfangs durchaus Romantisches. Ein Waldkäuzchen heult sein lang gezogenes »Huh-Huhuhu-Huuuh« in die Nacht, und aus dem offenen Hackenberger-Schlafzimmerfenster dröhnt der Urlaut der Vertraulichkeit, der mehr Zusammengehörigkeit zum Ausdruck bringt als ein multikonfessionelles »Oh Gott«: Synchron schnarchen die Eheleute vor sich hin, gleich wie die Käuzchen reviertreu, in lebenslanger monogamer Gemeinschaft vereint.

Das Romantische daran ist nicht, dass der Metzger gedanklich ganz seiner Danjela zugetan ist, sondern dass dem grunzenden Friedmann beim Umdrehen von der Seiten- in die Bauchlage etwas aus der Hosentasche kullert und vor den Schweinslederschuhen des Restaurators liegen bleibt.

Ein goldener Ehering.

Zum zweiten Mal schon, dass der Metzger auf so ein Schmuckstück stößt, als wäre es ein an ihn gerichtetes Symbol. Vorsichtig hebt er ihn vom Boden auf. Ein Ehering ohne Schnörkel, ohne Edelsteineinsätze oder fragwürdige Musterung. Im Inneren eingraviert, steht in der üblichen kunstvollen Schrift: »*Luise 14. 1. 1974*«.

Als würde ihm der Verlust seines Schatzes schwere körperliche Schmerzen bereiten, beginnt Herr Friedmann nun im Schlaf zu jammern. Dieses leise Klagen geht dem Metzger durch Mark und Bein. Dazu mischt sich ein leises Tropfen, nur es sind keine Tränen, die da von der Bank zu Boden fallen.

Von einer erschütterten Betroffenheit erfasst, wird

der Metzger nun Zeuge, wie sich ein erwachsener Mann im Schlaf in die Hosen macht. Keine Sekunde denkt der Willibald daran, die Ursache für diesen erbarmungswürdigen Anblick dem erhöhten Alkoholkonsum in die Schuhe zu schieben. Zu sehr ist dem Friedmann die blanke Angst auf den Leib geschrieben. Er dreht sich zurück in die Seitenlage, krümmt seinen Körper, rollt sich zusammen, stöhnt auf und erwacht. Suchend irrt ein bestürzter Blick durch die Dunkelheit, erst wie er den Metzger-Augen begegnet, scheint er Frieden zu finden. Langsam setzt sich Herr Friedmann auf, schaut ohne große Verwunderung kurz auf seinen Schritt und dann dem Metzger auf die Finger.

»Ihr Ehering, der ist Ihnen während des Schlafens aus der Hose gefallen.«

»Das ist nicht mein Ehering. Hat meinem Vater gehört!«

Herr Friedmann nimmt das Schmuckstück entgegen, stemmt sich vom Tisch hoch und torkelt ohne jedes weitere Wort zur Haustür.

Ich sollte ihn begleiten, diesen betrunkenen und so gebrochenen Friedmann, denkt sich der Metzger. Aber er kann einfach nicht aufstehen. Zu sehr drückt es ihm aufs Herz, zu sehr fühlt er sich, als wäre er in ein Labyrinth gestiegen und bereits nach der ersten Ecke hilflos darin verloren.

Irgendetwas stimmt hier nicht.

Ein Ring im Wald mit »*August-David 1.4.1974*«, ein anderer am Finger des lebenden Herrn Friedmann senior und nach dessen Tod im Hosensack des Juniors mit »*Luise 14.1.1974*« – entweder war der Zufall Regisseur einer unvorstellbaren Namensgleichheit, der Goldschmied ein schwerer Legastheniker oder August-David Friedmann mit zumindest zwei Frauen verheiratet. Wobei die aktuelle Ehefrau jene gewesen sein muss, die er drei Monate früher geheiratet hat, was dem Metzger besonders eigenartig erscheint.

Da wird noch einiges Eigenartige mehr dazukommen.

31

DANJELA DJURKOVIC HAT kaum geschlafen.

Lieb ist er am Telefon gewesen, ihr Willibald, auch wenn es natürlich nur lieb und keineswegs ehrlich gemeint war. Fürsorglich gelogen hat er ihr erklärt, sie solle den morgigen Tag genießen, Extrabehandlung müsse ja nichts Schlechtes bedeuten, und ganz so schlimm sei das bisschen In-einem-fremden-Zimmer-Herumstöbern ja nicht gewesen.

Doch die Danjela weiß: Es war schlimm, zweifelsohne, und vor allem riskant. Wer von der eigenen Neugierde schon beinahe ins Jenseits geschickt wurde und zum Glück nur im Koma gelandet ist, klettert aus Wissensdurst nicht über einen Balkon in fremde Zimmer. Normalerweise! Sicher, was ist schon normal, außer dass Menschen, je mehr sie zu sagen haben, umso öfter die anderen für blöd verkaufen? Aber in diesem Fall ist selbst der Danjela klar, dass es ihr gehörig an Ehrfurcht gegenüber dem Geschenk der Restlebenszeit gemangelt hat. Entsprechend grüblerisch ist ihr der Schlaf durch die Finger gerutscht. An diesem seltsamen Morgen erkennt die

Djurkovic wenigstens das Resultat dieser schrecklichen Nacht und ihrer Auseinandersetzung mit dem bisher Geschehenen: Ja, sie gesteht es sich ein, sie hat gestrichen die Hosen voll.

Durch die Kuranstalt wandert der Tod und holt sich seine Schäfchen. Und sie ist sich sicher, dieser Tod geht auf zwei Beinen, hat einen Staatsbürgerschaftsnachweis, ein Geschlecht und ist mitten unter ihnen. Womöglich kennt sie seine Fratze, sein Parfüm und seine Zimmernummer. Womöglich begegnet sie ihm beim Frühstück, oder sie begegnet dem nächsten Opfer Aug in Aug – vielleicht sogar im Spiegel. Ein Schauer läuft ihr über den Rücken. Hörst du auf denken!, geht es ihr durch den Kopf. Danjela Djurkovic hat Angst, blanke Angst, und was nützt da schon das Hirn? Dazu kommt, dass sie sich zum ersten Mal in dieser Kuranstalt wirklich alleingelassen fühlt, und das hat nicht nur mit der baldigen Abreise ihres Willibald zu tun, sondern auch mit Helene Burgstaller. Vorbei ist diese Zweisamkeit.

Kürzer angebunden und unlustiger hätte ihre Gesellschaft beim Abendessen nicht sein können. Während die Burgstaller in ihren Unterhaltungen kürzlich noch mit einem ausgesprochen hohen humoristischen Fingerspitzengefühl brillierte, war von diesem Fingerspitzengefühl lediglich das Unvermögen einer Dreijährigen übrig, die vor ihrem funkelnagelneuen Zauberkasten hockt und verzweifelt einen Plastikjeton durch ihre kleinen Finger wandern lassen will. Bei der Burgstaller war der Jeton in diesem Fall eine Solariumsmünze. Kaum dass dann vom Kaiserschmarrn nur noch die heraussortierten Rosinen auf dem Teller lagen, eilte sie davon, um in mehrfacher Hinsicht selbst angebraten zu werden – natürlich ohne ihrer ehemaligen Vertrauten zu erzählen, wer nach erfolgter Bräunung am Herd stehen würde.

Wenigstens begrüßt sie an diesem Morgen ihr Masseur und Physiotherapeut Jakob Förster mit ausnehmender Freundlichkeit: »Liebe Frau Djurkovic, heute steht für Sie eine Extrabehandlung auf dem Programm. Es erwartet Sie ein Bade- und Massageritual in Kombination mit Wasserdampf, einem straffenden Meersalzbad und einer wohltuenden Ganzkörper- und Fußreflexzonenmassage. Danach werden Sie verwöhnt mit einer Thalasso-Gesichtsbehandlung. Am Nachmittag dann Mani- und Pediküre, ein Ganzkörperpeeling mit einer Algenentschlackungspackung und ein Friseurtermin bei unserem Stylisten Gery! Und abends sind Sie Gast im À-la-carte-Restaurant.«

Damit hat die Djurkovic jetzt nicht gerechnet. Mit so einer Extrabehandlung lässt sich's leben: »Klingt nach volle Terminkalender und ein wenig Entspannungsmarathon. Muss ich meine Mann sagen, dass ich bin bis Abend in waagrechte Sportveranstaltung!«

Ganz sicher ist sich der Metzger an diesem Sonntagmorgen nicht, ob er der Schilderung seiner Danjela nicht eigentlich mit Skepsis begegnen und sie zur Vorsicht mahnen müsste. Höflichkeitshalber zwingt er sich dann zur Mitfreude, hofft das Beste, fühlt sich ein wenig ratlos, die eigene Tagesgestaltung betreffend, und kann natürlich noch nicht wissen, dass ihm die plötzliche freie Zeit im geschäftlichen Sinn noch sehr gelegen kommen wird.

Wider jede Vernunft führt ihn sein Magen an diesem Morgen erneut in den Frühstücksraum. Und dort erlebt er sein blaues Wunder. Das liegt aber keineswegs am Restalkohol des überraschenderweise bereits anwesenden Herrn Friedmann, sondern an der Bedienung und den damit verbundenen administrativen Tätigkeiten.

Herr Hackenberger, in blauen Jeans, blau-weiß kariertem Hemd und blauen Filzschlapfen, kümmert sich heute um das Wohl der Gäste. Wohlgemerkt: um das Wohl. Denn außer, dass er entschuldigend erklärt, seine Frau sei beim Sonntagspfarrkaffee, und höflich fragt, was er bringen könne, sagt er nichts. Die Ruhe im Frühstücksraum könnte also wohltuender nicht sein, wäre da nicht die gestrige Abendgestaltung der beiden anwesenden Herren.

Ein freundliches »Guten Morgen« wird ausgetauscht. Dann rührt Herr Friedmann etwas betreten in seinem Kaffee herum, bis er zeitgleich mit der Metzger-Frage »Gut geschlafen?« ein »War's sehr schlimm?« hervorbringt.

»Was?«

»Mein Benehmen?«

»Wieso?«

»Ich trinke nie und hab mich, denk ich, nicht unter Kontrolle gehabt.«

»Kontrolle? Kontrolle, Herr Friedmann, ist nicht immer nur etwas Gutes. Vielleicht hat Ihnen das ja mal ganz gutgetan!«

Herr Hackenberger kommt herein, in seiner Hand zwei Meldeformulare: »Herr Friedmann, Sie reisen ja heute ab, sind Sie bitte so freundlich und füllen Sie mir das aus! Und Sie, Herr Metzger, Sie fahren morgen. Bitte auch gleich um Ihre Daten, dann ist das erledigt.« Zwei Kugelschreiber werden übergeben. Dann widmet sich links der Friedmann den leeren Zeilen und rechts der Metzger schreibtechnisch seinem und blicktechnisch dem Blatt des Nachbarn. Eine kleine Rechnung hat er mit ihm ja noch offen, obwohl er sich da schon seinen eigenen Reim gemacht hat, der Willibald. Selbst verfasste Dichtkunst kann allerdings ziemlich unerfreulich werden, was bei diversen Hochzeits- und Geburtstagsansprachen schon mehrfach bewiesen wurde.

Zur Freude der schon schwächer gewordenen Augen des Metzgers zieht Herr Friedmann nach eingehendem Studium des Formulars seine Buchstaben in großer Blockschrift – Nachname: »*Friedmann*«. Sehr langsam schreibt er, als hätte ihm heute zum ersten Mal jemand den Linienspiegel entwendet. Es folgt der nächste konzentrierte Arbeitsschritt, der Vorname.

Der Metzger ist längst fertig, schaut nach links und räuspert sich, als wollte er seinen Sitznachbarn während der Schularbeit auf einen Fehler aufmerksam machen.

Ist der Sitznachbar allerdings von der Richtigkeit der eigenen Angaben überzeugt, kann sich räuspern, wer will.

Dann ist er fertig, der Friedmann, und im Metzger-Hirn geht es rund.

Beim Vornamen steht: »*Sascha*«.

32

»WOLLEN SIE IHN JETZT oder nicht?«
»Wen?«
»Den Tisch und die Sessel!«

»Ich müsste mir den Tisch vorher einmal ansehen!«

Sascha Friedmann ist aufgestanden, nimmt beide Meldezettel, bringt sie zu Herrn Hackenberger in die Küche und unterbreitet dem Metzger danach folgenden Vorschlag: »Kommen Sie doch mit, ist nur eine Dreiviertelstunde Fahrtzeit, dann können Sie sich gleich alles ansehen. Am Vormittag wird auch keiner zu Hause sein.«

Der Metzger, durch die überraschende namenstechnische Wendung noch ziemlich verwirrt, weiß nicht recht, wie er reagieren soll.

Zeit wäre heute ja reichlich vorhanden, nach dem gestrigen Abend ist ihm dieser Friedmann, nun Sascha, auf sonderbare Weise nähergekommen, in all seiner Zerbrechlichkeit. Und gleichzeitig sind da Fragen aufgetaucht, die den Metzger ziemlich beschäftigen: zwei Eheringe, die sich offenbar auf dieselbe Person beziehen, aber unterschiedlich datiert sind, ein Abschiedsbrief, den Sascha im Zimmer seines Vaters gefunden hat, der aber nicht an ihn, sondern einen Xaver gerichtet war, und dazu diese Angst einflößende Familiengeschichte, die gestern Abend von Sascha geschildert und körperlich drastisch demonstriert wurde. Der Metzger weiß, er sollte eigentlich ablehnen, aber neben dem Geschäftssinn ist sein Orientierungs- und Ordnungssinn erwacht. Er hasst es, in ein Labyrinth zu geraten und nicht wieder herauszufinden, auch aus einem gedanklichen, und er kommt mit Unaufgeräumtheit ganz schlecht zurecht, auch der zwischen Menschen.

Zudem wird das organisatorische Problem gelöst: »Ich bring Sie auch wieder hierher zurück!«

»Das ist doch eine unnötige Herumfahrerei.«

»Ich fahr gerne, und ich will ja was von Ihnen«, entgegnet Sascha Friedmann und meint damit viel mehr, als der Metzger zu denken wagt.

Eine halbe Stunde später sitzt er im Wagen, nicht ahnend, wohin ihn diese Reise führen wird. Zügig geht es dahin, durch beschauliche Ortschaften, lang gezogene Waldstücke, vorbei an Bauernhöfen und üppigen Getreidefeldern. Der Metzger hört von dem einen oder anderen handwerklichen Friedmann-Hilfseinsatz, über die viele Arbeit nach den extrem im Aufwind befindlichen Sturmschäden, erzählt selbst was vom Möbelrestaurieren und fühlt sich wohl in der Gegenwart des gesprächig gewordenen jungen Mannes. Die Zeit vergeht wie im Flug, zwischendurch wird vollgetankt, und während die lang gezogenen Waldstücke immer dichter werden, wird die Besiedelung immer dünner.

Sascha Friedmann hat bisher ruhig seinen Wagen gelenkt und beinah fröhlich vor sich hin geplaudert. Im Vergleich dazu klingt seine Reisezielankündigung auffällig gedrückt: »Da vorne beginnt unser Ort!«

Am Ortsschild vorbei führt die Straße auf einen ausgestorbenen, architektonisch belanglosen kleinen Marktplatz, an dessen Ende, wie ein architektonischer Fremdkörper, eine wunderschöne renovierungsbedürftige Barockkirche mit Zwiebelturm steht. Sehr langsam, beinah andächtig, fährt Sascha Friedmann daran vorbei.

Es herrscht Totenstille.

Dann zerreißt ein lautes Knarren die Geräuschlosigkeit. Als wäre es genau so vorgesehen, als hätte es heimtückisch auf die Ankunft des blauen Kastenwagens gewartet, öffnet sich das große Holztor, und das Gebäude entlässt seine Insassen. Sascha Friedmann flüstert: »Mist!«, hält am Straßenrand und schweigt. Wie eine zähe Flüssigkeit bewegen sich die dunkel gekleideten Menschen über den Kieselsteinweg. Kaum ein lauter Ton mischt sich ins Knirschen der Schritte, und dem Metzger kommt es vor, als würden die Menschen ihre Andächtigkeit in kleinen Laternen wachsam vor sich hertragen, in der Hoffnung, dass sie diesmal bis nach Hause flackert.

»Ein Begräbnis?«, fragt er.

Sascha Friedmann starrt wie versteinert geradeaus: »Nein, so ist es immer, wenn Pfarrer Bichler die Schlussworte als zweite Predigt genutzt hat!«

Einige Personen schauen zum Wagen herüber, von dem vermutlich jeder der Ansässigen weiß, wem er gehört, und keine Hand, wie es für gewöhnlich in ländlichen Regionen üblich ist, hebt sich zum Gruß.

Eine kleine Gruppe bleibt vor der Kirche stehen und plaudert, dann kommt er.

Oder besser gesagt: Er erscheint.

Die kleine Gruppe teilt sich, ein leichtes Verbeugen ist zu erkennen, es werden Hände geschüttelt, es wird auf die Schulter geklopft, dann hebt sich doch eine Hand. Seine.

Mit langsamen Schritten kommt er zum Auto herüber, andächtig umfassen sich seine Hände, von der schwarzen Kutte baumelt unübersehbar ein großes silbernes Kreuz. Süßlich lächelnd schaut er durchs offene Seitenfenster: »Der Herr sei mit euch!«

»Hallo«, antwortet Sascha, »Grüß Gott!« der Metzger.

»Ja, Gott grüßt alle seine Kinder! Besonders jene, die am Sonntag zu ihm kommen, um ihn zu würdigen, nicht wahr, Sascha?«

Der Pfarrer lächelt zwar weiterhin, aber seine Augen, die sprechen eine andere Sprache. Dann reicht er einen grünen kopierten Zettel durchs Fenster ins Wageninnere: »Bitte schön, hier das Pfarrblatt für die kommende Woche!«

Zu Sascha Friedmann gewandt fügt er hinzu: »Und dir, mein Sohn, mein aufrichtiges Beileid zum Tod deines Vaters. Wir haben gerade für ihn gebetet.«

Einmal mehr wundert sich der Metzger, warum so mancher Priester trotz des vereinbarten Zölibats seine Kunden – wie ja jeder Mensch zu bezeichnen ist, der für eine Dienstleistung bezahlt – als Söhne und Töchter anspricht. Die verbale Notlösung hinsichtlich der Unschlüssigkeit, wer der Anwesenden nun tatsächlich zur Riege seiner leiblichen Söhne und Töchter zählen könnte, wird es ja wohl kaum sein. Sollte es also zum Ausdruck bringen wollen, dass alle Menschen Gottes Kinder sind, dann ist dieses vorangestellte »mein« aus dem Mund eines Priesters wahrlich der Gipfel an blasphemischer Selbstüberschätzung. Der Metzger wird aus seinen Gedanken gerissen: »Und Sie, mein Sohn, Sie fahren heute mit Sascha zum Hirzinger-Hof?«

»Nur beruflich!«

»Beruflich? Am Sonntag, am Tag des Herrn?«

»Na ja, Sie arbeiten ja auch heute.«

Jetzt ist es weg, das Lächeln. Oft ist ihm offensichtlich auf so weltlichem Niveau noch nicht widersprochen worden, dem Herrn Pfarrer Bichler, schon gar nicht so bissig, und das von einer so schäbig unrasierten und vor allem an bedeutender Stelle zahnlosen Person.

Weil aber die auf Auflehnung und Andersartigkeit lange Zeit üblichen katholischen Erwiderungen wie Wasserfolter, Verstümmelung, Eiserne Jungfrau, Judaswiege, Ketzergabel oder Scheiterhaufen ein wenig aus der Mode gekommen sind, wählt der Pfarrer die in konservativen Kirchenkreisen gegenwärtig schicklich gewordene Strategie, auf Widerspruch zu reagieren: Er ignoriert ihn. Zumindest vordergründig.

»Sascha, kommst du bitte morgen zu mir in die Kanzlei?« Dann dreht er sich um und geht, ohne Verabschiedung.

»Wunderbar«, meint Sascha Friedmann, während er mit weißen Knöcheln den grünen Zettel zu einem Ball zusammenknüllt.

»Das tut mir jetzt leid, ich wollt Ihnen wirklich keine Schwierigkeiten machen!«

»Wunderbar war Ihre Antwort. Schwierigkeiten hab ich schon.«

Und noch bevor der Metzger »Wieso?« fragen kann, lässt Sascha Friedmann die Reifen quietschen, worauf dann doch noch einige weitere Personen die Hand heben, wenn auch nicht zum Gruß. Mit deutlich überhöhter Geschwindigkeit lässt er das Ortsschild hinter sich.

Etwa fünf Kilometer außerhalb des Ortes liegt der Hirzinger-Hof, ein Vierkantbauernhof, der vor Ewigkeiten nur auf einer Front verputzt wurde. Alle anderen Seiten zeigen den blanken Ziegelbau. Schön und liebevoll ist anders.

Vor der Hofeinfahrt steigt Sascha Friedmann aus. Er wirkt gehetzt: »Wir sollten uns beeilen, bevor die anderen aus der Messe zurück sind! Die war heute verhältnismäßig früh zu Ende.«

Im Innenhof erhebt sich ein gigantischer Misthaufen, von dem ein Rinnsal quer durch den Hof verläuft, und der Metzger weiß mit Sicherheit, er hat schon weitaus gepflegtere Bauernhöfe gesehen.

Arbeitsmaschinen stehen verdreckt herum; zerrupfte Hühner und zwei Gänse laufen durch die Gegend und laben sich an dem verfault am Boden liegenden Gemüse; ein bereits deutlich mit dem Jenseits sympathisierender Köter trinkt am Rand des Misthaufens aus einer Pfütze, wahrscheinlich in der Hoffnung, ein endgültiges Tröpferl mit gutem Abgang zu erwischen und es dem Gemüse gleichzutun; ein paar Katzen wärmen sich auf der brüchigen Betonumrandung der zentralen Ausscheidungssammelstelle; auf einer voll behängten Wäscheleine werden wirkungsvoll dem Waschmittel die chemischen Duftstoffe ausgetrieben; und überall verstreut liegen morsches Holz, zerbrochene Ziegel, Tierkot und Stroh.

Was soll ich hier?, denkt sich der Metzger erschüttert über so viel Verkommenheit, was soll es hier zu holen geben, außer Krankheiten?

Und während er hinter Sascha Friedmann zur Haustür marschiert, fällt sein Blick ins Dunkel einer links des Wohnhauses wohl als Garage gedachten Ausnehmung.

An Garage denkt der Metzger aber nur deshalb, weil der Spalt zwischen den beiden Holztoren ausreichend groß ist, um einen Blick auf jenes unübersehbare, vielsagende, den Besitzer kennzeichnende Teil freizugeben, das sich bei gar nicht wenigen Erdenbürgern mit dem Vorsatz »haben müssen« auf die Netzhaut brennt. Einen Heckspoiler.

Erdenbürger wie beispielsweise:
• männliche Führerscheindebütanten; der Wagen ist wurscht, es zählt nur das Tuning;

- männliche Potenzstörungs- oder Scheidungsdebütanten; das Tuning ist wurscht, es zählt nur der Wagen;
- ausgewählte Damen, die den Männern endlich eines ihrer Statussymbole streitig machen; auch in diesem Fall ist das Tuning wurscht, und es zählt nur der Wagen;
- und schließlich alle Polizisten, ausnahmsweise auch alle weiblichen; das Tuning ist wurscht, der Wagen ist wurscht, es zählt nur der Fahrer.

Der Metzger hat ihn schon mal gesehen, diesen Opel-Kadett-Schrottkübel mit rückwärtigem Kunststoffbauteil, der von Kommissar Eduard Pospischill, Willibalds momentan etwas in Vergessenheit geratenem Polizistenfreund, so charmant als Proletenflügel bezeichnet wird. Vor der Kuranstalt hat er gestanden, vorgestern. Und jetzt steht er hier, am Hirzinger-Hof, wobei nicht sicher ist, ob Adam Opel beim Anblick dieses Gefährts eine rechte Freude daran gehabt hätte, was nach 1862 aus seiner Nähmaschine so geworden ist.

Willibald Adrian Metzger muss ein paar schnelle Schritte einlegen, um nicht allein in diesem trostlosen Innenhof zurückzubleiben. Im Inneren des Bauernhauses wird es dann allerdings nicht wirklich gemütlicher. Sascha Friedmann führt seinen Besucher durch ein muffiges, liebloses Stiegenhaus. Kein Bild hängt an der Wand, keine Pflanze steht in der Ecke, lose Glühbirnen dienen als Deckenbeleuchtung, und der Metzger kann sich kaum vorstellen, dass hier jener Mann gelebt haben soll, dem Danjela Djurkovic so viel Ordnungssinn attestiert.

Hier ist nichts heimelig, nichts einladend, und nichts strahlt Wärme aus. Nach Überwindung des ersten Stockwerks geht es hinauf zum Dachboden.

Sascha Friedmann öffnet die Tür. Durch die Ziegelritzen dringt ein wenig Sonne in den unbeleuchteten Raum. Die vom Luftzug aufgewirbelten Staubkörner tanzen durch die unregelmäßigen Strahlen, und es dauert, bis sich der Metzger in diesen Lichtverhältnissen zurechtfindet.

Dann sieht er sie.

33

ER MUSS IN DIE *Offensive gehen. Auf Winfrieds Mithilfe kann er sich nicht mehr verlassen. Seiner Bitte, kurz im Zimmer 3.12 nachzusehen, ob sein Vater irgendetwas Bedeutsames zurückgelassen habe, ein Schreiben oder einen Hinweis, konnte sein treuer Freund in Anbetracht der unerwarteten Besucherin nur eingeschränkt nachkommen. Obwohl diese Djurkovic ja durchaus auch als Fund zu bezeichnen ist, denn allein ihre Anwesenheit im Zimmer zeigt im Nachhinein, dass es im Vorfeld Umstände gegeben haben musste, die ihr verdächtig vorkamen.*

Er muss wissen, was das ist, ebenso, was in diesem Briefentwurf an einen Sohn, wen auch immer sein Vater damit erreichen wollte, zu lesen steht. Er muss Zugang finden zu allem, was ihm womöglich nie gesagt wurde. Er muss wissen, was dieser Satz bedeutet, der ihm nicht mehr aus dem Kopf geht: »Du bist auch hier, um dich selbst kennenzulernen!«

Er muss es wissen.

Die Entbehrung dessen, was ein Einzelner seinen Mitmenschen vorenthält, kann ganze Generationen in die Irre führen. Wer seine Sprache beherrscht, wer es versteht, mit ihr zu spielen, beherrscht die Seinen und spielt mit ihrem Verstehen. Sprache verbindet die Augen vor all dem, was hinter den Worten verborgen liegt. Nicht im Gesagten liegt ihre große Macht, sondern im Nichtgesagten, in dem, was im Dunkeln bleibt, unter dem Mantel der Verschwiegenheit. Und während der Mensch schwatzend herumpoltert, sich Angst einflößend aufplustert, die Kleinen klein hält, die Großen schrumpfen lässt, kriecht er wortkarg, mit unaussprechbaren Wahrheiten um den Bauch geschnallt, durchs Dickicht seiner Selbstverleugnung.

Müde betritt er seine Wohnung. Er braucht eine kurze Pause und die Frau bei ihm zu Hause etwas zu essen. Außerdem gehören die Verbände gewechselt. Bis jetzt hat sie nur geschwiegen und ihn angesehen, mit diesem vertrauten, friedlichen Blick.

»Bin wieder da!«, grüßt er aus dem Vorraum. Wahrscheinlich schläft sie. Was für eine unglaubliche Ruhe von einem Menschen ausgeht, dem das Schicksal die Sprache genommen hat! Hinter den Worten liegt das wahre Ich und spricht aus den Augen.

Er richtet ihr eine Mahlzeit und betritt den Raum, in der Hand ein Tablett. Sie muss sich erholen.

Das Zimmer ist leer.

34

DIE BEINE KRUMM mit schlanken Fesseln, in der typischen, dem Alter entsprechenden Schwingung. Der Rest ist herzlos verhüllt.

»Allein diese Beine sind vielversprechend«, denkt sich der Metzger. Sascha Friedmann zieht die alten Decken herunter, und dem Restaurator springt übermütig das Herz. Vor ihm steht eine komplette Biedermeier-Esszimmergruppe mit einem wunderbaren ovalen Ausziehtisch, dessen Beine jeweils doppelt angelegt sind. Ausgezogen trennen sich diese bündig und eng aneinandergeschmiegten Paare, und es entsteht ein Tisch mit acht Beinen. Mit entsprechenden Einlegeplatten lässt sich dieses Möbelstück auf die dreifache Länge vergrößern und bleibt dennoch absolut stabil. Was für eine phantastische Arbeit! Dieser Tisch, das wichtigste Möbelstück der Biedermeierzeit, um den sich die Familie »im häuslichen Glück« versammeln konnte, ist von so vorzüglicher Machart, der Metzger hat so etwas zuvor noch nie gesehen. Der für den Biedermeierstil typische Helldunkelkontrast wurde in diesem Fall nicht durch Beizen billiger Holzarten erzielt, sondern durch den Einsatz teuren Ebenholzes. Die Mitte der Platte ziert eine Einlegearbeit in Form einer Lyra, deren Form ebenso kunstvoll in die Lehnen der dazugehörigen acht Sessel eingearbeitet ist. Welch perfekte Ergänzung. Nur ist das nicht alles, denn zwischen zwei Stühlen steht die wahre Krönung dieses Ensembles: ein einzigartiger dazupassender Beistelltisch, in seiner Erscheinung von einer entzückenden Zierlichkeit, dass es sofort um den Metzger geschehen ist.

Es ist Liebe auf den ersten Blick.

Der Metzger streicht behutsam über die Tischplatte, die von leichten Rissen durchzogen ist. Die Polsterung der Sessel muss komplett erneuert werden, aber sonst ist in Anbetracht der Lagerung alles recht gut erhalten.

»Und, was sagen Sie?«

Jetzt ist der Willibald natürlich im Grunde eine ehrliche Haut. Er ist aber auch Geschäftsmann und folglich mit einer berufsbedingten Vorsicht ausgestattet, die seine Aufrichtigkeit gelegentlich durch ein gesundes Maß an Verschwiegenheit in die Schranken weist.

Und weil der Metzger weiß, dass enthusiastische Übermutsäußerungen in Gegenwart eines möglichen Geschenks den Wohltäter dazu verleiten könnten, seine Absicht zu überdenken, meint er: »Na ja, wenn Sie das unbedingt loswerden wollen, nehm ich es. Ideal gelagert war das ja alles nicht unbedingt. Das ist den Materialien auch deutlich anzusehen!« Der Metzger zupft am zerfetzten Sesselbezug. »Wo haben Sie das eigentlich her?«

»Das gehörte meinem Vater. Steht seit Jahren hier, und mein Großvater will es raushaben.«

Dann wird Sascha Friedmann abrupt leise. Aus dem Erdgeschoss sind zuerst Stimmen zu hören, dann ein Ruf: »Alexander?«

Sascha Friedmann schweigt. Es scheint, als hielte er den Atem an.

»Alexander? Bist du da?«

»Ja!«

Dann rauchen bei beiden die Köpfe. Während der Metzger über die belanglose Frage nachdenkt, was jemanden dazu veranlassen könnte, freiwillig ein elegantes griechisches Alexander zu einem bescheidenen russischen Sascha zu degradieren, geht es bei Sascha Friedmann um weitaus ernstere Angelegenheiten.

Mit angespannter Miene fasst er dem Willibald freundschaftlich auf die Schulter, erteilt die Weisung: »Warten Sie einfach hier!« und läuft die Stiegen hinunter.

Froh ist der Metzger jetzt für die Zeit, die er kurz mit der Esszimmergruppe allein verbringen kann. Möbel ausschließlich von oben zu begutachten, das wäre wie ein Gebrauchtwagenkauf ohne Blick in den Motorraum oder auf den Unterboden. Während der Restaurator vorsichtig unter den Tisch klettert, setzen im Erdgeschoss wieder Stimmen ein.

Keine groben Risse sind zu sehen, auch die Lade liegt nicht verzogen in der Führung. Mühelos lässt sie sich nach vorn schieben. Öffnet man eine Lade, sieht man von oben ihr Inneres und von unten die freigelegte Unterseite der Tischplatte. Wobei im Fall dieses Tisches von freigelegt nicht die Rede sein kann.

An seinen Längsseiten ist ein DIN-A4-Karton mehrfach an das Holz getackert. Und während im Erdgeschoss die Stimmen deutlich lauter werden, steckt Willibald Adrian Metzger vorsichtig seine Finger zwischen Tischplatte und Karton.

Immer wieder sind Fragmente der Unterhaltung zu verstehen: »Mach das nie wieder!« – »Sei bloß ehrlich, du verschlagener Falott!« – »Wen hast du da mitgebracht?«

Der Metzger ist mit seiner Geistesgegenwart allerdings anderwärtig gebunden, und er ist ein Mann, was bedeutet, dass seine Aufnahmefähigkeit durch die bereits praktizierte eindimensionale Konzentration völlig ausgelastet ist.

Mit den Fingerkuppen spürt er zwei scharfe Ränder, was auf Papier oder ähnliches Material hindeutet. Sosehr er sich jedoch bemüht, ohne Werkzeug oder ohne den Karton herunterzureißen, ist aus dem Versteck nichts herauszubekommen. Zumindest von vorn nicht! Denn durch das Hineinschieben der Finger hat sich auch im Inneren des engen Faches etwas verschoben und fällt nun aus der Hinterseite in die Lade hinein.

Dann läutet sein Handy. Im Erdgeschoss wird es schlagartig ruhig.

»Hab ich gerade Pause, ist herrlich!«

Leicht ist das nicht, auf allen vieren möglichst entspannt zu wirken: »Das freut mich aber!«

»Geht es dir heute gut? Macht meine Willibald ein wenig Urlaub?«

Unpassender könnte der Anruf nicht sein.

»So gut es geht ohne dich.«

Die plötzliche Ruhe im Erdgeschoss wird durch Schritte im Stiegenhaus unterbrochen. Als Ausweg bleibt dem Metzger nur eine jener beiden Lügen, die ein Mensch zugleich mit der Anschaffung eines Mobiltelefons ohne moralische Bedenken automatisch in sein Sprachrepertoire aufnimmt. Nicht: »Mein Akku ist gleich leer«, sondern: »Mein Empfang ist hier sehr schlecht! Hallo? Hallo?« Zügig kriecht er unter dem Tisch hervor, erhebt sich, greift sie auf und steckt sie ein, die beiden Fotos, die in der offenen Lade zu sehen sind.

Dann legt sich eine Finsternis über den Dachboden, nicht in Form erloschenen Lichts, sondern in Form erstickender Atmosphäre, ausgehend von der Kraft des Wortes: »Wer sind Sie, und was haben Sie in meinem Haus zu suchen?«

Ein alter, dürrer Mann steht am Gang vor der Dachbodentür, und noch nie zuvor hat der Metzger so eine Stimme gehört. Klar, tief, tragend, von großer Eindringlichkeit und entwürdigender Geringschätzung. Der auf einen Stock gestützte Körper wird von einem zu großen schwarzen Anzug beinah verschluckt, und dennoch füllt er den Raum mit einer alles umfassenden Präsenz. Unter dem tief in der Stirn sitzenden Hut zeichnen sich aus dem gespenstischen Schatten die Konturen eines faltigen Gesichts ab. Die fordernde Stimme, der bedrohliche Blick, diese gebückte, aggressiv vorgeneigte Pose und der doch aufrecht gehaltene Kopf bringen zusammen so viel Feindseligkeit zum Ausdruck, dass es dem Metzger die Kehle zuschnürt. Unmöglich erscheint es ihm, sich gegen den Gedanken zu wehren, etwas Verbotenes getan zu haben. Gut, die Fotos hat er eingesteckt, da war der Mann aber noch gar nicht am Dachboden heroben, das weiß er ganz sicher. Es existiert also kein offenkundiger Grund, sich schlecht zu fühlen, sich dieser Macht auszuliefern, und doch hat er ein schlechtes Gewissen, einfach so.

Ja, es gibt so Menschen, die allein durch ihr Erscheinen bei anderen ein Gefühl der Unsicherheit oder der Schuld auslösen. Der Metzger weiß längst, dass die Grundernährung der Menschheit auf psychischem Kannibalismus basiert. Er weiß das, und er muss damit zurechtkommen, so wie jeder, was bleibt ihm auch anderes übrig? Seinen Lösungsansatz hat er in der Schule praxisnah erlernt und konsequent betrieben: sich innerlich nicht beugen zu lassen, so viel Gewalt in welcher Form auch immer auf ihn einwirkt.

Entsprechend reagiert er: »Im Auftrag von Sascha Friedmann soll ich mir diese Möbel anschauen. Und so wie es aussieht, werd ich ihm den Gefallen tun und sie nehmen!«

Natürlich hat sich das der Willibald mit seinem Nichtbeugenlassen jetzt leichter vorgestellt.

Noch dunkler wird die Stimme: »Im Auftrag von Sascha Friedmann also? In meinem Haus? Und in meinem Haus heißt der Taugenichts, der offenbar gerne ein anderer wäre, auch genau so, wie wir ihn haben taufen lassen, nämlich Alexander.«

Zornerfüllt ist der Ton, erhitzt, kochend, schneidend, bissig, als ginge es um die kulinarische Zubereitung des letzten Ganges, der Henkersmahlzeit. Jetzt kann der Metzger ein freiwilliges Sascha durchaus nachvollziehen.

Er denkt jedoch nicht im Entferntesten dran, hier zwischen Spinnweben, Lurch und Staub klein beizugeben. Nicht in Anbetracht dieser Möbel und schon gar nicht, wenn derartige Prunkstücke auf so würdelose Art und Weise dem Verfall ausgeliefert sind. Für die Rettung solcher Prachtexemplare streckt sich die ansonsten schlechte Körperhaltung des ziemlich behäbigen Restaurators schon einmal gehörig durch.

Willibald Adrian Metzger zeigt seinen breiten Rücken und die stolz geschwellte Brust: »Ich weiß nicht, wem hier was gehört und wer hier was zu sagen hat. Ich investiere nur, wie Sie sehen, an diesem Sonntag meine Zeit und bin auf Ersuchen von Herrn Friedmann mit hergefahren, um einen Blick auf die Möbel zu werfen«, dabei zeigt der Metzger auf die Biedermeiergruppe. »Soviel ich weiß, sind die im Weg, werden von keinem gebraucht und sollen hier raus. Und nachdem offensichtlich noch niemand eine Axt genommen hat, um den Kram auf solche

Weise zu entsorgen, was in Anbetracht der Lagerung und des Zustands durchaus eine Möglichkeit wäre, sieht Herr Friedmann mich als Lösung!«

Der Blick des Mannes verdüstert sich: »Dieser Nichtsnutz kann so viele Lösungen sehen, wie er will.«

Der Metzger kennt dieses Gehabe samt dem Wortlaut zur Genüge, ob es sich nun hinter dem Gesicht kleinwüchsiger männlicher Gesetzeshüter, unsicherer Pädagogen oder von ihren Kindern überforderter Familienväter verbirgt. Es geht stets um dasselbe: um Macht. Wobei so Menschen, egal, wie tief man vor ihnen in die Knie geht, anhaltend das Gefühl haben, immer noch zu wenig Respekt abzubekommen.

Da hilft nur die Änderung der Strategie: »Das tut mir leid, wenn Sie sich übergangen fühlen, das ist natürlich keineswegs meine Absicht. Ich denke, Herrn Friedmann ging es nur darum, der gewünschten Forderung nach Räumung des Dachbodens zu entsprechen. Übrigens, Metzger ist mein Name, Willibald Adrian Metzger, Restaurator. Freut mich!«

Der Metzger streckt die Hand aus.

»Hirzinger«, murmelt der Bauer vor sich her, und die Metzger-Hand bleibt unberührt.

Wieder einer, der sich nur mit Nachnamen vorstellt. Das andere kennt er aber auch, der Metzger: die Verweigerung des Grußes. Die ist in etwa genauso vielsagend, wie wenn ein Dreißigjähriger bei einem Kindergeburtstag als einziger erwachsener Teilnehmer in einer Startformation durchwegs Siebenjähriger das Sackhüpfen gewinnt und den Hauptgewinn einfordert. Einfach nur lächerlich. Zum Lachen hat er mit dem Bauern Hans Hirzinger allerdings nichts.

Trotz der beleidigenden Art bleibt der Metzger gelassen, warum soll er auch etwas, das von jemandem kommt, den er nicht persönlich kennt, persönlich nehmen? Bis auf die Möbel natürlich.

»Was schlagen Sie vor, Herr Hirzinger, soll das jetzt zu mir, oder bleibt es hier? Nur, bevor Sie es zerhacken, sollten Sie wissen, irgendwer in der Stadt würde damit sicher seine Freude haben.«

»Und was wird sich der seine Freude kosten lassen?«

Daher weht also der Wind, denkt sich der Metzger, schickt für die folgende etwas ruchlose Bemerkung im Vorfeld ein Vergebungsgesuch an den Himmel und meint: »Glauben Sie mir, diejenigen, die damit Freude haben könnten, freuen sich auch, wenn sie täglich an ein warmes Essen kommen.« Womit sich der Metzger in Anbetracht seiner Kochfaulheit und seiner oft tagelangen Werkstattklausur bei Rotwein und belegten Broten zumindest ein klein wenig an die Wahrheit hält.

Das dürfte den richtigen Nerv getroffen haben, immerhin kommt der Bauer gerade aus der Sonntagsmesse.

»Eine Spende also? Für einen guten Zweck?«

Jetzt traut sich der Metzger aus moralischen Gründen nicht einmal zu nicken.

Sein Schweigen reicht.

Hans Hirzinger hebt seinen Stock, drischt damit auf die Tischplatte, friert kurz in dieser Position ein, als würde er den Tisch verwandeln, verhexen, verwünschen wollen und faucht: »Aufmachen!«

Nachdem nur eines gemeint sein kann, öffnet Willibald Adrian Metzger die Lade. Nach einem kurzen Blick in den leeren Innenraum dreht sich Hans Hirzinger um und geht mit den Worten: »Dann um Gottes willen, nehmen Sie den Krempel, und scheren Sie sich damit zum Teufel!«

Bei dem bin ich grad, denkt sich der Metzger und staunt über die solcherart verbale Verbundenheit vom Himmelsvater mit dem Höllenfürsten.

Mittlerweile ist auch Sascha Friedmann wiederaufgetaucht, weiß im Gesicht, aber nicht annähernd so blass wie die ihm folgende Frau. In ihrem schwarzen, hochgeschlossenen Kleid vermittelt sie das bedauernswerte Bild eines todkranken, eben mit Müh und Not aus dem Bett gekrochenen Menschen.

»Und du sag deinem verlotterten Sohn, er soll erstens gefälligst diesen Herrn wieder dorthin bringen, wo er ihn hergeholt hat, zweitens klären, wann die Möbel weggeschafft werden, weil Lieferservice sind wir keiner, und drittens schauen, dass er danach schleunigst wieder nach Hause kommt!«, faucht Hans Hirzinger, würdigt den teilnahmslosen Sascha Friedmann keines Blickes und verschwindet im Stiegenhaus.

»Mir wäre es jetzt sehr recht, wenn wir wieder fahren«, bemerkt Willibald Adrian Metzger, erfüllt von großer Sehnsucht nach seiner Werkstatt und dem dort gewohnten Frieden.

»Das tut mir alles sehr leid. Wollen Sie noch etwas trinken?«, entschuldigt sich die Frau mit gläserner Stimme. »Ich bin Luise Friedmann, die Tochter.«

Nun wird dem Metzger eine schmale Hand entgegengestreckt, die er äußerst behutsam in Empfang nimmt und die ihm das Blut in den Adern gefrieren lässt:

Diese Frau ist die Witwe von August-David.

Diese Frau hat noch alle ihre zehn knöchernen Finger,

und am vorhandenen Ringfinger der rechten Hand steckt ein goldener Ehering.

Diese Frau hat sich nicht ihres Eherings samt Ringfinger entledigt, um befreit zu sein, um die Enge zu vergessen.

Diese Frau ist der Beweis, dass an der Friedmann-Geschichte etwas zum Himmel stinkt, und zwar gewaltig, mehr noch als der ganze verkommene Hirzinger-Hof.

»Lieb von Ihnen, aber ich denke, es ist im Sinne aller, wenn ich so schnell wie möglich wieder weg bin.«

Und da hat der Metzger jetzt natürlich einen Fehler gemacht, der nach dem Auftritt eines ichsüchtigen Menschen leicht passieren kann: nämlich dessen energisch geäußerten Sinn als den Sinn aller auszulegen.

Sascha Friedmann nimmt dazu Stellung: »Die Möbel packen wir ein, die kommen gleich mit.«

»Aber Sascha, du hast doch gehört, was dein Großvater gesagt hat.«

»Wir nehmen sie mit, Mutter!«

Traurig und zärtlich zugleich sieht Luise Friedmann ihren Sohn an, als hätte sie eine Ahnung. Ohne zu zögern, nimmt Sascha Friedmann einen Sessel, übergibt ihn dem Metzger, ergreift selbst zwei Exemplare und läuft damit die Treppen hinunter.

Nur das Keuchen der beiden arbeitenden Männer ist zu hören. Und mit jedem Weg zurück hinauf auf den Dachboden und vorbei an der tatenlosen, immer noch wie angewurzelt neben der Dachbodentür stehenden Luise Friedmann bleibt dem Metzger mehr der Atem weg. Erst wie er das letzte Stück dieser einzigartigen Biedermeier-Esszimmergruppe, den kunstvollen Beistelltisch, hinunterträgt, folgt auch sie ihm zum Wagen.

»Tut mir leid, was mit Ihrem Mann passiert ist!«, meint der Metzger, während er den Tisch in den vollen Laderaum hebt, in dem immer noch der Lederkoffer von August-David Friedmann steht. Luise Friedmann starrt niedergeschlagen auf den Koffer und quält sich sichtlich zur Äußerung: »Vielen Dank! Das war sein Tisch, ein Erbe, das bisher keiner gebraucht hat. Wenn Sie ihn nehmen, hat es wenigstens einen Sinn, dass das alles so lange da oben herumgestanden hat. Sie helfen uns sehr damit!« Eine Zärtlichkeit streicht über ihr Gesicht und verrät, wie schön diese Frau wohl einmal gewesen sein muss.

Dann steigt der Metzger ein.

Links der Hofeinfahrt lehnt ein junger Mann, den Hut tief in die Stirn gezogen, das Hemd weit aufgeknöpft, einen Fuß an der Hausmauer. Er kaut auf einem Zahnstocher, schnitzt mit einem Feitel ein Stück Holz zurecht und beobachtet das Geschehen ohne Regung.

Es dauert einige Zeit, bis schließlich auch Sascha Friedmann mit einer Umhängetasche über der Schulter den Hirzinger-Hof verlässt. Erst da bewegt sich der Bursche neben dem Tor. Nur minimal. Er streckt kurz seinen Kopf nach vorn und platziert einen Speichelbatzen gezielt vor den Füßen des Vorbeigehenden, der das ohne Regung hinnimmt, in den Wagen steigt und losfährt.

Der Metzger ist heilfroh, diesen düsteren Ort hinter sich zu lassen.

»Wer war das?«

»Mein Bruder.«

»Ein Bruder, der Ihnen vor die Füße spuckt?«

Langsam und gefasst sieht Sascha Friedmann zum Metzger hinüber: »Das war das letzte Mal!«

35

»Letzte Mal Fussreflexzonenmassage war von eigene Oma vor Schwarz-Weiß-Fernsehen!«

Jakob Förster knetet die Hornhaut ihrer großen Zehe, und nur weil die Djurkovic jetzt so lebhaft aus ihrer Kindheit erzählt, wird die Sohle auch nicht weicher.

Sie ärgert sich. Jetzt hat es ohnedies ein Weilchen gedauert, bis es ihr endlich gelungen ist, sich zu entspannen und den Gedanken, hinter jeder Ecke könnte der Mörder lauern, in Zaum zu halten, und dann so was. Blöder geht es nicht! Da sitzt einem ein Halbgott zu Füßen, der sich ihnen intensiv mit seinen schlanken, öligen Fingern widmet, und erst danach marschiert man zur Pediküre.

Was brauch ich danach noch Pediküre?, denkt sich die Djurkovic, ohne einen blassen Schimmer davon zu haben, was Herrn Jakob Förster schon alles an Füßen vors Gesicht gehalten wurde, ganz zu schweigen von unter die Nase, natürlich seine eigenen ziemlich abartigen Exemplare inbegriffen. Da ist der Arbeitsfuß der Djurkovic der Kategorie Aschenputtel weitaus näher.

Unter der Bezeichnung Wellnessmusik mischen sich zu den schmatzenden Geräuschen der begnadeten Förster-Hände aus kleinen Boxen streichinstrumenten-, flöten- und harfenähnliche Klänge, die außerhalb dieses Raumes allesamt eher an das Kreativprodukt des Vorschülers Konrad auf seinem noch schnell von Papa an der Supermarktkasse besorgten ersten Keyboard erinnern. Was Nachbarn keineswegs entspannt, wirkt hier in Harmonie mit dem plätschernden Tischbrunnen beruhigend und lockert die Muskeln.

Auch die Zunge: »Jetzt müssen Sie mir aber schon erklären, liebe Frau Djurkovic, warum Sie unser Paradies hier frühzeitig verlassen wollten.«

»Woher wissen Sie?«

»Von Professor Berthold. Er hat gemeint, sie wollten weg, und ich soll dafür sorgen, dass Sie heute ganz besonders verwöhnt werden.«

Nach einigen stillen Massageminuten wiederholt er charmant seine Frage: »Also, warum wollten Sie weg? Ich bin neugierig!«

»Na ja, ist ziemlich schlechte Überlebendendurchschnitt in Kuranstalt, bei zwei Leichen pro Woche.«

Jakob Förster muss lachen: »Da haben Sie auf diese Woche bezogen natürlich recht. Vor diesen Unfällen ist hier aber nicht viel passiert! Insofern schaut der Durchschnitt doch eigentlich hervorragend aus, oder? Abgesehen davon darf der Begriff ›Unfälle‹ ja durchaus hinterfragt werden. Was denken Sie?«

Masseure und Physiotherapeuten liegen zwar, was das Erzählvolumen ihrer Kunden betrifft, weit hinter Friseuren, dafür entspricht das, was sie erfahren, eher den Tatsachen. Denn erstens hockt der Konsument vor keinem Spiegel, und da der Mensch ja am häufigsten sich selbst belügt, fördert so ein ständiger Blick aufs eigene Antlitz nicht unbedingt den Wahrheitsfluss, und zweitens vermittelt die zärtliche Berührung nackter Haut die nötige Vertrautheit.

»Glaub ich, haben Sie ziemlich recht. Ist schon komische Geschichte, besonders, wenn denkt man ein bisserl nach. Hat man viel Zeit hier in Kuranstalt, auch für Kopfzerbrechen.«

Natürlich wären jetzt einige Überlegungen bezüglich

der Gestaltung des weiteren Gesprächsverlaufs nicht unangebracht. So viel Besonnenheit darf man nur von einer mit einem lächerlichen Handtuch bedeckten Frau während der Streicheleinheit durch einen gut aussehenden Mann jedoch nicht erwarten. Schon gar nicht, wenn die weiblichen Nerven ohnedies blank liegen und sich endlich die Möglichkeit bietet, ein wenig zur Ruhe zu kommen.

»Und, was ist dabei herausgekommen?«

»Wobei?«

»Bei Ihrem Kopfzerbrechen?«

»Ist das also jetzt Massage inklusive Untersuchung?«

Jakob Förster muss wieder lachen: »Sie gefallen mir.«

»Sind Sie mir viel zu jung.«

Kraftvoll wird eine Stelle im mittleren Bereich der linken Fußsohle bearbeitet, im Djurkovic-Darm rumort es, und der Restkörper kann sich nur mit Müh und Not dagegen wehren, dass sich da die Frage ihres Therapeuten nicht praktisch durch ein leises Zischen gleich von selbst beantwortet.

»Also, was ist da herausgekommen?«, wiederholt Jakob Förster seine Frage.

»Also doch Verhör! Schaun Sie, bin ich jetzt eine Woche da, und jeden Tag war Friedmann lange in See schwimmen, mit perfekte Technik und schwarze Badehose. Und dann geht so eine Sportler einfach unter in Schwimmbad, nackert!«

»Theoretisch kann das ein Herzinfarkt oder weiß Gott was gewesen sein. Wer weiß, was der da im Schwimmbad getrieben hat?«

»Getrieben ist gut. Ist gelegen auf Grund, soviel ich weiß. Außerdem war Friedmann eher Mann von ruhige Sorte. Für den war Schwimmbad dieselbe Kloake wie für mich. So wie ich einschätze, Friedmann wäre nie freiwillig in Chlorwasser gegangen. Und will ich gar nicht anfangen grübeln über Sturz in Haifischbecken und Tatsache, dass vielleicht Anzböck und Friedmann waren verbunden wegen selbe Frau!«

Natürlich meint Danjela Djurkovic damit Gertrude Leimböck, ohne zu ahnen, wie sehr diese Aussage zutrifft, wenn auch in völlig anderem Zusammenhang.

Bedächtig massiert Jakob Förster nun die Grube zwischen Fußballen und großer Zehe, was der Djurkovic ein kurzes »Auweh!« entlockt.

»Das denk ich mir, hier sitzt nämlich der Nacken. Der muss bei Ihnen und Ihrem Kopfzerbrechen ja offenbar Schwerstarbeit leisten!«

Mit einem tiefen Atemzug bejaht Danjela Djurkovic die Bemerkung ihres Wunderheilers und inhaliert hörbar das zitronige Aroma der Duftlampe.

»Litsea cubeba«, deutet ihr Masseur dieses Seufzen richtig.

»Wie bitte?«

»Litsea-cubeba-Öl. Riecht gut, nicht?«

Und weiter geht es an der Fußsohleninnenseite abwärts. Jakob Förster massiert und kommentiert: »Halswirbelsäule – Schilddrüse – Herz.«

Dann lösen sich seine Hände, und es passiert längere Zeit nichts. Danjela öffnet die Augen, neben ihr steht Jakob Förster, schaut sie an, und sein Blick glänzt. Leise flüstert er: »Frau Djurkovic?«

»Ja?«, flüstert sie zurück.

»Wissen Sie, was ich jetzt gerne tun würde?«

»Nein?« Jetzt hat sie Herzklopfen. Bis auf dieses Nichts aus Frottee ist sie entblößt, und so schön der Mann da über ihr auch ist, die Blöße gibt sie sich nicht, völlig legitime weibliche Hirngespinste in die Realität hinübergleiten zu lassen. Gegen keinen Mann dieser Welt würde Danjela Djurkovic ihren Willibald eintauschen, nicht einmal für ein paar lächerliche Minuten. Langsam setzt sie sich auf und zieht das Handtuch straffer um ihren Körper, sichtlich um Distanziertheit bemüht.

»Warum sitzen Sie jetzt?«, fragt Jakob Förster sie. Es dauert ein wenig, bis er begreift: »Bitte legen Sie sich wieder hin, liebe Frau Djurkovic. Ich glaub, Sie verstehen mich da völlig falsch! Von mir brauchen Sie hier keinen Übergriff zu befürchten. Es geht eher um einen Angriff.«

Peinlich ist ihr das, der Danjela. Mit einem an die Rotfärbung ihres durchgekneteten Körpers angepassten Gesicht legt sie sich wieder hin, in der Hoffnung, sofort in den Erdboden zu versinken. Jakob Förster drückt ziemlich fest in die Mitte der rechten Fußsohle: »Nicht aufregen! Stress beeinträchtigt die Gesundheit.«

»Autsch!«

»Na sehn Sie! Das war jetzt die Leber. Stress schadet der Leber übrigens genauso wie beispielsweise Alkohol. Trinken Sie mehr, und klettern Sie weniger an der Außenfassade entlang!«

Der erstaunte Djurkovic-Augenaufschlag ist nicht zu übersehen. »Woher wissen Sie von meine Kletterei? Wieder von Professor?«

»Ja. Keine Sorge, das weiß sonst keiner, und ich hätte an Ihrer Stelle wahrscheinlich genauso gehandelt. Das hab ich Professor Berthold auch so gesagt. Er berät sich immer sehr intensiv mit mir über seine Patienten und Sorgenkinder, außerdem sind wir gute Freunde.« Jakob

Förster zögert kurz. »Und, hat sich der Ausflug wenigstens gelohnt?«

Der Djurkovic ist offenbar deutlich anzusehen, dass sie zu diesem Thema wirklich nichts mehr zu sagen gedenkt. So entspannt kann die Danjela nämlich gar nicht sein, dass sie sich so weit aus dem Fenster lehnt.

»Ich muss mich wiederholen: nicht aufregen! Um auf meine missverständliche Bemerkung zurückzukommen. Also, wissen Sie, was ich jetzt gerne tun würde? Ich würd Sie gerne nadeln!«

»Wie bitte?« Die Djurkovic verschluckt sich, was ein abermaliges Aufsetzen zur Folge hat.

Jakob Förster muss ein drittes Mal lachen. Wenigstens er hat seinen Spaß. »Also, Frau Djurkovic! ›D‹, nicht ›g‹. Nadeln! Akupunktieren! So verspannt, wie Sie in der Nackengegend sind, können ein paar Nadeln Wunder wirken. Wäre Ihnen das recht?«

Was soll sie sagen, die Danjela, irgendwie ist sie ohnedies ein wenig vor den Kopf gestoßen.

»Dann bitte. Stechen Sie!«

»Sie müssten sich nur seitlich hinlegen.«

Oh je, denkt sich die Djurkovic, meine Schlafposition!

Es folgen Einstiche in der Schulterblattgegend und im vorderen Schulter- und Schlüsselbeinbereich. Jakob Förster treibt durch Drehbewegungen die Spitzen der Nadeln bis zum Nerv und es mit den Nerven der Danjela auf die Spitze.

»No!«, meint diese mit schmerzverzogenem Gesicht. »Wo ist Entspannung?«

Jakob Förster schmunzelt nur, setzt der Djurkovic eine Nadel zwischen Nase und Oberlippe, so schmerzhaft, dass ihr die Tränen kommen, dimmt das Licht, streicht ihr liebevoll über den Kopf und verlässt den Raum.

Es dauert nicht lange, und die Entspannung beginnt zu wirken. Wenn die Djurkovic allerdings vorher gewusst hätte, dass die meisten der Nadeln nicht nur Nackenverspannungen lösen, sondern auch Winde, sie wäre nicht das schnarchende Opfer ihrer stabilen Seitenlage geworden.

36

WAR DAS JETZT XAVER FRIEDMANN?, fragt sich der Metzger. Ein spuckender Bruder, der sich diese Demütigung nun zum letzten Mal erlaubt haben soll? Das zeugt nicht unbedingt von großer Geschwisterliebe. Wobei ihm so etwas wie Liebe am Hirzinger-Hof in keiner Art und Weise untergekommen ist. Da war nichts als Kälte.

»Ungemütlich!«

»Was?«

»Bei Ihnen zu Hause.«

Sascha Friedmann blickt starr auf die Straße: »Das ist nicht mehr mein Zuhause!«

»Wie meinen Sie das?«

»Ich werd nicht mehr zurückfahren.«

»Wie bitte?«

Vorsichtig blickt er den Metzger an und gesteht kleinlaut: »Ich hab Sie benutzt.«

»Inwiefern?« Dem Metzger steht die Verunsicherung ins Gesicht geschrieben.

»Mir haben noch ein paar wichtige Sachen gefehlt. Einen Tag hätte ich ursprünglich weg sein sollen, geworden ist es eine Woche, zum ersten Mal. Glauben Sie mir, ohne Ihre Anwesenheit am Hof wäre das vorhin alles ganz anders ausgegangen. Nichts ist schlimmer für meinen Großvater als Fremde im Haus! Es weiß ja kaum wer, dass ich weg will. Nur meine Mutter hat eine Ahnung, und meinem Vater gegenüber hab ich es angedeutet, bei einem kurzen Gespräch in der Kuranstalt.«

»Und wie hat er reagiert?«

»Zuerst hat er nichts gesagt. Aber am nächsten Tag hab ich dann von ihm das Kuvert bekommen, das Sie mir da gestern zurückgegeben haben, und drinnen war sein Ehering. Ich solle ihn nehmen, hat er gemeint, als Erinnerung an ihn, er bräuchte und wolle ihn nicht mehr, weil es für ihn kein Zurück mehr gäbe. ›Ich beginne ein neues Leben, bevor es zu spät ist‹, hat er gesagt.«

»Ihr Vater wollte auch weg?«

»Das hat zu ihm gepasst. Zu wenig Rückgrat haben, um im entscheidenden Moment einzugreifen, und sich dann bei der erstbesten Gelegenheit davonschleichen. Was glauben Sie, warum meine Mutter so schlecht beisammen ist? Andererseits kann ich ihn auch wieder verstehen. Wer das Leben einmal aus einer anderen, schöneren Perspektive kennenlernt, will nicht mehr zurück!«

»Ihnen steht ja noch das ganze Leben offen.«

»Ich hoffe.«

»Und wo wollen Sie jetzt hin?«

»Eine kleine Wohnung, ganz in Ihrer Nähe.«

Das ist dem Willibald jetzt ziemlich unheimlich. »Woher wissen Sie, wo ich wohne?«

»Der Meldezettel. Ist mir ins Auge gestochen. Dieselbe Stadt.«

Jetzt kenn ich grad mal seinen vollständigen Namen und er mein komplettes Datenblatt, denkt sich der Metzger.

»Wenn Sie morgen in der Stadt zurück sind, rufen Sie an, die Nummer haben Sie ja, ich bring Ihnen die Möbel. Im Wagen sind sie bis dahin gut aufgehoben.«

Ja, die Nummer kennt er auch noch, der Willibald, die hilft allerdings, was aktuelle persönliche Angaben betrifft, genauso weiter wie das Wissen, dass die wahrscheinlich mittlerweile verheiratete Karola, damals, als sie noch zwei Bankreihen weiter vorn saß, mit Mädchennamen Steininger gerufen wurde. Eheschließungen mit Namensänderung können auch formal zur Auslöschung einer Identität führen.

Willibald Adrian Metzger lehnt etwas zusammengefallen an der Innenseite der Beifahrertür, schaut zum Fenster hinaus und fühlt sich auf eigenartige Weise bedrückt. Als wäre ein Unwetter in Anmarsch. Sie hat ihn mitgenommen, diese Ansammlung düsterer Begebenheiten. Noch einmal schlafen, dann geht es nach Hause, denkt er sich, ohne zu ahnen, dass diese Heimreise nicht das Ende seines dunklen Ausflugs bedeutet.

Sascha Friedmann scheint ganz in Gedanken. Als spräche er zu sich selbst, flüstert er: »Ich bin ohnedies nicht der Erste.«

»Wie bitte?«

»Nicht der Erste bin ich, der diesen Sumpf verlässt. Wir waren nämlich einmal vier Geschwister am Hirzinger-Hof.«

Jetzt wird der Metzger natürlich hellhörig.

»Mein ältester Bruder ist seit zwanzig Jahren weg, ohne jemals wieder gesehen worden zu sein, da war ich erst acht! Der würde mich heut gar nicht mehr erkennen.«

Sascha Friedmann sinniert vor sich hin, als würde er in den hintersten Kämmerchen nach einer Erinnerung suchen.

»Zehn Jahre später hat auch meine Schwester alles stehen und liegen lassen. Von heute auf morgen. Und jetzt, jetzt bin ich dran.«

Wieder folgt eine Pause.

»Das Schreckliche ist, ich hab von den beiden gar nichts, keine Adresse, nichts. Außerdem, wer weiß, ob meine Schwester überhaupt noch Friedmann heißt? Oder mein Bruder, es gibt ja auch Männer, die den Namen der Frau annehmen. Ich würde das machen, garantiert!«

»Aber Sie kennen die Herkunft und die Vornamen Ihrer Geschwister, das ist doch ein Menge!«

»Ja, die kenn ich.«

Und?, denkt sich der Metzger.

»Clara und Xaver.«

Im Metzger-Hirn geht es rund, dagegen ist die Tokioer Börse ein Philharmoniker-Konzert. Wenn Xaver Friedmann seit zwanzig Jahren keinen Kontakt zu seiner Familie pflegt und die Danjela im Zimmer seines Vaters August-David ein Kuvert gefunden hat, auf dem nur groß dieser Name, aber keine Adresse steht, kann das bedeuten:

• August-David Friedmann hat aus reinstem Vergnügen zur Selbsttherapie einen Brief verfasst, der niemanden erreichen sollte und auch gar niemanden erreichen konnte, weil der Vater ja nicht wusste, wo sich sein ältester Sohn aufhielt;

- August-David Friedmann hat einen Abschiedsbrief oder ein Testament geschrieben und gehofft, die Hinterbliebenen oder ein Notar würden dafür sorgen, dass dieses Schreiben seinem Sohn Xaver ausgehändigt wird;
- August-David Friedmann hatte Kontakt zu seinem Sohn; und zwar solcherart, dass er den Brief an ihn gar nicht schicken, sondern übergeben oder übergeben lassen wollte; was im Falle der persönlichen Übergabe bedeuten kann, die beiden haben sich getroffen und hätten sich noch einmal treffen wollen.

Und während der Metzger grübelnd im Wagen sitzt, taucht abermals ein Ortsschild dieses bereits am Vormittag passierten idyllischen Fleckchens Erde auf.

Offiziell bringt Sascha Friedmann den Metzger zurück zur Pension Hackenberger. Inoffiziell steht er am Beginn einer Expedition in ein neues Leben. Und für jemanden, dessen Fahrt einer Flucht gleichkommt, kommt gleich nach dem Aufbruch, wie das Amen im Gebet, die erste Schwierigkeit.

Denn nach der letzten Kurve, bevor es, diesmal aus der anderen Richtung, wieder zur Kirche und zum Hauptplatz geht, geht die Reise nach ein paar blubbernden Geräuschen nur mehr so weit, wie ein Kastenwagen ohne Motorleistung eben auszurollen imstande ist.

»Was ist jetzt los?«, gibt Sascha Friedmann fassungslos von sich. »Der Tank ist leer. Das kann nicht sein.«

An der Kirche vorbei kommen sie noch. Am Ende des Marktplatzes bleibt der Wagen dann allerdings stehen, und ein lautstarkes, zornerfülltes »Benedikt!« erfüllt den Innenraum.

Zuerst denkt der Metzger, Sascha Friedmann sucht die kürzestmögliche Variante, sein Stoßgebet an den Mann zu bringen, und adressiert dieses nicht an den fernen lieben Gott, sondern an den nahen Pontifex. So ist es aber offenbar nicht.

»Dieses Schwein, dieses elende Schwein!«

»Wer?«

»Mein Bruder. Benedikt. Der von vorhin.«

»Wieso elendes Schwein?«

»Das Benzin hat er mir abgezapft, oder weiß der Teufel was. Das kann nur er gewesen sein, hundertprozentig!«

»Warum?« Beim Metzger macht sich Sorge breit.

»Warum? Weil ein voller Tank nicht von alleine leer wird und weil er mich hasst bis aufs Blut! So wie sein Abgott, der Alte.«

Dann heißt es aussteigen und den Kastenwagen von der leicht abfallenden Straße wegschieben. Mit beinah übermenschlichem Krafteinsatz gelingt das auch. Diese Anstrengung tut gut und kanalisiert den Frust.

Bedeutend gefasster öffnet Sascha Friedmann den Laderaum, stellt den Lederkoffer zu Seite und entnimmt aus dem dahinterliegenden Fach einen Benzinkanister.

»Jetzt haben wir wegen der Möbel und der ganzen Aufregung auch noch vergessen, den Koffer Ihres Vaters dort zu lassen!«, meint der Willibald in Anbetracht des missachteten Gepäckstücks höflich und fühlt sich, obwohl er »benutzt« wurde, doch etwas mitverantwortlich für den ganzen Schlamassel. Immerhin steht da eine Wagenladung prall gefüllt mit Schätzen vor ihm.

»Welcher Koffer?«, fragt Sascha Friedmann.

»Na, dieser lederne hier, aus der Kuranstalt.«

»Wieso aus der Kuranstalt? Das ist doch meiner.«

»Sie haben nicht das Zimmer Ihres verstorbenen Vaters geräumt?«

»Nein, hab ich nicht«, antwortet Sascha Friedmann und öffnet die Motorhaube.

Wenn er all das, was sich mittlerweile als komplett anders herausgestellt hat, bereits im Vorfeld gewusst hätte, wäre der Metzger garantiert nicht für diesen kurzen Ausflug zu Sascha Friedmann ins Auto gestiegen.

Sascha Friedmann ist weder, wie anfangs angenommen, ein Xaver, noch hat er einen an Xaver gerichteten Brief angenommen, noch hat er das Zimmer 3.12 geräumt oder den Koffer seines Vater nach Hause gebracht. Wahrscheinlich war er während seiner Besuchswoche mit seinem Kastenwagen überall, nur nicht regelmäßig in der Kuranstalt. Sascha Friedmann ist auf der Flucht, mit einer Zieladresse ganz in der Nähe des Metzgers, mit einem offenbar durchwegs verworrenen, gefährlichen familiären Hintergrund und mit Angst in der Seele.

Sascha Friedmann hat allem Anschein nach allerdings weder zur Bildung dieser falschen Theorien beigetragen noch gelogen, nimmt der Metzger an und ist ein wenig beruhigt.

Mit einem äußerst unguten Gefühl steht er nun trotzdem neben der geöffneten Motorhaube und hofft, dass seine Danjela, er selbst und diese Möbel möglichst bald unbeschädigt zu Hause ankommen. Nicht ohne sich dabei über sich selbst zu ärgern. Die aus mangelnder Courage ausbleibende Offenheit und Ehrlichkeit können nämlich ganz schön in die Irre führen und gewaltigen Schaden anrichten. Hätte er einfach nur gefragt.

Und während der Willibald nun die neue Theorie aufstellt, dass das Zimmer von August-David Friedmann nur mehr dessen Sohn Benedikt geräumt haben kann, was auch die dortige Anwesenheit des Opel Kadett mit Heckspoiler erklären könnte, streckt Sascha den Kopf unter der Motorhaube hervor. »So, wie's aussieht, ist nichts durchgezwickt, sondern wirklich nur das Benzin abgezapft. Ich muss jetzt schleunigst welches auftreiben gehen. Wir haben zwar eine Tankstelle im Ort, nur die hat sonntags geschlossen. Wahrscheinlich hockt der Besitzer im Wirtshaus. Ich bin gleich wieder da!«

Wenn sich ein Mann beim Gehen mit »Ich bin gleich wieder da!« verabschiedet, kann das bereits durchaus den finalen Gipfelpunkt seiner Problemartikulationsfähigkeit darstellen. Mit dem Kanister in der Hand verschwindet Sascha Friedmann zwischen zwei Häusern.

Grandios, denkt sich der Metzger. Irgendwie wird die ganze Angelegenheit immer verworrener. Ganz abgesehen davon könnte er sich ja auch wirklich nichts Schöneres vorstellen, als am Sonntag zur Mittagszeit, bei brütender Hitze, mutterseelenallein in einem Ortskern abgestellt zu werden, der in Wahrheit nur ein Kern ist ohne Ort. Eine Straße, die links und rechts alleeartig von einer Reihe sich ähnelnder Gebäude begrenzt wird. Für ein kurzes Stück rücken die beiden Fahrbahnen samt dazugehörigen Häuserzeilen auseinander, damit dazwischen ein breiter Grünstreifen, der sogenannte Marktplatz, und die Barockkirche samt Pfarrhaus hineinpassen. Ohne irgendwelche Bauwerke wäre da also nur eine begrünte Verkehrsinsel.

Am Ende dieser Insel steht Willibald Adrian Metzger etwas verloren in der prallen Sonne und sehnt sich nach jenem wohltemperierten Schatten, den der Innenraum eines geparkten dunkelblauen Fahrzeugs im Hochsommer nicht zu bieten hat. Was bleibt ihm also anderes übrig, als schweißnass den Zündschlüssel abzuziehen, den Wagen zu verschließen und den einzigen kühlen Platz anzusteuern, der sich in unmittelbarer Nähe gerade anbietet?

37

DIE KIRCHE IST LEER. Zumindest menschenleer. Niemand sitzt in den mit Namensschildern versehenen Bankreihen. Engel und Heilige, wenn auch verblasst, sind jedoch in Unmengen vorhanden. Auf drei prächtigen Deckenfresken, den beiden Seitenaltären, dem durch ein Marmorgeländer abgetrennten Hochaltar, der kleinen Kanzel und den unterschiedlichsten Gemälden scheinen sie miteinander ein recht passables Auskommen zu haben. Mit freundlichen Gesichtern, durchtrainierten Leibern und ehemals roten, nun zartrosa Backen verbreiten sie eine beinah angenehme Atmosphäre. Das Altarbild zeigt keinen jämmerlich am Kreuz zugrunde gehenden Christus, sondern eine wunderschöne Muttergottes mit strahlend lächelndem Jesuskindlein im Arm. Selbst die Statue des von Pfeilen durchbohrten, an einen Pfahl gebundenen heiligen Sebastian bringt einen unglaublichen Frieden zum Ausdruck, der natürlich beim Metzger nicht auf fruchtbaren Boden fällt. Ganz im Gegensatz zur pollakschen Miniaturausgabe in seiner Werkstatt fehlt nämlich diesem barocken Prachtkerl kein einziger Pfeil.

Mit hallenden Schritten marschiert der Metzger über den Marmorboden und atmet befreit die kühle Luft. Und obwohl er hundertprozentig davon überzeugt ist, dass

Gott überall lieber ist als in prunkvollen Gebäuden, die irgendein wohlhabender Verein aufwendig und auf Kosten anderer hat errichten lassen, erweckt es hier in dieser Kirche den Anschein, als hätte der Himmel zumindest in Gestalt der beherzten Kunst von Malern und Bildhauern seine Handschrift hinterlassen.

Unterhalb der Kanzel nimmt der Metzger neben kursiven Namensschildern Platz. Wohltemperiert sitzt er zwischen der Familie Binder und der Familie Hammerschmied und besinnt sich der Ereignisse am bedrückenden Hirzinger-Hof, was zwangsläufig zu einem scharfkantig drückenden Gefühl in der rechten Hosentasche führt.

Beinah hätte er's vergessen.

Leicht ist es nicht, in der engen Bankreihe die beiden der Esstischlade entwendeten vergilbten Schwarz-Weiß-Fotos herauszuziehen, die er dann nebeneinander auf die Ablage vor sich zu den Gebetsbüchlein legt. Auf der linken Abbildung sind zwei Mädchen und zwei junge Burschen zu sehen. Die Burschen müssen so um die zwanzig sein, die Mädchen zwischen dreizehn und neunzehn, denkt sich der Metzger, wobei ihn die ältere der beiden irgendwie an Luise Friedmann erinnert. Auf der Rückseite des Fotos steht in deutscher Kurrentschrift: »*Sommer 1972*«. Auf dem rechten Bild aus dem Frühjahr 1973 ist die jüngere der beiden Frauen abgebildet. Bilder aus dem Jahr 1972/73, beschriftet in deutscher Kurrentschrift, das muss schon von einer heute recht betagten Person gekennzeichnet worden sein.

Eine ebensolche betritt nun die Kirche. Trotz der Tatsache, dass bis auf eine Ausnahme alle Bänke leer sind, steigt die gebückt am Stock gehende, durchwegs in

Schwarz gekleidete Dame genau in die Reihe, in der auch der Metzger sitzt.

Begleitet von ein paar angestrengten Atemzügen nimmt sie beim Schild »*Fam. Zellmoser*« Platz, aus ihrer Handtasche ein Gebetbuch inklusive Rosenkranz und nach einigen Minuten murmelnder Andacht, ohne zu fragen, das vor dem Metzger liegende Foto mit dem jungen Mädchen in die Hand. In der anderen rasseln die Holzperlen der Gebetshilfe.

Dann folgt aus ihrem Mund eine kleine Kreativmischung aus dem freudenreichen, dem lichtreichen, dem schmerzhaften und dem glorreichen Rosenkranz in den üblichen fünf Gesetzen:

1. Gsetzl aus: Der Glorreiche
»… von den Toten auferstanden ist …«

»Ja, wo hobens denn das Bild do her?« Ein unglaublich gütiger Blick trifft den verdatterten Willibald.

»Des is ja die kloani Paula, meine Güte wor des ein liabes Maderl. Gott hab sie selig!«, setzt sie leise hinzu, und ihre Augen strahlen, während sie das Bild betrachtet.

Großeltern hat das Leben dem Metzger vorenthalten, zu früh sind sie gestorben. So eine Oma, an der stets ein Halt zu finden ist, an jeder Falte ihres Rocks und ihres ins Gesicht geschriebenen Lebens, hat er nie gehabt. Etwas Liebevolles springt zwischen dem Willibald und der alten Dame hin und her. Leise, zum Metzger geneigt, fragt sie: »Hobens des Bildl wo gfunden, oder ghört des Ihnen? Gsehen hob ich Sie ja bei uns no nie?«

»Zufällig gefunden ist, glaub ich, die beste Erklärung«, flüstert der Metzger retour.

»Vielleicht findens ja die Paula auch zufällig. Des oarme Mädl is im Frühling 1974 von uns gegangen, da wor sie grad amoi fünfzehn Johr oilt. Was für a schlimmes Schicksal! Monatelang ham wirs davor schon net mehr gsehen, die Paula. Krank solls gwesen sein. Und plötzlich wor sie tot, zu Hause gstorben. A Begräbnis hat's scho gebn, nur Aufbahrung und Totenwache hoit net, des weiß i no genau. Seltsam wor des olles. Des mit der Paula hot uns damals olle sehr getroffen. Jaja, der Herrgott gibt's, und der Herrgott nimmt's. Im selben Jahr hot der Herrgott dann auch noch die Anna, ihre Mutter, die zweite Frau vom alten Hirzinger, zu sich gerufen. Schön für die Paula, wenigstens.«

2. Gsetzl aus: Der Lichtreiche
»… auf dem Berg geklärt worden ist …«

»Ghörn Sie leicht zum Sascha? Sein Wagen steht ja draußen.« Das Gebet zum Himmel scheint der liebenswerten alten Dame nun weniger ein Anliegen zu sein als das gedämpfte Gespräch mit Willibald Adrian Metzger.

»Ja. Wir haben leider eine kleine Panne.«

»Panne? Da, wo uns der Herrgott zufällig haltmachen lässt, is grad recht, sag ich immer! Na ja, vielleicht net ganz«, dabei tippt sie auf das Schild vorm Metzger. »Die alte Binderin hätt nämlich garantiert ka Freud, wenn da beim Haltmachen justament wer auf ihrem Platzerl hocken bleibt!« Ein verschmitztes Lächeln huscht über ihr Gesicht, dabei zieht sie die

Augenbrauen hoch, legt den gestreckten Zeigefinger auf den Mund, untermalt von einem beinah lausbubenhaften »Psssst!«.

Lange wirkt er allerdings nicht, ihr Aufruf zur Andächtigkeit.

»Des is ein guter Junge, der Sascha. Ein guter Arbeiter und ein guter Mensch. Fleißig und ruhig. Und helfen tut er, wo er kann. Beim Schlachten, Bäumefällen, beim Umgraben, beim Hausbauen. Alles kann er. Mit welcher Hingabe der bei meinem Sohn den Dachstuhl neu gmacht hat! Und wie er dann fertig wor, des werd ich nie vergessen, is er da oben gstanden, wie auf einem Gipfel, mit zum Himmel hochgesteckten Armen, als wär ihm grad der Erzengel Gabriel erschienen. Dass der neben dem alten Hirzinger so ein friedfertiger Mensch gworden is, des grenzt an ein Wunder! Wahrscheinlich, weil er seine Mutter so verehrt.«

3. Gsetzl aus: Der Schmerzhafte
»… das schwere Kreuz getragen hat …«

»Jaja, der Hirzinger Hans! Den kenn ich, seit wir Kinder sind. Ein zäher Brocken is des, seit jeher. Zäh hat der ja irgendwie sein müssen, bei so viel Leid. Seine erste Frau, die Hilde, die is ihm nämlich auch schon weggstorben. Im Kindsbett. Des is ein Unglück, sag ich Ihnen. Da wor er allein mit seiner neugeborenen Tochter Luise. Zumindest bis zur Hochzeit mit seiner zweiten Frau, der Anna. Ja, und die hot er dann gemeinsam mit seiner Tochter Paula verloren. Tragisch. Wirklich tragisch. Blieben is ihm nur sei ältere Tochter, die Luise. Trotzdem. Des is olles noch lang kein

Grund, so ein roher Mensch zu werden, oder? Glücklich wor der Hirzinger Hans nie, und des wird er auch nicht mehr werden. Zwei Enkerl haben ja eh schon wegen ihm den Hof verlassen! Irgendwann hockt er da allein. Er hätt's net anders verdient!«

4. Gsetzl aus: Der Freudenreiche
»... du geboren hast ...«

»Des ist übrigens die Luise.« Sie nimmt auch das zweite Bild zur Hand.

Den Metzger packt die Neugierde, und er ahnt nicht, welchen weitreichenden Tatsachen er mit der folgenden Frage zur Geburtsstunde verhilft: »Und wer sind die anderen?«

Von links nach rechts deutet nun ein sehr faltiger und knochiger Zeigefinger auf jedes der Gesichter. »Des is also die Paula, des muss gar nicht lang vor ihrem Verschwinden gemacht worden sein, des Foto; daneben is der grad verstorbene August-David, der wor damals als Knecht am Hirzinger-Hof angstellt. Bevor er die Luise gheiratet hat, die da auf dem Foto gleich neben ihm steht. Liebesheirat wor des übrigens keine, mehr eine Pflichterfüllung. Die Luise schon schwanger, der August so schweigsam wie immer und der Hirzinger Hans fuchsteufelswild. Eine Jännerhochzeit wor des, kann ich mich gut erinnern, des kommt nicht so oft vor bei uns. Da hot aber ausnahmsweise des kalte Wetter mit der Stimmung gut zusammengepasst; und der Letzte da ganz außen, des is der Ferdl, eigentlich Ferdinand Anzböck, der hot früher, des is aber schon sehr lange her, in der Gegend auf den meisten Höfen als Schlachtgehilfe ausgholfen. Des war ein netter Mensch, sag ich Ihnen. So positiv und voll Lebenslust, wie ein Südländer, mit dem Herz am rechten Fleck. Und verloren hot er's damals auch, ganz vernarrt wor er, des sieht man auch auf dem Foto da. Schauns nur hin, wo der seine rechte Hand hot. Jaja, des wor seine große Liebe, die Luise, des hat a jeder hier gwusst. Wie die dann den August gheiratet hat, is er richtig zerbrochen. Zwei, drei Jahr hat er noch ausghalten, dann is er weg. Was aus dem wohl gworden ist?«

Hausmeister einer Kuranstalt, geht es dem Metzger durch den Kopf, und ihm wird ein wenig schwummrig.

5. Gsetzl aus: Der Glorreiche
»… der heilige Geist gesandt hat …«

»Und was aus dem Xaver und der Clara gworden ist, des hätt i auch gern gwusst. Gut, dass zwei Friedmann-Kinder so früh weg sind, des sag ich Ihnen. Der alte Hirzinger, der is ja päpstlicher als der Papst. Mit dem gibt sich keiner gern ab. Außer vielleicht unser Pfarrer!«

Einmal mehr wird dem Metzger bewusst: Wenn die Alten zu erzählen beginnen, wird ein Stück Himmel spürbar, und es öffnet sich die einzige Schatzkammer der Vergangenheit, um ihren Reichtum freizulegen: verborgenes Wissen, erlebte Erfahrung und begründete Erkenntnis. Nichts führt zu mehr Verlust als das Schweigen der Alten und die Gleichgültigkeit der Jungen.

»Pfarrer« muss dann das Stichwort gewesen sein, denn beim Hauptaltar öffnet sich die Tür zur Sakristei, und dem Metzger steht eine abermalige väterliche Begegnung bevor.

Davor trifft er aber auf einen anderen alten Bekannten. Wochenlang hat er ihn verschont, als wäre sein neues Leben in trauter Zweisamkeit die ideale Entwöhnungskur. Dieser Schmarotzer im Gesicht des Willibald, diese Zurschaustellung eines lächerlichen Makels, der in seiner Minimalität, in seiner Lächerlichkeit und dem daraus resultierenden kurz angedeuteten, unbeabsichtigten Lächeln nichts anderes macht als den Wirt lächerlich. Und dabei zynisch die Botschaft verkündet: Dieser Mensch hat sich nicht ganz unter Kontrolle. Heftig zuckt also der rechte Mundwinkel, als wolle er dem Metzger klarmachen: Nein, nein, alter Junge, du hast dein Leben nicht im Griff, und genau jetzt bist du wieder allein, auf dich gestellt.

Nach dieser kleinen Erleuchtung in der Kirchenbank ist ihm klar geworden: Dass August-David Friedmann und Ferdinand Anzböck, zwei, die am selben Hof gearbeitet haben und sich durch eine grausame Laune des Schicksals in derselben Kuranstalt abermals über den Weg laufen, dass also diese beiden Herren innerhalb von drei Tagen am selben Ort das Zeitliche segnen, das kann kein Zufall sein.

Und weil der Metzger jetzt, von seinen Gedanken und dem nervösen Zucken übertölpelt, einfach nur dahockt und ins Leere starrt, fällt seine Reaktionszeit, die beiden Fotos betreffend, ausgesprochen verzögert aus. Während er noch überlegt, ob er nun seiner Nachbarin einfach grundlos die beiden Abzüge aus der Hand reißen kann oder nicht, steht der väterliche Besucher bereits neben der Bank, wodurch das neuerliche Aufeinandertreffen einen zusätzlichen Reiz bekommt, besonders für Pfarrer Bichler: »Servus, Maria! Hast du mir da einen Gast zu deinem täglichen Rosenkranz mitgebracht?« Dabei erntet der Metzger einen Blick von der Sorte: »Na, Sie hätt ich kein zweites Mal sehen müssen!«

Zum Glück lässt er den »Sohn« weg, offenbar sucht er sich seine Kinder selbst aus: »Haben Sie sich also ein Herz gefasst und sind in meine schöne Kirche gekommen.«

Seine Kirche? Er ist mir einfach zuwider, denkt sich der Metzger und meint, den Pfarrer unfreiwillig einseitig anschmunzelnd: »Ein Herz hatte ich zwar schon vorher, aber schön ist die Kirche Ihrer Gemeinde tatsächlich.«

Maria Zellmosers Kicherer ist nicht zu überhören, was Pfarrer Bichler natürlich keineswegs gefällt, aber immer noch besser als das, was er da in ihrer Hand entdeckt.

»Das sind ja die Hirzinger-Schwestern. Wo hast du denn das her?«

»Da schaust, Alois, gell. Fotos von der Paula. Die Bilder hat der nette Herr gfunden!«

»Ach wirklich! Gefunden? Und wo bitte?« Ein ernster Blick durchbohrt den Willibald, und es folgt die unverhohlen anklagende Frage: »Wo haben Sie die her?«

Und noch bevor der Metzger sich zu einer Antwort aufraffen kann, die wohl in einem ziemlichen Herumgestammel enden würde, erhält er unerwartet Schützenhilfe.

»Du musst dich ja an die Gschichte mit der Paula recht gut erinnern können. Des is ja alles in dem Jahr passiert, wo du nach deiner Zeit hier als Kaplan endlich die Nachfolge vom Pfarrer Wieland angetreten hast.«

Pfarrer Alois Bichler schwenkt ein wenig vom Metzger ab: »Ja, der Pfarrer Wieland, Gott hab ihn selig!«

»Den hat der Herrgott sicher selig, so ein lieber Mensch, wie der wor.« Deutlich ist Maria Zellmoser anzusehen, dass das mit dem lieben Menschen ihrer Meinung nach wohl auf Pfarrer Bichler nicht ganz so zutrifft.

»Natürlich erinnere ich mich. Sehr tragisch war das.« Der Priester umfasst mit einer Hand sein silbernes Kreuz, lässt sich aber nicht weiter ablenken und gibt, den Metzger dabei völlig übergehend, mit nachdrücklichem Tonfall die Anweisung: »Das Beste ist, ich bring die Fotos dem Hirzinger Hans zurück, dem sie wohl auch gehören. Hergeschenkt wird er sie ja nicht haben! Würdest du mir bitte die Bilder geben, Maria?«

Viel Phantasie muss der Metzger nicht aufbringen, um sich dieses vorwurfsvolle Von-oben-herab-Gesicht noch ein paar Meter weiter oben in der Kanzel vorzustellen. Eine Bichler-Sonntagspredigt über den Ohren eines gehörigen Katholiken kann einem Katholiken gewiss gehörig den Tag verderben.

So streng kann der Pfarrer allerdings gar nicht dreinschauen, dass dem Willibald die hypnotische Wirkung entgeht, die die beiden Fotos in der Hand von Maria Zellmoser auf Alois Bichler ausüben. Der Metzger nimmt die Bilder an sich und nimmt Abzüge in der Beurteilung seines eigenen Sozialverhaltens in Kauf: »Sie wissen also vom Hinschauen, dass diese alten Fotos dem Hans Hirzinger gehören und er sie garantiert nicht hergegeben haben kann? Interessant. Und selbst wenn man davon ausginge, dass das stimmt, dann wäre es doch naheliegender, sie gleich dem Sascha Friedmann in die Hand zu drücken, mit dem ich gerade unterwegs bin, denk ich.«

Pfarrer Bichler braucht keine Kanzel: »Denken Sie! Ohne von der Geschichte eine Ahnung zu haben, ohne in Erwägung zu ziehen, dass es emotional vielleicht von Vorteil ist, wenn die leidgeprüfte Familie Hirzinger jetzt, wo auch noch August-David Friedmann verschieden ist, nicht neben dem Sterbebildchen des verstorbenen Vaters, Ehemanns und Schwiegersohns zusätzlich noch diese tragischen Fotos vorgesetzt bekommt, sozusagen als dunkle Erinnerung. Sie denken also. Überlassen Sie das Denken in dieser Geschichte bitte anderen! Hören Sie auf mich, und vor allem, hören Sie auf Ihr Herz!«

Sich mit einem redegewandten Menschen, was ja ein Priester allemal ist, auf einen Disput einzulassen kann ziemlich nach hinten losgehen. Genau das zu tun ist jetzt auch dem Metzger ein dringendes Bedürfnis: »Sie meinen, ich soll vor allem auf mein Herz hören? Das ist eine wirklich gute Idee!« Er steht auf, verabschiedet sich freundlich von Maria Zellmoser, am liebsten hätte er ihre weiche, faltige Hand ein Zeitchen länger gehalten, und geht zurück zum Ausgang.

Die Wut ist dem Pfarrer ins Gesicht geschrieben, und der Metzger fragt sich: Warum? Was bringt ihn an zwei verblichenen Fotos so in Rage?

»Das Böse ist nicht aufzuhalten, ich sage es immer wieder«, wirft ihm der Hochwürden hinterher. Wie hoch würden so Priester wie er hinaufkommen, gäbe es tatsächlich einen Himmel?, fragt sich der Metzger, geht vorbei an einem der Gemälde des Kreuzwegs, sieht die darauf abgebildete zärtlich dreinblickende Maria Magdalena und meint: »Gestatten Sie mir zum Abschluss eine Bemerkung, Herr Bichler. Es stünde Ihnen gewiss gut zu Gesicht, gelegentlich auf die freundlichen Mienen der hier herinnen abgebildeten Engel und Heiligen zu achten!« Dass er mit diesem letzten Wort nicht davonkommen wird, war ihm klar, dem Willibald.

»Gott, unser Vater, sorgt schon für Gerechtigkeit!«, begleitet es ihn hinaus ans Tageslicht. Da wird er noch ganz schön Augen machen, der liebe Herr Pfarrer, wie sehr in diesem Fall der Himmel gerade ihn nicht vergisst.

38

ES HÖRTE NICHT AUF. Als läge ein Fluch auf ihr.

Unentwegt bewegten sich ihre Lippen, ihr Kiefer, ihre Zunge, formten ein Wort ums andere und gaben jeden Gedanken frei, hemmungslos. Sie sprach in einem fort, ohne den Drang, atmen zu müssen. Der Schweiß stand ihr auf der Stirn, die Angst im Gesicht und sie selbst erhöht, auf einer gedeckten Tafel, über die Köpfe der anderen hinwegblickend.

Sie presste ihre Hände an den Mund. Ohne Erfolg. Sie presste sie an die Ohren – und erschrak.

Kiemen! Da waren Kiemen!

Kiemen, die flatterten wie eine nasse Fahne im Sturm. Und während neben ihren Schläfen ein fortwährendes Ein- und Ausströmen stattfand, rückten die Zuhörer immer näher, mit entstellten Fratzen und erhobenen Fäusten.

Dann griff die erste Hand nach ihr.

»Ich muss Sie jetzt leider stören, für Sie geht's bald weiter zur Thalasso-Gesichtsbehandlung.«

Jakob Förster ist es nicht, der sie weckt und ihr die Nadeln entfernt, sondern eine gewisse Sandrine, die Ayurveda-Fachfrau des Hauses. Es dauert eine Weile, bis die Djurkovic wieder ganz bei Sinnen ist.

Reden, ohne Luft zu holen, dank zusätzlicher Atmungsorgane! Für manchen Menschen gewiss eine Traumvorstellung, für die Djurkovic eine Wahnvorstellung im Traum. Schnell wird ihr klar, welche Botschaft dahintersteckt. Ihre Klappe hat sie nicht halten können! Am liebsten würde sie sich, ihrer eigenen einfältigen verbalen Inkontinenz völlig bewusst, selbst in den Allerwertesten beißen.

Wie kann man nur so blöd sein, in ihrer Situation? Immerhin war sie selbst diejenige, die sich auf diese elende Tratscherei eingelassen hat. Viel war's ja nicht, was ihr da in Gegenwart von Jakob Förster entwichen ist, aber immer noch genug, um jemanden, der von ihrem Kletterausflug gehört hat, neugierig zu machen, oder jemanden, der mit Professor Berthold befreundet ist, auf die Idee zu bringen, dem Professor die Wahrheit aufzutischen, nämlich dass da ein aufmüpfiger Gast immer noch an eine Mordtheorie glaubt und auch darüber redet. Verunsichert fühlt sie sich, die Danjela, auf sich geworfen.

Wenigstens ist an diesem Wochenende endlich ihr Willibald bei ihr aufgetaucht. Und wie sie da langsam und vereinsamt durch den Gang zum Lift spaziert, wird ihr einmal mehr bewusst: Es ist Liebe.

Die Gewissheit über dieses lodernde Feuer sucht sich ihre eigentümlichsten Schauplätze, und selten ist das der Eiffelturm, die Südsee oder ein romantisches Galadiner. Die Einsicht ins eigene Herz braucht keine aufwendige Inszenierung. Ein leerer Gang und ein wenig innere

Einkehr genügen. Irgendwo da draußen ist ihr Willibald, wenn auch momentan offenbar mit schlechtem Empfang, aber allein dass er da ist, in der Nähe, das reicht. Und Nähe heißt zwischen der Djurkovic und dem Metzger nicht ein ständiges Aufeinander-kleben-Müssen und Sich-nicht-aus-den-Augen-lassen-Können. Ihre Nähe braucht kein räumliches Mindestmaß.

Sicher, wenn der Metzger eines Tages mit ihr zusammenziehen will, die Djurkovic würde sofort einwilligen. Auch wenn es darum ginge, ihr nach dem »Danjela« ein »Metzger« anzuhängen. Mehr ginge in ihren Augen immer. Nur dieses mögliche zukünftige »Mehr« ist weitaus bedeutungsloser als die Gegenwart. All das, was eines Tages sein wird, kann niemals mithalten mit dem, was ist. Die Fiktion des Zukünftigen ist in Beziehungsfragen der Tod des Gegenwärtigen.

Und wie sie dann endlich vor der Lifttür steht, könnte sie aus Rührung heulen: Dank ihrem Willibald ist sie nicht mehr allein. Und wie sich dann endlich die Lifttür öffnet, könnte sie gleich weiterheulen. Nicht nur, weil sie in der Liftzelle ebenso nicht allein ist, sondern weil sie die unerwartete Gesellschaft, der ihr Eintreten nicht einmal einen Gruß wert war, unweigerlich aufs eigentliche Thema zurückwirft: Tratsch.

Tratsch eignet sich nämlich nicht nur zur Machtausübung, Verunsicherung und um sich zweifelhaften Respekt zu verschaffen, Tratsch eignet sich auch hervorragend zur Demonstration der Dummheit seiner Urheber. Zusammengepfercht mit zwei Damen, einer Hellbraunen mit hellblonden Fransen, einer mit schwarzen Augenbrauen und Handtuch am Kopf, nimmt der Fahrstuhl Fahrt auf.

Alle wollen in den dritten Stock.

»Das ist ja wirklich das Letzte, dieser blöde Trampel!«

»Genau!«

»Wenn ich so ausschaun täte wie die, würd ich keinen Bikini anziehn, aber echt!«

»Die wollt halt ihr Nabelpiercing herzeigen.«

»Und, was ist an dem so besonders? Das hat ja heute schon jede zweite Fünfzehnjährige, aber ohne dass es dafür Hausarrest oder Taschengeldentzug gibt. Na wirklich!«

»Und hast du ihren Hängebusen gesehen? Grad, dass ihr die nicht aus dem Körbchen gefallen sind, wie letscherte Kipferl. Einfach nur grauslich und so was von peinlich. Das ist echt eine penible Tussi!«, meint die Hellbraune.

»Wieso penibel?«

»Na, ordentlich halt! Eine ordentliche Tussi ist das. Eine Provozierung für den guten Geschmack.«

Zum ersten Mal ist die Djurkovic glücklich über ihren Akzent. Besser gebrochenes Deutsch als Deutsch zum Brechen.

Unter dem Bademantel der eventuell Schwarzhaarigen mit den schwarzen Augenbrauen kommt ein recht apartes gebräuntes Knie zum Vorschein, so ein ähnliches hätte die Danjela auch gern, wäre sie ein etwas schlankeres Vögelchen. Das rechte Fußgelenk schmückt ein goldenes Ketterl, so ein ähnliches hätte die Danjela auch gerne, wäre sie ein Wellensittich.

Unter dem Handtuch muss ein kluger Geist sitzen, denn sie lernt schnell: »Und dann dieser pseudomännliche Kiefer. Der ist ja erst penibel peinlich!«

»Was? Glaubst du echt, die hat sich da operieren lassen? Da hätt ich aber mit was anderem angefangen!«

»Nein, Kiefer, Kurt Kiefer! Dieser Waschlappen von einem Mann, der ihr überallhin nachschwanzelt, diesem ordinären Proletenweib …«

Bei »Kiefer« bleibt der Lift im zweiten Stock stehen, bei »Waschlappen« tönt ein dezenter Gong durch die Kabine, bei »diesem« öffnet sich automatisch die Innentür, bei »ordinären Proletenweib« mechanisch die Außentür, bei »Leimböck!« sieht die Djurkovic ins Gesicht des neuen Fahrgastes.

Dass diese Anrede als Form der Begrüßung wahrgenommen wird, ist eher unwahrscheinlich. Gertrude Leimböck spricht kein Wort. Auch die anderen haben zum Glück das Sprechen eingestellt. Was bedeutet: Sie weisen sich nun, durch das Wegfallen dieses Gesprächs, als nicht mehr allein zusammengehörig aus. Was weiters bedeutet: Die Leimböck sieht beim Einsteigen drei beisammenstehende Damen, von denen eine den schmeichelhaften Titel »Proletenweib Leimböck« verwendet hat. Da kann sich die Danjela nur gratulieren. Denn für Gertrude Leimböck, die ins Erdgeschoss will, ist, was die Djurkovic betrifft, das Maß jetzt voll. Bloßstellen wird sie diese Kroatenschlampe, dass es eine Freud ist! Dass das der Djurkovic vor ihrer Zimmertür gleich selbst gelingt, weil sie unter ihrem Bademantel nichts weiter trägt als die gottgewollte Grundausstattung, wird der Leimböck aber nicht genügen.

Mühsam und hektisch durchwühlt die Danjela ihre beiden Bademanteltaschen. Während sie dort alles Mögliche ertastet, nur nicht die benötigte Steckkarte, also den Zimmerschlüssel, öffnet sich das weiße Frottee zu zwei engelhaften Flügeln. Und nun kommt die Freude ins Spiel. Zumindest für den vorbeigehenden, deutlich langsamer

werdenden Herrn, dem diese überraschende Unbedeckt-
heit einen grundehrlichen Pfiff wert ist. Das ihm zugedachte »Mann hat Hirn in Hose!« erwidert der Glückspilz
mit: »Aber auch den eigenen Zimmerschlüssel!«

Der von Danjela dagegen bleibt verschollen.

Dafür findet sich sofort die Ursache für das plötzliche
Summen ihrer rechten Bademanteltasche: »Hallo?«

»Spricht dort Djurkovic?«

»Ja?«

»Ich bin's, Jakob Förster!«

39

WILLIBALD ADRIAN METZGER hat der Kirche den Rücken
gekehrt und sitzt nachdenklich im Kastenwagen. Innerhalb kurzer Zeit sind da Informationen auf den Metzger niedergeprasselt, von denen er gar nicht weiß, ob es
gut war, sie gehört zu haben. Besonders herausstechend
war dabei der Hinweis über die Verbindung zwischen
Ferdinand Anzböck, dem Sonnenhof-Hausmeister, und
August-David Friedmann, der sich vor Jahren justament
die Geliebte des Schlachtgehilfen als Gemahlin ausge-
sucht hat!

Dass genau diese beiden Herren, die einst am selben
Hof gearbeitet und geliebt haben, innerhalb weniger Tage
ausgerechnet in derselben Kuranstalt umkommen, ist
schon äußerst mysteriös. Zusammen mit dem Friedmann-
Tod, dem Taschentuchfund der Danjela und der wieder
einmal gemeinsamen Liebschaft zu Gertrude Leimböck

hätte das den Anzböck schon in ziemliche Argumentationsnot bringen können, wäre er noch am Leben.

Nichts ist naheliegender als die Theorie: Ferdinand Anzböck hat seinen ewigen Kontrahenten ins Jenseits befördert und ist dann zufällig zwei Tage später aus eigener Ungeschicklichkeit vor die Hunde oder vielmehr Haie gegangen. Der Metzger muss Klarheit schaffen in seinem Hirn. Im Handschuhfach findet sich dazu, wie erhofft, das nötige Arbeitsmaterial: ein Kugelschreiber und ein kleinformatiger Block.

Papier hilft, um manch bedenklicher geistiger Unordnung ein wenig Struktur zu verpassen: Der ganze Wust an Erzähltem würde dem Willibald in dieser Eindringlichkeit sonst garantiert abhandenkommen, vor allem die Vielzahl der Namen. Es braucht einige Zeit und einige Zettel, bis in das anfänglich wirre Herumgekritzel etwas System kommt.

Schließlich hat der Metzger eine halbwegs übersichtliche Darstellungsform gefunden.

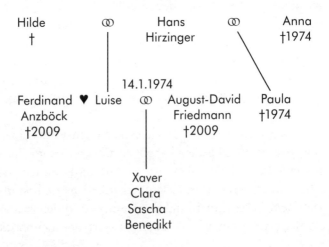

Was nun auf seinem Schoß liegt, wirft ein ziemlich großes Fragezeichen auf, gerade in Verbindung mit dem Geschehen in der Kuranstalt und dem Hinzufügen eines weiteren Punkts: des gefundenen Rings mit der Gravur »August-David, 1. 4. 1974«.

Denn angenommen, dieser Eintrag bezieht sich wirklich auf August-David Friedmann, dann kann das unmöglich ein Ehering sein. Offizielle Vielweiberei ist in einem schwer katholischen Umfeld auszuschließen.

Das könnte bedeuten, dass August-David Friedmann eine Affäre hatte, und zwar:

• ziemlich bald nach seiner Hochzeit;

• während seine Schwägerin, die fünfzehnjährige Paula, schwer krank war und verstorben ist,

• während seine Frau Luise mit dem ersten Kind Xaver schwanger war.

Und dieses »schwanger« muss im April schon ziemlich schwanger gewesen sein, immerhin wusste man ja bereits im Jänner, zum Zeitpunkt der Eheschließung, davon. Da muss ein gerade verheirateter, noch kürzlich als Knecht angestellter junger Mann schon ganz schön auf Zack sein, wenn er unter diesen Umständen, neben all seiner Arbeit am Hof und neben einem grimmigen Bauern, auch noch eine Affäre unterbringen will.

War August-David Friedmann wirklich so ein triebgesteuerter Halunke? Und weil der Metzger gerade dabei ist, die letzten Tage Revue passieren zu lassen, marschieren vor seinem inneren Auge alle Damen auf, die ihm im Zusammenhang mit dem Todesfall zu Ohren gekommen sind. Natürlich auch jene von Danjela Djurkovic im Speisesaal aus der Anrufliste des Friedmann-Handys so begeistert vorgelesenen. Während der Metzger die

Namen unter dem Stammbaum notiert, wird ihm ein wenig anders:

• nicht beim Eintrag Gertrude Leimböck – das war anscheinend eine Affäre;

• auch nicht bei der »Oh Gott«-Johanna – das war offenbar gleich die nächste Affäre;

• ebenfalls nicht bei Luise – das war auch einmal eine Affäre, die sich offenbar mit einer Schwangerschaft und anschließender Pflichtvermählung geschickt aus der Affäre gezogen hat, um keine mehr zu sein;

• anders wird dem Metzger erst beim letzten Namen: bei Paula.

Gewiss, es gibt viele Paulas, das steht außer Frage. So unter dem Hirzinger-Stammbaum allerdings, neben dem Luise-Eintrag vermerkt, könnte man schon auf die Idee kommen, die Paula, die als getätigter Anruf auf dem Friedmann-Handy archiviert ist, war eine versuchte Kontaktaufnahme zu einer Verstorbenen. Zu einer, von deren Tod Maria Zellmoser ja nicht wirklich hundertprozentig überzeugt ist.

»Kann ja nicht sein!«, denkt sich der Metzger, während er sich an seine Mutter erinnert. Eine allergische Reaktion auf diesen Ausspruch war ihr geblieben, als kleines Vermächtnis einer glücklosen Ehe. »Kann ja nicht sein!«, war stets, wie vom Tonband, die einleitende Ansage ihres bitter enttäuschten, an die Grenzen des Verkraftbaren herangeführten Ehemanns. Anlass dieser bitteren Enttäuschungen waren unter anderem ein auf dem Teller liegendes zu wenig von Fett durchzogenes Geselchtes, zu viel gewürzte Suppen, ein zu warmes Bier, zu lang gekochte Eier, der Wäscheständer zwischen Sofa und Fernsehgerät, also grundsätzlich alles von der väterlichen Erwartungshaltung Abweichende. Und weil da im Laufe der Ehe eine recht stattliche Menge zusammengekommen war, blieb schließlich nur noch eine letzte Enttäuschung der väterlichen Erwartungshaltung übrig: die Ehe an sich. Wie dann Willibalds im Türrahmen stehender, als entlarvter Seitenspringer zur Rede gestellter Vater gegenüber seiner Frau so feinfühlig erklärte:»Kann ja nicht sein, dass du dich deshalb so aufregst!«, war es das letzte Mal, dass im Hause Metzger diese Floskel gebraucht wurde. »Doch, das kann sein!«, lauteten die ihm vehement zu Gehör gebrachten Abschiedsworte, dann fiel die Tür zu. An diesem Tag stieg seine Mutter hinter ihrem eigenen Schatten hervor und brachte sich selbst zur Welt. »Alles ist möglich!«, wurde dann zum Leitsatz der zurückgelassenen Metzger-Kleinfamilie.

Also: Vielleicht ist Ferdinand Anzböck von selbst ins Haifischbecken gestürzt und Paula Hirzinger noch am Leben. Obwohl der Metzger inzwischen wohl noch eher an die Auferstehung der Totgeglaubten glauben will.

Und während er so seinen Zettel anstarrt, als könnte unter seinem Stammbaum die Lösung ganz von selbst erscheinen, läutet das Telefon: »Wo bist du?«

»Hallo, Danjela! Einen netten Ausflug hab ich gemacht, mit Herrn Friedmann. Hatte vorhin kein Netz mehr.«

»Na, hoffentlich ist Ausflug ohne Netz nicht auch freie Fall. Passt du bitte auf. Mach ich übrigens auch gerade Ausflug, in Büro von Masseur Jakob Förster. Nur in Bademantel!«

»Nur im Bademantel? Hoffentlich erlegt dich der Förster nicht und zieht dir dein Frotteefell ab!«

Die Djurkovic muss lachen, und der Metzger ist froh darüber, anscheinend geht es ihr gut. »Nein, nein, bin ich braves Mädchen. Außerdem hat mich Förster gejagt, nix umgekehrt. Wegen Schlüsselkarte. Hab ich liegen lassen in Massageraum. Kurzer Förster-Anruf auf meine Handy, und bin ich schon unterwegs in seine Hochstand. Fällt mir Stein von Herzen. Hab ich Nachmittag noch dichtes Programm. Seh ich meine Willibald bei romantische Abendessen in Restaurant?«

Ein wenig zu lange denkt er nach, der Willibald, vor allem zu lange für die von Damenseite erwartete Begeisterung über das bevorstehende gemeinsame Abendessen.

»Hallo, bist du noch auf andere Seite?«

»Ja, ich bin dran«, antwortet der Metzger und täuscht sich. Denn dermaßen erschrocken zuckt er zusammen, dass ihm das Telefon aus der Hand fällt, direkt vor seinen Stammbaum. So heftig war das Klopfen an der Scheibe.

Die Tür wird aufgerissen, und der Zettel auf dem Schoß des Willibald wechselt den Besitzer.

»Was machst du da?«, zischt es herein.

»Willibald?«, klingt es noch aus dem Telefon, bevor ihm auch dieses mit einem schnellen Handgriff entrissen wird.

»Was erlauben Sie sich!« Der Metzger ist völlig fassungslos und erkennt augenblicklich, wie wirkungslos seine Bemerkung samt der angedeuteten Wehrhaftigkeit ist: Beängstigende Feindseligkeit ist ihm ins Gesicht geschrieben und in die Hand gelegt – dem von der Hausmauer spuckenden Tankräuber Benedikt Friedmann.

»Da schleichst du Saukerl in unserem Haus am Dachboden hin und her, und dann stierlst du auch noch in unserem Leben herum. Was soll das? Bist du ein verdammter Schnüffler? Bist mir ja schon in der Kuranstalt aufgefallen!«

Sein aufgeklappter Feitel drückt sich in die reichlich gepolsterte Seite des Restaurators. Und obwohl es die Länge des Taschenmessers nur schwer mit der Dicke der Fettschicht um Willibalds Hüfte aufnehmen kann, reicht der glänzende Auftritt einer polierten Klinge zur Einschüchterung des nicht gerade abgebrühten Restaurators durchaus, obwohl er aus der Vorstadt kommt.

Benedikt Friedmann verdeutlicht nun seine Drohgebärde zusätzlich verbal, nur damit keine Missverständnisse aufkommen: »Ich stech dich ab wie eine Sau, wenn du einen Muckser machst. Und jetzt steig aus!«

Das glaubt er ihm, der Metzger, dass da mit dem Abstechen von Säuen reichlich Erfahrung vorhanden ist. Eigentlich sollte ja prinzipiell ein jeder, der gelegentlich mit Serrano-, Parma-, Prager, Press-, Spargel-, Maroni-, Bärlauch-, Kren-, Jagdherrn-, Gutshof-, Gewürz-, Sauna-, Winzer-, Vital-, Bein-, geselchtem, geräuchertem, gekochtem, gepökeltem Schinken, Spanferkerl, Schweinsbraten, Kümmelbraten, Stelze, Schnitzerl, Knacker, Käsekrainer und Wurstkonsorten dem Cholesterinspiegel ein wenig auf die Sprünge hilft, wenigstens ein einziges Mal eigenhändig so eine Sau abgestochen, zerlegt und zellophaniert haben.

Da hat so ein Kind einer Bauernlende dem städtischen Nachwuchs an Ursprünglich-, Geradlinig- und Bedenkenlosigkeit schon einiges voraus.

Und dass Benedikt Friedmann bedenkenlos seinen Feitel ziemlich geradlinig zum Einsatz bringen würde, daran zweifelt der Willibald natürlich keine Sekunde. Der ursprüngliche Gedanke an Gegenwehr, beispielsweise in Form eines Schreies über den Platz, eines Remplers mit anschließendem Davonlaufen oder gar eines

Wortgefechts, kommt dem Willibald durch das an ihn angesetzte, ausgesprochen stichhaltige Argument nicht einmal mehr ansatzweise. Und so wird ein blasser Restaurator, dessen Geistesgegenwart gerade noch reicht, um sein Jackett vom Sitz zu nehmen, in den Opel Kadett mit Heckspoiler umgesiedelt.

Trotz des deutlichen Alters dieses Wagens ist sein Innenraum äußerst gepflegt, um nicht zu sagen: von einer, im Gegensatz zum Hirzinger-Hof, direkt hysterischen Ordentlichkeit. Kein Krümel auf den Magnetsitzauflagen, kein Steinchen auf den Fußmatten. Der Vanilleduftbaum ist, dem Geruch nach zu urteilen, ganz frisch geschnitten, was dem Metzger natürlich sogleich eine wehmütige Djurkovic-Sehnsucht verpasst, und neben dem Bäumchen am Rückspiegel baumelt, so wie eben erst in Maria Zellhofers knöchernen Fingern, ein Rosenkranz. Der passt genauso gut zu Benedikt Friedmann wie ein »*Ich bremse auch für Tiere*«-Pickerl auf der Heckscheibe des Kühlfahrzeugs einer Fleischerei.

Versteht sich von selbst, dass der pedantische Friedmann, bevor der Metzger einsteigen darf, die Auflage des Beifahrersitzes hochklappt und seinem Fahrgast die darunterliegende altersadäquat abgenutzte Sitzfläche anbietet. Dann durchschneiden quietschende Reifen und laute Motorengeräusche die Stille des Ortskerns, den die ausnahmsweise früher aus der Kirche kommende Maria Zellmoser gerade betritt, um so wie jeden Tag, in der Hoffnung auf eine kurze Plauderei, ein wenig auf einer der Bänke zu sitzen.

Abermals läutet das Metzger-Handy, das Display zeigt: »*Beste Frau für Willibald*«.

»Mach jetzt ja keinen Fehler!« Benedikt Friedmann

reicht, während er in einem Höllentempo zurück Richtung Hirzinger-Hof fährt, dem Metzger das Telefon.

»War wieder schlechte Netz?«

»Wahrscheinlich.«

»Bekommst du gerade erste Fahrstunde, oder hat Auto nur drei Gänge?«, hört der Metzger abermals am anderen Ende die Djurkovic.

»Nein, nein, wir beeilen uns nur!«

»Sag Friedmann, soll er fahren wie Mensch, nicht wie Mann in Wechseljahre! Geh ich jetzt zu Förster.«

»Pass auf dich auf!«

»Du auch. Und, kommst du mit in Restaurant?«

»Natürlich!«

»Schick ich dir Kuss.«

»Ich dir auch.«

Benedikt Friedmann hält unmissverständlich die Hand auf, und der Metzger gibt ihm ohne weitere Aufforderung das Telefon.

Mit deutlich überhöhter Geschwindigkeit rast der Opel Kadett an einem am Straßenrand stehenden Traktor vorbei. Dann folgt nach einer kurzen, schweigsamen Fahrt etwas völlig Unvermutetes: Benedikt Friedmann biegt in einen Feldweg ein. Einige Kurven geht es rasant durch mannshohe Kukuruzstauden, bis schließlich ein Waldrand auftaucht. Dort endet der Weg, und der Wagen bleibt stehen.

40

SASCHA FRIEDMANN HAT seinen Treibstoff bekommen und sich selbst hervorragend als solcher in Szene gesetzt. Denn der Grund für seinen Auftritt im Dorfgasthof Postwirt war genau der passende Stoff, der einem Besucher dieses Gasthauses vor lauter Gaudium nur so die Tränen in die Augen treibt. Und da an diesem Sonntag die männlichen Bewohner des Dorfes fast vollständig mit ihren Krügerln in der Hand versammelt waren, mangelte es auch nicht an der entsprechenden geistigen Verbrüderung, dem vom Obergärigen flüssig gemachten Wortwitz und dem gemeinsam angestimmten schallenden Gelächter.

»Was brauchst du? Eine Tankfüllung? Na, deswegen sind wir doch alle da! Prost!«

»Diesel? Wirt, kannst du dem Friedmann bitte aus deiner Zapfsäule eine Halbe Diesel runterlassen?«

Am bemerkenswertesten fand Sascha Friedmann die überraschende Englischkenntnis des ansonsten weniger geistvollen Schober-Bauern: »Und deswegen kommst du zum Frühschoppen? Ha, der Friedmann-Rotzbub kommt zum Frühschoppen, weil er den Diesel für seine Rostschüssel alles andere als früh shoppen war.«

Und obwohl diese feine verbale Klinge für einige der Anwesenden genauso wenig zu verstehen war wie das mit der Weibergleichberechtigung, ausgiebig gelacht haben sie trotzdem alle. Lustig war es da also beim Postwirt und der Friedmann-Auftritt die Krönung des Tages. Da konnte weder der legendäre Schweinsbraten dieser Gaststätte noch die pralle Kellnerin Renate mithalten, übrigens die einzige in der Gaststube anwesende Frau.

Sascha Friedmann allerdings blieb standhaft, ertrug die an ihn adressierten Schmähungen emotionslos an den Schanktisch gelehnt, als wäre er ein zum Inventar gehörender Stammgast. Lang dauerte es nicht, und statt des Stegreiftheaters setzte das beinah dem Textbuch der Postwirt-Standardsonntagsvorstellung folgende übliche Gemurmel ein.

Ein Weilchen hat der Tankwart den Spezialkunden aber schon noch wie einen Idioten an der Theke stehen lassen und sich derweilen um sein Bier und die pralle Kellnerin Renate gekümmert. Auch das kannte Sascha Friedmann zur Genüge: Männer, die in der Notlage anderer nur ihren eigenen Bedeutungszuwachs sehen und eine als Bittsteller auftretende Person so lange warten lassen, bis die eventuell erteilte Hilfeleistung auch die in ihren Augen adäquate Würdigung erfährt.

Immerhin musste Sascha Friedmann, verbunden mit seinem heimlichen Wechsel des Hauptwohnsitzes, seinem Wunsch nach einem eigenen Pass und seiner nunmehrigen Arbeitslosigkeit in der vergangenen Woche mehrmals den langen Weg in die Stadt und den noch längeren Leidensweg durch diverse Ämter zurücklegen. Da wird man geduldig. Und mit Geduld bekommt man selbst von einem überheblichen Vollkoffer, wie der Tankstellenpächter Karl Rohrbacher einer ist, seinen Diesel. Und weil Sascha Friedmann so brav dagestanden hat, ohne zu raunzen, hat sich Karl Rohrbacher auch noch ungebeten dazu herabgelassen, zum Wagen mitzugehen.

»No, lass schaun!«

Karl Rohrbacher füllt den Treibstoff in den Tank, während Sascha Friedmann am Boden liegt und darauf wartet, ob es aus dem Unterboden irgendwo wieder heraustropft.

»Und, olles trocken?«, fragt Karl Rohrbacher.

»Alles bestens!«

»No schau, i kenn mi hoit aus.«

Ja, den hat er ganz toll eingefüllt, den Diesel, der Karl Rohrbacher. Er kennt sich halt aus. Sascha Friedmann hingegen nicht: Sein Beifahrer fehlt.

Und nachdem Karl Rohrbacher schließlich im Anschluss an einige Minuten sinnlosen, schweigsamen Herumstehens endlich kapiert hat, dass das mit dem Trinkgeld für die professionelle Einfüllhilfe des überteuerten Diesels wohl nichts mehr wird, marschiert er wortlos mit dem Vorsatz davon, beim Postwirt lautstark zu verkünden: »Jetzt hob i der Rotzpipn am Sunntog net nur an Kanister voigmocht, sondern a no in Tank einiglad, und dann gibt ma der Knauserer net amoi a Trinkgöd!«

Trinkgeld wird Sascha Friedmann auch für die nächste Hilfe keines aufwenden müssen, die kommt zur Abwechslung von Herzen. Denn während er nervös beim Auto auf und ab marschiert, humpelt Maria Zellmoser auf ihn zu.

»Suchst leicht den netten Herrn mit der Zahnlücke?«

»Hallo Zellmoserin! Hast ihn leicht gsehn?«

»Gsehn nicht direkt. Gsehn hab ich nur des Auto vom Benedikt. Und ghört, vor allem ghört, so schnell wie der weggfahrn is!«

Sascha Friedmann wird bleich. »Um Gottes willen!«

Eilig steigt er ins Auto. Auf der Beifahrerseite liegen beschmierte Zettel. Er hebt eine der Skizzen auf und kann es nicht fassen: Fragmente seines eigenen Stammbaums. Hat auch das mit Gottes Willen zu tun?

Dann fährt er los.

41

»WOHER WEISST DU DAS ALLES?«

Die Klinge des Feitels sitzt mittlerweile an der Halsschlagader, während dem Metzger der Hirzinger-Stammbaum knapp vors Gesicht gehalten wird. Die Nase auf Tuchfühlung mit dem Kreuzerl des August-David-Eintrags, dampft dem Metzger ein stechender Schweißgeruch aus dem geöffneten Hemd des jüngsten Friedmann-Sprösslings entgegen.

Grob und erbarmungslos wirkt der Bauernsohn, da nützt auch das ins borstige Brusthaar gebettete Schutzengelketterl mit dem rosa Gesichtchen auf blauem Hintergrund nichts. Unwirklich kommt ihm das alles vor, dem Metzger, die trostlose Umgebung und sein eigener Aufenthalt darin. Als hätte sich eine Schablone über sein Leben gezogen.

Seit er seinen Koffer gepackt hat und in diesen Zug gestiegen ist, fühlt er sich wie ein Fremder. Auf Reise gehen, und sei es nur für ein Wochenende, das braucht er nicht, der Willibald.

Sein letzter länger dauernder Ausflug war die Reise zum Begräbnis seines seit der Scheidung nicht mehr in der Stadt wohnhaften Vaters. Der einzige Brief, der den Metzger jemals mit einer in dieser Kleinstadt abgestempelten Marke erreicht hat, war die Todesanzeige seines Erzeugers. Keine der wenigen auf der Beerdigung anwesenden Personen war ihm bekannt, und genau da empfand der Willibald zum ersten Mal Mitleid, noch bevor er im Anschluss die heruntergekommene Behausung seines Vaters zu Gesicht bekommen hat. Das ist ihm also geblieben, dem einst so stolzen Familienoberhaupt, diese armselige Zweizimmerwohnung? Seinen eigenen Ratschlag »Wo man allein hinaufkann, von da sollte man auch wieder allein hinunterkönnen!« hatte er wohl selbst viel zu wörtlich genommen.

Nach dieser erschütternden Wohnungsbesichtigung zog es den Willibald noch einmal zum Friedhof zurück. Und genau in diesen kurzen befremdenden Minuten am Grab seines Vaters wurde ihm klar, er wird sich verbrennen lassen, und aus seiner mit bester Erde vermengten Asche muss ein Nussbaum wachsen, als Grundlage für prächtige Möbel, herzhafte Schnäpse oder von Eichkätzchen vertragene und wurzelschlagende Kerne.

Was der Metzger in Anbetracht der Klinge an seiner Halsschlagader ebenso mit Sicherheit weiß, ist: Wenn er sich den Ort seines finalen Abgangs aussuchen könnte, dann wäre der aber unter Garantie nicht auf einem Feldweg in einem heruntergekommenen Opel Kadett mit Heckspoiler. Niemals.

Nach dem ersten Schock ist beim Metzger nun Kampfgeist erwacht. »Was soll das? Ich hab Ihnen überhaupt nichts getan. Was wollen Sie also von mir?«

»Woher weißt du das alles, und wer weiß das noch?«, wiederholt Benedikt Friedmann seine Frage.

»Ist das so ein Geheimnis? Ein Stammbaum? Ich weiß nicht, wer noch alles diesen Stammbaum kennt, hoffentlich die ganze Familie. Erstens war ich selbst in der Kuranstalt, kurz nach dem Tod Ihres Vaters, und zweitens hab ich es im Zuge meines Besuchs näher mit Ihrem wesentlich freundlicheren Bruder zu tun bekommen. Was ist so verwerflich daran, sich für seine Mitmenschen und ihre Geschichte zu interessieren?«

»Mit meinem Bruder hast du es zu tun bekommen?« Benedikt Friedmann wird deutlich aufmerksamer, seine Augen flackern, als hätte sich darin ein kleines Grablicht entzündet. Und genau das entgeht dem ebenso achtsamen Willibald nicht.

Immerhin war dieser jüngste Friedmann-Sohn in der Kuranstalt, was neben dem dort vor zwei Tagen geparkten Opel Kadett nun auch durch seine Bemerkung bestätigt worden ist. Und weil der Restaurator jetzt den Vorteil hat, von väterlichen Schreibversuchen, Briefumschlägen und Sonstigem ein wenig mehr zu wissen als dieser amoklaufende Bauernbub, riskiert er eine kleine sprachliche Ungenauigkeit. »Haben Sie denn Ihren Bruder nicht im Sonnenhof getroffen? Sie waren doch dort, um die Sachen Ihres Vaters zu holen, oder?«

Benedikt Friedmann schweigt. Und es ist kein Schweigen aus Ratlosigkeit, sondern eher ein strategisches: »Von welchem Bruder redest du da?«

Er hat ihn, wird dem Metzger klar. Er existiert also wirklich, dieser Brief von August-David an seinen ältesten Sohn Xaver. Warum sonst stellt Benedikt Friedmann die Kuranstalt betreffend diese Frage, wenn es nicht die Wahl zwischen zwei Brüdern gäbe: einem Xaver und einem Sascha?

Und weil dieses Schreiben ja wohl kaum der Abschiedsbrief eines Selbstmörders gewesen sein wird, wo

August-David Friedmann offensichtlich gerade vorhatte, ein neues Leben zu beginnen, muss eine Form des Kontakts zwischen ihm und seinem verlorenen Sohn stattgefunden haben.

Was steht in diesem Brief?

Was kann so ein Schreiben mit einem Sohn anstellen? Ihn zum Mörder machen?

Angenommen, Benedikt hat den Brief erst nach dem Tod seines Vaters beim Räumen des Zimmers entdeckt, dann kann das Geschriebene nur noch für Ferdinand Anzböck den Untergang bedeutet haben.

Was ist los in dieser Familie?

Dass jede Sippschaft ihre Leichen im Keller hat, das weiß der Willibald aus eigener Erfahrung, wobei er da, seine Herkunft betreffend, noch, bei Gott, nicht über alles im Bilde ist. Im Fall des Hirzinger-Friedmann-Stammes sind diese Leichen aber nicht nur echt, sondern bereits eine recht ansehnliche Kleingruppe.

»Von welchem Bruder redest du da?«, wird nun schon deutlich ungeduldiger die gestellte Frage wiederholt.

»Von Sascha natürlich! Von wem sonst?«

»Kümmer dich gefälligst um deine eigenen Angelegenheiten! Und hör auf, anderen Leuten nachzuspionieren. Vor allem, wenn sie so wie mein Vater ...« Dann holt Benedikt Friedmann hörbar Luft und brüllt: »... tot sind!«

Dann wandert die Klinge auf Pupillenhöhe. »Sich in etwas einmischen, das einen nichts angeht, kann gewaltig ins Auge gehen, sag ich dir! Und jetzt gib sie her!«

Der ist wirklich nicht ganz bei Trost!, denkt sich der Metzger, und genau damit liegt er nun ausnahmsweise ziemlich richtig, allerdings ganz anders als gedacht.

»Muss ich alles zweimal sagen? Her damit!«

»Was? Was wollen Sie von mir? Mich ausrauben?« Hartnäckig bleibt Willibald Adrian Metzger beim »Sie«, so weit kommt es noch, dass er sich freiwillig auf dieses respektlose Niveau begibt. Soll er das Gefühl bekommen, dass er in meinen Augen kein verwahrloster Rüpel, sondern ein ernst zu nehmender junger Mann ist, beschließt der Metzger in Hoffnung auf einen daraus resultierenden Funken Achtung.

Ratlos sieht er seiner Bedrohung ins Auge. Diesem Blick hält Benedikt Friedmann nicht stand. Mit voller Wucht drischt er seine Faust aufs Armaturenbrett: »Verdammt noch mal! Wer hat hier wen beraubt, du Lump? Gib mir sofort die Fotos!«

Daher weht also der Wind.

Was für eine Aufregung wegen zweier verblichener Bilder!

Maria Zellmoser wird es kaum gewesen sein, es gibt also nur eine einzige Möglichkeit, warum Benedikt Friedmann von diesen Fotos weiß: Warum schlägt ein Pfarrer in Anbetracht dieser abgebildeten Personen am Hirzinger-Hof sofort Alarm? Und warum wird mit derartiger Heftigkeit reagiert?

»Darum geht es! Die hätten Sie aber auch ohne das ganze Theater haben können.«

Kaum dass der Metzger die Bilder aus seinem Jackett heraußen hat, werden sie ihm gierig entrissen und eindringlich fixiert. Dann nimmt Benedikt Friedmann den vom Metzger konstruierten Stammbaum zur Hand, hält ihn neben das Gruppenfoto und verfällt abermals in ein gespenstisches Starren, als wäre er mit diesen Bildern etwas Dunkles an die Oberfläche befördert worden.

So schnell kann der Metzger dann gar nicht schauen, übergreift ihn der jüngste Friedmann-Sprössling, öffnet die Beifahrertür und verfrachtet ihn mit einem kräftigen Stoß aus dem Auto hinaus auf den Acker. Nein, es fliegt nicht hinterher, das liebevoll von der Djurkovic metzgertauglich programmierte Mobiltelefon. Gerade jetzt, wo es wohl zum allerersten Mal wirklich sinnvoll gewesen wäre.

Dann fährt der Opel Kadett mit heulendem Motor rückwärts retour zur Straße und von dort weiter in Richtung Hirzinger-Hof.

Eine Handfläche leicht aufgeschürft, bleibt Willibald Adrian Metzger eine Zeit lang verdutzt am Feldweg sitzen. »Was war denn das jetzt, und wie komm ich jetzt bitte zurück zur Kuranstalt?«, eröffnet er das Gespräch mit dem Kukuruzfeld und erhält als Antwort ein lauschiges Blätterraschhen.

Die Mittagssonne brennt vom Himmel, gegessen und getrunken hat er zwar seit dem Frühstück nichts, erlebnistechnisch ist er heute hingegen bereits bestens bedient.

Da wird noch ein bisserl was auf ihn zukommen.

So ein raschelndes Maisfeld kann nämlich überraschend kommunikativ sein. Und nahrhaft. Denn unter dem dichten, blonden, in roten Spitzen endenden Haarwuchs, der ein wenig an die lichte Mähne eines alternden Rockstars erinnert, stecken zu dieser Jahreszeit durchaus genießbare kleine Kolben. Der Metzger knackt sich einen ab und beginnt, ihn sorgsam zu schälen, während der Wind die mächtigen Pflanzen zum Summen bringt. Und dieses Summen überrascht den Willibald nun viel mehr als der überraschend süße Geschmack.

42

»Herein! – Ach, Sie sind's, Frau Djurkovic. Hier ist Ihr Schlüssel!« Jakob Förster sitzt hinter seinem Schreibtisch in einem kleinen Büro, öffnet eine Lade und streckt der Djurkovic den farblosen Türöffner entgegen. Ob sich der Begriff »Schlüssel« über den technischen Fortschritt hinwegsetzen wird, wird sich weisen, momentan bezeichnet er jedenfalls auch eine simple weiße Plastikkarte. So simpel wie diese sind die Grußkarten, die da an der großen Pinnwand hinter dem Schreibtisch angebracht wurden, allerdings bei Weitem nicht. Bunt, geschmack- und einfallslos schmettern sie in allen möglichen Varianten ihre Botschaft in den Raum: »Willkommen im Klub!« – »Jünger wird keiner, auch nicht dein Kleiner!« – »Alles Gute zur Halbzeit!« – »Mit 35 beginnt die Talfahrt!«

Zeig mir deine Geburtstagsgrüße, und ich erzähl dir etwas über deine Freunde. Der einzige Grund, sich freiwillig solche Karten im Büro aufzuhängen, ist wohl die drohende Gefahr des Spontanbesuchs oder die unmittelbare Anwesenheit ihrer Versender.

»Na, haben Sie schon fünfunddreißig Jahre auf Ihre kräftige Buckel und so viele Freunde«, meint die Djurkovic schmunzelnd.

»Ja, wie Sie sehen, feiere ich gerade die Mitte meines Lebens, ohne zu wissen, wie lang es eigentlich noch geht.«

Wo gerade von Mitte die Rede ist, fällt der Djurkovic natürlich auf, dass da an der Pinnwand neben den Geburtstagsgrüßen noch zwei Plakate hängen, von denen

das kleinere das größere darunter genau zur Hälfte ver-
deckt – nur der rechte Teil ist zu entziffern:

> *35er*
> *ob Förster*
> *oren*
> *. 1974*
> *ng zum*
> *erapeuten am*
> *. 2009*

Als könnte er Gedanken lesen, zieht Jakob Förster den
Reißnagel heraus und nimmt das kleinere Plakat, ein
selbst gemaltes Exemplar, zur Hand: »Das müssen Sie sich
anschauen!«

Recht gut gezeichnet, knetet da ein stattlicher Mann
in weißer Tracht den Rücken einer nackt auf einem Mas-
sagetisch liegenden Frau, deren Schultern als Steine dar-
gestellt wurden. Darunter steht: »Der Förster macht uns
weich!«

»Das hab ich von einer Damengruppe bekommen, die
sich hier zweimal im Jahr für eine Woche auf Erholung
einquartiert. Nett, oder?«

Ja, nett, denkt sich die Djurkovic und will gar nicht
wissen, was Jakob Förster da so alles durchgeknetet hat.
Es gelingt ihr auch nicht wirklich, das Kunstwerk gebüh-
rend zu begutachten. Ihr hat es eher die Pinnwand ange-
tan. Seit die Liebeserklärung der regelmäßigen Verehre-
rinnen abgenommen wurde, ist es vollständig freigelegt,
das an eine Urkunde oder ein Diplom erinnernde Plakat
darunter. Jetzt ist alles zu lesen:

Zum 35er
Xaver-Jakob Förster
geboren
1. 4. 1974
Krönung zum
König der Therapeuten am
12. 4. 2009

Gar nicht richtig zuhören kann sie ihm, während er erklärt: »Ach, auf das schauen Sie so angespannt. Das ist das Geburtstagsgeschenk vom Sonnenhof oder eigentlich von Professor Berthold. Die Beförderung zum Leiter dieser Abteilung.«

»Gratuliere!« Danjela Djurkovic schnappt sich die Schlüsselkarte. Sie muss schleunigst hier raus.

Es folgt ein kurzer Abschied, der den offenbar zum Plaudern aufgelegten Jakob Förster etwas überrascht.

Vergeblich versucht sie dann, den Metzger zu erreichen. Es läutet, nur abgehoben wird nicht, wie das halt grundsätzlich in Dringlichkeitsfällen so ist. Und Dringendes mitzuteilen hätte sie jetzt wirklich genug: Beispielsweise, dass »Jakob Förster« nur zwei Drittel vom Namen ihres Therapeuten ist, denn da gehört noch ein »Xaver« vorn dran. Xaver-Jakob Förster also, wobei der Vorname Xaver-Jakob wie geschaffen ist für ein darauf folgendes Friedmann. Noch dazu, wenn der Vater vor seinem Friedmann ein August-David mit sich herumschleppt und wenn im väterlichen Zimmer ein Brieffragment an einen verlorenen Sohn namens Xaver im Mistkübel liegt. Ganz abgesehen davon sind Vater und Sohn noch in ganz anderer Weise miteinander verbunden, denn das, was da in dem vom Metzger im Wald gefundenen Ring eingraviert ist, hat gravierende Konsequenzen.

August-David, 1. 4. 1974

Vorn der Vorname des Vaters, hinten das Geburtsdatum des Sohnes, was ja wohl nicht auch gleichzeitig der Hochzeitstag der Eltern sein wird.

Was der Metzger aufgrund der zehn Finger an Luises Hand längst weiß, weiß nun auch die Djurkovic: Dieser Ring gehört nie und nimmer der Friedmann-Witwe.

Am 1. April 1974 erblickte Xaver-Jakob das Licht der Welt, am Tag nach dem Tod seines Vaters purzelt der Ring ins Moos, als wäre er zurückgegeben worden, begleitet von einem herzzerreißenden Schrei.

Abrupt bleibt Danjela Djurkovic stehen. »Zurückgegeben? Hab ich Schlüssel gar nicht vergessen in Massagezimmer!«, wird ihr klar. »Hat mir Jakob Förster, der mir verpasst hat ein paar Nadeln wegen Tiefschlaf und Bademantel, gerade wieder zurückgegeben!«

Jetzt läuft sie, und der Metzger hebt nicht ab. Und schrecklich ist das, wenn es auf der Zunge brennt, wenn es etwas Bedeutsames mitzuteilen gibt und die betreffende Person unerreichbar ist.

Hektisch durchsucht die Danjela ihr Zimmer. Wenigstens ist ihre Befürchtung nicht eingetreten, dass etwas fehlen könnte, sie ist sich dennoch sicher: Er war hier.

Es gäbe also dringende Neuigkeiten zu vermelden.

Und sosehr es der Danjela widerstrebt, für sie bleibt nur noch eine einzige Möglichkeit: Jetzt glänzt die Djurkovic ja nicht unbedingt mit einer grammatikalisch sattelfesten Diktion. Im Vergleich zu ihren Schreibkünsten ist sie beim Sprechen allerdings auf Springreiterniveau.

Schlecht schreiben zu können und dann ungeübt mit winzigen Tasten in richtiger Reihenfolge die richtigen Buchstaben des Alphabets finden zu müssen, das verpasst jedem gerade weich massierten Schultergürtel schlagartig wieder die übliche Verspannung. Fluchend liegt Danjela Djurkovic auf ihrem Bett, wobei da auch der nicht erreichbare Willibald einige überraschende Kosenamen abbekommt. Entsprechend nüchtern fällt dann ihre Kurzmitteilung aus:

> Wozu Handy? Datum Ring = Geburtsdatum Jakob Förster.
> Ganze Name = Xaver-Jakob Förster. Wenn Förster nix
> früher Friedmann fress ich Besen! Rufst Du an!

Dann wird gesendet. An den Adressbucheintrag: »*Meine beste Willibald*«.

Es ist ein weit verbreiteter Irrglaube, dass Mobiltelefone sich in ihrer Mobilität immer am Handyeigentümer orientieren. Was zur absurden Folgeerscheinung führt, dass ein Festnetzanschluss dazu benötig wird, sich selbst anzurufen, um in den eigenen vier Wänden das mobile Ich zu finden. Und so ein nicht aufgespürtes mobiles Ich in fremder Hand kann ganz schönen Schaden anrichten.

Logisch, dass, nachdem da am Beifahrersitz bereits einige Male mit unerträglicher Lautstärke und nicht enden wollender Dauer der Hochzeitsmarsch von Mendelssohn-Bartholdy den Opel Kadett gequält hat, Benedikt Friedmann bei dem vergleichsweise erholsamen Signalton für eine eingetroffene Kurzmitteilung das Telefon zur Hand nimmt.

Beinah wäre er in den Graben gefahren.

Dieses verdammte Schwein. Er ist also wirklich dort!

Eine tiefschwarze Bremsspur legt sich auf den Asphalt.
Dann wendet er entschlossen den Wagen.

43

NICHTS. WAS HAT ER SICH auch erwartet? Dass sie ihm
während der Massage offenherzig ihr Herz ausschütten
würde?

Ihm war sofort klar: Sie wird nichts mehr ausplaudern,
dafür ist sie zu schlau. Dennoch haben ihm ihre Schilderungen gereicht, um seine Befürchtung zu bestätigen. Sind
die beiden Toten, sein Vater und Ferdinand Anzböck, erst
der Anfang? Gehen hier Dinge vor sich, die auch ihn und
seine Schwester gefährden? Und vor allem, was wollte ihm
sein Vater mitteilen? Denn von einem ist er überzeugt:
Dieser von Danjela Djurkovic erwähnte Brief an einen
Sohn wäre für ihn gewesen, und genau diesen Brief muss
er haben. Zwanzig Jahre in Wortlosigkeit leben zu müssen,
dann plötzlich vor der Möglichkeit zu stehen, all die vielen offenen Fragen klären zu können, und diese Möglichkeit schließlich wieder schwinden zu sehen ist unerträglich.

Ist es denn Diebstahl, sich etwas auszuborgen, nur um
einen kurzen Blick zu erhaschen? Moral ist ein dehnbarer
Begriff. Besonders, wenn es um Not und deren Beseitigung
geht. Aus dem Bedürfnis, Not zu wenden, resultiert Notwendigkeit. Und Wendigkeit schadet dabei keineswegs.
Schon gar nicht, um in einer vorgegebenen Situation die
entsprechenden Schritte zu setzen. Viel Geschick musste

er dann gar nicht aufbringen, um an den Schlüssel zu kommen.

Und wieder nichts.

Was hat er sich auch erwartet? Dass in ihrem Zimmer alles ausgebreitet herumliegt? Selbst nach vorsichtigem Herumstöbern war nichts Aussagekräftiges aufgetaucht. Etwas niedergeschlagen wollte er schon das Zimmer verlassen, dann hat er am Sofa das an ein Ladegerät angeschlossene Telefon liegen sehen und nicht lange gezögert.

Seine eigene Nummer stand als letzte in der Liste der »Anrufe in Abwesenheit«. Danjela Djurkovic hatte also im Zimmer seines Vaters auch das Handy gefunden und am Vortag für den kleinen Schrecken gesorgt, der durch den Namen August-David am Display seiner verschwundenen Patientin ausgelöst worden war. Eindeutig. Das belegte auch das Namensverzeichnis, bei dessen Anblick ihn ein Schauer durchlief.

Luise, Sascha, Benedikt – bei Hans wurde ihm übel. Das Böse hält sich hartnäckig am Leben. An die achtzig muss er schon sein. Vielleicht war einer von ihnen sogar auf Besuch hier, vielleicht ist er Sascha oder Benedikt zufällig begegnet. Zumindest die beiden hätte er nicht mehr erkannt. An ihm wäre jeder vorbeigegangen. Das Äußere lässt sich verändern.

Zu den anderen Namen hatte er keine Verbindung. Laut Liste der getätigten Anrufe muss die aus seiner Wohnung verschwundene Frau ohne Zunge und ohne Ringfinger jedenfalls Paula heißen.

44

EINE MELODIE! Es ist eine Melodie!

Willibald Adrian Metzger sitzt etwas verzweifelt mit einem kleinen Maiskolben in der Hand am Boden und lauscht erstaunt den gar nicht so fernen Klängen aus den Stauden. Schmutzig ist er schon, das erleichtert ihm die Entscheidung, sich genauso wie jeder, der Dreck am Stecken hat, noch tiefer fallen zu lassen. Vorsichtig legt er sich seitlich in die Erde und schaut am Fuße der Kukuruzpflanzen, dort, wo die Blätter nicht die Sicht verdecken, neugierig ins Feld hinein.

Es ist eine sehr sanfte, kindliche Stimme, die da aus dem raschelnden Grün herausklingt und nun immer lauter wird. Dann sieht er einen ausgefransten Rocksaum, ein aufgeschürftes Knie und zwei verschieden lange Strümpfe, die aus kleinen, festen Schnürschuhen ragen.

Mit sicheren Schritten tritt ein zierliches Mädchen in einem ziemlich abgetragenen Kurzarmkleidchen aus dem Feld, zwei Goldkettchen baumeln ihr um den Hals, blonde Stirnfransen und zwei Zöpfe ragen unter einem rot-weiß karierten Kopftuch hervor. An einem Gurt um die Schulter trägt sie ein kleines Funkgerät. In der linken Hand hält sie ebenso wie der erstaunte Metzger einen angebissenen Maiskolben und in der rechten eine Steinschleuder.

Es dauert nicht lange, bis sie das Schweigen bricht und dem Metzger mit auffordernder Miene entgegenschmettert: »Was machst du hier?«

»Ich, ich, ich …!«

»Das gehört meinem Papa!«

Ein kleiner, ziemlich schmutziger Zeigefinger deutet auf den Maiskolben in der Hand des Restaurators.

»Das tut mir leid. Ich hab so einen Hunger gehabt, weißt du.«

»Macht nichts, wir haben eh genug! Was machst du hier?«

Wozu schwindeln?, denkt sich der ein wenig heruntergekommen wirkende Willibald und erklärt: »Ich bin aus einem Auto gefallen.«

»Ich bin auch schon mal bei meinem Papa vom Traktor gefallen.«

»Wirklich? Vom Traktor? Mit einem Traktor bin ich noch nie mitgefahren.«

»Waaaaaas, das ist ja das Normalste auf der Welt!«

»Normal« ist eben eine Frage der Sozialisation. In der Stadt schleppen manche Kinder überall kleine Traktoren mit, am Land schleppen manche Traktoren überall kleine Kinder mit.

»Und da bist du runtergefallen, von so weit oben?«

»Ja, ich bin aber gleich wieder aufgestanden, nicht so wie du!« Heldenhaft verschränkt das Mädchen die Arme. Dann ist ihrem Gesicht doch etwas Sorge anzusehen: »Hast du leicht eine Wehwehstelle, so wie die da?« Die Kleine deutet stolz auf ihr aufgeschürftes Knie.

»Nein, ich sitz nur da, um mich ein wenig zu sammeln.«

»Wie geht das? Ist das so, wie wenn der Papa sagt, dass er jetzt schon wieder die blöden Kühe zusammensammeln muss, oder wenn der Opa mich losschickt, weil er was aus dem Garten braucht?«

»Nein«, der Metzger muss schmunzeln, »das heißt, dass ich überlegen muss, wie es jetzt weitergeht und wie ich nach Hause komm. Alles halb so schlimm!«

»Und das da?« Der schmutzige Zeigefinger nähert sich bis auf wenige Zentimeter der Oberlippe des lächelnden Restaurators. »Warum hast du nur einen halben Zahn?«

»Oh. Da bin ich vom Rad gefallen!«

»Du fallst aber oft.«

»Da hast du ganz schön recht«, meint der Metzger. »Was machst du eigentlich im Maisfeld, junge Dame?«

»Mäuse fangen tu ich, für den Max. Der hat seit so viel Tagen«, dabei streckt sie dem Metzger beide bis zu den Fingerspitzen gestreckten Hände entgegen, »nur mehr drei Pfoten, wegen dem blöden Doktor. Der Max war auch immer im Maisfeld. Aber ich find nix.«

»Und für die Mäuse brauchst du die Steinschleuder?«

»Genau!«

Womit wir wieder beim Thema Sozialisation wären: In der Stadt bringen Kinder überall ihre Mäuse als Haustiere mit, am Land bringen Kinder von überall ihren Haustieren die Mäuse mit.

»Und wie heißt du, kleine Jägerin?«

»Franzi heiß ich! Franzi Kaiser, vom Kaiser-Hof.«

Der Metzger muss jetzt richtig lachen: »Du weißt eh, dass am österreichischen Hof der Kaiser Franz auch ein Jäger war?«

Das dürfte für die junge Dame ein paar Geschichtsstunden zu weit vorgegriffen sein: »Franzi ist doch kein Bubenname! Das kommt von Franziska! Und wie heißt du?«

»Willibald Adrian Metzger.«

»So einen komischen Namen hab ich ja noch nie gehört!«

Unüberhörbar erfüllen immer lauter werdende Motorengeräusche die drückende Sommerluft. Am geschwungenen Feldweg zeichnet sich eine Staubwolke ab.

Das darf doch nicht wahr sein, kommt der jetzt zurück?, geht es dem Metzger durch den Kopf.

Und noch ehe er sich's versieht, springt Franzi Kaiser auf den Weg und beginnt heftig zu winken. In Anbetracht der Umstände ist es nun für den Metzger mit einem durchaus angebrachten Ins-Maisfeld-Abhauen vorbei. Jetzt muss er reagieren. Blitzartig oder zumindest so schnell, wie es ihm sein behäbiger Körper gestattet, steht er auf, während die Motorengeräusche immer näher kommen, packt das Mädel um die Hüften und zieht es vom Feldweg weg.

Für diese spontane Rettungsaktion bedankt sich Franziska Kaiser mit einem ohrenbetäubenden hohen C und einem Biss in Willibalds Hand. »Lass mich los!«, schreit sie.

Dann kommt der Wagen um die Kurve. Wütend springt der Fahrer auf den Feldweg, läuft auf den überrascht dreinblickenden Metzger zu, entreißt ihm das Mädchen und rempelt ihn heftig zur Seite. Es kommt zum dritten Fall des Willibald Adrian an diesem Wochenende.

»Ich bring dich um!« Und das hört der Metzger jetzt zum zweiten Mal an diesem Tag.

Wutentbrannt steht ein stämmiger Mann mit Hut, Vollbart und Arbeitsgewand vor seinem Traktor, am Arm die kleine Franzi, und brüllt: »Was willst du von meiner Tochter, du Schwein?«

Dem Metzger fällt ein Stein vom Herzen und die Anspannung der letzten Momente von den Schultern. Und wie er da das kleine Mädchen vor sich sieht, das schutzsuchend ihren Kopf auf die breiten Schultern ihres Vaters drückt, drückt ihn die Rührung.

»Das tut mir wirklich schrecklich leid, Herr Kaiser. Ich dachte, es kommt ein zu schnell fahrendes Auto, das die Franzi übersehen könnte!«

Und während beim Kaiser-Bauern sichtlich ein Gesinnungswandel stattfindet – immerhin weiß diese heruntergekommene Person seinen und den Namen seiner Tochter –, muss der Metzger in Gegenwart dieses vor ihm stehenden Bildes kindlichen Urvertrauens an die vom Schicksal heimgesuchte fünfzehnjährige Hirzinger Paula und das Jahr 1974 denken. Dazu braucht der Willibald den Hirzinger-Stammbaum gar nicht vor sich zu haben, den kennt er nach dem sorgfältigen Konstruieren seiner Zeichnung ohnedies auswendig:

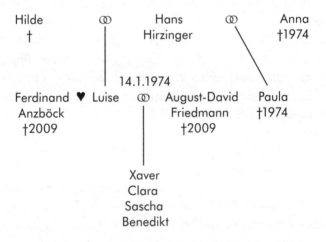

Und dann macht er sich noch einmal die Chronologie der Ereignisse klar:
- Am 14. Jänner 1974 hat August-David Friedmann Luise Hirzinger geheiratet;
- 1974 wurde Xaver Friedmann geboren;

- 1974 ist die zweite Hirzinger-Tochter Paula verstorben oder verschwunden;
- 1974 ist Anna, Paulas Mutter, gestorben;
- auf dem im Wald gefundenen Ehering steht das Datum 1. April 1974.

Ein bisserl viel 1974 in Anbetracht der Schwere dieser Ereignisse. Dem Metzger drängt sich die Frage auf: Was für ein Mensch muss der grobe Bauer Hans Hirzinger sein, wenn seinetwegen schon drei Enkel, nämlich Xaver, Clara und nun auch Sascha, den Hof und die eigene Mutter Luise verlassen haben? Und was für ein Mensch war er im Jahr 1974 in seiner Rolle als Vater zweier Töchter – ein fürsorglicher?

Zeigen Großeltern nicht zumeist gegenüber ihren Enkeln genau jene Güte und Großherzigkeit, die sie gegenüber den eigenen Kindern nicht zu geben imstande waren? Was also hatte Hans Hirzinger seinen Töchtern zu geben, wenn er als Großvater seine eigenen Enkel vertreibt?

»Und warum kennen Sie meine Tochter beim Namen, und was machen Sie da überhaupt?«, hört er Herrn Kaiser mit deutlich beruhigter Stimme.

»Benedikt Friedmann hat mich hier aus dem Auto gestoßen, und Ihre Tochter ist kurz danach als entschlossene Mäusejägerin aus dem Maisfeld marschiert. Direkt vor meiner Nase!«

Damit löst sich alles in Wohlgefallen auf. Herr Kaiser erklärt, vorhin von einem viel zu schnell fahrenden, eindeutig zuzuordnenden Opel Kadett überholt worden zu sein.

»Ich bin hier, weil mir Franzi aufgetragen hat, sie am Beginn des Maisfelds abzusetzen und am Kaiserweg, so nennen wir den Feldweg hier, wieder abzuholen. Was soll man machen als liebender Vater?« Zum ersten Mal schaut er nun freundlich drein, der Kaiser-Bauer. »Und dass Sie der Benedikt Friedmann aus dem Auto gestoßen hat, das kann ich mir lebhaft vorstellen. Der gerät ja ganz seinem Großvater nach. Wenn's am Hirzinger-Hof so weitergeht, wird der Hans sowieso bald mit seinem Benedikt allein dort hocken! Alleine hocken lassen wir Sie jetzt aber jedenfalls hier nicht. Sie kommen mit!«

»Wilbad Adina heißt er!«

»Willibald Adrian heiß ich, kleine Kaiserin! Willibald Adrian Metzger.«

»Sehr erfreut! Günther Kaiser.«

Dann klettert der Metzger mit klopfendem Herzen, von oben gesichert durch die schmutzige Hand einer grinsenden Göre, auf den Traktor.

»Links ist meine Seite, du musst drüben sitzen! Papa, vorsichtig fahren, der kann das nämlich noch nicht.«

Noch bevor sich der Metzger zur Gänze auf dem abgeflachten Kotflügel in die Metallumrandung der Sitzgelegenheit hineingequetscht hat, setzt sich die Zugmaschine in Bewegung und steuert auf die Bundesstraße zu.

Franzi Kaiser quietscht vor Vergnügen, der Kotflügel unterhalb des Metzgers quietscht vor Beklemmung, und die Reifen des gerade bremsenden Opel Kadett quietschen vor der Abzweigung zum Feldweg.

»Schau, Papa, das Potetenauto mit dem Ditotenflügel!«

»Also Franzi!« Günther Kaiser sind die Folgen seines väterlichen Sprachunterrichts sichtlich peinlich.

Und während Benedikt wieder Fahrt aufnimmt, allerdings nicht zum Hirzinger-Hof, und zum Wagenfenster herausbrüllt: »Ich krieg dich!«, was der Metzger jetzt natürlich gar nicht nachvollziehen kann, meint Franzi

Kaiser: »Was sind eigentlich Poteten, und warum ist der Flügel tot, Papa?«

Günther Kaiser meint nun ruhig und betont deutlich: »Proleten, Franzi! Proleten und Idioten! Ein Proletenauto mit Idiotenflügel. Was Idioten sind, weißt du ja schon, und was Proleten sind, erklär ich dir, wenn wir das nächste Mal beim Rohrbacher tanken.« Zum Metzger gewandt meint er: »Und Sie können verdammt froh sein, dass Sie der Benedikt aus dem Auto gestoßen hat. Vom Sascha mal abgesehen, muss man sich gewaltig in Acht nehmen vor dieser Hirzinger-Bagage!«

45

Die Hirzinger-Bagage – Teil 1

Sascha Friedmann steigt aufs Gas. Aus reiner Verzweiflung.

Warum zapft ihm sein Bruder Benedikt das Benzin ab, verfolgt ihn und entführt seinen harmlosen Beifahrer? Er versteht es nicht, trotz ihres brüderlichen Hasses.

Er muss den Metzger finden, unbedingt. Ganz so harmlos kann dieser sympathische Geselle nämlich auch nicht sein, wenn er sich damit abmüht, einen Stammbaum zu entwerfen, der ihn erstens gar nichts angeht und der zweitens zum Glück ohnedies nicht ganz korrekt ist. Kein Wunder!

Vor beinah zwei Wochen noch hätte er ihn selbst genauso falsch gezeichnet. Es hat sich jedoch in der Zwischenzeit sein Vater aus der Kuranstalt Sonnenhof gemeldet. Völlig überraschend.

Zufällig ist er zu diesem Zeitpunkt gerade bei seiner Mutter in der Küche gestanden. Nie hätte er erwartet, dass sein Vater seine Mutter anrufen würde, so distanziert, wie die beiden aneinander vorbeigelebt haben.

»Was?« Seine Mutter musste sich am Tisch abstützen. »Wer?«

Eine Zeit lang hat sie ihrem Mann mit blassem Gesicht noch zugehört, dann ist sie zu Boden gegangen. Was gibt es Schlimmeres, als wenn einem vor den eigenen Augen die Mutter zusammensackt? Seine Mutter, von der ihm in diesen rauen Verhältnissen, soweit es möglich war, ein bisschen Wärme entgegengebracht wurde.

Lange ist sie ohnmächtig am Holzboden liegen geblieben. Als sie wieder zu sich kam, war ihm klar: Etwas ist nun anders geworden nach diesem Anruf.

Immer wieder wurde sie von Heulkrämpfen geschüttelt. Weder ihr jüngster Sohn Benedikt noch ihr Vater Hans, denen der auffällig geschwächte Zustand von Luise ohnedies ziemlich gleichgültig zu sein schien, erfuhren später von dem Anruf. Zwei Tage später, draußen war es schon finster, saß sie wimmernd an die Rückwand des Hofes gelehnt. Lange hockte er schweigend daneben. Kein Wort war ihr zu entlocken.

Ab diesem Zeitpunkt war ihm klar, sein Vorhaben bedurfte einer Korrektur: Nicht nur er musste hier weg, auch seine Mutter. Er konnte sie unmöglich allein zurücklassen.

Und er musste seinen Vater zur Rede stellen, er musste ihn kennenlernen, den ewigen Schweiger.

Luise Friedmann musste sich hinlegen, sie konnte sich kaum noch auf den Beinen halten, nachdem ihr Sohn Sascha mit diesem Restaurator weggefahren war. Zu sehr fehlt es ihr an Kräften, an Lebenswillen, an klarer Sicht.

Seine Sporttasche hatte sie ihm wie ausgemacht gerichtet, zusätzlich ein wenig Geld dazugesteckt und eine Jause eingepackt. Ihre ganze Liebe kann sie ihm geben und doch all das nicht wiedergutmachen, was ihr in ihrer Erinnerung an Xaver und Clara heute noch das Herz zerreißt.

Die beiden hat sie verloren, für immer. Keines der Kinder hatte Schuld auf sich geladen, und doch sah sie damals in ihnen nur ihr eigenes verwirktes Leben. Wie grausam sie gewesen ist! Derart grobe Fehler der Vergangenheit lassen sich nicht mit zukünftigen Taten korrigieren, niemals, durch keine irdische Lossprechung, durch kein Gebet, durch keine großzügige Spende, durch nichts.

Auch Sascha würde nicht wiederkommen, darüber ist sie sich im Klaren, aber er wird sie in seinem Herzen mitnehmen, egal wohin er geht, und allein das ist ein Trost.

Ihr bleibt die Zuflucht in den Schlaf.

Sie war zu schwach, um nach dem Telefonat ihres Vaters dem geflüsterten Gespräch zu folgen, das er auf dem Gang mit Benedikt führte. Wo auch immer ihr jüngster Sohn mit aufheulendem Motor hinwollte, sie hätte es nicht ändern können.

Benedikt Friedmann steigt aufs Gas. Anders als vorhin, als er vom Hirzinger-Hof wegmusste, und vor allem mit einem anderen Ziel.

Dass dieser Metzger beim Kaiser auf dem Traktor sitzt, ist zwar Pech, im Grunde tut es aber nichts zur Sache. Ebenso bedeutungslos ist die Frage, wo diese »Beste Frau für Willibald« ihre Informationen herhat oder wie dieser Willibald den glücklicherweise fehlerhaften Stammbaum verfassen konnte.

Wichtig ist einzig, dass er selbst, Benedikt Friedmann, an diese Informationen geraten ist, als wäre er vom Herrgott in letzter Minute geleitet worden. Dem Himmel sei Dank, denn beinahe hätte er nicht geglaubt, was da in dem Brief seines Vaters stand, beinah hätte er einen schwerwiegenden Fehler begangen. Er war sich sicher, dass Sascha das Schreiben selbst verfasst hatte, diese Lüge, nur um den Tod seines Vaters dem verschollenen ältesten Bruder in die Schuhe zu schieben und um böses Blut zu machen. Sascha, dieses schwache Muttersöhnchen, der für seinen eignen Vater kein gutes Wort übrig hatte, der die ganze letzte Woche weg gewesen ist und wahrscheinlich nie mehr zurückkommen und seine Verantwortung auf dem Hof erfüllen wird.

Seit er jedoch diese SMS gelesen hat, weiß er, Sascha ist unschuldig, und es muss ihn dort tatsächlich geben, seinen ältesten Bruder. Fünf Jahre war er alt und zehn Jahre jünger als Xaver, der sich mit fünfzehn aus dem Staub gemacht, der alle im Stich gelassen hat, aus Hass und reinem Egoismus.

Allein ist er jetzt auf dem Hof, er, Benedikt Friedmann. Alle Last liegt auf ihm, die ganze Arbeit. Sein verweichlichter Bruder arbeitet mehr außerhalb des Hofes als dort, wo er benötigt wird, seine Mutter führt halbherzig den Haushalt, sein Großvater ist alt und ohne Kraft, und sein bedeutungsloser Vater, der wenigstens angepackt hat, ist tot.

Seit er nun weiß, dass sein Vater den verlorenen Sohn in der Kuranstalt wiedergesehen haben könnte, weiß er auch, was zu tun ist. Dafür braucht er weder die Erlaubnis seines Großvaters noch ein Beichtgespräch mit Pfarrer Bichler.

Zum zweiten Mal innerhalb einer Woche fährt er diese Strecke. Die knappe Stunde Fahrzeit wird ihm guttun. Er muss sich darüber klar werden, wie er es anlegt. Er muss innerlich zur Ruhe kommen.

Hans Hirzinger telefoniert. Er weiß nicht, was da los ist, wo dieser Störenfried vorhin das Bild mit seiner Tochter Paula herhatte und warum es Maria Zellmoser zu sehen bekam. Gerade Maria Zellmoser, dieses alte Tratschweib.

Pfarrer Bichler klang besorgt und meinte, es sei nicht gut, wenn die alten Wunden aufgerissen würden.

Seit diesem Tag vor fünfunddreißig Jahren hat sich Hans Hirzinger in seinem Haus jedes Gespräch über dieses Thema verboten. Für ihn ist Paula gestorben, als Strafe für ihre sündhafte Tat, für ihre ehrenrüchige Lüge. Egal, wo diese Bilder jetzt sind, er muss sie zurückhaben.

46

NICHTS TUT IHR MEHR WEH. *Der gelegentliche Schmerz der verbundenen Fingerwunde ist bedeutungslos.*

»Alles wird gut!«, hatten sie ihr damals, nach vollbrachter Tat, erklärt. Es war nicht gelogen, denn sie wusste, egal, was noch passieren würde, es könnte nie wieder so schlimm sein.

Sie hat recht behalten.

Schlimmer als die unvorstellbaren körperlichen Schmer-
zen, schlimmer als die Entwurzelung und der schreckliche
Verlust war damals einzig die Verweigerung ihrer Angehö-
rigen, allen voran ihres leiblichen Vaters, ihrer verzweifel-
ten Schilderung Glauben zu schenken.
Wer glaubt schon einem Kind?
Vor allem, wenn die Antithese aus dem Mund eines
Stellvertreters Gottes verkündet wird.
Um die Wahrheit zu sagen, dafür war sie offenbar zu
jung, für alles andere ist sie nicht zu jung gewesen, nicht,
um diese Schmach zu erdulden und diese Qualen auf sich
zu nehmen, die ein Erwachsener kaum hätte ertragen kön-
nen, nicht, um den Boden unter den Füßen zu verlieren,
und nicht, um ihr Leben zu lassen für den Fortbestand
einer Lüge.

»Liebe ist alles, was uns am Leben erhält! Geh nur, mein
Kind, jetzt ist es Zeit!« Mit diesen Worten hat Schwester
Martha sie fortgeschickt, nur damit sie ihn wiedersehen
kann, nach so vielen Jahren.
Bei Martha hatte man sie einst abgegeben, wund an
Leib und Seele, durch Martha ist sie nicht nur am Leben
geblieben, sondern hat wieder ins Leben gefunden. Was
sich anfangs wie ein Gefängnis anfühlte, wurde ihr irgend-
wann zur Heimat. Dreimal ist sie davongelaufen und jedes
Mal wieder selbstständig zurückgekehrt.
Wo hätte sie auch hinsollen?
In den täglichen Gebeten, in dem monotonen Ablauf
des Tages und den Phasen allgemeinen Schweigens hat sie
ihren Frieden gefunden. Und obwohl sie sich vom Him-
mel verlassen fühlte, wenn nicht sogar verdammt, obwohl
sie jemand anderem auf ewig ihr Herz geschenkt hatte,

konnte sie ihn zu sich lassen, den Sohn Gottes, dem hier alles mit ergebener Liebe zu Füßen gelegt wurde. Hier, in dieser Erdhöhle unter der Oberfläche der menschlichen Hast. Hier wurde sie zum Teil einer neuen Familie, während sie für die eigene nicht mehr existierte. Nur mit folgendem Grundsatz konnte sie sich zurechtfinden: »Ich bin eine Vollwaise, ein Findling vor den Toren der Hölle.«

Im Jahr ihrer Abschiebung starb ihre Mutter. Die Todesmeldung wurde ihr lange Zeit später von Schwester Martha überbracht. Da wusste sie, irgendjemand hält indirekt Kontakt zu ihr. Luise, die im Gefängnis der Freiheit ums Überleben kämpfen musste und alle Last zu tragen hatte, meldete sich von da an halbjährlich bei Schwester Martha, heimlich und kurz angebunden.

Der letzte Kontakt war das Zeichen für ihren Aufbruch.

Schwester Martha erklärte ihr, August-David sei nach seinem Unfall erstmals längere Zeit allein und Luise nach einem schweren Nervenzusammenbruch am Ende ihrer Kräfte: »Geh nur, mein Kind, jetzt ist es Zeit!«

Per Anhalter hat sie die Strecke hinter sich gebracht, ohne viele Worte. Sobald jemand mitbekam, dass sie kaum sprechen konnte, trat befangenes Schweigen ein. Im Umgang mit allem außerhalb der engstirnigen, kompromisslosen Normalität übertreffen die Behinderungen der Unversehrten die der Versehrten.

Lange hat sie gewartet, doch er ist nicht gekommen. Er wird nie mehr kommen können. Sie war zu spät, um einen Atemzug zu spät. Es ist ein Atemzug, mit dem alles beginnt, und einer, mit dem alles endet. Dazwischen beachtet der Mensch seinen Atem nicht. Und doch sind es genau diese unbeachteten Kleinigkeiten, die das Große ausmachen.

*Ihr Herz fühlt sich leicht an, als würde ihr erst mit dem
Verlust die zähe Last unerfüllter Liebe bewusst. Nun kann
sich nichts mehr erfüllen. Der Finger fehlt ihr nicht. Der
Ring, der als Zeichen ihrer Liebe an ihr haftete wie eine
zweite Haut, diesen Ring hat sie dem Schicksal übergeben,
mit reinigendem Schmerz. So wie sich selbst.*

Sie muss nun frei sein.

Frei, um eines Tages auch ihn suchen zu gehen.

47

DEM METZGER IST MITTLERWEILE klar geworden, dass
er beim Konstruieren des Stammbaums ziemlich ins
Schwarze getroffen haben muss, ungewollt versteht sich,
anders lassen sich seine Entführung und das abermalige
Aufkreuzen des jüngsten Zöglings der Friedmann-Brut
nicht erklären. Wobei er bei diesem Benedikt wohl ausgerechnet an jenen geraten ist, der in ortsansässigen Fach-
kreisen bereits als Nachfolger des alten Hirzinger Hans
gehandelt wird.

Was führt Benedikt Friedmann im Schilde?

Er traut es sich ja nicht einmal vor sich selbst einzuge-
stehen, der Metzger, aber diese sich auflösende Familie
interessiert ihn inzwischen erheblich mehr als die Frage,
wer die beiden Herren in der Kuranstalt auf dem Gewissen haben könnte. Das ist aber keineswegs mit einer ver-
steckten emotionalen Abgebrühtheit des ansonsten fein-
fühligen Restaurators zu begründen, sondern mit seiner
Berufung selbst. Wenn sich ein Möbelstück endgültig als

Brennholz qualifiziert hat, ist sowieso Hopfen und Malz verloren. Vorbei ist vorbei.

Solange aber ein Funken Hoffnung auf Instandsetzung erhalten ist, geht der Metzger mit Akribie den Fragen nach, wann dieses Möbelstück wie und wo erstanden wurde beziehungsweise entstanden ist, was es schon für Standpunkte hinter sich gebracht, bei wem es welche seiner Ansichten preisgegeben und sich von welcher Seite gezeigt hat. Holz reagiert nämlich auf eine schleißige Einstellung, ein schlechtes Klima und eine schändliche Handhabung ähnlich sensibel wie die Bürger eines Landes, mit dem Unterschied, dass sich Holz entsprechend verzieht und die entsprechende Regierung nicht.

Was ist also die Betrachtung der Beschaffenheit einer Familie anderes als die Suche nach diversen Eigenheiten und Schäden an einem Mobiliar? Und da dürfte das Leben am menschlichen Hirzinger-Hof-Inventar schon einige Schrammen und Risse hinterlassen haben, die wohl weitaus schwieriger zu kitten sind als jene, die der Metzger auf seiner Werkbank zu bearbeiten hat.

Das Erste, was Willibald Adrian Metzger vom Kaiser-Hof aus tun darf, ist Telefonieren. Und weil er seine Danjela natürlich in keiner Weise aufregen will, ruft er sie ganz gegen sein inneres Verlangen nicht an. Von den verzweifelten Anrufversuchen der Djurkovic samt der Kurzmitteilung weiß er ja nichts, der Willibald, da war das Handy längst herrenlos im Opel Kadett unterwegs.

In seinem Jackett steckt der Zettel mit der Handynummer von Sascha Friedmann. Zum ersten Mal in seinem Leben spricht er nun mit einer Mailbox, die im Grunde auch nicht anders klingt oder anderes zu sagen hat als ein Anrufbeantworter. Warum der deshalb gleich anders heißen muss, versteht er genauso wenig wie die Tatsache, dass auf Schildern statt »ziehen« und »drücken« »pull« und »push« steht und Häuseln statt mit »Damen« und »Herren« mit »women« und »men« markiert werden. Es wäre doch bei Weitem sinnvoller, etwas gegen den erschreckend hohen Analphabetismus oder die katastrophale Leseschwäche zu unternehmen, als den Menschen auch noch ihre Häuseln, Ein- und Ausgänge anderssprachig zu beschriften. Sinnvoller wäre das natürlich nur, wenn man will, dass die Menschen alles verstehen. Eine Person, die nämlich nicht alles versteht, ahnt erst, wo sie hineinmuss, wenn wer anderer herauskommt. Und wenn es allen so geht, rennt die Masse schließlich völlig automatisiert von vornherein nur mehr durch die hoch frequentierten Türln. Für den Metzger ist das die Symbolik der Globalisierung schlechthin.

Hier jedenfalls in der rustikalen Bauernstube des Kaiser-Hofs scheint die Welt noch denen zu gehören, die auch in ihr leben müssen. Der Kaffee ist ein lupenreiner Häferlkaffee, so wie er laut der Metzger-Mama auch gehört. Richtig sentimental ist er da gerade geworden, der Willibald, wie ihm die Franzi Kaiser mit den Worten: »Hab ich selbst gemacht« einen kleinen Keksteller auf den wunderbaren massiven Jogltisch abgestellt und, ohne zu fragen, den wohlduftenden Schwarzen mit kalter Milch und zwei Löffeln Zucker beinah zum Übergehen gebracht hat. Schlürfend arbeitet sich der Metzger, zur Tasse vorgebeugt, auf jenen Spiegel hinunter, mit dem sich so ein Häferl auch unfallfrei vom Tisch zum Mund führen lässt. Anfangs ist ihm diese Geräuschentwicklung noch peinlich. Dann jedoch begleitet jedes Mitglied der neugierig am Tisch versammelten dreiköpfigen Kaiser-Familie wie selbstverständlich ihren Kaffee- oder Kakaogenuss auf ebenso geräuschvolle Weise, und der Willibald traut sich erleichtert, den ihm gereichten steinharten Keks in die hellbraune Brühe zu tunken, abermals in Erinnerung an seine Mama. Wie sehr sie ihm fehlt. Eltern fehlen immer, wenn sie unwiderruflich gegangen sind. Selbst denen, die ihren eigenen Erzeugern den Tod gewünscht haben, davon ist er überzeugt, der Metzger.

Dass er sich da nur nicht täuscht.

Hier am Kaiser-Hof allerdings, da fehlt wirklich etwas.

»Opa, Opa, wir haben Besuch, und stell dir vor, der ist gerade zum ersten Mal Traktor gefahren!«

Tapsig war er ums Eck gekommen, der Reindl-Bauer, der vor zehn Jahren seine einzige Tochter dem zugezogenen Günther Kaiser anvertraut und seinen Reindl-Hof in einen Kaiser-Hof umgetauft hat; natürlich erst, wie ihm die kleine Franzi in seine damals noch kräftigen Hände gelegt wurde.

»Na, dann lass ihn mal anschauen, deinen Besuch, Franzerl!«

Seit fast zwei Jahren ist Franzi Kaiser die einzige Dame im Haus, weil sie der Himmel auch was anschauen hat lassen. Nämlich, dass es auf dieser Erde alles gibt, nur keine Gerechtigkeit. Teresia Kaiser, die trotz ihrer Eheschließung immer die Reindl Resi geblieben war, wurde, wie der Pfarrer Bichler beim Trauergottesdienst erklärt hat, vom Herrgott zu sich gerufen.

Und weil die Franzi Kaiser auch immer gerufen wird, wenn es Bedeutsames zu erzählen gibt, ist sie einfach während seiner Predigt aufgesprungen und hat vor der ganzen versammelten Gemeinde wissen wollen: »Was will denn der Herrgott meiner Mama so Wichtiges sagen, dass er sie da extra zu sich rufen muss? Und wann kommt sie bitte wieder nach Hause?« Genau das hätte jeder damals gerne wissen wollen, jeder. Pfarrer Bichler konnte aber beim besten Willen nicht erklären, was der Herrgott einer zweiunddreißigjährigen überglücklichen Mama denn so Wichtiges zu sagen hätte, dass er sie extra von einem ausscherenden Lkw zu sich ruft, während sie mit dem Rad fröhlich pfeifend nach Hause fährt.

Der Opa hat es der Franzi dann zu Hause erklären können: »Weißt du, Franzerl, der liebe Gott muss von da oben ziemlich allein auf die ganze Welt aufpassen, stell dir das einmal vor. Gut, er hat die Maria und den Jesus und die Engeln, aber viel ist das nicht. Und weil die Mama so eine Gute und so eine Liebe ist, hat er sie gebeten, ob sie ihm vielleicht nicht helfen könnte bei der ganzen Arbeit. Was hätte die Mama denn da anderes sagen sollen als: Na gut, wenn's sein muss, helf ich dir halt. Das Gute daran ist, dass sie jetzt immer auf dich aufpassen kann, auch wenn sie grad nicht hinter dir steht. Und ihren Schutzengel braucht sie auch nicht mehr, weil sie ja eh schon im Himmel ist. Den bekommst du jetzt als zweiten dazu!« Dann hat der Reindl-Bauer seiner Franzerl das Ketterl seiner Tochter umgehängt und gemeint: »Sei nicht bös auf die Mama oder den Herrgott. Jetzt hast du die Mama da oben, dann noch zwei Schutzengeln, und da herunten, da hast du schließlich auch noch den Papa und mich. Jetzt kann dir ja fast nix mehr passieren!«

Das hat die Franzi dann verstanden. Zum Glück hat auch noch gerade die Else eine flauschige Berta gekalbt, und mit einem Schlag war sie weitaus weniger traurig als die beiden Herren, die da herunten auf sie aufpassen sollten. Wenn das nicht so gewesen wäre, wenn der Franzi Kaiser nicht so schnell die Sonne ins Gesicht und ihre Mama in die Augen zurückgekommen wäre, ihr Opa, der Reindl-Bauer, und ihr Papa, der Kaiser-Bauer, die wären heute ganz andere.

»Und das Potetenauto haben wir auch wieder gesehen, stell dir vor!«

Detailliert muss der Metzger erzählen, wie er aus dem Auto geflogen ist und warum. Ein richtiger Spaß kommt da auf, und mehrmals darf der Willibald für die kudernde Franzi die Stelle von ihrem Aufeinandertreffen wiederholen: »Zuerst stürz ich aus dem Auto und reiß mir die Hose auf, dann stürzt sich beinah eine Mäusejägerin auf mich, weil sie nichts gerissen hat, dann stürz ich mich als Retter auf die kleine Kaiserin, weil ich Hosenscheißer nicht überreiß, dass da nur ein Traktor kommt, dann beißen mir scharfe Zähne bestürzt fast den Daumen ab, und zu guter Letzt reißt mir der große Kaiser eine, und ich werd gestürzt wie ein Wackelpudding!«

Besonders das »Hosenscheißer« und der »Wackelpudding« haben der Franzi gefallen. Ja, der Metzger nimmt sich kein Blatt vor den Mund. Erstens fühlt er sich in Gegenwart dieser sonnigen Runde einfach pudelwohl, wobei ihm schmerzhaft bewusst wird, wie selten er von Kindern umgeben ist, und zweitens ist seine Neugierde erwacht.

Er landet mit seiner Erzählung in der Kirche, bei Maria Zellmoser, Pfarrer Bichler, dem Foto und seiner Unfolgsamkeit, und der Reindl-Bauer beginnt zu lachen: »Das glaub ich, dass das unserem Pfarrer, dem selbstherrlichen Affen, nicht gefallen hat!«

»Gell, Opa, auch die Pfaffen stammen vom Affen!«, mengt sich Franzi ein und würde dem Pfarrer Bichler mit ihren vom Großvater eingetrichterten Ansichten zur Entstehung des Menschen wohl keine rechte Freude bereiten.

Und weil das Gespräch nun unüberhörbar eine deutlich deftigere Richtung einschlägt, wird die kleine Franzi von ihrem Vater bei der Hand geschnappt: »Komm, Zwergerl, gehn wir in den Stall nachschaun, wie's der Berta geht!«

Kaum sind die beiden draußen, legt der Reindl-Bauer los: »Der Pfarrer Bichler führt ein Regime, als wäre er der Paulus höchstpersönlich! Bei anderen die Ansprüche hochhalten und bei sich selbst mit der Vergebung der Schnellste sein. Weil wenn er richtig gebraucht wird, der ehrenwerte Hochwürden, so wie bei unserer Resi, dann hat er Termine oder ist wo bei einer wichtigen Brotzeit! Kein einziges Mal hat der sich bei uns anschauen lassen, damals, obwohl wir ihn für die Sterbesakramente gebraucht hätten. Wegen einem Taufgespräch und einem Schnupfen hat er sich von seiner Köchin entschuldigen lassen. Nicht einmal persönlich angerufen hat er am nächsten Tag. In der Nacht ist dann die Resi gestorben, ohne Sakramente. Dem Herrgott ist das mit den Sakramenten sicher komplett egal, trotzdem, der Schnupfen vom Pfarrer hätte unserm Kind garantiert weniger geschadet als dem Säugling beim Taufgespräch. Jaja, im Verhalten, das ein Priester im Umgang mit dem Sterben zeigt, zeigt sich sein Fundament. Und da ist dem Bichler sein ganzer Protz auf Sand gebaut. Ich hör mir dieses eitle Geschwafel und diese widerliche Selbstbeweihräucherung nicht mehr an. Mit so einem verlogenen Bichler-Gottesdienst wird Gott kein Dienst erwiesen!«

»Aber mit dem alten Hirzinger dürft er sich ja recht gut verstehn?«

»Verstehn ist da reichlich untertrieben. Verbandelt sind die, warum auch immer. Ich erinner mich noch, als ob's gestern wär, wie nach ihrem Bruder auch endlich die Clara Friedmann den Hof verlassen hat. Da hat er sie in einer Predigt über das vierte Gebot, ›Du sollst Vater und Mutter ehren‹, dermaßen vor der ganzen Gemeinde angeschwärzt, die Clara hätte man danach neben seiner Kutte gar nicht mehr gesehen. Stinksauer war da unsere Resi, die beste Freundin von der Clara. Heimliche Freundin natürlich, weil ja der Hirzinger kaum jemand an die Familie heranlassen hat. Wenn nur die Hälfte von dem stimmt, was die Clara und der Xaver in ihrer Kindheit mitgemacht haben sollen, na, dann pfiat di Gott. Das Schlimme ist, dass da die eigenen Eltern, der August-David, dieser Waschlappen, und die Luise, immer nur zugeschaut haben. Die Luise ist ja sowieso die Leibeigene vom Hirzinger Hans. Jaja, eine einzige bösartige Person reicht schon aus, um eine Familie oder ein ganzes Land in den Untergang zu treiben. Dass die Kinder da den Mut aufgebracht haben, wirklich davonzulaufen, das ist ein Wunder. Unsere Resi hat damals der Clara auch ordentlich zugeredet. Wie's dann Gott sei Dank endlich so weit war, haben wir der Clara geholfen mit der Wohnungssuche und ein bisserl einem Körberlgeld. Hab schon lang nichts mehr gehört von ihr, aber das ist egal, Hauptsache, sie hat ihr eigenes Leben gefunden. Obwohl, ich hab noch ihr Ketterl. Ja, und vom Xaver weiß man ja gar nix!«

»Was für ein Ketterl?«

Der Reindl-Bauer erhebt sich, öffnet die Lade einer an der Wand stehenden Eichenholzkredenz und legt es auf den Jogltisch. Ein Schutzengelketterl mit einem lieblichen rosa pausbackigen Gesicht auf blauem Hintergrund. So eines hat dem Metzger erst kürzlich aus dem borstigen Brusthaar von Benedikt Friedmann entgegengelächelt.

»Das ist das Taufketterl von der Clara. Bei allen Friedmann-Kindern ist der Taufpate der eigene Großvater, und wahrscheinlich hat jedes von ihnen so ein Schmuckstück. Da kann man sich nur gratulieren, den eigenen Großvater als Taufpaten! Wie sie damals weg ist, die Clara, hat sie sich das Ketterl hier am Tisch heruntergerissen. Das hab ich gut verstanden, aber weghauen kann ich das halt nicht. Ein geweihtes Schutzengelketterl. Ich heb's ihr auf, weil was kann der Schutzengel dafür, wenn der Taufpate der Teufel ist!«

Im Hinblick auf das weitere Sonntagsprogramm besteht das größte Glück des Willibald Adrian Metzger darin, dass der Reindl-Bauer über eine ziemlich feine Beobachtungsgabe verfügt: »Wollens was Gscheites zum Essen, wir haben da noch ein Gselchtes mit Grießknödeln und Sauerkraut vom Mittag über!«

»Kann ja nicht sein«, wäre es dem Metzger-Vater bei einer dermaßen mageren aufgetischten Scheibe Fleisch ausgekommen, für den Willibald allerdings ist das Grund zum Frohlocken: »Kann ja nicht sein, dass ich aus einem Auto fallen muss, um nach Jahren wieder einmal an so ein feines Stück Schweinernes zu geraten!«

Und während der Metzger seinen Magen füllt, erfährt er, was dem Reindl-Bauern noch so auf dem Herzen liegt. Wobei da wohl einer der größten Brocken die ausgeprägten Feindschaften sind, die der Hirzinger Hans und sein Abbild Benedikt Friedmann zu ihren unmittelbaren Nachbarn, also auch dem Reindl-Hof, pflegen. Was als Auslöser herhalten musste, davon hat der Reindl-Bauer genauso wenig Ahnung wie wahrscheinlich mittlerweile die beiden Streithanseln selbst. Wenn wer auf ein wenig Zwietracht aus ist, was ja offenbar für so manchen Grundeigentümer ebenso selbstverständlich zur regionalen Tracht dazugehört wie die Lederhose, das Pfoadhemd oder der Steireranzug, dann stinkt die an den Haaren herbeigezogene Begründung dieser Zwietracht genauso zum Himmel wie das seit seiner Anschaffung noch nie gereinigte Trachtenkostüm.

Der Appetit vergeht dem Metzger jedoch trotz der ausführlichen Schilderungen dieser ekelerregenden Auswüchse menschlicher Niedertracht nicht, aber nur, weil er dank seines Heißhungers nicht daran denkt, dass er sich selbst nicht unbedingt als Freund der Hirzinger-Familie qualifiziert haben könnte.

Nach dem Essen folgt eine rührselige Verabschiedung, bei der dem Metzger abermals ein Lunchpaket mitgegeben wird samt einem unwiderstehlichen Angebot aus dem mittlerweile zurückgekehrten Kindermund: »Wenn du das nächste Mal kommst, kann ich schon selber Traktor fahren und nehm dich mit!«

Mitgenommen wird der Willibald dann von Günther Kaiser – obwohl der gar nicht wegfahren müsste. »Glaubens ja nicht wirklich, dass ich Sie hier wieder alleine aussetze, jetzt, wo Ihnen der Benedikt Friedmann auf den Fersen ist!«

Ganz erfüllt ist der Metzger von seinem Besuch hier am Kaiser-Hof, deshalb kann er gar nicht anders und bittet ein zweites Mal ums Telefon. Er muss jetzt einfach kurz seine Danjela hören, Schonung hin oder her. Sie braucht ja nichts von seinem düsteren Abenteuer zu erfahren.

Zuvor informiert er noch schnell den Anrufbeantworter von Sascha Friedmann über den bevorstehenden freundlichen »Heimtransport«. Dann ist es so weit.

Weil sie der Willibald alle kennt, die paar in seinem Handy eingespeicherten Telefonnummern, wählt er nun liebevoll die für ihn einzige bedeutsame Ziffernfolge. So schnell kann aus einer inneren Erfüllung Leere werden. »Liebevoll« schaut nämlich anders aus: Fremd ist die Stimme am andern Ende der Leitung, so hat er seine Danjela noch nie erlebt. Es dauert endlose Minuten, bis er nach dem heftig anklagenden Redeschwall seiner Liebsten endlich eine Erklärung abgeben kann: »Danjela, beruhig dich, ich hab es verloren. Einfach verloren. Wie soll ich da hören, wenn es läutet?«

Dann folgt eine improvisierte, belanglose und vor allem reumütige Handyverlustmeldung, bei der sich der Metzger jede Berichterstattung über sein kleines Intermezzo verkneift.

Hörbar fällt der Djurkovic ein Stein vom Herzen: »Hauptsache bist du nicht verloren! Hast du also gar nicht gelesen meine SMS?«

Es folgt nun vice versa die mündliche Überlieferung der aktuellen Djurkovic-Erkenntnisse, allerdings ohne jede Zensur, was den aus dem Djurkovic-Herzen gefallenen Stein direttissimo in das immer schwerer werdende Rucksackerl auf Willibalds Schulter befördert. Mittlerweile hat sich das angesammelte Wissen doch zu einer nicht unerheblichen Last summiert.

Es geht dann ziemlich rasch, bis im Metzger-Hirn infolge der Berichterstattung über das »Xaver« vor »Jakob Förster« und das am Ring eingravierte Geburtsdatum der Brückenschlag zu der Gewissheit erfolgt, warum ihn Benedikt Friedmann abermals sprechen wollte und wohin dieser jetzt unterwegs sein könnte.

Verdammt, der hat die SMS gelesen!, schießt es dem Willibald durch den Kopf.

»Danjela, bitte, geh aufs Zimmer, bis ich da bin!«

»Warum?«

»Ich bitte dich, tu es einfach und vertrau mir! Wenn dich wer von der Rezeption verständigt, weil dich ein Friedmann, ein Förster oder weiß der Teufel sprechen will, bleibst du am Zimmer. Ausnahmslos!«

»Aber bin ich noch nicht fertig mit Nachmittagsbehandlung! Hab ich noch Maniküre!«

»Der Einzige, der dich heute noch an der Hand nimmt, bin ich, verstanden?«

»Wart ich halt brav in Zimmer auf überraschende Nachmittagsbehandlung durch überraschende strenge Willibald!«

Nach Beendigung des Telefonats meint der Metzger zu Günther Kaiser: »Das ist wirklich lieb von Ihnen mit dem Heimtransport. Wir fahren gleich direkt zum Sonnenhof, am besten mit Höchstgeschwindigkeit!«

Dann steigen die Herren in den Wagen, einen alten Volvo Kombi. Die Franzi schimpft wie ein Rohrspatz, weil sie nicht auf dem Rücksitz Platz nehmen darf, zumindest bis zur väterlichen Frage: »Und wer besorgt dem Max seine Maus?«

48

ER KLOPFT. SICH EINLASS ERBITTEN oder ermöglichen und dann direkt die Dinge ansprechen, ohne Zurückhaltung, nur so hat er eine Chance auf ihre Offenheit.

»Wer ist da?«, hört er durch die geschlossene Tür.

»Ich bin's, Jakob Förster! Liebe Frau Djurkovic, Sie sind vorhin so schnell aus meinem Büro verschwunden! Dabei hätte ich gerne noch was mit Ihnen besprochen! Könnten wir uns vielleicht noch einmal kurz unterhalten, das wäre toll!«

»Warum?«

Warum? Das ist alles? Mit so einem fremden Unterton. Damit hat er nicht gerechnet.

»Das würde ich lieber unter vier Augen besprechen!«

»Unter vier Augen? Warum?«

Sie muss nun direkt hinter dem Eingang stehen. Warum klingt sie plötzlich so unglaublich distanziert? Er geht ganz nah an die Tür und wird deutlich leiser.

»Eine persönliche Angelegenheit. Ich möchte Ihnen etwas Wichtiges erzählen und bräuchte da Ihren Rat, Frau Djurkovic. Irgendwie hab ich Vertrauen zu Ihnen, müssen Sie wissen!«

Es folgt eine lange Gedankenpause. Ihre Atemzüge sind zu hören, mit irgendetwas hat sie zu kämpfen. »Vielleicht später, rufen Sie an, bevor ich geh zu Abendessen!«

Sie weiß etwas, das wusste er schon vorher. Jetzt allerdings ist er sich absolut sicher: Sie weiß auch etwas über ihn.

»Okay, ich melde mich dann!«

Angespannt tritt er zurück auf den Gang, geht durchs

menschenleere Foyer an der großen Schwingtür vorbei, draußen bleibt ein Auto stehen, die Rezeptionistin Sandra schenkt ihm wie immer ihr eindeutig zweideutiges Lächeln, dann schwenkt er in Richtung des von den Gästen bewohnten Gebäudetrakts. Weit hat er den Empfangsbereich noch nicht hinter sich gelassen, da durchschneidet ein Schrei die Nachmittagsruhe. Es ist mehr ein Ruf als ein Schrei, von Zorn erfüllt. Wie angewurzelt bleibt er stehen. Dann wird der Ruf wiederholt, und es besteht kein Zweifel mehr: Es geht ihn an. Seit vielen Jahren ist er nicht mehr so gerufen worden. Die Stimme ist ihm fremd:

»Xaver! Xaver-Jakob Friedmann!«

Weitere Stimmen sind zu hören, aufgeregt und hektisch. Langsam dreht er sich um.

Neben der Rezeption steht ein verstörter junger Mann Mitte zwanzig. Heruntergekommen sieht er aus, ungepflegt, mit tief in der Stirn sitzendem Hut und weit geöffnetem Hemd. Seine Hose ist verdreckt, und trotz der Hitze trägt er Gummistiefel.

Abermals brüllt er, dabei streckt sich sein Körper mit erhobenem Kopf zum Himmel, als wollte er die Geister beschwören. Der Hass und die Verzweiflung stehen ihm ins Gesicht geschrieben, eine Hand ist zur Faust geballt, die andere steckt in der Hosentasche.

»Xaver-Jakob Friedmann! Jakob Förster, du Vatermörder. Zeig dich!«

»Lassen Sie das bitte, jeder versteht Ihren Schmerz. Aber Sie können hier nicht so herumbrüllen. Ich muss sonst wirklich die Polizei rufen!«

Sandra an der Rezeption scheint den jungen Mann zu kennen. Bemüht freundlich versucht sie die Situation zu beruhigen.

Er hat keine Wahl. Bestimmt tritt er in die Mitte der Eingangshalle.

»Ich bin hier, und ich bin kein Vatermörder! Und wer und was sind Sie, außer nicht ganz bei Trost? Hier so eine Szene zu veranstalten!«

Langsam senkt sich der zum Himmel gerichtete Blick.

Wie sehr das »nicht ganz bei Trost« zutrifft, wird nun für alle ersichtlich. Dem jungen Mann stehen die Tränen im Gesicht, dann setzt eine plötzlich leise und deshalb umso bedrohlicher wirkende Stimme ein: »Wer ich bin, willst du wissen? Dein Bruder bin ich. Dein Bruder Benedikt. Weißt du noch? Kannst du dich überhaupt noch erinnern? Fünf Jahre war ich alt, wie du davon bist, uns alle im Stich lassen hast. Glaubst du, es ist dadurch leichter geworden, glaubst du das, du elender Teufel? Und was glaubst du, wie es jetzt mit uns weitergeht? Warum hast du ihn nicht einfach wieder nach Hause lassen, unseren Vater. Warum?«

»Benedikt? Du bist Benedikt! Meine Güte, Benni!« Wie eine Fontäne sprühen ihm die Erinnerungen ins Gedächtnis, werden mit einem Schlag lebendig und stoßen durch die Schutzhülle des Verdrängens. Ebenfalls mit glasigen Augen erwidert er: »Der kleine Benni, der immer in der Nacht zu mir ins Bett gekrochen ist! Ich fass es nicht. Glaubst du wirklich, ich hab unseren Vater umgebracht? Glaubst du das wirklich, nach zwanzig Jahren? Nur weil er zufällig hier als Kurgast aufgetaucht ist?«

»Den kleinen Benni hast du vor zwanzig Jahren sitzen lassen, und mit dem großen Benedikt wirst du jetzt keine Freud haben, das garantier ich dir. Und dass du unsern Vater auf dem Gewissen hast, ja, das glaub ich, hundertprozentig! Wenn ich nämlich alles glaub, dann eines nicht:

Dass unser Vater beim Schwimmen ertrunken ist. Niemals!«

Benedikt Friedmann setzt den ersten Schritt in seine Richtung.

»Du täuschst dich. Warum sollte ich so etwas tun, warum?«

»Rache. Aus Rache!«

»Was wäre das für ein hasserfülltes Leben, wenn ich für etwas, das seit zwanzig Jahren vorbei ist, noch Rache üben müsste.«

Immer näher kommt sein Bruder auf ihn zu. Mit langsamen Bewegungen. Er wirkt sehr gefasst, die Verbitterung steht ihm noch ins Gesicht geschrieben, doch zu der Verzweiflung hat sich Entschlossenheit gemischt. Tatenlos sehen ihnen die mittlerweile wenigen anwesenden Kurgäste zu.

»Lüg mir nicht ins Gesicht, du elender Bastard. Du kannst nicht mein Bruder sein, Großvater hat recht, wenn er sagt, vergiss den Bastard, der gehört nicht zu uns.« Seine Stimme ist wieder deutlich lauter geworden: »Zuerst läufst du davon, und dann nimmst du mir den Vater weg, du kannst nicht mein Bruder sein, niemals, und jetzt …« – mittlerweile steht Benedikt Friedmann direkt vor ihm –, »… jetzt scher dich zum Teufel!«

Er reagiert zu spät. Die zweite Hand seines Bruders ist bereits aus der Hosentasche heraußen und könnte sich in Anbetracht seiner eigenen Ungläubigkeit sogar noch länger Zeit lassen. Er würde genauso verblüfft und tatenlos stehen bleiben.

Es sind schneidende Schmerzen, doch viel schlimmer als dieses Brennen ist die innere Leere. Sein eigener Bruder! Ohne die geringste Chance auf ein Gespräch. Nach all den

Jahren! Wo kommt nur dieser unbändige Hass her, und warum soll er ein Bastard sein?

»Ich bin nicht hier, um jemand Vertrautem zu begegnen! Wenn, dann bin ich hier, um einen Fremden kennenzulernen!«, waren damals am Steg die an seinen Vater gerichteten Worte. Waren sie richtiger, als er jemals zu denken gewagt hätte?

Der Boden fängt ihn auf wie eine weiche Matte, und während alle Kräfte schwinden und eine erlösende Müdigkeit den Schmerz vergessen lässt, spielt sein Gedächtnis wie ein Tonband immer wieder die Antwort seines Vaters ab. Diesen einen letzten Satz, den sein Vater auf alle Ewigkeit mit ihm gesprochen hat: »Du bist auch hier, um dich selbst kennenzulernen!«

»Wer bin ich?«, geht es ihm durch den Kopf. Behutsam zeichnet sein Herz das Bild seiner geliebten Schwester.

»Clara!«, flüstert er sanft, dann holt ihn die Finsternis.

49

So schnell ist der Metzger noch nie aus einem Auto gestiegen, zumindest freiwillig. Ausschlaggebend für diese Eile sind nicht nur die vor der Kuranstalt parkenden Polizeifahrzeuge und der lärmend abhebende Rettungshubschrauber, sondern auch der erstaunte Ausruf von Günther Kaiser: »Da steht ja der Kadett vom Benedikt Friedmann!«

Der Kaiser-Bauer lässt sich nicht aufhalten und stürmt ebenfalls in Richtung Foyer, was sich insofern als praktisch erweist, da der Metzger vor lauter Panik Anstalten macht, völlig die Fassung zu verlieren. Wie ein gehetztes Karnickel schlägt er von einer Person zur anderen nervös seine Haken: »Hat hier jemand Frau Danjela Djurkovic gesehen? Wissen Sie, wo sich Frau Djurkovic aufhält?«

Mit der Frage: »Was ist hier passiert, für wen wurde ein Rettungshubschrauber benötigt?« wäre er garantiert schneller zu einer anderen Antwort gekommen als: »Keine Ahnung! Woher soll ich das wissen?«

Das wird vom Kaiser-Bauern erledigt. Richtig am Kragen packt er den sorgenvoll herumschießenden Willibald Adrian: »So, Herr Metzger, jetzt beruhigen Sie sich. Ich weiß inzwischen Genaueres. Der Benedikt Friedmann hat einen Jakob Förster niedergestochen!«

»Und wo ist die Danjela?«

»Das weiß ich nicht! Im Hubschrauber liegt jedenfalls dieser Förster!«

Nur unerheblich beruhigt mustert der Metzger die Gegend, schaut in jedes Gesicht, läuft durch die Menschenmenge ins überfüllte Foyer, sieht den in Handschellen ausdruckslos zwischen zwei Polizeibeamten stehenden Benedikt Friedmann, sieht einen blassen Professor Berthold, läuft in den dritten Stock, pocht an die Zimmertür, natürlich vergeblich, er hätte ja wetten können, dass die Danjela unter »folgen« wieder nur »dem Lockruf der eigenen Neugierde hörig sein« versteht, dann läuft er zurück in Richtung Rezeption. Günther Kaiser müht sich redlich ab, das überraschend hohe Tempo des eigentlich sichtlich untrainiert wirkenden Restaurators zu halten. Nichts! Keine Spur von seiner Danjela.

Und genau da liegt der Haken. Denn »seine« Danjela, oder das, was seiner Vorstellung von dieser ihm bisher bekannten Danjela entspricht, wird er hier auch nicht mehr zu sehen bekommen, der Willibald.

Völlig niedergeschlagen geht er zum Empfang, und noch bevor er auf Grußnähe an die Rezeptionistin Sandra herangekommen ist, hört er über die Lautsprecheranlage ein von den aufgeregt tratschenden Menschen unbeachtetes: »Ein Herr Metzger Willibald Adrian bitte zur Rezeption, ein Herr Metzger Willibald Adrian bitte zur Rezeption.«

»Das bin ich!«

»Na, Sie sind ja ein ganz ein Schneller!«, lautet ihre freundliche Begrüßung.

Der Metzger kommt gar nicht dazu, irgendwas erklären zu können, denn seine vergebliche Suchaktion erklärt sich von selbst: »So was passiert auch nur Mann. Wett ich, sind schon mehr Männer ohne Ahnung mit eigene Frau gegangen fremd als Frau mit Ahnung mit fremde Mann!«

Ganz sicher ist sich der Willibald jetzt nicht, ob es sich bei der an seiner Seite aufgetauchten Frau auch wirklich um Danjela Djurkovic handelt.

An den Fingern und Zehen schimmern perfekt gepflegte Nägel, überhaupt sind die Djurkovic-Hände überraschend weich und geschmeidig, ebenso die beim flüchtigen Begrüßungsbusserl wahrgenommenen Wangen, die im dezent geschminkten Gesicht der Fremden zu einem durchaus sinnlichen Lächeln verzogen sind. Nein, dieses ansehnliche Weibsbild hat sich eindeutig nicht selbst herausgeputzt, da ist sich der Willibald absolut sicher, das wäre nämlich weitaus deftiger ausgefallen. Wenn es um das von Danjela Djurkovic höchst selten praktizierte und im Grunde verachtete kosmetische Aufgeblähe geht, verfügt sie nämlich über einen ähnlich ästhetischen Feinsinn wie eine optisch auf Biegen und Brechen zur Dame umfunktionierte Sechzehnjährige. Heute gefällt sie dem Metzger ausnahmsweise auch in diesem Ausnahmezustand. Hauptgrund dieses Gefallens sind die von Blond auf Kastanienrot umgefärbten Locken. Da wurde von der Person an der Schere dermaßen Schneid bewiesen, dass dem Metzger mittlerweile klar wird, er hat diese neu verputzte Danjela Djurkovic vorhin garantiert genauso gnadenlos unbeachtet links liegen lassen wie die Führungsspitzen der Wirtschaft die endlose Reihe der am Arbeitsamt angestellten ehemaligen Mitarbeiter.

»Kann schon sein, dass ein Mann, ohne dabei der Polygamie zu frönen, unwissentlich die eigene Frau mit der eigenen Frau betrügt. Das ist aber mit Sicherheit immer noch feiner, als wenn die eigene Frau ihren eigenen Mann mit sich selbst hintergeht, und zwar wissentlich. Auch wenn dir das Resultat zugegeben hervorragend zu Gesicht steht! Aber darum geht es nicht! Ich hatte einen guten Grund, dich zu bitten, auf dem Zimmer zu bleiben!«

Beim Metzger wird die Sorge nun trotz der betörenden Djurkovic-Vanillenote von einer kräftigen Portion Verärgerung abgelöst: »Wie soll ich dir da vertrauen? Das ist ja kein Kinderspiel! Bei all dem, was dir schon passiert ist!«

»Ich müsster jetzt wieder heimfahren, Herr Metzger!«, versucht im Hintergrund Günther Kaiser die Ruhe vor den aufkommenden Turbulenzen zum rechtzeitigen Abflug zu nutzen. Nach einer überschwänglichen Verabschiedung mit allerlei Dankesbekundungen und Wiedersehensversprechungen, die völlig unerwarteterweise nicht die üblichen leeren Versprechungen bleiben werden, wendet sich der Metzger wieder seiner ernsteren Rolle zu.

Ohne Chance auf Erfolg. Liebevoll streicht ihm Danjela Djurkovic über die verschwitzten Backen: »Willibald, bist du so eine gute Mann. Ist schön, wenn zeigt Mann seine Sorge. Aber bin ich auch gute, brave Frau. Weiß ich schon, wann ist Zeit für Vernunft. Service war höchstpersönlich bei mir in Zimmer, sogar Friseur Gerry!«

»Auf dem Zimmer?«

»Keine Sorge, mag Gerry lieber eine Walter als eine Waltraud. Und bin ich erst aus Zimmer, nachdem mir Burgstaller hat Tumult erklärt über Telefon. Übrigens, Förster wollte mit mir reden. Hab ich ihm gezeigt kalte Schulter!«

»Na, die hat er jetzt wahrscheinlich selber, die kalte Schulter! Und du kannst von Glück sprechen, dass es ihn und nicht dich erwischt hat!«

Dann erfährt der Metzger aus dem Mund der mittlerweile aufgetauchten Helene Burgstaller, was da genau los war und warum Benedikt seinen Bruder lebensgefährlich verletzt hat. Es habe eher nach Verzweiflung ausgesehen, schildert sie. Und während der Willibald der Erzählung von gekränkter Bruderliebe und Rache für den Tod des Vaters zuhört, wird ihm klar, dass die Djurkovic-SMS und sein verlorenes Handy die wahren Attentäter sind. Was für ein schrecklicher Gedanke!

Von der anderen Seite des Foyers wirft ihm Benedikt Friedmann einen trüben und mitleiderregenden Blick zu, so als würde er langsam kapieren, was durch seine Hand da gerade Grauenhaftes passiert ist. Man kann es dem Metzger nach den Ereignissen dieses Tages wirklich nicht übel nehmen, dass ihm da jetzt statt Anteilnahme der Gedanke kommt: Es ist offenbar doch etwas anderes, einen Menschen abzuschlachten als eine Sau.

Dass es dem Metzger und der Djurkovic dann beim gemeinsamen Abenddinner in Gegenwart des Schweinsmedaillons auf Eierschwammerln mit Bergkäsepolenta an Appetit mangelt, versteht sich von selbst.

Danjela Djurkovic kann nicht fassen, was da im Laufe des Tages an die Oberfläche gekommen und was ein Handyverlust auszulösen imstande ist. Natürlich hat der Metzger zwecks zukünftiger Kommunikation umgehend das Friedmann-Handy bekommen, und natürlich hat er seiner Danjela vorhin auf dem Zimmer nicht alles erzählt, nur das Wichtigste. Benedikt Friedmann wurde aus dem Verkehr gezogen, Xaver-Jakob ebenso, in seinen Augen ist es mit der drohenden Gefahr vorbei. Und jetzt soll sie sich hier noch die restliche Woche entspannen, seine Danjela, auf Kosten ihrer Wohltäter und ganz zum Wohle ihrer Gesundheit. Für den Willibald wurde vorhin auf dem Zimmer ohnedies schon genug geredet: über diese Fotos, über Ferdinand Anzböck und seine Liebe zu Luise, über die beiden Kinder Xaver und Clara, die den Hirzinger-Hof verlassen haben, über Sascha Friedmann, der sich gerade heimlich sein neues Leben vorbereitet, und über den Ring, auf dem das Geburtsdatum von Xaver-Jakob Förster neben dem Namen seines Vaters steht.

So sitzen die beiden also an ihrem prunkvoll gedeckten Tisch vor ihren immer kälter werdenden Hauptgerichten, während der Willibald nahe daran ist, das vor sich hin schlummernde weiche Schweinsmedaillon ebenfalls zwecks Schlummer kurzfristig als Kopfkissen zu missbrauchen. Nervös nippt die Danjela an ihrem Glas und breitet Theorien und Erörterungen zum Attentat auf Jakob Förster aus, die in ihren Augen durchaus zu einem ertragreichen Ergebnis führen:

Ferdinand Anzböck trifft also nach Jahren abermals auf seinen Widersacher August-David, der in der Kuranstalt genauso verfährt wie einst am Hirzinger-Hof und ihm hinterfotzig die Frau ausspannt. Und obwohl Gertrude Leimböck, dieser blöde Trampel, wie Danjela Djurkovic vermerkt, garantiert kein Weib sei, für das es sich zu sterben, morden oder auch nur einen Finger zu krümmen lohne, bekommt August-David Friedmann für den bemitleidenswerten Ausritt seiner völlig vertrottelten Lenden diesmal von Ferdinand Anzböck die Rechnung präsentiert und muss mit dem Leben bezahlen.

Und weil sich Ferdinand Anzböck wohl niemals reuig selbst den Haien zum Fraß vorgeworfen hätte, wurde dieser notwendige Akt der Buße vom Angestellten der Kuranstalt Xaver-Jakob Förster durchgeführt, also dem verlorenen ältesten Friedmann-Sohn.

Die Djurkovic ist sich dabei sicher, dass ihr selbst durch den Therapeuten niemals ein Haar gekrümmt worden wäre, was immer er auch mit ihr hätte besprechen wollen. Was den Ring betrifft, meint sie, es könne nur eine Person geben, die sich zusätzlich zu dem Namen August-David auch noch das Geburtsdatum des dazugehörigen Sohnes hätte eingravieren lassen: nämlich die Mutter dieses Sohnes selbst, die aber deshalb noch lange nicht zwangsweise die Frau des Kindsvaters sein müsse, was bedeutet, dass ein goldener Ring nicht unbedingt ein Ehering zu sein habe, was weiters bedeutet, dass so eine ewige Geliebte, nach dem Tod des niemals geschiedenen Liebhabers, durchwegs imstande sein könne, sich den Finger abzuschneiden, vorausgesetzt, so ein Ring als verdammtes Dokument ewiger sinnloser Warterei gehe nicht mehr runter, obwohl er runtersolle.

»Sag ich dir, gibt es mehr depperte treue Geliebte, die auf versprochene Scheidung von verheiratete Mann warten, als treue Ehemänner!«

Selbst das in aller Öffentlichkeit durchgeführte Attentat des Benedikt auf seinen Bruder ist in ihren Augen einleuchtend, denn sofern man von Ferdinand Anzböcks Verstrickungen nichts gewusst habe, hätte man ja zwangsläufig denken müssen, Xaver sei der Mörder gewesen, und welches Kind übe dann nicht Rache?

»Aufgeklärt«, jubiliert Danjela freudig und klatscht in die Hände: »Und jetzt essen!«

Der Metzger lässt sich seine Zweifel nicht ansehen, wird aber mit dem Danjela-Lösungsansatz genauso wenig warm wie mit dem sich mittlerweile bedenklich der Zimmertemperatur annähernden Schweinsmedaillon.

Weshalb die Djurkovic energisch jenem Ober winkt, der die beiden edlen Stückchen vor dem Servieren am liebsten noch demutsvoll und mit beinah religiösem Fanatismus im Namen der hohen Kochkunst gesegnet hätte. An diesem Abend wird sich für jenen Serviceangestellten endgültig das Schicksal in Richtung einer eigenen Restauranteröffnung wenden. »Nie wieder Dilettanten bedienen; nie wieder das Wort Schnitzel hören müssen, vor allem wenn es sich um gar kein solches handelt; nie wieder Leberkäs- und Wurstsemmeltouristen ein Schulterscherzel empfehlen und erleben, wie sie einem geistlos zugrinsen und auf den ausständigen Witz warten; nie wieder jemandem erklären müssen, dass scharf anbraten nichts mit aufreißen und abschleppen zu tun hat –

nie wieder!«, flüstert er satt vor sich hin, wie er da mit den beiden Tellern in die Küche marschiert, begleitet vom schmerzhaften Nachklang dieser unfassbaren Hinterwäldlerbitte: »Kann man Schnitzel schnell warm machen mit Mikrowelle!«

Dem folgt ein überraschend gemütlicher Abend an der Hotelbar. Das liegt vorrangig an der durchaus unterhaltsamen Genauigkeit, mit der sich die euphorisierte Djurkovic zur Feier des geklärten Falles ihrem Vorhaben widmet, all jenen Getränken in der Cocktailkarte auf den Grund zu gehen, deren Namen ihr und deren Inhalt in weiterer Folge dem Metzger ziemlich kriminell erscheinen. Black Death, Bloody Mary, Bronx, French Connection, Harakiri Sour, Toxic Refuse, Tequila Sunrise, Suffering Bastard und Lady Killer werden herausgesucht, dann beginnt das muntere Verkosten, wobei hier nur bezogen auf den Metzger von »Kosten« die Rede sein kann, denn die Djurkovic geht entsprechend ihrem Vorhaben den Getränken wirklich auf den Grund. Da bleibt kein Tröpferl in den zumeist seltsam gestalteten Gläsern, aus deren Oberkante neben den ohnedies schon geschmacklosen Schirmchen und undefinierbaren Plastikteilen auch noch dermaßen kitschig glitzerndes Klimbim ragt, dass es dem Metzger so vorkommt, als sei er zu Gast auf einer Kindergeburtstagsparty. Und da wird er natürlich gleich ein wenig rührig, wäre es nämlich tatsächlich eine Kindergeburtstagsparty, es wäre seine erste.

Wenn während einer zwölfjährigen Schulzeit die wechselnden und immer ähnlich liebenswerten Mitschüler für den strebsamen, fetten Sonderling mit seiner Krankenkassenbrille in der ersten Bankreihe nichts übrighaben, trifft das selbstverständlich auch auf all die regelmäßig verteilten bunten Einladungen zu: Für den Willibald war keine mehr über, obwohl er jedes Jahr, bis zur Matura, am eigenen Geburtstag seinen netten Klassenkollegen die zwei Schachteln Schokobananen mitbringen musste, die ihm seine ansonsten sparsame Mutter zu diesem Zweck besorgt hatte. Und wie das Amen im Gebet sind die lieben Kollegen genauso brutal über die Schachteln hergefallen wie in diversen Pausen über den Metzger selbst, für den natürlich selbstredend ein ums andere Mal nichts übrig blieb. Dass auf dieser Welt die Verteilungsgerechtigkeit im Argen liegt, gehört bereits zum fixen Lehrinhalt der ersten Kleinkinderspielgruppe. Und weil dem Gesetz des Stärkeren zur Folge gar nicht so selten genau die in den Chefetagen landen, die sich bereits im Kindergarten die meisten Schokobananen gekrallt haben, wird sich an den Verteilungsprinzipien der Menschheit nie etwas ändern.

Das wird für den Metzger dann auch in der ebenso kriminellen rechten Spalte der Cocktailkarte ersichtlich, denn dass da höhere Preise stehen als neben einem guten Achterl Rot, ist in seinen Augen gleich das nächste Verbrechen. Zum Glück muss die zur Entschädigungskur eingeladene Djurkovic keinen Cent aus der eigenen Tasche begleichen. Und zum Glück bringt sie trotz beträchtlicher Alkoholisierung noch ausreichend Liebreiz zustande, um dem äußerst charmanten Flüssigkeitsverunstalter Hermann hinter der Schank einen für den Willibald höchst erfreulichen Satz zu entlocken: »Wenn ich hier zusperr, können Sie bei mir einsteigen, Herr Metzger, ich fahr nämlich nachher direkt bei der Hackenberger vorbei!«

Das »Nachher« lässt nicht lange auf sich warten, denn das letzte Getränk, der Lady Killer, wird mit beinah erschreckender Präzision seinem Namen gerecht. Und während der Barkeeper noch erklärt: »Die Bloody Mary trinkens dann morgen früh, Frau Djurkovic, wie sich's gehört!«, hört sie garantiert nichts mehr, die grunzend nach vorn gekippte Danjela. Gehörig abmühen müssen sich dann der Metzger und der hilfsbereite Hermann, bis das Djurkovic-Gegrunze nur noch das Zimmer 3.14 erschüttert.

Ein paar Zeilen an seine Danjela, ein Kuss auf ihre Stirn, ein einsames Achterl Rot an der Bar, während Hermann zusammenräumt, und schon ist er dahin, einer der erlebnisreichsten Sonntage des Willibald Adrian Metzger.

Den Abschied von seiner Danjela hat er sich natürlich gänzlich anders ausgemalt. Nur schert sich halt das Leben einen Dreck um das, was sich egal wer so erwartet.

Morgen geht es wieder nach Hause, und obwohl der Metzger diesbezüglich von einem Gefühl unsagbar wohliger Wärme erfüllt wird, packt ihn jetzt gewaltig die Wehmut. Denn auf sein inneres Bild von »Daheim« hat sich zu seiner Werkstatt, seinen Möbeln und seinen eigenen vier Wänden längst die Djurkovic dazugesellt.

50

Anton & Ernst – Die Vierte

Anton: Ernst, ich bin traurig!

Ernst: Dann sei froh, dass man deine salzigen Tränen hier herinnen nicht zu sehen bekommt!

Anton: Nein, es ist nicht nur so eine oberflächliche Traurigkeit. Es kommt eher von tief drinnen, und da heult man nicht mehr!

Ernst: Also bitte: Lass hören!

Anton: Ich muss seit Kurzem immer an unser Korallenriff denken. Erinnerst du dich?

Ernst: In Anbetracht unseres derzeitigen Wohnzimmers hätte ich es gerne vergessen, das wäre bedeutend einfacher gewesen. Ich kann mich also leider sehr gut erinnern. Wieso?

Anton: Seit wir den Glatzerten zerlegt haben und ihm dieses runde Glitzerteil aus der Hand gefallen ist, geht es mir einfach nicht mehr aus dem Kopf, das Meer. So Glitzersachen sind bei uns zu Hause auch immer herumgelegen. Weißt du noch? Schön war das, wenn sie unter Wasser in der Sonne geleuchtet haben! So schön war das – ach ja! Ernst, ich hab Heimweh.

Ernst: Aber schau, die Glitzerteile hast du doch jetzt auch!

Anton: Aber die Sonne nicht.

Ernst: Stimmt. Die Sonne nicht!

Anton: Was glaubst du, warum die Menschen so was Schönes bei uns im Wasser liegen lassen?

Ernst: »Entweder ist es ihnen nicht wichtig, oder sie lassen sich bei der Suche nicht genug Zeit. Sie lassen sich grundsätzlich nicht genug Zeit. Bis auf diese Speckmade, die uns jetzt hoffentlich bald wieder besuchen kommt und sich in ihren Liegesessel hockt. Aber sonst? Sonst sitzt doch kaum jemand hier und schaut uns länger als für vier gemächliche Runden zu. Vier Runden, wo wir an einem Tag sicher viertausend schwimmen. Bin jedenfalls gespannt, ob der fette Happen hier wiederauftaucht.

Anton: Auftauchen ist gut. Wenn wir endgültig auftauchen, ist das wohl dasselbe, wie wenn die Menschen endgültig untertauchen? Das ist in gewisser Weise auch eine Möglichkeit, nach Hause zu kommen.

Ernst: Dir scheint es ja wirklich nicht sonderlich gut zu gehen.

Anton: Und was das Glitzerteil betrifft. Was brauch ich Glitzerteile ohne Sonne. Ich brauch gar nichts mehr. Ich will nach Hause!

Ernst: Wünschen nachzuhängen, die nicht erfüllbar sind, schlägt auf die Psyche, das sollte man sich besser ersparen. Nach Hause! Wie willst du das anstellen? Mit Bitte-bitte-Sagen und freundlichem Lächeln? Wir können übrigens gar nicht lächeln, mit unseren kalten Augen und dem nach unten gezogenen Maul.

Anton: Wir können sehr wohl lächeln, jeder kann das, und immer sieht es anders aus. Die da draußen bemerken es nur nicht. Und übrigens: Wünschen kann ich mir, was ich will! Keinen geht das w…

Ernst: Also, jetzt lass schon hören: Wie willst du das anstellen mit der Heimreise?

Anton: Auftauchen beispielsweise, einfach durch die Abdeckung aus dem Becken springen. Glaub mir, das können nicht nur die Delphine, diese überschätzten Dauergrinser. Oder ich könnte einen Hungerstreik antreten, dann geschwächt für immer einschlafen und zu Hause aufwachen. Eine andere Möglichkeit wäre, ein paarmal mit Höchstgeschwindigkeit gegen die Scheibe zu donnern. Klatsch und aus! Ich könnte aber auch mehrere Methoden kombinieren! Beispielsweise hungern und anschließend gegen die Scheibe krachen, dann geht's noch schneller, oder …

Ernst: Das klingt ja gar nicht gut! Anton, du brauchst wirklich einen Therapeuten!

Anton: Ein Therapeut bringt mich auch nicht nach Hause. Der Einzige, der das kann, bin ich selbst. Irgendwann! Hier reicht's mir allmählich. Alles darf man sich wünschen!

51

BEDÄCHTIG ZIEHT DER METZGER den Rollladen hoch, als stünde ihm das lang ersehnte Wiedersehen mit einer alten Liebe bevor. Nur drei Tage Abwesenheit, und der Willibald fühlt sich, als sei er wochenlang fort gewesen.

Mit jedem Zentimeter, den sich der Rollladen aufwärts bewegt, kommt mehr von der dahinter liegenden Eingangstür des Gewölbekellers zum Vorschein. Und weil dem Metzger neugierig die Sonne über die Schulter blinzelt, erhebt sich aus der Dunkelheit hinter der Glasscheibe zaghaft das Profil jener Landschaft, die der Restaurator als seine Werkstatt bezeichnet. Heimat ist dort, wo das Inventar eines Landes inklusive der dort angesiedelten Lebewesen noch ausreichend Profil besitzt, um in allem, was auf diesem Fleckchen Erde fühlen kann, ein kleines wärmendes Feuer zu entfachen. Da bleibt dem oft frierenden Willibald Adrian hierzulande zumeist ohnedies nichts anderes übrig, als sich in seine Werkstatt zurückzuziehen.

Und die betritt er jetzt, erfüllt von Tatendrang, mit einem kindlichen Strahlen im Gesicht, gierig den heimeligen Duft einatmend. Immerhin wurde er an diesem Montag völlig überraschend mit ein paar zusätzlichen Stunden beschenkt. Die Verantwortung für seinen Zeitvorsprung trägt der Metzger indirekt selbst: Denn natürlich war es dem Willibald an diesem von Kaffee- und Semmelduft erfüllten Morgen wieder nicht gelungen, seinen Beschluss in die Tat umzusetzen und das Hackenberger-Frühstück ein für alle Mal sausen zu lassen.

Was diese lästige Regina Hackenberger wohl in ihre sagenhafte Marillenmarmelade mischt.

»Die schmeckt Ihnen, nicht?«

»Die schmeckt mir schon!«

»Mein ich ja, Sie haben ja fast das halbe Glaserl verputzt! Das freut mich aber!«

Natürlich hat der Metzger im Anschluss ohne Murren drei Übernachtungen mit Frühstück bezahlt, sich für die freundliche Versorgung bedankt und umgehend abermals ein Lunchpaket bekommen, diesmal bestehend aus zwei fruchtig orange gefüllten Rexgläsern.

Und weil Regina Hackenberger gerade so in Fahrt war, wollte sie wohl dem in ihrem Fall doch recht unnachsichtigen Metzger wahrscheinlich unbewusst gleich noch eine kleine Lektion mehr in puncto »Um das Gute im Menschen zu erkennen, muss man schon über dessen Macken hinwegsehen können!« verpassen: »Hubsi, du wolltest doch morgen früh in die Stadt, oder? Du fahrst ja eh so ungern weite Strecken allein, erledig das doch gleich heute, dann kannst den Herrn Metzger mitnehmen. Habt's beide was davon, nicht!«

Ja, da haben ihm die Worte gefehlt, dem Willibald Adrian, auch weil die unbewusste kleine Lektion auf durchaus fruchtbaren Boden gestoßen ist. Eine halbe Stunde später sind sie schon im garagengepflegten Zweiergolf gesessen, er und der zum Hubsi verunstaltete Hubert Hackenberger.

Die Worte fehlen ihm auch jetzt. Mitten in seiner Werkstatt.

Völlig entblößt steht sie da, am hellen Steinboden, mit einer dermaßen überwältigenden Schönheit, einzigartig proportioniert und reizvoll, der Metzger kann gar nicht anders, als sich auf sie zu stürzen und ihr mit sanfter Berührung über die wohlgeformte Oberfläche zu streichen: die Biedermeier-Esszimmergruppe. *Seine* Biedermeier-Esszimmergruppe inklusive dem dazupassenden Beistelltischchen, auf dem ein beschriebener Zettel liegt.

»VIEL FREUDE!«, heißt es da in fetten Blockbuchstaben, unterschrieben mit »SASCHA«. Darunter steht mit ziemlich unregelmäßigen Buchstaben kurz und nüchtern: *»Zusanne auf Kurzurlaub, Edgar bei mir, am Abend gibt Krautwickel! Willkommen daheim. Gruß, Hausmeister!«*

Wahrscheinlich hat der Wollnar dem Friedmann beim Möbeltransport in die Werkstatt geholfen, wie auch immer die beiden aufeinandergetroffen sind. Im empfindsamen Metzger-Herz macht sich eine sonderbare Ergriffenheit breit. Von einer längeren Reise heimzukommen und die beiden Botschaften zu erhalten: »Da wartet und da freut sich jemand auf dich!«, wobei ja grundsätzlich das Warten nicht auch automatisch die Freude mit einschließt, das ist ihm das letzte Mal passiert, da hat er noch bei seiner Mutter gelebt.

Und wie der Metzger dann auch noch die einzige Nachricht auf seinem Anrufbeantworter abhört und ihm die Stimme von Sascha Friedmann entgegenklingt, bewegt ihn das deutlich: »Hier Sascha Friedmann. Hoffe, dass Sie heil nach Hause gekommen sind. Ich hab Sie am Sonntag einfach nicht mehr gefunden und erst am Abend vom Kaiser-Bauern erfahren, was Schreckliches passiert ist. Mein Bruder ist übrigens bei Bewusstsein und wird die Sache Gott sei Dank überleben. Ich war heute schon bei ihm hier im Unfallspital. Die Möbel wollt ich Ihnen am Sonntag nach Hause bringen, aber Ihr Hausmeister hat gemeint, die Lieferung gehört in die Werkstatt. Hoffe, es passt so. Wir sehn uns sicher. Wiederhören!«

Gerührt setzt sich der Metzger zum Biedermeier-Esstisch.

Langsam zieht er die Lade heraus, legt sie behutsam auf den Boden, dann fährt er ohne weitere Vorsicht mit seinen Fingern unter den angehefteten Karton, der dieser erheblichen Dehnung natürlich nicht standhält – und wundert sich. Nichts!

Alles, was da in diesem Geheimfach verborgen war, hat der Metzger schon in Händen gehalten. Läppische zwei Bilder. So ein Aufwand für zwei Fotos! Was um alles in der Welt muss diese Paula verbrochen haben, dass ihre vergilbte Ablichtung zwischen der Unterseite einer Tischplatte und einem angetackerten Karton aufbewahrt werden muss?

Als ob es dazu einen Kommentar abgeben wollte, läutet das Friedmann-Handy: »Fehlst du mir jetzt schon!«

»Danjela! Mein kleines Vögelchen. Hast ja gestern ordentlich was gezwitschert. Ich hoffe, du kannst schon wieder stehen nach deinem kriminellen Streifzug. Übrigens, Zug hast du ja wirklich einen recht amtlichen! Wie geht's dir?«

»Schlecht, wenn du schreibst mir solche Briefe, wo steht was von lieb haben. Wie soll ich da aushalten letzte Woche? Aber war ich schon Magen entleeren, hab ich schon getrunken Bloody Mary, gebracht von Hermann zu Frühstückstisch! Geht schon wieder halbwegs mit gerade gehen, nur Kopf ist wie Fremdkörper!«

»Aber die neue Frisur steht dir doch hervorragend!«

»Hahaha, bitte nix lustig sein, Willibald! Hahaha, ah tut weh, Lachen. Vertrag ich heute wirklich keine Wirbel.

Werd ich viel liegen in Ruheraum vor meine Haifische, bin ich außerdem nix so allein!«

»Da wird aber sicher noch zugesperrt sein, bei der ganzen Sauerei vorgestern!«

»Leben geht weiter. Ist schon wieder offen! Gründlicher als Putztruppe in Schwimmbad ist nur Filteranlage in Aquarium! Schick ich dir dicke Kuss, meld ich mich am Abend!«

Wie wunderbar mein Leben doch ist, flüstert der Metzger vor sich hin.

Trotz dieses durch seine Anreise erheblich verkürzten Arbeitstags gelingt es dem Metzger immerhin, einen der pollakschen Pfeile im heiligen Sebastian zu vollenden. Wobei er da unweigerlich an Sascha Friedmann und seine Geschwister denken muss. Ein hölzerner, unlackierter Sebastian mit abgebrochenen Pfeilen erweckt den Anschein, als wäre er unverletzt. Er hängt in den Seilen wie ein Mensch, den das Leben ins Herz getroffen hat, dem aber nach außen hin nichts anzusehen ist. Erst im Näherkommen zeigen sich seine Wunden.

Der Nachmittag in der Werkstatt erfüllt den Metzger dennoch und lässt ihn mit großer Zufriedenheit auf sein Dasein blicken. Entsprechend ausgeglichen führt ihn am Abend der Weg nach Hause. Als hätte Petar Wollnar schon gelauert, öffnet sich genau im richtigen Moment seine Wohnungstür, natürlich ohne euphorische Begrüßung vonseiten des Hausmeisters und des zwischen seinen Beinen hockenden Hundes. Das entspräche auch nicht der Art dieser beiden männlichen Vertreter der himmlischen Schöpfungsvielfalt. Hausmeister Petar Wollnar legt von Natur aus die gleiche Euphorie an den

Tag wie ein hinter Plexiglaswänden mit anderen Leidensgenossen zusammengepferchter Raucher, dem von seiner so ungerechten und vor allem engstirnigen Umwelt verdeutlicht wird, dass die ganze Welt doch keine Raucherzone und jeder Wiesenstreifen, jede Sandkiste, jeder mit Rindenmulch belegte Spielplatz, jeder wie auch immer geartete Strand, jedes stehende oder fließende Gewässer, jedes Fleckchen Erde außerhalb der eigenen vier Wände nicht auch gleichzeitig ein Aschenbecher ist.

Ja, und Edgar – der ausnahmsweise nicht jenen verluderten Hundebesitzern gehört, die den Scheißhaufen ihrer Viecher genau dort liegen lassen, wo auch nicht minder verluderte Raucher bevorzugt ihre Zigarettenstummel hinschnippen – reagiert schon gar nicht euphorisch auf Erziehungsberechtigte, die ihn irgendwo abgeben und dann bei ihrer Rückkehr die Arroganz besitzen, eine freudige Begrüßung zu erwarten. Wo käme ein Hund da hin!

Und trotzdem hätte für den Willibald der Empfang herzlicher nicht sein können. Wenn man seine Pappenheimer kennt, versteht man auch die Sprache ihrer Emotionen.

Vier Flaschen Wein werden nach ausgiebiger Pflege des Körpers demselben zugeführt. Zu zweit natürlich! Denn nachdem die beiden Männer in ihren Wohnungen separat geduscht haben, muss dann zum gemeinsamen Mahl in der Hausmeisterwohnung auch anständig gemeinsam getrunken werden. Zwei herrliche Braunstein Zweigelt Goldberg 2005er, ein Pinot noir 2004 und schließlich ein Oxhoft 2004 werden zur einzigartigen Wollnar-Krautroulade nach original polnischem Rezept verdrückt.

Die erste Nacht zu Hause verbringt der Metzger dann nach einer an seine Danjela mobil gerichteten Liebesbekundung zufrieden auf dem Wollnar-Sofa, sehr zum Ärger von Edgar, der sich seit zwei Wochen genau auf diesem Platz häuslich eingerichtet hat.

52

NACH DEM ZIEMLICH ausgedehnten, feuchtfröhlichen Abend beginnt der Dienstagmorgen trotzdem wie der erste Weihnachtsfeiertag. Die Bescherung vom Vorabend wartet frisch ausgepackt unter der Nordmanntanne, und die Kleinen können es gar nicht erwarten, sie in ihren Einzelteilen im Wohnzimmer auszubreiten. Genauso freudvoll, nur nicht im Pyjama, marschiert der Metzger in aller Herrgottfrüh in die Werkstatt und widmet sich seinem Geschenk. Gründlich reinigt er zunächst die Esszimmerguppe, studiert ihre Machart und jedes Detail. Die Zeit eilt dahin. Kurz vor Mittag erfolgen noch einige Arbeitsschritte am längst fälligen Gründerzeit-Schreibtisch, dann geht es in die wohlverdiente Pause.

Beim Verlassen der Werkstatt zwecks mittäglicher Nahrungszufuhr weiß er noch nichts von seinem bevorstehenden Einkehrschwung, der Metzger. Aber bereits nach der ersten Kurve am Weg zur Fleischerei taucht neben der bildlichen Vorstellung des Käs-Leberkäs-Semmerls mit Essiggurkerl ein weiterer Gedanke auf. Nur zehn Minuten ist er entfernt, jener Ort, an dem wohl keiner freiwillig am Mittagstisch teilnimmt: das dem Willibald seit Danjelas dortigem Aufenthalt bestens vertraute Unfallkrankenhaus.

So schließen sich die Kreise. Danjela Djurkovic wurde in diesem Spital speziell betreut, von den einen besten Händen in die nächsten weitergereicht und schließlich in Prof. Dr. Winfried Bertholds Sonnenhof überwiesen. Für Normalsterbliche ein Weg der Unmöglichkeit, bei entsprechenden Kontakten ein Spaziergang. Logisch, dass so etwas dann auch in die Gegenrichtung funktioniert. Wer also Professor Berthold seinen Duzfreund nennt, landet speziell betreut im Unfallkrankenhaus. Jakob Förster, eigentlich Xaver-Jakob Friedmann, befindet sich im vierten Stock – und Willibald Adrian Metzger vor dem Haupteingang. Zu sehr beschäftigt ihn diese Geschichte, als dass er gegen die unvermutet aufgetauchte innere Richtungsangabe Einspruch erhoben hätte. Was ist dabei! Ein belangloser Besuch, ein flüchtiger Blick, vielleicht ein kurzes Wort. Bisher wurde er in dieser Angelegenheit ohnedies nur ungefragt vom Schicksal herumgeschubst, von einer schrecklichen Offenbarung zur nächsten.

Vom Portier der Krankenanstalt erhält er die Zimmernummer, von der Blumenhändlerin daneben die weiße Lilie, »Steht für die Hoffnung«, ruft sie ihm nach, und vom Lift den Transportservice in den vierten Stock.

Seit seinem Besuch am Hirzinger-Hof fühlt er sich auf eine sonderbare Weise verwoben mit der Friedmann-Geschichte, bestimmt von dem Wunsch, Ordnung in diesen Stammbaum aus Verschollenen, Verstorbenen und Verstoßenen zu bringen.

Jakob Förster muss viel zu erzählen haben. Wahrscheinlich ebenso viel, wie es umgekehrt ihm von seiner eigenen Familie zu erzählen gäbe.

Und in der Tat ist der Metzger nicht der einzige Besucher hier.

Wie verschmolzen mit einem der zahlreich am Gang herumstehenden Sessel sitzt Luise Friedmann vor der Tür zum Zimmer ihres Sohnes.

Dem braunen Sitzbezug gleich ist die Farbe ihres Kleides. Und dort, wo auch die Lehne ihr Ende hat, ragt aus dem Schultergürtel, ganz dem Ton der Wandfarbe angepasst, ein bleicher Hals mit einem ebensolchen Gesicht.

Wie hypnotisiert starrt Luise Friedmann ins Leere.

Vorsichtig nimmt Willibald Adrian Metzger neben ihr Platz, schweigt ein Zeitchen, und als selbst diese Stille seiner Sitznachbarin kein Wort entlockt, meint er zögernd: »Frau Friedmann?«

Langsam, ohne Augenkontakt herzustellen, wendet sich ihr Kopf in seine Richtung.

»Frau Friedmann, ich hoffe, ich störe nicht. Ich – ich wollte nur kurz Ihren Sohn besuchen!«

»Meinen Sohn?«

Ein Blick der Verzweiflung trifft ihn, einer, der Schutz suchend um Vergebung bittet, der endlich zur Ruhe kommen will, ohne dabei Mitleid einzufordern. So zerbrechlich und zerbrochen wirkt diese Frau, so unendlich müde.

Betroffen von diesem Anblick, beginnt der Metzger mit äußerst vorsichtigem, liebevollem Unterton: »Es tut mir sehr leid, was da nach all den schrecklichen Ereignissen der letzten Tage passiert ist. Geht es Ihrem Sohn schon besser?«

»Meinem Sohn?«, entgegnet ihm erneut die kaum vernehmbare Stimme. Es ist eine Frage, so als wüsste sie nicht, von wem die Rede ist. »Ich weiß nicht!«, setzt sie fort.

Der Metzger zögert: »Ach so, Sie waren noch gar nicht drinnen! Da stör ich ja jetzt wirklich. Das ist mir natürlich sehr unangenehm, Frau Friedmann. Am besten ist wohl, ich gehe wieder. Es geht ja wirklich nur um ihn und um Sie!«

»Um ihn und um mich? Wie, wie meinen Sie das?«

Verwunderung hat sich nun in ihr Gesicht gemischt. Und weil der Metzger mit dieser seltsamen Frage so wenig anfangen kann, kann auch er sein Erstaunen nicht verbergen.

»Nach so vielen Jahren haben Sie sicher einiges zu besprechen.«

»Woher wissen Sie?« Groß sind ihre Augen geworden, suchend.

»Dass er seit zwanzig Jahren weg ist, meinen Sie? Von Sascha weiß ich das. Außerdem war ich selbst auf Besuch in der Kuranstalt und hab natürlich die ganze Tragödie mit Ihrem Mann und Ihren Söhnen mitbekommen. Ich werd mich jetzt aber wieder aus dem Staub machen. Bitte, Frau Friedmann, lassen Sie sich von mir nicht stören und gehen Sie hinein.«

»Hinein? Ich kann nicht!«

»Wie meinen Sie das?«

»Ich kann nicht zu ihm.«

Nach einem tiefen Atemzug, so als müsste sie für den folgenden Satz in die Welt unter den Meeresspiegel ihres bleiernen Wesens abtauchen, setzt sie fort: »Es liegt so viel zwischen uns, so viel Zeit, so viel Ungesagtes!«

Wie eine Welle aus dem Nichts schwappt diese Offenheit über dem Metzger zusammen und verdeutlicht ihm, von welcher Einsamkeit und Willenslähmung diese Frau erfüllt sein muss. Eine Mutter, die nach so vielen Jahren der Trennung mit einem Zögern vor der Tür zu ihrem verlorenen Sohn sitzt, hat wohl auch sich selbst verloren.

Ein ungutes Gefühl drückt sich beim Metzger aus der Magengrube empor. Er weiß zwar nicht, woher der Wind weht, der Willibald, aber eines spürt er deutlich: Über der ganzen Hirzinger-Friedmann-Angelegenheit hat sich eine eisige Kaltfront breitgemacht.

Kurz zögert er, dann legt er sein Inneres offen, ohne zu wissen, was dadurch ausgelöst wird. Zu beklemmend ist die Situation, und irgendwie scheint es ihm, als sei in Gegenwart dieser gebrochenen Frau Ehrlichkeit der einzig gangbare Weg: »Sie können nicht zu ihm, Frau Friedmann? Verzeihen Sie meine Direktheit, aber Sie können, ganz gewiss. Meiner bescheidenen Meinung nach ist das nämlich kein schlechtes Angebot, das Ihnen das Leben da macht. Wenn man mit so einer Wucht aneinandergeworfen wird, nach so langer Zeit, was bleibt einem da noch anderes übrig, als sich von dem ›Ich kann nicht‹ zu verabschieden. Jetzt geht es doch in Wahrheit nur mehr um die Frage: Wollen Sie, oder wollen Sie nicht? Und dass Sie wollen, ist offensichtlich, sonst wären Sie ja gar nicht hier, trotz Ihres deutlich angeschlagenen Zustands. Sie sollten sich wirklich schonen, Frau Friedmann. Und da gibt es, denk ich, nur einen Weg. Also, fassen Sie sich ein Herz, gehen Sie dahinein, was soll passieren, und lassen Sie nichts ungesagt!«

Und all die Fragen, die dem Metzger selbst auf der Zunge brennen, brechen nun aus ihm heraus: »Erzählen Sie ihm einfach alles, auch wenn das bestimmt nicht einfach ist. Erzählen Sie ihm, warum so viele Jahre vergehen konnten, das wird auch Ihnen guttun, erzählen Sie ihm, warum auch Clara weg ist.«

Fassungslos hebt Luise Friedmann nun den Kopf, während der Metzger unbeirrt fortfährt: »Erzählen Sie ihm, wie sehr es Sie all die Zeit belastet hat, erzählen Sie, wie das heute noch ist, das Leben am Hof, zusammen mit Ihrem Vater und Ihren beiden Söhnen, erzählen Sie ihm von sich und Ihrem Mann August-David, erzählen Sie von Paula, Ihrer Schwester, nehmen Sie Ihr Leben in die Hand und gehen Sie dahinein!«

Der Metzger ist außer Atem gekommen, und während er nun aufsteht, drückt sich auch Luise Friedmann aus ihrem Sessel hoch, mit Bestürzung im Gesicht.

Fest umfasst sie sein Handgelenk und flüstert: »Sie können das nicht wissen, Sie können das alles einfach nicht wissen. Ich versteh das nicht!«

Ruhig löst er ihre Hand und hält sie fest.

Ihre Augen sind glasig. »Sagen Sie mir, woher, bitte sagen Sie mir, woher, Sie können das alles doch unmöglich wissen! Sie …« Dann beginnt sie still zu weinen.

»Was da alles im Dunkeln liegt, das weiß ich auch nicht, Frau Friedmann. Ich weiß nur, dass Ihnen in Ihrem Leben, und natürlich dem Menschen hinter dieser Tür, ganz gewiss ein bisschen Helligkeit zusteht. Haben Sie also keine Angst. Gehen Sie zu ihm und lassen Sie das Licht herein!«

Dann geht er, der Metzger, wie betäubt. Jetzt hat er sie hautnah gespürt, die Kaltfront, die dunklen Wolken, und gleichzeitig die Sehnsucht nach dem erlösenden Niederschlag.

Irgendetwas ist gerade geschehen, hat gerade begonnen – nicht nur für Luise Friedmann.

Auf seinem Schalensitz liegt die weiße Lilie.

53

GESTERN WAR SEIN BRUDER HIER.

Es war eine Begegnung ohne viel Worte. Es ist auch schwer, bei all dem, was· es nach so langer Zeit zu sagen gibt, den Anfang zu finden. Sascha hat ihn weder gefragt, ob dieser Vorwurf, der ihn beinah das Leben gekostet hätte, tatsächlich stimmt, noch, wie es ihm nach all den Jahren bei seinem Wiedersehen mit Vater ergangen ist. Er hat gar nichts gefragt, ist nur dagesessen.

Um das Schweigen ein wenig zu brechen, hat er schließlich mit viel Überwindung von sich aus begonnen, seine eigenen Erinnerungen über die Jahre am Hof auszubreiten. Über die harte Arbeit, über die Lieblosigkeit, auch die seiner Mutter. »Sie ist anders geworden!«, hat sein Bruder bemerkt.

»Wirklich? Sie wird es schwer haben am Hof, ohne Vater und Benedikt. Das wird auch hart für dich!«

»Ich geh nicht mehr zurück!«, war die Antwort seines Bruders, und ihm wurde klar, dass, solange Benedikt hinter Schloss und Riegel sitzt, der einzige Mann an der Seite seiner Mutter ihr eigener Vater sein wird. Das Leben rächt sich, ohne Kompromisse.

Er hatte das Gefühl, dass sein Bruder weitersprechen wollte. Doch da kam nichts mehr. Nur noch ein nachdenklicher, auf den Boden gerichteter Blick.

»Wir werden noch viel Zeit haben, um zu reden«, waren Saschas Abschiedsworte.

Vor dem Fenster nimmt der Tag seinen Lauf. Das Leben fliegt vorbei wie ein Linienflug am Horizont, mit genau der *gleichen vergänglichen Spur. Ruhig liegt er in seinem Bett. Die Wunden schmerzen. Es ist ein Schmerz, der vergehen wird, ein Schmerz, der gerade wegen seiner Vergänglichkeit Mut macht. Kurz schläft er ein.*

Sein Erwachen ist wie ein böser Traum.

Sofort legt sich ein längst vergessener Druck auf seine Brust und schnürt ihm den Atem ab.

Auf seinem Bett sitzt seine Mutter. In der Hand eine Blume.

Unerträglich ist ihm ihre Gegenwart. Sein Körper brennt. Warum sitzt sie neben ihm, so dicht?

In all den Jahren, in denen andere Mütter sich auf den Bettkanten ihrer Kinder niedergelassen hätten, um die Kleinen in den Schlaf zu singen, ihnen vorzulesen, sie zu trösten, zu liebkosen, stand sie gebieterisch im Türrahmen, und jetzt hockt sie an seiner Seite, ihre Hand auf die seine gelegt.

Müde Augen schauen auf ihn herab.

Augen, die er so nicht kennt.

Er kennt nur die Verachtung, er kennt nur die Kälte. Jetzt ist ein Lodern in ihrem Blick, jetzt sind ihre Augen erfüllt von einer Wärme, Sorge und Demut – die ihm Angst macht.

Es versagt ihm die Sprache.

Langsam zieht er die Hand hervor.

Ihr Blick senkt sich.

»Es tut mir so leid, Xaver!«

Nein, so nicht. Nicht nach alldem und nicht nach zwanzig Jahren ohne die geringste Regung.

Nicht so. Auftauchen, wenn den anderen die Schwäche ans Bett fesselt, die Müdigkeit den Widerspruch raubt, sich an das Bett des Wehrlosen setzen und auf die Erlösung durch ein »Es tut mir so leid!« hoffen. Fünf Wörter können fünfunddreißig Jahre nicht aufwiegen, fünfunddreißig Jahre ohne eine einzige gute, mit dem Begriff Mutter verbundene Erinnerung.

»Xaver. Es tut mir so leid. Ich war zu schwach für alles, zu schwach für dich. Ich kann dir nichts anderes mehr geben als dein Leben!«

Er versteht sie nicht. Erneut greift sie nach seiner Hand.

Fünf Wörter.

»Ich bin es nicht, Xaver!« Ruhig sucht sie seine Augen.

Dann spült sie seinen Hass weg: »Ich bin nicht deine Mutter!«

54

Anton & Ernst – Die Fünfte

Ernst: Anton?

Anton: –

Ernst: Anton, sag doch was!

Anton: –

Ernst: Das kannst du doch nicht machen, alter Junge?

Anton: –

Ernst: Das kannst du vor allem mit mir nicht machen. Dich einfach verabschieden und mich hier allein zurücklassen. Anton, was soll ich hier ohne dich?

Anton: –

Ernst: Verdammt noch mal, beweg dich, komm endlich herauf von da unten. Das geht doch nicht – Anton!

Anton: –

Ernst: Anton! Was ist, wenn das hier alles ist, wenn es das Paradies nicht gibt, wenn es danach einfach nur vorbei ist. Schluss, aus, Ende! Da ist es doch viel besser, hier zu sein, zusammen mit mir. Mensch, Anton, tu mir das nicht an!

Anton: –

55

Im Sonnenhof ist wieder Ruhe eingekehrt. Helene Burgstaller ist wieder deutlich anhänglicher und verliert, so wie umgekehrt auch die Djurkovic, kein Wort über die Ereignisse der letzten Tage. Nur ab und zu kann sie sich die ein oder andere zynische Bemerkung nicht verkneifen, und zwar immer bezogen auf die verluderte Chefetage der Kuranstalt. Da bohrt die Danjela gar nicht weiter nach, ihr ist auch ohne weitere Informationen klar, dass es für eine verluderte Chefetage immer auch ein kleines Luder braucht.

Die Burgstaller kann sich vergnügen, wie sie will, wichtig ist der Djurkovic im Augenblick einzig, dass sie untertags wieder wen an ihrer Seite hat. Irgendwie wird sie den Verdacht nicht los, bei Gertrude Leimböck könnte sich ein kleines Gewitter zusammenbrauen.

Gertrude Leimböck hat sich mittlerweile ein umfassendes Informationsnetz zurechtgelegt, mit dem Ziel, dieses rechtzeitig zusammenzuziehen. Erstens hat sie mit dieser Kroatenschlampe noch einige Rechnungen offen, und zweitens kann es nicht sein, dass diese billige Ausländertussi nur wegen ihrer neuen Frisur und der offenbar geschenkten Sonderschönheitsbehandlung inzwischen mehr Blicke auf sich zieht als sie selbst.

Da muss etwas passieren.

Und weil ihre Informationsquellen sprudeln wie die Düsen im Kuschelbecken, weiß sie, dass der Djurkovic-Begleitschutz durch dieses armselige, sitzen gelassene Berthold-Flittchen Helene Burgstaller nur untertags funktioniert und wo sich die Djurkovic zu später Stunde aufzuhalten pflegt. Einen besseren Ort zur Erteilung der längst fälligen Lektion gibt es nicht in diesem Haus.

»Ah, so schön!«, haucht Danjela Djurkovic als Begrüßung ihrem Ruheraum entgegen. Glasklar ist das riesige Aquarium, ohne Restspuren der etwas ausgiebigeren Fütterung.

Auffällig ist nur, dass die beiden Schwarzspitzenriffhaie nicht wie sonst beinah synchron ihre endlosen Runden ziehen, sondern der größere der beiden Fische ein eher flotteres Tempo an den Tag legt, während der kleinere ganz still in einem Eck am Grund des Aquariums verharrt.

Lange steht sie einfach nur vor der Scheibe, fasziniert vom scheinbar echten Frieden in dieser unechten Unterwasserlandschaft. Selbst wenn versunkene Welten auf die geschmackloseste und unwürdigste Art an die Oberfläche gebracht werden, selbst dann gewöhnt sich das Auge schnell, offenbar mit Faszination, an diesen Anblick, anders ist der verheerende Rechtsruck hierzulande nicht zu erklären. Dass im Fall des Aquariums der Friede allerdings genauso künstlich ist wie der Rest, wird die Djurkovic gleich feststellen dürfen.

Vorerst bemerkt sie jedoch, dass sich im Salzwasserbecken der Kuranstalt ein Gegenstand befindet, der dort genauso wie die zwei Schwarzspitzenriffhaie im Grunde nichts verloren hat. Viel eher scheint es, als wäre er verloren worden.

Ohne fremde Hilfe hätte sie ihn gar nicht entdeckt. Die Schwanzflosse des größeren Haifischs hat dem Schmuckstück allerdings im Vorbeischwimmen unbeabsichtigt, wie die Djurkovic meint, einen platzierten Kick verpasst, sodass es in Richtung der Scheibe ein wenig emporgeschwebt und direkt vor der Danjela wieder zu Boden gesunken ist: ein liebliches, pausbackiges rosa Gesichtchen auf blauem Hintergrund.

Wäre die Danjela von genau demselben mittelalterlichen Katholizismus erfüllt wie einst ihre Großmutter, Gott hab sie selig, hätte sie sich augenblicklich auf die Knie fallen lassen und dieses Schauspiel als himmlisches Zeichen gedeutet.

Jetzt ist allerdings weder anzunehmen, dass Haifische ihre Neugeborenen mit Schutzengelketterln beschenken, noch, dass Kurgäste ihre Schmuckstücke andächtig ins Becken schmeißen wie Touristen ihre Münzen in diverse Brunnen. Folglich legt sich die Djurkovic unaufgeregt, aber durchaus rührig in ihre Entspannungsliege, gedenkt mit offenen Augen ein Weilchen des Hausmeisters, des Anzböck Ferdl, den sein Schutzengel, von dem Schmuckstück mal abgesehen, bei seinem Untergang tatsächlich verlassen hat, gedenkt mit geschlossenen Augen ihres fernen Geliebten und schläft ein.

Es zeugt ja schon nicht gerade von Intelligenz, sich dermaßen danebenzubenehmen und somit freiwillig auf die Liste der gefährdeten Spezies einzutragen. Sich dann aber auch noch zur Entspannung ein abgeschiedenes Plätzchen zu suchen und dort einzuschlafen, das ist Dummheit in Reinkultur.

»Blöder geht es nicht!«, denkt sich Gertrude Leimböck entzückt, als sie, ausgerüstet mit dem notwendigen Werkzeug, ihre Wirkungsstätte betritt.

Gleichmäßig und begleitet von einem sanften Grunzen hebt sich der zugegeben wohlproportionierte Brustkorb dieser Danjela Djurkovic. Da könnte man mit genagelten Schuhen herumspazieren, dieses Walross wäre trotzdem nicht zu wecken. Aufmerksam beginnt Gertrude Leimböck mit jenem Teil ihres Vorhabens, bei dem es nicht stört, wenn der andere schläft. Zum Glück für die Djurkovic wird sie zu mehr auch nicht mehr kommen.

Ein dumpfer Schlag durchbricht die Stille.

Danjela öffnet die Augen. Da war etwas. Ein klangloses Klopfen.

Im Aquarium vor ihr ist mächtig Bewegung aufgekommen. Die Korallenfische schnellen hektisch herum, der größere der beiden Haie hat einen wirren Kurs eingeschlagen, während der kleinere ruhig zum hinteren Beckenrand zurückschwimmt.

Dann wendet er blitzartig, beschleunigt direkt auf die Danjela zu und kracht donnernd gegen die Scheibe.

Die Djurkovic zuckt zusammen, dann will sie aufstehen. Mehr als dieses »Wollen« bringt sie allerdings nicht zusammen. Grob wird sie an den Haaren zurück in den Sessel gezogen.

»Du bleibst schön sitzen!«

Trotz der dezenten Beleuchtung des Ruheraums erkennt sie in der Spiegelung des Aquariums die Umrisse ihrer Widersacherin, ganz abgesehen davon, dass sie diese ungewöhnlich tiefe weibliche Stimme auch ohne dazugehörige Silhouette problemlos hätte zuordnen können.

»Gertrude Leimböck! Was machst du mit arme Fische?«

»Mit den Fischen mach ich gar nichts. Mit dir, Djurkovic, nur mit dir mach ich was!«

Von hinten legt sich jenes Rasiermesser an Danjelas Kehle, das sich für gewöhnlich mit der borstigen leimböckschen Beinbehaarung auseinandersetzen muss.

Dann donnert der kleine Hai abermals gegen die Scheibe.

»Scheißviecher!«, zischt es hinter Danjelas Schulter.

Die Djurkovic dreht kaum merklich ihren Kopf zur Seite. Ihr Blick kommt allerdings über die Schulter nicht hinaus. Auf dieser türmen sich nämlich büschelweise kastanienrote Locken. Ihre Locken! Wobei Locken, wenn sie nicht mehr mit den Haarwurzeln in Verbindung stehen, eher als Wolle zu bezeichnen sind. Mit verheerenden Folgen. Denn wenn der Danjela jemand an die Locken geht, geht die Djurkovic diesem Jemand an die Wolle.

Schon einmal wurden ihr aus Jux die Haare geschnitten, in der zweiten Klasse, von Dejan Milović, während sie von den anderen Burschen auf dem Bubenklo festgehalten wurde oder zumindest festgehalten werden sollte. Der brüllende Dejan Milović hatte natürlich schweren Erklärungsnotstand bezüglich der in seinem Oberschenkel steckenden Schere, denn dichtgehalten haben sie alle, die Häuselhelden!

Logisch, dass der Djurkovic das Rasiermesser an der Gurgel momentan weniger Sorgen bereitet als der kleine Hai.

Blitzartig packt sie die linke Hand ihrer Gegnerin und meint: »Mach ich dich sowieso fertig, Leimböck, für deine Schneiderei, aber jetzt muss ma helfen die Fische!«

Natürlich hätte sie sich denken können, dass Gertrude Leimböck ihr den Haarschnitt nicht mit dem Rasiermesser in der Linken verpasst hat – sondern mit der Schere in der Rechten, die sich jetzt von hinten über ihr rechtes Ohr schiebt, begleitet von der bildlichen Ankündigung: »Ich schneid dir deine Muschel ab, dass die Fischerl glauben, da heraußen beginnt der Ozean!«

Selbst im Nachhinein kann sich die Djurkovic kaum vorstellen, dass so ein Meeresbewohner einem Menschen von den Lippen lesen oder ihn gar durch eine Panzerglasscheibe hören kann, umso seltsamer erscheint ihr deshalb das folgende Geschehen. Dem kleinen Hai dürfte langsam die Sinnlosigkeit seiner Aktion klar geworden sein, ganz still hat er sich in sein Eck zurückgezogen. Gebannt starren die beiden Damen ins Wasser. Dann passiert das Unglaubliche. Wie aus dem Nichts beschleunigt er abermals und rast mit einem Höllentempo diagonal durchs Wasser, also nicht auf die Scheibe zu, sondern in Richtung Oberfläche.

Dann kracht es.

Plastikteile fliegen durch die Luft, Wasser spritzt aus dem Becken, und ein Fisch segelt geräuschlos durch den Ruheraum. Was hätte er auch sagen sollen, der kleine Schwarzspitzenriffhai.

»Zur Seite!«, wäre eventuell angebracht gewesen, hätte in der Entspannungsliege rechts neben der Djurkovic ein weiterer Kurgast gelegen. Zum Glück ist sie leer.

Und als ob der Fisch auf nichts anderes aus wäre als auf einen Perspektivenwechsel, landet er mit Blick zum Aquarium auf dem orangefarbenen Schaumstoffbezug.

Gertrude Leimböck brüllt wie am Spieß, worauf sie zwecks Beruhigung von Danjela Djurkovic eine saftige Ohrfeige verpasst bekommt, mit dem Hinweis: »Wenn uns findet wer mit Hai, sind wir erledigt!«

Im Leimböck-Hirn rumort es. »Stimmt. Und? Was machen wir jetzt?«

»Hai muss zurück!«

»Bist du völlig meschugge, Djurkovic?«

»Na, stirbt sonst!«

»Na und!«

Danjela Djurkovic muss nun mit ihrem Kurzhaarschnitt auf ihre Friseuse dermaßen bedrohlich wirken, dass Gertrude Leimböck in Anbetracht der verlorenen Vorherrschaft ihre Aussage sofort korrigiert.

»Na gut! Und wie?«

»Mit Schaumstoffbezug!«

Was den beiden auffällt, während sie die Entspannungsliege zur Glasscheibe schieben und den Fisch mit der orangefarbenen Liegeauflage umwickeln, ist, dass der Hai keinerlei Anstalten macht, sich zu wehren. Kein Zappeln, kein Schnappen, absolut lethargisch lässt er sich emporhieven und durch die aufgebrochene Abdeckung ins Becken zurückbefördern. Dort zieht er sich abermals in seine Ecke zurück.

»Und jetzt! Willst du schneiden fertig?«, meint die Djurkovic herausfordernd der Leimböck zugewandt.

»Eigentlich wäre ich erst fertig, wenn du dich von mir genauso bloßgestellt fühlst wie ich von dir. Und das ist frisurentechnisch in meinen Augen die Glatze. Das war ursprünglich der Plan. Ich geb mich aber auch mit dem jetzigen Resultat zufrieden, wir sind also quitt!«

Die Djurkovic denkt kurz nach, weiß, dass dieser Leimböck-Haarschnitt durchaus als Körperverletzung durchgeht und darum im Vergleich zu ihren eigenen kleinen Sticheleien von quitt keine Rede sein kann, denkt an ihre tiefe Sehnsucht nach einer friedlichen Restaufenthaltszeit hier im Sonnenhof, denkt sich: Haare wachsen, und meint innerlich befreit: »Quitt? Sagen wir, hab ich gut eine Cocktail!«

»Darüber müssen wir noch reden!«

»Reden ist gut!«

Das wäre es auch für den Fisch. Dem bleiben gegenüber seinem menschlichen Umfeld allerdings nur sehr eingeschränkte Verständigungsmittel.

Abermals donnert er gegen die Scheibe.

»Tolle Rettungsaktion!«, meint Gertrude Leimböck, während Danjela, so gut es geht, ihre kastanienroten Locken vom nassen Boden zusammensammelt.

»Notfallknopf!«, erklärt sie beim Gehen.

Hinter ihr ertönt erneut ein dumpfer Schlag.

56

»UND WIE SEID IHR VERBLIEBEN?«, fragt der Metzger völlig verdattert nach dieser rundweg grotesken Schilderung seiner Danjela. Mittlerweile hat der Zeiger seiner Werkstattuhr eine komplette Runde hinter sich gebracht, ein neuer Tag hat begonnen.

»Haben wir noch lange geredet auf ihre Zimmer. Ist eigentlich eh ganz nette Person. Hat mir noch geschnitten Haare auf halbwegs ansehnliche Kurzhaarschnitt. Und weil wird viel geredet bei Friseur, vor allem über Beziehungsschlamassel, weiß ich jetzt jede Menge kleine Schweinereien aus Kuranstalt! Hat sie recht viel geredet, die Leimböck, glaub ich, braucht sie richtige Freundin!«

»Und diese neue Freundin bist für die restlichen Tage jetzt du?«

»Na, ist mir lieber Leimböck an Seite als Leimböck in Buckel! Aber hörst du zu: Leimböck hat gehabt was mit Friedmann, soll gewesen sein ganz eine wilde Stier. Zu wilde Stier. Hat sie deshalb gewechselt zu Ferdinand Anzböck. War richtig Erholung, weil Hausmeister hat gehabt südliche Temperament wie während Siesta. Sagt Leimböck, ab gewisse Alter ist sowieso besser Siesta als Rodeo. Was meinst du?«

Zum Glück sieht die Danjela jetzt nicht, wie ihr Willibald verlegen mit einem Bleistift auf seiner Werkbank herumkritzelt.

»Müssen wir ausdiskutieren zu Hause!«, kommentiert die Djurkovic die plötzliche Stille am anderen Ende der Leitung.

Dann setzt sie fort: »Hat Leimböck noch erzählt, dass Anzböck und Friedmann haben viel geredet, wie gute Freunde. Ist komisch, oder? Und dass Hausmeister Anzböck kurz vor letzte Fütterung hat gehabt Techtelmechtel mit ›Oh Gott‹-Johanna. Und jetzt kommt Höhepunkt: ›Oh Gott‹-Johanna ist verschwunden seit Telefonat in Speisesaal!«

»Du meinst, seit deinem Anruf?«

»Ja, meine Anruf!«

»Hast du der Leimböck erzählt, wo du das Friedmann-Handy herhast?«

»Ja, hab ich doch gefunden auf Gang!«

»Sehr gut, Danjela! Bitte sei vorsichtig, ja!«

»Hab ich Schutzengel!«

»Der wird schon ziemlich erschöpft sein, sag ich dir!«

»Übrigens Schutzengel …«

Dann erzählt die Djurkovic von dem durchs Haifisch-becken schwebenden verlorenen Beschützer des fallen gelassenen Unglücksraben Ferdinand Anzböck. Bei: »Goldkette mit pausbackigem Engelsgesicht auf himmelblauem Hintergrund« wird der Metzger ein wenig hellhörig. Das ist ihm jetzt schon gar ein bisserl oft untergekommen, dieses Bild. Und auch wenn die Djurkovic das Ketterl eindeutig als Reliquie des Hausmeisters betrachtet, würde der Metzger diesen Fund eher Xaver-Jakob Friedmann zuordnen. Vermutlich hätte der ins Wasser stürzende Anzböck in Anbetracht seiner Haie noch gerne irgendwo Halt gefunden. Immerhin soll ja, laut Reindl-Bauer, jedes der Hirzinger-Enkerln vom Großvater mit so einem Anhängsel markiert worden sein. Natürlich vorausgesetzt, sie wurden auch alle getauft.

Nach einer liebevollen Verabschiedung legt er das Friedmann-Telefon auf den Tisch. Im Schnelldurchlauf rasen die Ereignisse der letzten Tage durch seinen Kopf, wobei das Hirn gegen Ende dieser gedanklichen Rundreise stark abbremst und ihm in Zusammenhang mit dem Djurkovic-SMS-Malheur eine Mitteilung zukommen lässt: »SMS?«, versprachlicht er erstaunt seinen plötzlichen Einfall.

Vorsichtig nimmt der Metzger abermals das Friedmann-Telefon zur Hand und quält sich durch das Menü. Dass sie da nicht früher draufgekommen sind! Naheliegend, nicht daran zu denken, wenn man eigenhändig nie elektronische Mitteilungen verfasst, nicht naheliegend in Anbetracht der Ereignisse.

Dann wird er stutzig. Kurzmitteilungsverkehr gibt es auf dem Friedmann-Handy nämlich nur mit einer einzigen Person: mit Paula, und zwar ausschließlich am Tag

des Todes von August-David. Willibald Adrian Metzger
holt sich Block und Bleistift und beginnt den Schriftver-
kehr chronologisch zu notieren:

Empfangen: Ich bins, Paula. Ich will dich sehen!
Gesendet: Welche Paula?
Empfangen: DIE Paula!
Gesendet: Was heißt DIE Paula?
Empfangen: Das heißt DEINE ehemalige Paula Hirzinger!
Gesendet: Paula. Um Gottes willen! Wie kann das sein?
　　Du, MEINE Paula! Muss dich wiedersehen. Ich bin nicht
　　am Hof.
Empfangen: Ich weiß, wo du bist, und ich bin hier! Treffpunkt
　　am Pfad, der von der Straße durch den Wald zum See führt.
　　Bin dort um 23 Uhr.
Gesendet: Ich werde da sein!

Lange betrachtet der Metzger das Blatt und holt den
neuerlich angefertigten Stammbaum samt dem im Wald
gefundenen Goldring aus seiner Jacketttasche. Und als
wäre es ein Hinweis auf den dazugehörigen abgezwickten
Finger, haben sie sich im Dunkeln der Tasche ineinander
verkeilt, der Ring und die Nagelzwicke. Bis auf die Ma-
nikürhilfe legt er alles auf den Tisch. Dann steht sie kopf,
seine Gedankenwelt. Anfangs nur, was Paula betrifft.
Offiziell ist sie tot seit 1974. Könnte sie fünfunddreißig
Jahre später August-David Friedmann ermordet haben?
Das kann er nicht glauben, der Willibald, vor allem weil
die Danjela etwa um dreiundzwanzig Uhr die Leiche im
Schwimmbad entdeckt hat, das wäre auch die Zeit des
ausgemachten Treffens gewesen.
　　Langsam beginnen sich aus dem Gemenge der vie-

len zusammenhanglosen Eindrücke der letzten Tage die ersten Umrisse eines möglichen Ganzen abzuzeichnen, basierend auf den Theorien:

• dass die tot geglaubte Paula damals am Hof mit dem Knecht August-David Friedmann eine Affäre gehabt haben könnte, wie aufgrund dieser Kurzmitteilungen und der Namensgravur im Ring anzunehmen ist;

• dass Danjela Djurkovic mit ihrer Mutteridee recht hat und das am Ring eingravierte Datum zwar immer noch das Geburtsdatum von Xaver-Jakob ist, nur Xaver-Jakobs Mutter eben nicht Luise Hirzinger heißt, sondern Paula, was das seltsame Verhalten von Luise Hirzinger im Spital erklären würde;

• dass diese damals, zumindest auf dem Foto, ziemlich minderjährig wirkende Paula während der langen Zeit ihrer von der alten Maria Zellmoser in der Kirche erwähnten sogenannten Krankheit unter Quarantäne nichts anderes auszubaden hatte als ihre offenbar schändliche Schwangerschaft, während August-David ihre volljährige Schwester Luise ehelichte;

• dass nach der heimlichen Entbindung der neugeborene Xaver-Jakob seiner neuen Mutter Luise und die leibliche Mutter Paula aus lauter Schande ihrem Schicksal übergeben wurde, was ein Verstoßungsakt von dermaßen höchster und vor allem effektivster Güte gewesen sein muss, dass danach der eigene Vater Hans Hirzinger keinerlei Bedenken hatte, mit einer Seelenruhe das Gerücht in die Welt zu setzen, Paula sei tot;

• und dass Paula im Wald vergeblich auf ein Wiedersehen mit August-David gehofft, schließlich von seinem Tod erfahren und sich verzweifelt von diesem Ring befreit hat.

Der Stammbaum bedarf also einer Korrektur, beschließt der Metzger und kommt zu folgendem Resultat:

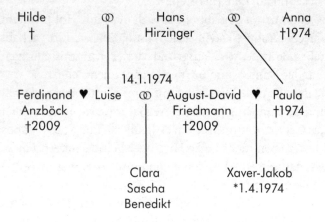

Je mehr der Metzger darüber nachdenkt, desto schlüssiger erscheint ihm alles, vor allem in Anbetracht der Tatsache, dass sein Fotofund panische Reaktionsbewegungen ausgelöst hat. Und während ihm seine Gedanken ein Bild nach dem anderen zeichnen, fangen auch seine Augen eines ein. Willibald Adrian Metzger erstarrt, den Blick zur Esszimmergruppe gerichtet: Hier, inmitten seiner Werkstatt, stehen die abgestoßenen Möbel der brüchigen Sippschaft, als wären sie das hölzerne Schaubild einer Familienaufstellung.

Der Metzger kann sich gegen diese schaurige Assoziation nicht wehren:

Einsam steht der Tisch als übermächtiges, dominantes Zentrum in der Mitte, Hans Hirzinger.

In unterschiedlichen Abständen zum Tisch gruppieren sich um denselben acht Sessel: je einer für die Hirzinger-Töchter, also für Paula und Luise, ergibt zwei, dazu

einer für August-David und einer – irgendwie wird der
Metzger das Gefühl nicht los, ihn dazuzählen zu müssen – für Ferdinand Anzböck, ergibt vier; und schließlich
je einer für jedes der vier Kinder oder Hirzinger-Enkel,
also für Xaver, Clara, Sascha und Benedikt, ergibt acht.

Nur zum Beistelltisch fehlt dem Metzger die passende
Verknüpfung.

Müde geht der Metzger nach Hause und schleppt sich
durchs feuchte Stiegenhaus, an der Hausmeisterwohnung
vorbei, hinauf in seine Altbau-Mansardenwohnung. Um
anstandshalber endlich den Hund zu sich zu holen, dafür
ist es heute schon viel zu spät.

57

BOCKIG WIE EIN ALTER ESEL stemmt sich Edgar am nächsten Morgen gegen den Boden. Muss er da jetzt wirklich
mit, nur weil der Metzger ausnahmsweise einmal nicht
in seiner Werkstatt allein sein will? Was das »Wollen« angeht, kann da beim Metzger aber nur aus einem Grund
die Rede sein: Er will seinem Freund Petar Wollnar, dem
am Abend ohnedies wieder seine Zusanne Vymetal ins
Haus steht, nicht auch den letzten Tag seiner wertvollen
Strohwitwerschaft noch mit dem Hund versauen. Und
weil es dann wieder vorbei sein wird mit der so wohltuenden Spontanität ihrer Freundschaft, fallen die Abschiedsworte des Restaurators entsprechend wehmü-
tig aus: »Mach dir einen schönen Tag, und lass dich mal
anschauen, würd mich freuen!«

Dann wechseln ein Oxhoft und ein Hund den Besitzer. Dem Rotwein ist das ziemlich egal, dem Hund nicht. Lang allerdings spreizt Edgar seine Haxerln nicht gegen den schneidenden Schmerz und die vom Metzger eingeschlagene Richtung, es gibt ja auch wirklich Schöneres, als zwischen Tür und Angel vom Hundehalsband erwürgt zu werden.

Missmutig nimmt er sein Schicksal an, nur um dann abermals enttäuscht feststellen zu dürfen, dass ihn sein Gelegenheitsherrchen, um in seiner Werkstatt nicht allein zu sein, an diesem Mittwoch gar nicht gebraucht hätte. Das kennt er zur Genüge: Wenn sich ein Mensch mit Menschen umgibt, ist ein Hund wieder allein, außer er legt sich selbsterniedrigend seinem Dosengeber zu Füßen, was Edgar natürlich niemals tun würde.

Es klingelt an der Werkstatttür. Edgar stürmt zum Eingang und wird ohne Zögern einer heftigen Streicheleinheit unterzogen.

»Bist ein Braver!«

In der Tür steht Sascha Friedmann, in einem karierten, weit aufgeknöpften Kurzarmhemd, sportlichen Shorts und ebensolchen Sandalen.

»Ja, Herr Friedmann. Schön, Sie zu sehen. Sind Sie jetzt extra hergekommen? Das ist aber nett!«

Erfreut setzt der Metzger fort: »Vielen Dank noch mal für die wirklich phantastische Überraschung!«

»Das war doch kein Problem, Herr Metzger!«

Während Sascha Friedmann den ihm mittlerweile zugelaufenen Hund krault, meint er: »Schön haben Sie's hier! – Jaja, ein ganz ein Braver bist du!«

Mit wedelndem Schwanz läuft Edgar zuerst eine Runde um den netten Besuch und im Anschluss in den hinteren Teil der Werkstatt. Dort springt er auf die barocke Chaiselongue und schickt ein hysterisches Kläffen durch den Gewölbekeller.

»Ich komm ja schon, ich komm ja schon!«

Sascha Friedmann hat diese Einladung sofort verstanden und legt sich vorsichtig zu Edgar auf die Liege, um ja nicht mit seinen Sandalen den Stoff zu berühren.

»Da müssen Sie nicht aufpassen!«, meint der Metzger.

»Aufpassen muss man immer!«

Der Metzger beschließt, von sich heraus nicht auf die Ereignisse in der Kuranstalt zu sprechen zu kommen.

»Und, haben Sie Ihre Wohnung schon fertig bezogen?«

»Ich schlaf schon dort, aber einiges fehlt noch. Ich hab Zeit!«

»Brauchen Sie Möbel? Da könnt ich mich revanchieren. Ich hätte da eine kleine Rarität, wie geschaffen für eine Junggesellenwohnung! Die schenk ich Ihnen, natürlich nur, wenn Sie Interesse haben!«

Und wie der Metzger in unmittelbarer Nähe der neugierigen Besatzung seiner barocken Chaiselongue, denn auch Edgar hat interessiert sein Köpfchen angehoben, das Leinentuch vom blank polierten Barschrank herunterzieht, fühlt er sich fast ein wenig schäbig.

Da bekommt man unentgeltlich so eine wertvolle Biedermeiergruppe ausgehändigt und hat als Dankeschön nichts anderes zu bieten als ein hässliches, verstoßenes Möbelstück, das nur deshalb in der Werkstatt gelandet ist, weil ein paar Vollidioten das Wort »Restaurator« mit »Mülldeponie« übersetzt haben.

»Ein Traum!« Sascha Friedmann erhebt sich von der

Couch. »Das ist genau so einer wie in diesen alten Filmen!«

»Was für alte Filme?«

»Mit Cary Grant oder James Stewart. Da gibt es immer eine Szene, in der sich die Herren an so einem Barschrank einen Martini mixen, während Doris Day oder Grace Kelly vom Sofa aus zusieht. Und den wollen Sie hergeben?«

Jetzt ist der Willibald direkt gerührt. Es gibt so viel Müll auf dieser Welt, der sich in den Augen eines anderen als wahre Kostbarkeit herausstellt, besonders ernährungstechnisch.

»Wissen Sie was, Herr Metzger. Es ist gleich Mittag. Wenn Sie mir den Schrank wirklich schenken, nehm ich ihn gleich mit, und Sie samt Hund noch dazu. Dann koch ich uns was in meiner Wohnung!«

Was soll er da antworten, der Willibald, als höflicher Mensch, obwohl ihm wirklich weit mehr am Weiterarbeiten liegen würde. Stattdessen liegt wenig später der Barschrank auf der Ladefläche des bereits bekannten Kastenwagens und Edgar zu Füßen des auf der Beifahrerseite sitzenden Restaurators, bei dem sich in Anbetracht des angekündigten Essens natürlich längst ein beträchtlicher Appetit eingestellt hat.

Der wird ihm gleich wieder vergehen.

Blut kann einem die Esslaune nämlich verderben, und zwar erheblich. Beim Heben passiert es dann auch.

Ob aus Rache des vom Metzger so sträflich unterschätzten Barschranks oder aus eigener Unachtsamkeit, ist im Nachhinein unbedeutend, auch, dass es sich gar nicht um das Blut des Restaurators handelt.

»Vorne oder hinten?«, will Sascha Friedmann noch

wissen, nur um sich die Frage gleich selbst zu beantworten: »Gehen Sie vorne, da ist es leichter. Zweiter Stock!«

Schau ich schon so gebrechlich aus, denkt sich der Metzger noch. Im Prinzip ist er aber froh über den ihm zugewiesenen Platz. Vor allem, wie er da im Stiegenhaus in der letzten Kurve den Barschrank noch ein Stückchen höher anzuheben hat, um an der frisch verputzten Wand keinen bleibenden Eindruck zu hinterlassen.

Die schwenkbare weiß beschichtete Deckplatte des Barschranks macht ihrem Namen alle Ehre und knallt Sascha Friedmann dermaßen blöd ins Gesicht, dass es in dieser letzten Kurve wohl doch ohne bleibenden Eindruck nicht gehen wird. Eine tropfende Platzwunde über dem linken Auge beginnt die weiße Beschichtung mit roten Farbtupfern zu verzieren. Und während sich das entstehende Werk langsam vom kläglichen Versuch des abstrakten Expressionismus in ein ausgewachsenes Schüttbild à la Wiener Aktionismus verwandelt, hält Sascha Friedmann eisern seinen Barschrank fest.

»Gehen Sie einfach weiter, wir sind gleich da!«

»Aber, aber …«

»Das geht schon, halb so schlimm.«

Zum Glück sieht sich Sascha Friedmann gerade selbst nicht.

Erst vor der Eingangtür stellt er endlich sein neues Möbelstück ab und wischt sich das Blut aus dem Auge. Erst jetzt wird dem Metzger schlecht.

Und zwar so richtig, tief aus der Magengrube heraus.

Schuld daran ist nicht das Blut.

Willibald Adrian Metzger muss sich festhalten und wird erstaunt gefragt: »Ist alles in Ordnung?«

Sascha Friedmann, der eigentlich Verletzte, drückt sich ein Taschentuch auf die Wunde über dem Auge, während der Metzger nicht weiß, wie ihm gerade geschieht.

»Geht schon, wahrscheinlich das Blut!«, meint der Restaurator, und seine Beine wanken. Alles wankt, das gesamte auf seiner Wahrnehmung aufgebaute Gerüst der letzten Tage, und das hat mit dem bisserl Blut rein gar nichts zu tun.

Wahrnehmung heißt ja nicht nur etwas wahrnehmen, sondern auch etwas als wahr annehmen; was nicht gleichzeitig bedeutet, dass das als wahr Angenommene auch tatsächlich wahr sein muss.

Sascha Friedmann, verdutzt über seinen plötzlich still gewordenen Begleiter, drückt sich immer noch fest sein mit einem schwarz-weiß-grün-braunen Streifenmuster versehenes Taschentuch an die Augenbraue, und folglich baumelt dem Metzger ebenfalls immer noch so unübersehbar dieser braune Stoffzipfel entgegen. Deutlicher ins Auge springen könnten sie ihm gar nicht, die eingestickten Initialen »F. A.«.

Natürlich könnten sie auch immer noch Ferdinand Anzböck bedeuten, wäre da nicht der herbe Klang dieser schneidenden Hans-Hirzinger-Stimme, die gerade furchterregend im Metzger-Hirn nachhallt: »Und in meinem Haus heißt der Taugenichts, der offenbar gerne ein anderer wäre, auch genau so, wie wir ihn haben taufen lassen, nämlich Alexander!«

Ein Friedmann Alexander, der sich einen verblichenen, grindigen Schneuzfetzen auf sein Auge drückt, wird sich den wohl kaum bei dem ebenfalls verblichenen Ferdinand Anzböck ausgeborgt haben. Nie und nimmer. Das wäre ja ein ähnlich absurder Zufall, als hätte der Sonnenhof-Hausmeister bei seinem Sturz ins Haifischbecken genau dasselbe Schutzengelketterl mit lieblichem pausbackigen rosa Gesichtchen auf blauem Hintergrund um den Hals gehabt, wie es Alexander Friedmann, einst wohl als Taufgeschenk bekommen, heute eindeutig nicht mehr um den Hals trägt.

Denn unter dem weit aufgeknöpften karierten Kurzarmhemd baumelt, fast wie bei Edgar, ein Lederhalsband. Ein viel dünneres, sportliches natürlich, eines von der Sorte, das jedem Mannsbild, egal wie konservativ und zugeknöpft es auch immer ist, unweigerlich einen Hauch von Surflehrer, Frontman einer Boyband oder Betreiber einer Solariumkette verpasst.

»Tragen wir ihn rein!«

Sascha oder doch wohl besser Alexander Friedmann öffnet die Tür.

»Na komm! Jaja, kriegst schon was!«

Edgar, nachdem er das Treppenhaus erkundschaftet hat, stürmt euphorisch in die Wohnung.

Das wär halt ein Herrchen ganz nach seinem Geschmack, denn der erste Weg führt Sascha Friedmann zum Kühlschrank, um ein Radl Extrawurst an den Hund zu bringen.

Erst dann öffnet er das Gefrierfach, wickelt ein paar Eiswürfel in ein Geschirrtuch und presst sich das Ganze anstelle des Stofftaschentuchs auf seine Blutung.

Der Metzger muss sich zur Beruhigung dringend zurückziehen, ohne Verdacht zu wecken.

»Dürft ich kurz Ihr WC benutzen?«

»Aber natürlich! Erste Tür rechts!«

Willibald Adrian Metzger legt sein Jackett auf dem Vorzimmersessel ab und folgt der Wegbeschreibung.

Ohne den Klodeckel herunterzuklappen, setzt er sich hin, niedergeschlagen und unfähig zu einem klaren Gedanken. Heftig zuckt sein rechter Mundwinkel, nur zum Lachen ist ihm nicht.

Jetzt heißt es gut durchatmen, auch wenn das nicht unbedingt der geeignetste Ort dazu ist. Überhaupt kann hier auf dem Friedmann-Thron von Sichsammeln keine Rede sein, denn wie soll sich der Metzger auch sammeln können, wenn er unfreiwillig gleich den nächsten desillusionierenden Eindruck zu sammeln hat. An der Innenseite der Toilettentür ist, direkt vor den Augen des bleichen Willibald, eine Pinnwand angebracht. Mit bunten Reißnägeln fixiert, leuchten dem Betrachter kleine Zettelchen entgegen und sollen wohl als zweites Gedächtnis den Geist erhellen.

Auf einem steht: »Weiße Dispersionsfarbe kaufen.«

Auf einem anderen: »Post umleiten!«

Auf einem weiteren: »Matratze besorgen!«

An und für sich harmlose Notizen, wäre da nicht dieser Schriftzug.

Ein bekannter Schriftzug. Denn natürlich hat sich der Metzger am Wochenende im Zimmer seiner Danjela die an Xaver gerichteten väterlichen Briefe genau angesehen, die im Übrigen gerade draußen in seiner Jackettinnentasche stecken.

Und natürlich hat die Djurkovic recht gehabt mit ihrer Beurteilung: »Schaust du, ist so schöne Schrift für eine Mann, so kunstvoll geschwungene M und feine A, und schau mal diese lustige Schlauferl bei G!«

Dass sich so ein lustiges Schlauferl samt restlicher kalligrafischer Finessen genauso weitervererbt wie beispielsweise die beiden überdimensionalen gurkenhaften großen Zehen eines Xaver-Jakob Förster, wobei sich unter den Sandalen seines Bruders Sascha nicht einmal annähernd derartige Suppenlöffel breitmachen, kann der Willibald kaum glauben. Die väterlichen Briefe hat Alexander Friedmann also selbst verfasst. Und plötzlich passt alles zusammen:

Das von Danjela unter dem Buchsbaum vor der großen Glasscheibe des Schwimmbads gefundene Taschentuch und das Schutzengelketterl im Haifischbecken stammen nicht von Ferdinand Anzböck, sondern von Alexander Friedmann, genauso wie die im Zimmer gefundenen Briefentwürfe!

Was bedeuten könnte, dass Alexander Friedmann zuerst seinen eigenen Vater, dann Ferdinand Anzböck getötet und währenddessen seinen jüngsten Bruder durch ein gefälschtes, wie auch immer geartetes Schreiben in die Irre geführt und dadurch Xaver zum Mörder gemacht hat.

Was schließlich nichts anderes heißt als: Der Metzger befindet sich im Augenblick, im wahrsten Sinn des Wortes, in einer absolut beschissenen Situation. Er muss hier weg. Schleunigst.

»Alles in Ordnung bei Ihnen?«, hört er von draußen.

»Es geht so! Mein Magen macht mir ziemlich Probleme!«

»Oje! Ich hätte da in meiner Hausapotheke sowohl was gegen Durchfall als auch gegen Übelkeit!«

»Das ist lieb, aber ich glaub, mit dem Essen wird das heute nichts! Ich sollte eher nach Hause!«

Der Metzger betätigt die Spülung und verlässt alles andere als erleichtert die Toilette. Er darf sich auf keinen Fall seine Verunsicherung anmerken lassen. Wobei ihm da im Hinblick auf seine kleine Notlüge sein blasses Gesicht durchaus zugutekommt.

»Na, Sie sehn ja ganz schön fertig aus. Ich bring Sie wieder heim!«

Sascha Friedmann pfeift, und wie selbstverständlich flitzt Edgar aus der Küche in den Vorraum. Sein vertrauensseliges Schwanzwedeln wird ihm noch gehörig vergehen.

»Weit ist es ja nicht bis zur Werkstatt!«, denkt sich der Metzger, als sich der Kastenwagen in Bewegung setzt.

Ohne jegliche Zweiradambition und ohne Führerschein ist eine Vertrautheit mit dem Einbahnsystem des Straßennetzes nicht wirklich erforderlich. Doch obwohl der Metzger jetzt nicht sagen könnte, welcher Straßenverlauf für den Kastenwagen der kürzeste Weg zu seiner Werkstatt wäre, weiß er eines mit Sicherheit: So wie Sascha Friedmann fährt, wird es wohl länger dauern.

Und das liegt nicht an der gewählten Geschwindigkeit, sondern an der eingeschlagenen Richtung. Die Werkstatt läge stadteinwärts, Sascha Friedmann fährt stadtauswärts.

Zügig, still und ernst.

Auffällig ernst.

Willibald Adrian Metzger braucht lange, bis er sich zu einer Bemerkung überwinden kann, genauer gesagt, beinah bis zur Autobahnauffahrt.

»Herr Friedmann, ich find es ja sehr nett, dass Sie mich heimbringen wollen, aber wir sind falsch.«

Den Blick auf die Straße gerichtet, ohne die Miene zu verziehen, dauert es ein wenig, bis mit ruhiger Stimme die Antwort folgt: »Ich muss nur schnell noch was erledigen!«

Gott sei Dank hat er »was« und nicht »wen« gesagt, geht es dem Metzger durch den Kopf.

Unmittelbar vor der Autobahnauffahrt erreichen sie rechter Hand einen kleinen Parkplatz mit geöffneten Schranken. Sascha Friedmann biegt ab, fährt hinein, bleibt mitten auf dem Asphalt stehen, steigt aus, geht zur Beifahrertür und öffnet das Handschuhfach. Er nimmt ihn heraus und klappt ihn auf. Der Nächste, der mit so was herumspielt. Auch Sascha Friedmann hat also einen Taschenfeitel, den bekommt so ein Bauernbub wohl zur Erstkommunion.

Im Metzger regt sich erhebliche Unruhe.

»Gleich geht's weiter!«, erklärt Sascha Friedmann, beginnt mit dem Feitel unter dem Beifahrersitz herumzuschrauben, bis sich eine kleine Plastikklappe öffnen lässt. Dann steckt er das Taschenmesser in die Hosentasche, erhebt sich, und der Metzger schaut in den Lauf einer Pistole.

Eiskalt sind die Worte, völlig kompromisslos die Augen und schrecklich die Aussichten: »Sie fahren!«

58

Danjela Djurkovic hat also eine neue Freundin. Gertrude Leimböck.

Es ist ein Irrtum anzunehmen, man könnte sich seine Freunde selbst auswählen. Ein grober Irrtum: Es kann passieren, dass ein X ein Y bereits zu seinen Freunden zählt, nur weil sich dieses Y mehrere Male von diesem

X geduldig am Telefon hat vollschwatzen lassen, ohne frühzeitig aufzulegen. Ein X, welches vom angerufenen Y nicht einmal ansatzweise als Bekannter, geschweige denn als Freund bezeichnet werden würde.

Freunde kann man sich nicht aussuchen, sie erklären sich selbst dazu, ungefragt, und erst wenn diese Erklärung ebenso ungefragt und vor allem freiwillig auf Gegenseitigkeit beruht, gesellt sich zum einseitigen »Freund-« auch das zweiseitige »-schaft« hinzu.

Eine Freundschaft wird das zwischen der Djurkovic und der Leimböck sicher nie. Gertrude Leimböck zählt zu jenen Menschen, an denen man, ohne Reißaus zu nehmen, nicht vorbeikommt, die sich einem mit einer derartigen Penetranz ins Blickfeld stellen und dabei so viel Bedrohlichkeit ausstrahlen, dass für einen gewissen möglichst kurzen Lebensabschnitt keine andere Überwindung möglich erscheint, als sich mit ihnen zu arrangieren, sie als »Freund« anzunehmen, ihnen kurzzeitig zu geben, was sie wollen, nämlich die notwendige Aufmerksamkeit.

Natürlich goutiert Helene Burgstaller diese Veränderung im Beziehungsgeflecht »ihrer Danjela« anfangs nur bedingt. Wie ihr dann allerdings die Djurkovic im Vertrauen die Entstehungsgeschichte ihrer neuen Frisur erläutert, wird auch der Burgstaller klar, eine neue Freundin könnte sie vorsichtshalber durchaus vertragen. Insofern verbindet sie nun mit der Leimböck eine neue und mit der Djurkovic die alte Bande. So stehen die drei Damen an diesem Vormittag also in trauter Dreisamkeit vereint, zusammen mit den meisten Kurgästen vor dem prunkvollen Portal des Sonnenhofs, beobachten, wie zwei betäubte Schwarzspitzenriffhaie einem Ortswechsel zugeführt werden, und lauschen den Kommentaren:

»Deppat soll einer gworden sein!«

»Ja, den Schädel hat er sich angrennt und ständig rausghupft is er, ausn Becken.«

»Da kannst ja auch nur deppat werden, wenn dich einer in ein Aquarium steckt, obwohlst ins Meer ghörst.«

»Und wo kommens jetzt hin, die Viecha?«

»Na, wahrscheinlich in ein Gourmetrestaurant oder eingelegt als Konserve nach Japan.«

»Blödsinn, in einen Zoo kommens. Ganz sicher!«

»Sicher wär ich mir da nicht. Einen narrischen Fisch kannst nämlich nicht mehr einsperrn, außer du stellst ihn auf Dauer ruhig.«

»Sag ich ja, Dosenfutter oder Speisekarte!«

»Möchte ich gerne gehen!«, meint Danjela Djurkovic ziemlich betroffen. Es gibt nichts Grausameres als den Menschen, dagegen ist wahrscheinlich selbst der Teufel ein Engel.

Auf dem Weg zurück ins Hotel trennen sich unvermutet die Wege der drei Damen, denn Prof. Dr. Berthold kommt ihnen entgegen. Helene Burgstaller schert unvermittelt links aus und steuert eilig auf den Stiegenaufgang zu, Gertrude Leimböck schert sich einen Dreck um den Hausherrn und verschwindet Richtung Kaffeehaus, und nur die beinah geschorene Danjela Djurkovic sucht die Begegnung: »Hallo Professor!«

»Ja, hallo, Frau Djurkovic!«

Ein seltsames Flackern, um nicht zu sagen Strahlen registriert die Djurkovic da in seinem Blick.

»Professor, müssen Sie mir bitte sagen: Was passiert mit Fische?«

»Das ist aber lieb, dass Sie da nachfragen. Tut mir richtig weh, dieser Abtransport. Aber – *mhhhmh* – was mit den Haien jetzt passiert, weiß ich nicht. Das entscheidet der Wohltäter, von dem wir sie bekommen haben.«

»Wohltäter?«, entschlüpft es der Danjela mit deutlich sarkastischem Unterton, »tät er wohl gut daran, Fische zu lassen, wo sie gehören hin.«

»Da geb ich Ihnen ja durchaus recht, Frau Djurkovic, nur – *mhhhmh* – was soll ich machen, wenn uns ein wirklich großzügiger Geldgeber als Draufgabe noch Fische spenden will samt der Finanzierung eines Aquariums und er das dann selbst als phantastische Idee bezeichnet. Nein sagen unmöglich, wir brauchen hier jede finanzielle Zuwendung!«

»Ja, gibt immer Haar in Suppe!«

»Apropos Haar – *mhhhmh*.« Das Leuchten im Blick des Professors kehrt zurück. »Es ist also ein Kurzhaarschnitt geworden.«

Einem Nackenfetischisten mit einem freigelegten Nacken vor der Nase herumzutanzen kann selbst dem größten Tanzmuffel eine Aufforderung entlocken: »Heute Abend geb ich einen Empfang im kleinen Kreis, würd mich freuen, wenn Sie – *mhhhmh* – dazustoßen, Frau Djurkovic, Beginn einundzwanzig Uhr im Therapiezentrum.«

Da verschlägt es der Danjela jetzt natürlich die Sprache. Allerdings nur bis zur anschließenden Bemerkung, die Professor Winfried Berthold mit einem kleinen Schritt vorwärts verstärkt. Wenn man vom sprechenden Gegenüber beim Buchstaben A die Amalgamplomben der hinteren Backenzähne besichtigen kann, steht er zu nahe.

Und während die Djurkovic in Anbetracht des auf sie zuströmenden Atems abermals an Fisch denken muss, wird ihr erklärt: »Also Ihr Kurzhaarschnitt. Ich muss schon sagen – *mhhhmh – mhhhmh –*, der steht Ihnen wirklich ausgezeichnet!«

Beim »z« von »ausgezeichnet« befreit sich ziemlich geradlinig etwas von dem überschüssigen Speichel, der sich beim Herrn Professor ganz in Gedanken an seine durchaus vieldeutige letzte Bemerkung in der Mundhöhle zusammengesammelt hat. Dezent wischt sich die Djurkovic über ihre rechte Wange. Ohne Herumgeschleime wäre so ein bisserl Herumgespucke vielleicht irgendwie auszuhalten. Die Kombination allerdings ist ekelerregend.

Entsprechend stehen jetzt der Danjela zusätzlich auch noch die kurzen Haare vom Nacken ab: »Ist lieb, aber glaub ich, bin ich weder Richtige für Empfang noch für kleine Kreis, noch für Dazustoßen!«

Das hat er offensichtlich verstanden, der Herr Professor, denn einer kurzen Sprechpause folgt eine kurze Verabschiedung.

In drei Tagen wird auch endlich die Danjela dem Sonnenhof Lebwohl sagen können, so wie in diesem Augenblick die Fische.

59

JETZT SCHAUT ER WIRKLICH SCHLECHT AUS, der Willibald, in dessen Erinnerung einmal mehr die Stimme seiner Mutter auftaucht.

»Dass einem im Leben nichts geschenkt wird, stimmt nicht. Schlechter geht es nämlich immer, dazu muss man zumeist eigenständig gar nichts beitragen, das gibt es absolut gratis!«

Sascha Friedmann zeigt keinerlei Regung und wartet, bis der Metzger auf die Fahrerseite rückt.

Was er aus triftigen Gründen nicht tut.

»Aber, aber …«

»Nichts ›aber‹!«, unterbricht ihn Sascha Friedmann kalt. »›Aber‹ ist an Ihrer Stelle jetzt das falsche Wort. Sie tun bitte, was ich sage, und zwar ohne zu reden! Zum Reden kommen Sie schon noch. Und jetzt rutschen Sie rüber!« Dabei drückt er dem Metzger grob den Lauf der Pistole in die Rippen – mit diesem seltsamen, beinah freundlichen Gesichtsausdruck. Das ist kein gutes Zeichen.

Entsprechend der Aufforderung wechselt Willibald Adrian Metzger schweigsam zur Fahrerseite, klammert sich am Lenkrad fest, der Schweiß rinnt ihm von der Stirn, seine Lippen sind blutleer, sein Mund ist trocken.

Er weiß absolut nicht, was zu tun ist. Sein rechter Mundwinkel zuckt, seine Hände zittern, ihm ist zum Heulen.

»Fahren Sie jetzt los!«, hört er von rechts.

»Tut mir leid, aber das geht nicht!«

»Was heißt, das geht nicht?«

»Ich, ich, ich hab keinen Führerschein!«

Es dauert ein Weilchen, bis Sascha Friedmann reagiert: »Wollen Sie mich verarschen?«

»Nein, um Gottes willen. Ich hab wirklich keinen Führerschein!«

»Aber fahren werden Sie ja wohl können?«

Das ist wahrscheinlich auf dem Land so, denkt sich der Metzger, und antwortet: »Nein, kann ich nicht!«

Sascha Friedmann ist sichtlich vor den Kopf gestoßen, was der Metzger auch gleich sein wird, und meint: »Mit einer Automatik fahren kann der größte Vollidiot! Starten, Schalter von P auf D legen und vom Brems- aufs Gaspedal steigen!«

Ganz im Gegenteil zu manchem Fahrlehrer beglückt Sascha Friedmann seinen Schüler weder mit blöden Witzchen noch mit unsittlichen Tätscheleien, noch liegt es ihm am Herzen, dem Lenker so lange die eigene Unfähigkeit zu verdeutlichen, bis dieser freiwillig zur Einsicht gelangt: Ohne ein paar Zusatzstunden wird das nichts mit dem Führerschein.

Sascha Friedmann hat keine Extrastunden zu vergeben. Langsam, beziehungsweise sehr, sehr langsam, nimmt der Metzger schweißgebadet die Fahrt auf, da könnte sich ein kleines Menschlein bei seinen ersten Gehversuchen noch kommod an der Stoßstange festhalten.

»Mit dem linken Fuß weg von der Bremse!«, ist die erste Anweisung, der dann umgehend die zweite folgt, schon deutlich ungehaltener: »Anhalten!«

Nach einer kurzen Gedankenpause meint Sascha Friedmann: »Sie können ja wirklich nicht fahren!«

Aus dem Laderaum meldet sich Edgar. Behaglich eingerollt beginnt er zu schnarchen.

Als wäre das die passende Inspiration, greift Sascha Friedmann erneut in das Fach unter dem Beifahrersitz, nimmt eine kleine braune Glasflasche samt Stofftaschentuch heraus, reicht beides dem Metzger, weist ihn an, den Stoff damit zu tränken, lässt sich beides wieder zurückgeben und erklärt: »Dann müssen Sie halt schlafen!«

Der sich im Wagen breitmachende Duft löst beim Metzger Panik aus. Und wie ihm Sascha Friedmann das

Taschentuch ins Gesicht pressen will, reißt er widerspenstig die Arme hoch.

Willibald Adrian Metzger ist ein friedlicher Mensch, dem seine Ungefährlichkeit auch deutlich anzusehen ist. Schwächling ist er allerdings keiner. Selbst der kräftige Petar Wollnar hat dem Metzger des Öfteren schon ein anerkennendes Kopfnicken zuteilwerden lassen, wenn der Restaurator mit scheinbarer Leichtigkeit ein Möbelstück gepackt hat, das dem Hausmeister allein beim Anblick den Schweiß auf die Stirn treibt.

Energisch umfasst er die Hand von Sascha Friedmann, dem durchaus ein wenig Überraschung anzusehen ist.

Freiwillig einschläfern lass ich mich nicht!, denkt sich der Metzger. Mehr als ein mitleidiges »Nett!« kann sich das Hirn seines Gegenübers allerdings nicht abringen.

Und da das Handlungsrepertoire eines überraschten Bauernbuben das eines verzweifelten Restaurators an Reichhaltigkeit bei Weitem übertrifft, trifft den Metzger nun eine beachtliche Reaktion. Beachtlich, weil sie ihm ganz schön ins Auge springt, die ansatzlose rechte Gerade. Langsam verschwimmen die Konturen der Umgebung, alles scheint sich zu entfernen, nur das Lenkrad kommt näher. Kraftlos, ohne etwas dagegen tun zu können, kippt der Metzger langsam nach vorn.

Dann verliert er das Bewusstsein.

Dass ein Schädel derart brummen kann, ist selbst für den alkoholgeeichten Willibald eine neue Erfahrung. Eine Erfahrung, die den Weitblick nicht unbedingt bereichert und nur deshalb eine gewisse Einsicht zur Folge hat, weil der Metzger nur mehr mit einem Auge sieht. Heftig pulsiert das andere. Trotz seiner regelmäßigen Abreibungen als gepiesackter Gymnasiast ist ihm so ein blau-grüner Farbklecks, den seine Mitschüler durchaus mit Stolz durch die Gegend schleppten, bisher erspart geblieben. Für den Erhalt eines derartigen Dokuments an Heldenmut und Wehrhaftigkeit hatte die schlagende Burschenschaft seines Jahrgangs den Waschlappen Willibald als nicht würdig erachtet. Seinem Gesicht wurden kosmetische Eingriffe ausschließlich mit der flachen Hand verabreicht, und ein Knabe, der mit diesem entwürdigenden Abdruck an der Wange durchs Schulhaus marschieren musste, konnte kaum noch deutlicher als Außenseiter gekennzeichnet sein. Mit einem Veilchen gehörte man dazu. Der Metzger ist nun trotzdem auf sich allein gestellt.

Wie lange die Fahrt gedauert hat, weiß er nicht, auch nicht, wie er hier heraufgekommen ist. Was er allerdings weiß, ist, und das erfüllt ihn mit Todesangst, wo er sich gerade befindet, und das, obwohl diesmal keine Sonnenstrahlen durch die Dachziegelritzen in den unbeleuchteten, düsteren Raum dringen.

Es ist ein Albtraum, geht es dem Metzger durch den Kopf, wahrscheinlich genauso wie dem Hausherrn zu seiner Rechten. Hans Hirzinger sitzt, mit verklebtem Mund, vorgestreckten Armen und dünnen Spagatschnüren gefesselt, wie ein Häufchen Elend im Schneidersitz auf den staubigen Holzbrettern seines eigenen Dachbodens. Hände und Füße sind mehrfach umwickelt und zusätzlich aneinandergebunden. Aus dem harschen, einst stolzen Gesicht blicken angsterfüllte Augen zum Metzger herüber, der sich in der gleichen körperlich eingeschränkten Verfassung befindet.

Völlig sinnlos, auch nur einen Gedanken an das Thema Flucht zu verschwenden. Scharf schneidet ihn der straff um die Hand- und Fußgelenke gezogene Bindfaden in die Haut.

Heftig pocht sein Hinterkopf, und seine Nase ist immer noch erfüllt von dem Geruch des Betäubungsmittels. Es dauert nicht lange, dann öffnet sich die Tür. Alexander Friedmann betritt, gefolgt von Edgar, den Dachboden.

»Bist du ein Braver, so ein Braver!«

So ein Trottel, geht es dem Metzger durch den Kopf. Kann ein Hund wirklich dermaßen unterbelichtet sein, dass ihn in Anbetracht einer solchen Situation nicht wenigstens ein Fünkchen Mitleid, ein erhellender Gedanke oder das Aufblitzen einer Idee durchzuckt. Dann zuckt der Metzger. Ein brennender Schmerz zieht sich über sein Gesicht. Jetzt weiß der Willibald definitiv, wie grausam die an den Haaren herbeigezogene weibliche Praktik ist, erhitzte Wachsstreifen an diversen Körperstellen zuerst abkühlen und dann mit einem kurzen Ruck wieder entfernen zu lassen, nur um dem erbarmungslosen Diktat der Mode zu entsprechen.

Zumindest kann der Metzger nach Entfernung des Klebestreifens wieder reden und beginnt trotz des heftigen Spannungsgefühls um seinen Mund sofort das Gespräch: »Warum?«

»Warum was, Herr Metzger? Warum Sie hier sind zum Beispiel? Schaun Sie, misstrauisch war ich ja schon immer. Zuerst hör ich durchs Fenster, wie Ihnen Frau Hackenberger von meinem längeren Aufenthalt erzählt, dann fragen Sie ständig irgendwie versteckt nach meiner Familie, und dann sehn Sie diesen Koffer in meinem Auto und wollen wissen, ob vielleicht doch nicht ich das Zimmer meines Vaters geräumt hab. Dann kugeln, nachdem Sie der Benedikt am Sonntag entführt hat, Ihre Notizen mit dem Hirzinger-Friedmann-Stammbaum am Boden meines Lieferwagens herum, und schließlich find ich auch noch in Ihrem Jackett, während Sie in meiner Wohnung auf dem Klo hocken, eine wahre Sammlung kleiner Schätze. Das Telefon meines Vaters, die von mir selbst verfassten Briefe, übrigens beides Gegenstände, die nur im Zimmer meines Vaters gelegen haben können, ja, und eines meiner Taschentücher. Jetzt ist mir auch klar, warum Sie mich vorhin so angestarrt haben und Ihnen so schlecht geworden ist. Da waren Sie eindeutig ein bisserl zu neugierig, ganz abgesehen von Ihrem Besuch im Spital, Herr Metzger. Glauben Sie, meine Mutter hat mir das nicht erzählt, und glauben Sie, ich geh ein Risiko ein? Nach so vielen Jahren!«

Beim letzten Satz wendet er den Blick hasserfüllt seinem Großvater zu.

»Mir tut es leid um Sie, wirklich. Ich mag Sie. Aber hier geht es um Gerechtigkeit. Gerechtigkeit, um die man sich auf dieser verdammten Welt selbst zu kümmern hat. Es gibt weder einen gerechten noch einen gnädigen Gott. Deshalb sind wir hier!«

Alexander Friedmann setzt sich in den Staub, nimmt Edgar auf seinen Schoß und krault ihm das Fell.

»Wollen Sie eine Geschichte hören, die nicht das Leben geschrieben hat, sondern der Teufel? Dieser Teufel hier!« Dabei deutet er auf Hans Hirzinger und schaut weiter dem Metzger in die Augen. »Wollen Sie?«

Es ist ein tiefer, beinah liebevoller Blick.

»Es war nicht gelogen, was ich da bei unserem lauschigen Abend auf der Hackenberger-Terrasse zu Ihnen gesagt hab. Ich wollte meinen Vater kennenlernen, mehr nicht. Mehrmals bin ich zu ihm in die Kuranstalt gefahren, und was, glauben Sie, ist dort passiert? Er hat mich hauptsächlich angeschwiegen, einfach nur angeschwiegen. Am zweiten Tag war dann unter den wenigen Sätzen, die er für mich übrig hatte, die Bitte dabei, ihm vom Zimmer seine Schwimmbrille zu holen. Das hätte er nicht tun dürfen. Denn da hab ich ihn dann kennengelernt. Gefunden hab ich nämlich einen fertig verfassten Brief. Nicht an mich, sondern an seinen Erstgeborenen! Nicht an mich, der tagein, tagaus mit ihm zusammenlebt, sondern an Xaver, der seit zwanzig Jahren weg ist. Und diesen Brief, Herr Metzger, den lassen wir uns jetzt vorlesen. Eine passendere Person kann es dafür gar nicht geben.«

Sascha Friedmann reißt seinem Großvater den Klebestreifen vom Mund, setzt ihm eine Brille auf und hält ihm einen Zettel vors Gesicht: »Lies!«

Hinter den Gläsern schimmern glasige Augen. Hans Hirzinger weiß nicht, wie ihm geschieht, zögerlich betrachtet er das Blatt Papier.

»Lies!«, wiederholt Alexander Friedmann deutlich eindringlicher.

Ein unsicheres Räuspern ertönt zur Einleitung, dann beginnt Hans Hirzinger vorzutragen. Seine Stimme ist brüchig:

»Lieber Xaver!

Das Leben hat uns hier zusammengeführt. Dich, mich und Ferdinand Anzböck. Und ich bin diesem Zufall dankbar, denn er hat mich aufgeweckt. Dass Du Dich mir gegenüber verschließt, kann ich Dir nach all den Jahren nicht verübeln. Trotzdem: Du musst erfahren, was Dir als Wissen für den Rest Deines Lebens zusteht:

Du bist nicht der Sohn von Luise.
Du bist der Sohn ihrer jüngeren Schwester Paula!«

Hans Hirzinger versagt die Stimme. Er hüstelt. Etwas Speichel hat sich in Form kleiner Bläschen in seinen Mundecken angesammelt. Mit leiser Stimme sagt er: »Ich, ich kann nicht!«

»Was sagst du da? Du kannst nicht! Du? Bei dem, was du alles können hast?«

Ein Handrücken saust ins Gesicht des alten Mannes. Wie ein Sack kippt er zur Seite. Edgar läuft winselnd ins Dunkel des Dachbodens.

»Herr Friedmann, ich bitte Sie!«

Als ob der Metzger nicht anwesend wäre, übergeht Alexander Friedmann diese Bemerkung und zieht seinen Großvater an den Haaren zurück in die Sitzposition.

»Sind sie dir nicht einmal ein paar gelesene Zeilen wert, deine eigenen Kinder?«

Immer noch die Haare umfassend, nähert er sich ganz dicht dem faltigen Gesicht und flüstert hasserfüllt: »Lies.«

Hans Hirzinger weint. Es sind stille Tränen, ohne Gejammer, ohne Grimasse. Tränen, die keinen Trost erhoffen. Die Zeit steht still, ein sanfter Wind pfeift durch die Balken des Dachstuhls, draußen regnet es. Leise trommeln die Tropfen ihren Rhythmus auf die Schindeln und begleiten mit wogender Sanftheit die gesprochenen Worte.

Hans Hirzinger beginnt erneut aus August-David Friedmanns Brief vorzulesen, immer wieder muss er kurz absetzen:

»Deine Mutter war bei Deiner Geburt erst fünfzehn, und ich war siebzehn. Ich weiß zwar nicht, wie Du es ins Leben geschafft hast, denn bei Gott hätte ich damals schwören können, dass das, was ein Kind entstehen lässt, zwischen Paula und mir nie vollzogen wurde, trotzdem: Wir haben uns geliebt, unendlich geliebt, und kamen uns dabei auch körperlich näher. Das hat offenbar gereicht. Paula wurde schwanger, wie eine Verbrecherin gefangen gehalten und sofort nach Deiner Geburt aus Schande über ihre verlorene Jungfräulichkeit von ihrem Vater verstoßen. Sie hätte Deine Geburt beinah nicht überlebt. Ihre Zunge muss sie sich vor Schmerzen durchgebissen haben, ihre Fingernägel waren eingerissen, kein Arzt, keine Hebamme waren dabei, nur ihre Halbschwester, also Deine Ziehmutter Luise, ihr Vater, der Hirzinger-Bauer, und ihre Mutter Anna. Sie hatte damals keinerlei Einfluss und war zu unterwürfig, um irgendetwas einzuwenden, so wie ich. Anna Hirzinger starb noch im selben Jahr. Ich musste während Deiner Entbindung in der Stube gemeinsam mit dem jungen Pfarrer Bichler warten. Er war es, der Paula, ruhiggestellt durch ein starkes Schlafmittel, mit dem Auto weggebracht hat. Ich hab sie nie wiedergesehen!«

Hans Hirzinger würgt und erbricht. Keine Regung ist Sascha Friedmann anzusehen. Mit eiskalter Miene bewegt er seinen vorgestreckten Arm und führt den Brief noch näher an das Gesicht seines ermatteten Großvaters heran. Der versteht die Botschaft und setzt wie in Trance mit monotoner Stimme fort:

»Ich wurde als Vollwaise in jungen Jahren vom Hirzinger-Bauern als Knecht aufgenommen, und trotz der ständigen

Züchtigung war ich froh über ein Zuhause. Damals, als ich am Tag Deiner Geburt zu Deiner Mutter wollte, hätte mich Dein Großvater fast erschlagen. Auch für Luise wurde alles zum Albtraum.

Während Paula mit Dir schwanger war, wurde Luise genötigt, ihre große Liebe, Ferdinand Anzböck, zu belügen, zu verlassen und mich, den Knecht, zu ehelichen. Im Winter wurde sie mit ausgestopftem Bauch vor aller Augen meine Frau. Ich wurde in der kirchlichen Heiratsurkunde ordnungshalber um zwei Jahre älter gemacht, und Du wurdest das gemeinsame Kind unserer Ehe. Ein Kind, dem wegen seiner wahren Herkunft die Taufe versagt wurde, ein Kind, das vom Großvater verachtet wurde, Du weißt das, und ich war hilflos.

Luise hat uns gehasst, Dich und mich, wir wurden zum Symbol für ihre verlorene Liebe, ihr verlorenes Leben. Auch sie war eine Gefangene. Dein Großvater hat sie beherrscht und gebrochen, wie und wann es ihm möglich war, und mich gezügelt wie einen Ackergaul. Zwei Jahre nach Dir kam Clara zur Welt, und bei Gott könnte ich wieder schwören, dass die Ehe zwischen Luise und mir bis zu diesem Zeitpunkt nie vollzogen wurde. Wir sind uns nicht einmal auf dieselbe Art nähergekommen wie einst Paula und ich.

Irgendwann haben Luise und ich schließlich verstanden, dass wir durch ein schweres Schicksal verbunden sind, und uns zumindest ertragen gelernt. In den wenigen Momenten der Nähe sind Deine beiden Brüder Alexander und Benedikt entstanden. Das Einzige, was ich bis heute tun konnte, war, der Arbeit nachzugehen, als Fremder und Knecht, der ich am Hirzinger-Hof geblieben bin. Vielleicht findest Du nach diesen Zeilen den Weg zu mir.

Du musst dafür nicht zum Hirzinger-Hof, denn ich werde nicht dort sein. Ich geh nicht mehr zurück, um keinen Preis der Welt. Nie wieder. Ich bete zu Gott, dass Du mir irgendwann vergeben kannst und mich zu Dir lässt, eines Tages!«

Hans Hirzinger ist mittlerweile fast nicht mehr zu hören. Mit kaum vernehmbarer Stimme liest er die letzten beiden Wörter:

»Dein Vater.«

Alexander Friedmann erhebt sich und klebt seinem Großvater erneut den Mund zu. Dann setzt er sich vor den völlig erstarrten Metzger auf den staubigen Boden.

60

Luise ist gegangen. *Nichts ist, wie es war. Nichts.*
Jetzt versteht er die letzten Worte, die sein Vater am Ufer des Sees zu ihm gesprochen hat: »Du bist hier, um dich selbst kennenzulernen!«
Und seit er sich kennt, kann er verzeihen.

Irgendwann, da war sie noch mitten im Erzählen, hat er nach ihrer Hand gegriffen. Und während sie die Szenen seiner Geburt, der sie beizuwohnen hatte, beschrieb, während sie ihm schilderte, wie ihre jüngere Halbschwester Paula vor Schmerzen schrie und plötzlich unglaubliche

Dinge herausbrüllte, wie ihr Vater, der Hirzinger-Bauer, diese Dinge nicht hören wollte und ihr mit Gewalt, trotz herausgestreckter Zunge, die Kiefer zusammenpresste, wie Paulas Mutter zusammensackte und von da an gebrochen war, wie Paula nahe am Tod vom Pfarrer einfach weggekarrt wurde wie ein Stück Vieh zum Schlächter, während er dies alles hören musste, wurde ihm klar: Er kennt seine wahre Mutter, er kennt ihr Gesicht, er weiß, wie sie riecht. Sie war es, die mit abgetrenntem Finger in seinem Zimmer lag. Jetzt weiß er auch, wo er sie finden kann.

Heimlich, so erzählte Luise weiter, habe sie den Kontakt zum Kloster und damit indirekt zu Paula gehalten, ohne ihr jemals wieder persönlich begegnet zu sein. Und wie dann August-David gesundheitshalber zum ersten Mal für längere Zeit den Hof verlassen musste, habe sie aus Schuldgefühlen den Drang verspürt, Paula darüber zu informieren.

Am Ende ihrer Geschichte saß Luise still an seinem Bett. Aus ihren Augen blickte eine Müdigkeit, als hätte sie nach großen Irrwegen endlich ans Ziel gefunden. Lange haben sie sich einfach nur gehalten.

Die Zeit lässt sich nicht zurückdrehen, sie lässt sich nur untergraben, um in der aufgelockerten, gedüngten Erde immer wieder einen Anfang zu setzen. Es ist immer der Anfang, auf den alles hinausläuft. Das Wesen des Daseins beschreibt sich selbst, es geht immer weiter, selbst wenn sich der Mensch am Ende sieht. Warum soll ausgerechnet ganz am Ende alles anders sein, warum soll es ganz am Ende nicht auch einen Anfang geben?

Beim Abschied strich ihm Luise sanft übers Gesicht.

»Xaver, ich weiß, was Liebe bedeutet, auch wenn ich es dir nie habe vermitteln können. Mein Herz hat immer *nur einem Mann gehört, und das war nicht dein Vater. Du kennst ihn, sowohl vom Hof als auch aus der Kuranstalt. Die Welt ist so klein.«*

Dann fiel der Name.

Sie hatte nichts gewusst von seinem Tod.

Die Schwestern legten sie ins leere Bett an seiner Seite. Und als sie zu sich kam, gebar sie ihm sein neues Leben mit den Worten: »Ich habe ihn geliebt. Und diese Liebe wird immer ein Gesicht haben. Clara ist seine Tochter!«

Wenn der Himmel für einen Moment seine Pforten öffnet, regnet es Glück an den dunkelsten Stellen. Nichts ist, wie es war. Nichts.

Er kann es nicht fassen, es ist wie ein Wunder, das aus all der Bitternis hervorgeht. Clara ist die Tochter von Luise Hirzinger und Ferdinand Anzböck, er selbst ist der Sohn von Paula Hirzinger und August-David Friedmann. Clara ist seine Cousine.

Der körperliche Schmerz wird vergehen. Und eines weiß er: Sobald er sich wieder erheben kann, wird er endlich ganz er selbst sein dürfen. Mit seinem vollen Herzen.

Liebe lässt sich nicht einsperren. Jetzt ist sie frei.

Er weiß, dass sie kommen wird.

Irgendwann.

Und er weiß, dass sie nicht mehr gehen muss.

61

»UND JETZT BIN ICH AN DER REIHE! Jetzt erzähl ich Ihnen meinen Teil!«

Aufrecht sitzt er da, erhobenen Hauptes. Mit größter Selbstsicherheit strahlt Alexander Friedmann eine einzige Botschaft an seine düstere Umgebung aus: »Ich bin im Recht, auf ganzer Linie!«

»Ihren Teil wollen Sie mir erzählen?«, antwortet der Metzger, und ihn ekelt vor dem, was er bereits hören musste, und noch viel mehr vor dieser Selbstgerechtigkeit.

Was immer jetzt passieren soll, er kann es nicht mehr ändern, sein Schicksal liegt in anderen Händen, seine sind straff mit einer Schnur umwickelt.

Eine seltsame Gleichgültigkeit hat ihn erfasst, es gibt ja auch wirklich nichts zu verlieren: »Das Erzählen können Sie sich sparen, Herr Friedmann. Ich kenne Ihren Teil! Oder besser gesagt, ich kenne den Teil, der Sie noch um vieles teuflischer macht als Ihren Großvater!«

Ungeachtet des süffisanten Lächelns, das sich nun im Friedmann-Gesicht breitmacht, setzt der Metzger sein Schlussplädoyer fort: »Und genau deshalb ist es umso unglaublicher, dass Sie sich hier herstellen und glauben, andere richten zu können. Für den Weg, den Sie eingeschlagen haben, gibt es keine Rechtfertigung: So schrecklich dieser Brief auch ist, Sie haben ihn zum Anlass genommen, Ihren eigenen Vater zu betäuben, dann zu ertränken und es wie einen Mord durch Ferdinand Anzböck aussehen zu lassen. Ferdinand Anzböck haben Sie dann beinah auf dieselbe Weise umgebracht und die

Schuld durch ein von Ihnen verfasstes Schreiben auf die Schultern Ihres älteren Bruders Xaver geladen, der um ein Haar der Rache Ihres jüngsten Bruders Benedikt zum Opfer gefallen wäre. Sie haben vier Menschen auf einen Schlag beseitigt. Jetzt kommen wahrscheinlich auch noch Ihr Großvater und ich an die Reihe. Und da stellen Sie sich hierher und nehmen es sich heraus, über andere zu urteilen? Was sind Sie denn anderes als ein gewissenloser Mehrfachmörder? Wo ist denn da die Gerechtigkeit, frag ich Sie, die Sie vorhin so feierlich angepriesen haben, als wären Sie ihr Verwalter!«

Mit großer Verachtung blickt der Metzger seinem Gegenüber durchdringend in die Augen. An Alexander Friedmann ist dieser verbale Ausbruch seines Gefangenen nicht spurlos vorübergegangen.

»Aus Ihrer Sicht haben Sie genauso recht wie ich aus meiner, Herr Metzger. Wie auch immer Sie zu Ihrer Theorie gekommen sind, sie stimmt. Ja, ich hab meinen Vater umgebracht und alle andern. Und für Ihr Bestreben, die Dinge ins rechte Licht zu rücken, bewundere ich Sie. Ganz ehrlich. Wäre mein Vater nur ein wenig gewesen wie Sie. Nur ein klein wenig! Aber nein. Er war ein elender Feigling, der hier am Hof allem regungslos zugesehen hat, dumpf, leer und ohne Liebe; der, anstatt für uns zu laufen, nur für sich gelaufen ist oder vielmehr geschwommen. Er schwamm seiner am Ufer ertrinkenden Familie davon, unbeirrbar, und hat für nichts gekämpft, weder für seine erste große Liebe noch für sein eigenes misshandeltes Kind, noch für meine Mutter. Was ist denn der da«, dabei deutet er zum zitternden Hans Hirzinger, »anderes als nur ein Mensch. Können Sie mir das erklären? Was hindert einen daran, sich gegen einen einzigen Menschen um des Lebens anderer willen durchzusetzen? Sagen Sie es mir? Was?«

Lange schaut er den Metzger an, ohne mit dem Blick auszuweichen. Richtig schwer fällt es dem Willibald, sich nicht von diesen tiefen, dunklen und an sich sanften Augen beeindrucken zu lassen.

Ruhig spricht Alexander Friedmann weiter:

»Menschen sind die passivsten Parasiten dieser Erde, sie dulden aus Bequemlichkeit und mangelnder Courage jedes Übel und wundern sich im Nachhinein, wenn andere über sie verfügen. Die freiwillige Hilflosigkeit, das bereitwillige Abgeben der Eigenverantwortung und das tatenlose Warten auf Fremdentscheidungen rollen dem schlimmsten Tyrannen den roten Teppich aus. Wer keine eigenen Entscheidungen treffen will, den treffen die Entscheidungen der anderen. Und mein Vater war es, der selbst dann keinen Finger rühren wollte, als ein hilfloser Mensch nach dem anderen vor seinen Augen in den Ruin geführt und die eigene Familie zerstört wurde. Das ist kein geringeres Verbrechen, als seine Angehörigen zu töten, es kommt aufs Gleiche heraus. Deshalb ist mein Handeln angebracht. Zum ausgleichenden Gut in ungerechten Angelegenheiten zählt auch das Leben. Das Leben ist unser Einsatz. Ihr Tod, Herr Metzger, ist ein Schönheitsfehler. Er tut mir zwar leid, aber das kann ich verkraften, diesen Mord begehe ich für meine Mutter.

Seit ich denken kann, will ich mich und vor allem sie aus dieser Hölle herausholen. Meine Mutter war es bisher niemandem wert, für sie zu kämpfen, am wenigsten ihrem eigenen Vater, nicht ihrem Verlobten, nicht ihrem Mann und keinem der Kinder. Ihr wurden das Herz und das Leben geraubt, wie ein Stück Dreck ist sie behandelt worden. Ich werde für sie kämpfen, und sie wird nie etwas davon erfahren!

Wenn in Kürze dieser Hof in Flammen aufgeht, bekommen die Hirzinger-Halbschwestern gut dotiert ihr Leben zurück. Sie erben den Reichtum dieser verteufelten Gründe, die dann hoffentlich verkauft werden. Und dann, dann ist meine Mutter frei, von allem und von jedem!«

»Nur nicht von Ihnen!«, antwortet der Metzger. »Nur nicht von Ihnen!«

Alexander Friedmann hat sich längst erhoben. Für ihn ist das Gespräch beendet. Er nimmt eine der alten Decken, mit denen vor Kurzem noch die Essgruppe bedeckt war, umhüllt damit den Kopf seines wimmernden Großvaters und stößt ihn zur Seite.

Dann nimmt er das neben dem Metzger liegende Jackett, stülpt es dem Restaurator ebenfalls über den Kopf, wickelt die herunterhängenden Ärmel um den Hals, verknotet sie unterhalb des Kinns und stößt den Metzger um.

Draußen grollt der erste Donner, und um den Willibald ist es dunkel geworden.

Undeutlich werden die Geräusche und dumpf die Stimmen: »Bist ein Braver. Na, komm schon her, komm schon her zum Herrchen!«

Schritte sind zu hören.

»Ja, wo bist du denn?«

Ein Pfiff ist zu hören.

»Dann nicht!«

Die Schritte entfernen sich, und eine Tür fällt ins Schloss.

Hans Hirzinger weint.

62

WEINEN IST DIE SPRACHE des Grenzgängers, wenn ihn der Sog auf die andere Seite gespült hat und er diesen Übertritt registriert – aus Freude, aus Schmerz oder aus Verzweiflung.

In der Verborgenheit des Inneren rührt sich etwas auf, bis es die Grenze der Befangenheit sprengt und sich Ausdruck verleiht. Es kann Jahre dauern, bis sich ein Inneres auf diese Weise nach außen kehrt, bis die Seele das Verschwiegenheitsgelübde des Starrsinns durchbricht.

Die Fähigkeit des Menschen, sich gegenüber der Stimme seines Herzens taub zu stellen, übertrifft die höchste feinmotorische Kunst, die herausragendste geistige Leistung, die größte Begabung. Nur um dem eigenen Herzen zu trotzen, geht der Mensch über Leichen.

Hans Hirzinger weint. Es sind die ersten Tränen seit dem Tod seiner Mutter. Seit siebzig Jahren. Sie werden nichts fortspülen und nichts löschen.

Sich ein Leben lang der Taubheit des Herzens hinzugeben, sich darauf zu berufen, diese Taubheit sei von höchster Stelle abgesegnet, und sich gestützt auf den Wahn dieser herzlosen Absegnung selbst jede Rohheit, jede Menschenverachtung und jede Erbarmungslosigkeit zuzugestehen, das ist ein freier Entschluss. Und auch wenn einem derartigen Entschluss im Nachhinein oftmals durch das sonderbare Dreigestirn Geburtslos, Prägung und Sozialisation eine noch sonderbarere Rechtfertigung oder gar Entschuldigung zugesprochen wird, bleibt er ein Verbrechen.

Hans Hirzinger weint, und all jenen unfreiwillig auserkorenen Endabnehmern seiner Gewalt werden diese Tränen nichts mehr nutzen.

Aber weil natürlich Menschen, die sich durch Regungslosigkeit gegenüber dem Leid anderer auszeichnen, nicht auch gleich zwangsweise mit ihrem eigenen Leid die gleiche Regungslosigkeit ernten, geht dem Metzger das Gewinsel des Hausherrn ziemlich nahe. Was auch kein Wunder ist. Schließlich ist der Willibald momentan selbst sehr nahe am Wasser gebaut, und das liegt weniger an der allgemeinen Endzeitstimmung unterm Gebälk als am Jahrhundertregen, der sich grollend über den Hirzinger-Hof ergießt.

»Beruhigen Sie sich, Herr Hirzinger. Wir kommen hier raus!«, meint er also mit bemüht ruhiger Stimme. Und hörbar meinen kann er das, weil Alexander Friedmann bei ihm das Klebeband vergessen hat.

Hans Hirzinger reagiert nicht. Stattdessen spürt der seitlich im Staub liegende Metzger einen leichten Druck am Ende seines Rückens. Seine besänftigende Stimme hat nämlich noch jemand gehört, der vom menschlichen Gefasel sowieso selten das »Was«, sondern hauptsächlich das »Wie« versteht. Schutz suchend presst der aus einer Dachbodenecke hervorgehuschte Edgar sein behaartes Hinterteil an das des Willibald und dreht sich dabei immer wieder, so wie beim nervenaufreibend endlosen Platzerlsuchen, um seine eigene Achse. Dann läuft er jaulend zum umwickelten Kopf, schnüffelt, läuft zu den gefesselten Händen und schleckt sie ab.

»Na, da schau her, bin ich dir also wieder gut genug!«, begrüßt der Metzger seinen Besucher und setzt das eben erst Gelernte umgehend in die Tat um: »Jaja, bist ein Braver, ein ganz ein Braver!«

So ein Hund ist ja nicht herzlos und zeigt durchaus gern seine Zuneigung. Der Metzger ist natürlich auch nicht herzlos, nur mit der ihm zugedachten feuchtfröhlichen Liebesbekundung durch eine sabbernde Zunge, die weiß Gott wo schon ihre Nase hineingesteckt hat, wird er einfach nicht warm.

Warm wird ihm allerdings demnächst noch ordentlich, zuerst äußerlich und dann innerlich, auch wegen der Zunge.

Die arbeitet sich nun gierig unter das Jackett. Immerhin dringen von dort die ungewohnt zärtlichen Worte des Restaurators an die damit nicht gerade verwöhnten Hundeohren: »Jaja, Edgar, ich bin ja auch froh, dass du da bist! Ist schon gut!«

Gut ist das wirklich, denn immerhin ist Edgar der Hund von Danjela Djurkovic, was bedeutet: Da sich Hund und Herrchen, das in diesem Fall ja ein Frauchen ist, aus unerfindlichen Gründen auch tatsächlich ähneln, gibt Edgar erst auf, wenn er bekommt, was er sich in seinen Kopf gesetzt hat, nämlich den Kopf des Willibald Adrian Metzger. Dieser wird nun einer bizarren Massage unterzogen, denn ein sich heftig bewegendes, um den Kopf gewickeltes Jackett kann schon eine ziemliche Reibung zustande bringen. Energisch zerrt Edgar abwechselnd in verschiedene Richtungen, verbeißt sich einmal in die Schulterpolster, einmal in die Knopfreihe, einmal in die Brusttasche und schließlich in die Ärmel. Da wird selbst eine nicht als Stretchsakko gedachte Jacke ganz schön flexibel. Und Flexibilität führt bekanntlich zur Unabhängigkeit, auch was den Standort betrifft. Lange dauert es also nicht, und ein Jackett auf vier Pfoten läuft eine triumphierende Ehrenrunde um den Restaurator, bevor sich eine pitschnasse, schmierige Zunge hemmungslos einem befreiten salzigen Gesicht widmet. So ausgiebig, bis sie sich, von jedem Belag gesäubert, nur noch pelzig anfühlt.

Vom Geruch ganz zu schweigen.

Ein Geruch, der den Metzger zum Schweigen bringt und schlagartig auch seine eigene Zunge pelzig werden lässt.

Es riecht nach Rauch.

63

»PAPA, DU STINKST, wenn du geraucht hast! Du stinkst aus dem Mund, aus der Nase, auf den Fingern, überall. Ich mag kein Bussi von dir, geh weg!«

Franzi Kaiser sitzt mit verzogenem Gesicht auf der Eckbank, während der Reindl-Bauer für die nächste Runde »Solo« die Karten mischt.

»Und außerdem hast du geschwindelt!«

»Nein, hab ich nicht. Aber wenn du nach mir die Richtung wechselst und ich nur mehr eine Karte hab, die zufällig draufpasst, leg ich sie natürlich auf den Stoß, Prinzessin Franziska. Und weil du mir dieses Geschenk gemacht hast, gibt's als kleines Dankeschön ein Bussi. So ist das!«

»Du bist gemein! Und außerdem: Ich heiß nicht Prinzessin, sondern Kaiser!«

Franzi Kaiser zieht ihre Augenbrauen zusammen, bewaffnet sich mit einem perfekten Schmollmund und verschränkt die Arme. Nur um abermals von ihrem Papa belästigt zu werden.

»Pfui, du bist ein Stinker!«

Energisch schiebt sie den schmunzelnden Günther Kaiser von sich weg.

»Aber der Opa raucht auch manchmal, und der darf dich abschmusen!«

»Der Opa, der raucht Pfeife, und das riecht gut! Aber du stinkst! Außerdem raucht er die nur, wenn ich sie ihm stopf!«

»Du kannst mir ab jetzt auch meine Zigaretten vor die Tür bringen, wenn du willst!«

Jetzt sind die Augenbrauen hochgezogen, grad dass nicht auch noch ein kleiner Zeigefinger gegen eine kleine Stirn klopft.

»Opa, magst du eine Pfeife? Wart, ich hol sie dir!«, gibt Franzi Kaiser ihrem Vater eine Einschätzung bezüglich der Erfolgschancen seiner Dienstleistungswünsche und läuft, ohne die Entscheidung des höchst amüsierten Reindl-Bauern abzuwarten, die Stiegen hinauf in sein Zimmer.

Da hat der Reindl-Bauer beim Austeilen im Uhrzeigersinn noch nicht einmal jedem drei Karten hingelegt, schon tönt es von oben herunter: »Papa, Opaaaaaa, schnell, schneeeeeeeell! Ich glaub, da hinten beim Wald, wo der Hirzinger-Hof ist, da brennt was! Was ganz Großes!«

64

EIN JAHRHUNDERTREGEN bedeutet natürlich nicht, dass in einem Haus kein Feuer ausbrechen kann. Wenn man im Heuschober und an diversen strategisch wichtigen Punkten mit ein wenig Benzin nachhilft, wird dieses »Ausbrechen« sogar ganz und gar seinem Namen gerecht: Als wäre es seit Ewigkeiten am Hirzinger-Hof eingeschlossen gewesen, befreit sich ein gigantisches Flammenheer und erhellt eindrucksvoll die Nacht.

Edgar läuft mittlerweile panisch hin und her, der Metzger hat es zumindest schon ins Sitzen geschafft. Lange kann es nicht mehr dauern, bis das Feuer den Dachboden erreicht. Der Hirzinger-Bauer hat aufgehört zu jammern. Unter der Wolldecke dringt ein monotones Gemurmel hervor. Auch ohne entsprechende Vorbildung ist dem Metzger klar: Hans Hirzinger betet.

Das hilft jetzt garantiert, geht es ihm durch den Kopf. Da hat der Herrgott sicher seine Freude, wenn den Menschen in Anbetracht der Tatsache, dass sich jemand mit meuchlerischer Absicht ohne seine himmlische Genehmigung an das wunderbare Geschenk des Lebens heranmacht, nichts anderes einfällt als ein Gebet. Ein bisschen mehr Kreativität wäre da schon angesagt.

Im Metzger haben alle Lebensgeister Hochbetrieb. Sosehr ihm auch die Schnur in Hände und Füße schneidet, sein Körper hat das Schmerzempfinden abgeschaltet. Hellwach mustert er sein Umfeld: »Irgendwo muss sie sein, die zündende Idee«, geht es ihm durch den Kopf.

Der Dachboden füllt sich mit Rauch, ein Zischen, Knistern, Knarren und Krachen bebt durch den Bauernhof. Unter dem Türspalt zum Stiegenhaus beginnt ein beängstigendes Farbenspiel.

Obwohl die Temperatur erheblich angestiegen ist, ist es kalter Schweiß, der sich da auf der Stirn des Metzgers zusammensammelt: die ersten Anzeichen seiner mit Atemnot und klaustrophobischen Zuständen verbundenen Rauchallergie.

Die beiden Männer husten, Edgar bellt und würgt.

Dann fängt die Tür Feuer und wirf ein grelles Licht in den Raum.

Es blitzt.

Ganz klein, vor den Augen des Willibald.

Klein, aber sehr bedeutsam reißt sie ihr Maul auf und funkelt ihm entgegen. Sie muss aus der rechten Jacketttasche gefallen sein, während Edgar seine triumphale Runde zurückgelegt hat.

Energisch lässt sich der Metzger zur Seite kippen, er windet sich röchelnd, verrenkt die gefesselten Arme, bewegt seine zusammengebundenen Hände. Die Augen brennen, alles verschwimmt. In diesem Fall reicht ihm aber auch der Tastsinn seiner gespreizten Finger, sie wissen zur Genüge, welchen Gegenstand sie suchen und wie er sich anfühlt.

Die Tür brennt lichterloh, ein Holzbalken hat Feuer gefangen.

Dann hat er sie.

Die Nagelzwicke seiner Mutter!

Bei feinmotorischen Aufgaben erfassen ihn für gewöhnlich absolute Konzentration und Ruhe. Jetzt allerdings zittern ihm die schweißnassen Hände. Immer wieder rutscht die Nagelzwicke aus der gewünschten Position.

Doch wenn es um handwerkliche Angelegenheiten geht, sind seine zittrigen, feuchten Restauratorenfinger immer noch weitaus geschickter als manch ruhige Elektriker- oder Zahnarztpfote.

Und dann ist es so weit, mit dem so vertrauten Geräusch beginnt die Nagelzwicke derart nachdrücklich ihre Tagewerk, der Metzger hätte es nicht für möglich gehalten. Mit einem einzigen Zwacken durchtrennen die scharfen Metallkanten zwei der Spagatschnüre, und nach zwei weiteren gezielten Eingriffen nimmt der Metzger bereits mit befreiten Händen die Fußfessel in Angriff.

Jaulend springt Edgar seinem einzig wahren Herrchen auf den Schoß.

Und irgendwo, über den Gewitterwolken, sitzt die Metzger-Mama und lächelt mit seligem Blick auf die Erde herab.

»Jetzt lauf schon, mein Jungel!«, hat sie ihrem frisch manikürten Willibald immer zugeflüstert. Genauso befreit, wie er damals seiner Mutter vom Schoß gesprungen ist, springt der Metzger nun auf, läuft zum mittlerweile regungslosen Hans Hirzinger, reißt ihm die Decke vom Kopf und das Klebeband vom Mund. Und während sich der alte Mann blinzelnd an die Helligkeit gewöhnt und innerlich ein Stoßgebet des Dankes für das Erhören des Bittgebets zum Himmel schickt, schickt auch der Metzger mit kräftigen, ausladenden Stößen von innen eine Vielzahl der Dachschindeln in die gleiche Richtung.

Durch das entstandene Loch zieht der Rauch hinaus und die Frischluft samt Regen herein. Es schüttet in Strömen, was für den Dachboden im Hinblick auf den Hochofen einen Stock darunter und unmittelbar vor der Tür nicht von Nachteil ist.

Dann muss auch Hans Hirzinger zu denken anfangen, denn nachdem ihm der Metzger seine Fesseln gelöst hat, gibt es für den Hausherrn eine bedeutsame Frage zu beantworten: »Wie kommen wir hier herunter, ohne das Stiegenhaus zu benutzen?«

Triefend steht der alte Mann auf den glitschigen Holzbrettern seines verlorenen Gutes. Es ist ein langsames, beinah beschämtes Kopfheben, das dem direkten Augenkontakt vorangeht. Die ersten Worte kosten ihn sichtlich Überwindung: »Vergelt's Gott!«

Für einen Menschen, dem das Formulieren einer positiven Ichbotschaft schwerfällt, bietet ein »Vergelt's Gott« die unverfängliche Möglichkeit, Danke zu sagen.

Obwohl es natürlich nicht »Danke« heißt, sondern dass Gott in Vertretung der zu Dank verpflichteten Person jemandem etwas vergelten möge – man hat ja immerhin sein Ichbotschaftsproblem. Wobei in diesem Fall Vergeltung vermutlich als ein Erkenntlichzeigen gedacht ist.

»Gott soll uns lieber da raushelfen!«, meint der Willibald überrascht.

»Wir können nur noch springen!«, antwortet Hans Hirzinger und deutet aus dem offenen Dach hinunter in den Innenhof.

Der Metzger nickt.

Beiden ist klar, was zu geschehen hat. Gemeinsam treten sie an der passenden Stelle über ihrem Zielgebiet abermals einige Dachziegel heraus. Dann stehen sie zu dritt, angesichts des Abgrunds entsprechend still, nebeneinander an der Kante, Edgar rechts außen, dann breitbeinig die beiden Männer, wie zwei Cowboys mit Hund, die kurz davor sind, gleich vom Dach in den Sattel ihrer Pferde zu springen. Pferde warten allerdings keine, obwohl der Landebereich mit Tieren gewaltig viel zu tun hat.

»Ist es weich?«, fragt der Metzger.

»Ich denke schon!«, meint Hans Hirzinger und springt. Sein gellender Schrei beim Eintritt in die Auffangzone ist weder die Bestätigung der von ihm geäußerten Vermutung noch eine Beruhigung. Nur, was bleibt dem Willibald jetzt schon anderes übrig? Nachdem er den klitschnassen Edgar fest in seine Arme geschlossen hat, springt auch er – und versinkt bis zur Hüfte.

Glückskind ist er keines, der Willibald, doch obwohl er selbst gerade ziemlich tief in der Scheiße steckt, ist diesmal wer anderer in dieselbe getreten, in Gestalt einer breiten Holzlatte, die wohl zur Gipfelerklimmung des Misthaufens gedacht ist.

Nachdem der Metzger den Hirzinger-Bauern mit seinem zertrümmerten linken Bein durchs große Tor hinausgetragen hat, sitzen die beiden einige Meter vom lodernden Hirzinger-Hof entfernt fassungslos und entkräftet an einen Holzstapel gelehnt auf dem schlammigen Boden. Ohne Worte. Da gibt es weder was zu reden noch zu jammern, trotz eines Trümmerbruchs und trotz des bald in Trümmern liegenden Bauernhauses.

Die erste Bemerkung, bevor die strammen Kerle der freiwilligen Feuerwehr eintreffen, also der Tankstellenpächter Karl Rohrbacher und ein paar weitere Postwirt-Stammgäste, stammt dann allerdings aus keinem männlichen Mund: »Jetzt bist du ja schon wieder hingefallen!«

Dann sitzen sie zu sechst vor diesem gigantischen verspäteten Sonnwendfeuer im Dreck und können es nicht fassen: Edgar, der Metzger, der Hirzinger-, der Kaiser-

und der Reindl-Bauer und zwischen Papa und Opa die Franzi.

So ein Feuer hat schon etwas Mystisches, etwas Überwältigendes, ja etwas Schönes an sich, und an sich hätte da ab einem gewissen Zeitpunkt jeder der Zuschauer das Verlangen, seiner Faszination Ausdruck zu verleihen, läge da nicht in der Mitte der Gruppe ein niedergeschlagener Hirzinger-Bauer. Wenn einem vor den eigenen Augen das eigene Haus niederbrennt, ist das alles andere als ein schöner Anblick. Da reißt sich jeder so gut als möglich zusammen. Wobei bei offenherzigen Kindern der Maßstab »so gut als möglich« anders anzusetzen ist. Ruhig sitzen zu bleiben und nur ab und zu verhalten seinem Erstaunen durch festes Papa-und-Opa-Händedrücken Ausdruck zu verleihen ist in Anbetracht eines derart epochalen Ereignisses und der Horde löschbegieriger Feuerwehrleute wirklich schon eine herausragende Leistung.

Wie sich die Franzi Kaiser beim ersten großen Aufflackern eines sich erneut entzündenden Feuerherds ein unüberhörbares »Pfaaahhhh!« schließlich doch nicht verkneifen kann, spürt der Hirzinger nicht nur den Verlustschmerz über sein verlorenes Hab und Gut, sondern auch die Schmerzen im Bein. Heilfroh ist er, wie dann der Krankenwagen eintrifft und ihn endlich fortbringt von diesem traurigen Ort – vor aller Augen. Beinah das ganze Dorf ist mittlerweile anwesend. Beinah, denn wenn man davon ausgeht, wie wichtig sich eine gewisse Person selbst nimmt, kann dieses »aller Augen« durchaus ganz im Sinn der ersten Zeile einer entsprechenden Heinrich-Schütz-Motette verstanden werden: »Aller Augen warten auf dich, Herre!«

Er fehlt natürlich niemandem, und warum er fehlt, ist jedem im Dorf bekannt. Jedem, nur nicht der kleinen Franzi Kaiser.

»Wo ist denn der Affe?«, nimmt es eine Kinderstimme mit dem Brandlärm und dem Gerede der gaffenden Menschenmassen auf. Und das hat natürlich jeder gehört.

»Franzi!«, maßregelt Günther Kaiser seine Tochter mit aufgesetzt erbostem Gesichtsausdruck.

Wobei es besser gewesen wäre, es kommentarlos bei der kindlichen Frage zu belassen, denn Franzi Kaiser korrigiert sich nun selbst und verdeutlicht damit allen Anwesenden, wen sie mit dem »Affen« gemeint hat.

»Wo ist denn der Herr Pfarrer?«

»Auf Urlaub!«, flüstert ihr der Reindl-Bauer ins Ohr.

»Ein Pfarrer hat Urlaub?«

»Ja, Franzi! Und unserer fährt immer ins Heilige Land und geht im Meer baden!«

»Im Meer! Schöööön. Papa, ich will auch einmal im Meer baden!«

»Ist schon gut, Franzi!«

»Und wo ist das Meer?«

Dass es die Hauptschulbildung des greisen Reindl-Bauern mit dem Wissen eines heutigen Maturanten aufnehmen kann, stellt er nun eindrucksvoll unter Beweis: »Fast überall. Das, wo unser Pfarrer baden geht, heißt zum Beispiel Östliches Mittelmeer. Das Heilige Land liegt sogar an drei Meeren: am Mittelmeer, am Roten Meer und am Toten Meer!«

»Das sind aber komische Namen!«

Sie werden ihrem Namen noch alle Ehre machen.

Einen Moment lang herrscht knisternde, prasselnde Stille.

Und während der Hirzinger-Hof donnernd in sich zusammenbricht, bricht sie aus dem Metzger heraus, die ganze dankbare Liebe.

So fest, wie er wohl noch nie gedrückt wurde, außer gemeinsam mit seinen drei Geschwistern auf dem Weg durch den Geburtskanal, umarmt der Metzger seinen stinkenden Hund, und es geht dem Restaurator dabei wie während eines Herz-Schmerz-Films auf dem durchgesessenen Djurkovic-Sofa. Hilflos verliert er den Kampf gegen die Tränen: »Edgar, mein Junge. Du hast mir heute das Leben gerettet!«

Nie wieder wird ihm vor dieser kleinen Zunge grausen.

65

MIT DEN EINVERNAHMEN DER POLIZEI dringt eine Geschichte ans Tageslicht, die die Menschen im Dorf und die Männer beim Postwirt erschüttert und mit neuem Gesprächsstoff versorgt.

Ein Zeitchen wird die Bestürzung anhalten, dann langsam vom aufgeregten Tratsch in ein »Ich hab's ja immer schon gewusst«-Geschwätz übergehen und sich schließlich in den belanglosen Menüplan der Tageskarte einordnen. Sie wird kommen, die alte Kost, ganz bestimmt. Die Sündenböcke werden die Gleichen bleiben, die Rollen derer, die nun fehlen, werden andere übernehmen müssen, ob sie wollen oder nicht, und der legendäre Schweinsbraten wird legendär bleiben, egal, wer ihn zubereitet oder wer ihn serviert. Nur die Schriftzüge der

Namensschilder auf den Bankreihen in der Kirche werden allmählich zu Vorlagen für die Grabstein-Inschriften draußen auf dem Friedhof.

Die einzigen Betroffenen werden die Täter und die Opfer bleiben, die Zuschauer drehen so lange auf einen anderen Kanal, bis sie eines Tages selbst auf der Bildfläche erscheinen.

Schonungslos ehrlich beantwortet der Metzger alle Fragen. Das Überraschende dabei ist der Ort dieser Gespräche.

Denn nachdem er seiner Danjela unter den Hintergrundgeräuschen des lodernden Hirzinger-Hofs, der Sirenen und des aufgeregten Geschreis die ganze Geschichte fertig erzählt hatte, hat sie umgehend, ganz nach der Devise »Keine Tag mehr ohne meine Willibald«, die Angelegenheit zur Chefsache erklärt.

So eindringlich, dass Prof. Dr. Berthold, dem ohnedies in den nächsten Tagen die Recherchen der Polizei ins Haus standen, eilends einem Kellner das Steuer seines Sportwagens anvertraute, um den geschundenen Willibald Adrian Metzger abholen, in Zimmer 3.14 einquartieren und wieder aufpäppeln zu lassen. Natürlich ohne vorher zu wissen, warum der aus der Feuersbrunst gesprungene Willibald unverletzt geblieben war und dass ein gleichermaßen vom Misthaufen aufgefangener stinkender Hund auf der hellen Lederrückbank des Autos Platz nehmen würde.

Und weil der Metzger so schonungslos alle Fragen beantwortet, führt das auch für ihn selbst immer mehr zur Klarheit und folglich zu einer weiteren erschreckenden Entdeckung.

Dieser Entdeckung geht die Bitte des Restaurators voraus, ein paar Spürhunde etwas aus Zimmer 3.15 vor die Nase zu halten und sie von mit Schaufeln und Spaten ausgestatteten Beamten begleiten zu lassen. Und wie er dann vom Ort seiner Hackenberger-Speckjause neben dem Marterl in den Wald geblickt und den fürsorglich lächelnden Herrgott gebeten hat, seine Vermutung möge nicht stimmen, war es zwischen zwei Tannen für einen Spaten mit der Stecherei vorbei, und dem dazugehörigen Beamten entfuhr in Anbetracht des Fundes ein angeekeltes »Oh Gott«.

Johanna war wiederaufgetaucht.

Wie als Grabbeigabe lag auf ihrer Brust ein Schlüsselbund, das sich später als das Schlüsselbund des Hausmeisters Ferdinand Anzböck herausstellte. Da war dem Metzger dann klar, warum Alexander Friedmann im Badebereich überall Zutritt hatte, warum er im selben Zeitraum wie der Hausmeister eine Affäre mit Johanna hatte und warum Johanna sterben musste.

Am zweiten Tag seines Aufenthalts im Sonnenhof wird der Willibald von der Kleinfamilie Kaiser-Reindl besucht.

Einen netten Spaziergang schlägt er vor, und kaum, dass sie aus dem Portal den Weg zum See einschlagen, wird ihm euphorisch quietschend verkündet: »Wir fahren ans Meer, ans Meeeeer, da schaust du, gell?«

Was sollen zwei Männer in Gegenwart eines fleischgewordenen Engels auch anderes tun, als ihn auf Händen zu tragen, um ihn fliegen zu lehren.

Franzi Kaiser hat sich diese Hände verdient.

»Und wohin?«, fragt der Metzger erstaunt.

345

»So wie das Kartenspiel. Drum hab ich mir's gemerkt. Wir fahren nach Solo!«

»Je-Solo, Franzi, Jesolo!«, meint der Reindl-Bauer schmunzelnd, um sich dann beim Metzger zu entschuldigen: »Ich hoffe, ich bin nicht verantwortlich für Ihr Unglück, weil ich Ihnen da erklärt hab, dass man sich, bis auf den Sascha, vor jedem der Hirzinger-Bagage in Acht nehmen muss! Und jetzt ist grad der Sascha der größte Teufel.«

66

Die Hirzinger-Bagage – Teil 2

Hans Hirzinger wird im Unfallkrankenhaus von einem unbedarften Arzt mitgeteilt, dass er das mit dem Laufen für den Rest seines Lebens vergessen kann, er aber sonst pumperlgesund ist und sich an seiner Familie erfreuen soll. Das wird nichts werden. Auf ihn wartet neben den Strafen der völligen Einsamkeit in Freiheit und des langen Sterbens in Einsamkeit die unangenehme Frage bezüglich einer weiteren möglichen Vaterschaft. Er wird nur der Großvater von Xaver-Jakob bleiben und nicht auch noch sein Vater werden. Zu dieser Grausamkeit hat sich das gottverlassene Schicksal der leidgeprüften Paula nicht auch noch hinreißen lassen. Die andere Variante ist allerdings nur geringfügig besser.

Paula Hirzinger wird an der Seite ihrer einzigen Vertrauten, Schwester Martha, mit ihrer richtigen Schwester Luise und ihrem Sohn Xaver zusammentreffen, nie mehr einsam sein, sich nie mehr abgeschoben fühlen und auf ewig ihr letztes, schändliches Geheimnis in sich tragen.

Sie wird frei sein, ihr Zuhause als ihre wahre Heimat erkennen und nie aus den übersichtlichen Mauern innerhalb des Klosters in die unübersichtlichen Mauern außerhalb zurückkehren.

Und sie wird irgendwann tief in ihrem Innern heimlich und beschämt dankbar sein für die durch die schrecklichen Ereignisse dieser Woche verursachten Wendungen.

Luise Friedmann wird nach ihrer ahnungslosen Heimkehr zu den glühenden Trümmern ihrer düsteren Existenz völlig verwirrt vom Kaiser-Bauern aufgegriffen, zur Polizei und von dort direkt in die Psychiatrie gebracht.

Ganz im Gegensatz zu ihrem Vater wird sie langsam wieder gehen lernen und nie mehr den Weg in seine Richtung einschlagen.

Und sie wird irgendwann tief in ihrem Innern heimlich und beschämt dankbar sein für die durch die schrecklichen Ereignisse dieser Woche verursachten Wendungen.

Xaver-Jakob Förster liegt in etwa zur selben Zeit, während sein Bruder den Hirzinger-Hof in Flammen steckt, bereits entflammt in den Armen seiner Cousine **Clara Friedmann**. Innig vereint schwören sich die beiden, mit ihrer befreiten Liebe auch ihre beiden Mütter zurück ins Leben zu führen, tief in ihrem Innern heimlich und beschämt dankbar für die durch die schrecklichen Ereignisse dieser Woche verursachten Wendungen.

Benedikt Friedmann wird nach seiner Entlassung dort einziehen, wo sein Bruder nach nicht einmal einer Woche wieder ausziehen muss, und er wird sein neues Leben, seine Jugend und die Dusche schätzen lernen.

Und irgendwann, tief in seinem Innern, wird er heimlich und beschämt dankbar sein für die durch die schrecklichen Ereignisse dieser Woche verursachten Wendungen.

Alexander Friedmann wird wohl zum letzten Mal unter einem mit Sauerstoff angereicherten, kuschelweichen Wasserstrahl gesungen haben. Etwa zeitgleich mit dem Eintreffen des Metzgers in der Kuranstalt trafen auch Alexander Friedmann seine weiteren Lebensaussichten, und das ziemlich hart. Er hat ja mit allem gerechnet, nur nicht mit dem Überleben seiner letzten drei Opfer. Ja, drei Opfer, denn auch Edgar wäre ohne Nagelzwicke hoffnungslos verbrannt.

Alexander Friedmann konnte sich in seiner Wohnung beim Heraustreten aus der Dusche gerade noch abtrocknen und anziehen, zu mehr hat ihn der überraschend aufgetauchte Polizeibeamte der zugehörigen Dienststelle, namens Eduard Pospischill, in Begleitung seiner ziemlich attraktiven Kollegin, namens Irene Moritz, nicht mehr kommen lassen.

Für sein eigenes verwirktes Leben wird er all das als Trost empfinden, was die im Laufe der Zeit bei ihm eintreffenden Briefe von Luise, Paula, Benedikt, Xaver und Clara aus deren Leben erzählen.

67

HÖCHST UNSANFT WAR ER, der Pospischill, da hat er noch gar nicht gewusst, wen dieser Verbrecher auf der Rückbank des Streifenwagens beinah umgebracht hätte. Seinen alten Schulkollegen und Freund Willibald Adrian Metzger!

Und Irene Moritz ist ja von vornherein nicht zimperlich, schon gar nicht mit Mördern. Die Tage vor seiner Verlegung wird Alexander Friedmann entsprechend so schnell nicht vergessen.

Kein Wunder, dass sich der Metzger dann von seinem etwas in Vergessenheit geratenen Freund einiges anhören muss. Natürlich mit wohlwollender Ironie!

Eduard Pospischill wird sich nämlich in Zukunft hüten, den Willibald in Zusammenhang mit kriminalistischen Angelegenheiten so schnell für blöd zu verkaufen wie bisher: »Und wenn du, solltest du wieder einmal herumschnüffeln, deine Jacketttaschen ausräumst, erlebst du vielleicht auch deine Pension!«

»Erleben vielleicht, aber ob ich davon leben kann, ist ein anderes Kapitel. Dank unseren Pensionen werden wir alle einmal ziemlich abgebrannt sein, sag ich dir, so wie ich übrigens beinah am Hirzinger-Dachboden, wenn sie ausgeräumt gewesen wäre, die Jacketttasche!«

Ob die Kontaktaufnahme durch den Kommissar die eingefrorene Beziehung der beiden retten und neu zum Erblühen bringen kann, bezweifelt der Metzger noch ein wenig. Aber es ist zumindest ein Anfang.

Was das Thema Freundschaft betrifft, ist eine ehrliche Eiszeit ja oft fruchtbarer als ein unehrliches Dauerhoch.

Ein Hoch erleben der Willibald und die Danjela während ihrer drei Tage im Sonnenhof. Schuld sind nicht das edle Ambiente, die üppige Verköstigung und die mannigfaltige Pflege an Leib und Seele, die sich der Metzger mit viel Überwindung dann doch gefallen lassen lernt, schuld ist die Stimmung der beiden. Die gedrückte Stimmung.

Mit einer unbeschwerten Holadrio-Haltung lässt es sich zwar recht vergnüglich im Stangenwald der gebotenen Aktivitäten von einer zur nächsten preschen, als wäre man ein vom stinkreichen Papa finanzierter zweiunddreißigjähriger Pseudo-Jus-Betriebswirtschafts- oder Medizinstudent auf dem Arbeitsweg von einer Vernissage, Eröffnung, Modenschau, Premiere, Geburtstagsfeier und Promille-Grenzüberschreitung zur nächsten, den Blick dabei immer nach vorn gerichtet. Der gemächliche Gleiter allerdings bemerkt, was sich links und rechts des Weges so abspielt. Und dass der Mensch umso besser sieht, je mehr er zum Sehsinn bedächtig sein Herz dazuschaltet, ist ja kein Geheimnis.

Bei einer gedrückten Stimmung läuft nun das Gefühlszentrum von vornherein schon auf Hochtouren, besonders wenn sich vor Kurzem das eigene Ende deutlich abgezeichnet hat. Entsprechend anlehnungsbedürftig ist auch der Metzger. Und anlehnungsbedürftig sein kann der Willibald seiner anschmiegsamen Danjela gar nicht genug.

Schön ist das, wenn sich zwei Schultern in der Mitte treffen, aneinanderkippen und sich vorm Umkippen bewahren, wenn dieses symbolisch verkehrte V, dieses Dach, wie ein sicheres Notquartier zwei Menschen davor beschützt, weiter allein im Regen stehen zu müssen.

Mehr Niederschlag könnte der Willibald momentan auch nicht ertragen. Zu sehr kämpft er mit den Ereignissen der letzten Tage und einer düsteren Erkenntnis:

Die größten Enttäuschungen und Dramen finden innerhalb der Familie statt. Dort, wo Menschen unter der Gnade eines erfolgreichen Zeugungsakts das Recht verstehen, hinter verschlossenen Türen mit dem entstandenen Leben tun und lassen zu können, was sie wollen. Genau dort erweist sich für das entstandene Leben der erfolgreich vorangegangene Zeugungsakt nicht immer als Gnade.

Und während die einen vergeblich alles unternehmen, um ihrer Liebe ein Gesicht, einen Namen und eine Stimme zu geben, schmeißen die anderen ihre Kinder aus dem Fenster, werfen sie in den Müll oder stecken sie in Brand.

Sie haben lange keinen Fernseher gehabt, der Willibald und seine Mama, und heute noch liegt ihm der Duft in der Nase, wenn ihn seine Erinnerung an der mütterlichen Hand zum Seitenaltar der kleinen Kirche ums Eck schickt, vor dem er zuerst mit einem Streichholz ein Kerzerl entzünden und es dann zu den anderen flackernden Lichtlein stellen durfte.

»In die Reihe ganz unten«, hat seine Mutter immer gesagt, »damit wir schön bescheiden bleiben!«

Das mit dem Kerzerl hat zeitgleich mit der Anschaffung des Fernsehers aufgehört. Kurz gefunkt und gerochen hat es zwar auch ein wenig beim Einschalten, aber das, was es zu sehen gab, gab so wenig Grund zur Hoffnung, dass sie dann bei den Nachrichten auch immer was mit »ganz unten« gesagt hat, seine Mutter: »Jetzt ist der Mensch ganz unten gelandet. Nein, Willibald, auf dieser

Erde gibt es keinen Gott. Gott hat die Menschen längst sich selbst überlassen, da hilft auch kein Lichtlein mehr! Und am ärmsten dran sind die Kinder!«

Dann hat sie ihn zu sich gedrückt, den Willibald. Und zu sich gedrückt hat sie ihn erst, da war sein Vater längst ausgezogen.

Der Metzger weiß, welch großes Geschenk ihm mit seiner Mutter bereitet wurde. Sie hat ihn nicht nur geboren, sie hat ihm auch sein Leben gegeben, und gerade das ist nicht selbstverständlich.

Ein einziger ich- und herrschsüchtiger Mensch reicht in Verbindung mit der oft als Harmoniebedürfnis hingestellten Widerspruchslosigkeit der anderen aus, um eine ganze Sippschaft mit tief gehenden Brandmalen zu versehen.

Es kann der einzige Weg ins eigene Leben sein, seine Ursprungsfamilie zu verlassen, und es kann der schlimmste Weg aus dem eigenen Leben sein, von der Familie, deren Ursprung man selbst ist, verlassen zu werden.

Die Straßen sind voll von einsamen Geflohenen und verlassenen Einsamen.

Ohne die Hand seiner Danjela würde im Willibald ein Gewitter niedergehen und ihn innerlich überfluten, auch weil er mit all seinen dunklen Gedanken nicht an der eigenen Herkunftsgeschichte vorbeikommt.

Da ist es wirklich ein Segen, mit welcher Entschlossenheit sich die Djurkovic ganz der Verwirklichung ihrer für diese Tage festgelegten letzten Grundsäule der Rehabilitation widmet: »Machen wir hier jetzt nur, was wirklich ist gut für Erholung, für Herz, für gute Gedanken, wo ist gute Atmosphäre, ohne Stress und ohne viele Leute!«

Lediglich gestört von kurzen Unterbrechungen durch die Polizei oder den verständlicherweise wissbegierigen Professor Berthold, gelingt es den beiden überraschend gut, dieses Baumeln der Seelen.

Ein Baumeln, das es in keinem Reisebüro zu buchen gibt. Denn die Seele auf Knopfdruck baumeln lassen, als wäre sie der rechte Arm, das linke Bein, der füllige Bauch oder andere Kleinigkeiten, das geht nicht. Wie kann etwas zwischen Hin- und Rückcharterflug baumeln gelassen werden, das außerhalb dieser überteuerten Tage weder registriert wird noch genau beschrieben werden kann.

Maximal lässt die Seele den Menschen baumeln, weil sie ihn entweder hängen lässt oder weil sie selbst in angenehme Schwingung geraten ist und er zwangsweise mitschwingt.

So schwingen sich also die Danjela, der Willibald und dort, wo es erlaubt ist, auch Edgar von einem wohligen Ort zum nächsten. Und weil der Hund der Hausordnung entsprechend eigentlich gar nicht im Sonnenhof und folglich ausnahmsweise nur im Djurkovic-Zimmer sein darf, verbringen die drei viel Zeit an der frischen Luft. Was ohnedies in vollem Umfang der letzten von Danjela Djurkovic festgelegten Grundsäule der Rehabilitation entspricht.

Nur am Abend ist es mit dem Finden des wohligen Ortes keine leichte Angelegenheit, denn in der Kuranstalt herrscht eine Umtriebigkeit, die der Metzger mit: »Da geht's ja zu wie bei einer Versteigerung!« kommentiert, was ja in Anbetracht der aufpolierten Kurgäste gar kein so schlechter Vergleich ist.

Demzufolge schleppt die Danjela den Willibald in ihre verbotene kleine Schweigeoase.

Leer wirkt das Aquarium und zeigt sich in seiner ganzen unglaublichen Größe.

Irgendwie verloren schwimmen ein paar bunte Fische herum.

Genauso wie die Dimension des Beckens überwältigt den Restaurator die Entspannungsliege, nicht als Möbelstück an sich, sondern weil sie ihrem Namen wirklich alle Ehre macht.

»Da steh ich heute nicht mehr auf, in diesem Friseursalon!«, meint er wohlig grunzend mit schelmisch auf Danjelas Kurzhaarschnitt gerichtetem Blick.

In Verbindung mit der zur Frisur gehörenden Geschichte ist es für die rührige Djurkovic jetzt allerdings vorbei mit der Idylle: »Weiß ich, war nicht richtig, ihre Aufenthalt in Kuranstalt, aber gehen sie mir jetzt schon ab, meine Haifische!«

Nur eine beschriftete Tafel mit einer entsprechenden Abbildung erinnert an die ehemaligen Gäste. Und weil der Metzger direkt daneben liegt, liest er beinah andächtig vor:

»*Der Schwarzspitzenriffhai ist ein wendiger Dauerschwimmer. Er kommt in weiten Teilen des Indischen und des westlichen Pazifischen Ozeans vor. Streckenweise ist er auch im Roten Meer zu finden und von dort über den Sueskanal ins Östliche Mittelmeer gelangt, wo diese beiden Exemplare beheimatet sind. Er bewohnt grundsätzlich nur Flachwasserbereiche, hier lebt er zumeist in Korallenriffen oder flachen Lagunen. Auch in …!*«

»Willibald bitte, hörst du auf mit Lesen. Ist so traurige Geschichte. Außerdem, was heißt, in Östliche Mittelmeer beheimatet sind. Muss heißen beheimatet waren, bevor Idioten haben herausgefischt und lebenslänglich eingewiesen in Kuranstalt. Hoffentlich sind Fische jetzt im Himmel. Sind wie Kinder, Tiere. Wehrlos gegenüber Mensch!«

Und während es dem Metzger bei »Östliches Mittelmeer« diesen unsäglichen Pfarrer Bichler auf die geistige Bildfläche treibt, treibt der Pfarrer Bichler gerade mit schwarzer Badehose, weißem Leibchen und seinem silbernen Kreuz gemütlich durchs Wasser, den Herrn preisend für seine Schöpfung.

»Na, meine zahnlose Willibald, bist du auch wendige Dauerschwimmer!«

Es ist der letzte Spätnachmittag vor ihrer gemeinsamen Abreise, und die Djurkovic steht wie ein Bademeister am Steg, während der Metzger am Seeufer seinen weißen Sonnenhof-Bademantel ablegt, der sich von der darunter zum Vorschein kommenden Haut im Farbton kaum abhebt.

Zu dem über den See hallenden und vor allem alles andere als ernst gemeinten Pfiff seiner Danjela hat der Metzger nichts weiter zu sagen als: »Dafür hab ich die weitaus schöneren Füße als dein Ex Jakob Förster!«

Ohne mit der Wimper zu zucken, steigt er, bekleidet mit bis zu den Knien hinunterreichenden ausgeborgten grünen Shorts, ins Wasser und beginnt, während sich die Badehose aufbläht wie ein läufiger Laubfrosch, mit der Präsentation seiner Schwimmkünste.

In Brustlage ähneln seine äußerst gemächlichen Bewegungen zwar insofern den offiziellen Tempi, weil er seine Hände vor sich kreisförmig durchs Wasser bewegt; auf dem Rücken allerdings betreibt der Metzger nichts anderes als den toten Mann mit gelegentlichen Ruderschlägen der Arme und sporadischen Grätschbewegungen der Beine.

Grad dass er nicht stehen bleibt.

Das, was er da veranstaltet, hält ihn jedoch über Wasser, und genau darauf kommt es an. Die Djurkovic kann sich kaum halten vor Lachen und meint unter Tränen: »Ist eine Wunder, dass so große, gewichtige Mann geht nicht unter bei so kleine Arme- und Beinetempo! Liegt wahrscheinlich an Luftpolster in Badehose! Wendige Schwimmer passt nicht, aber mit Dauerschwimmen könnte klappen!«

Gemächlich schwimmen die beiden nebeneinanderher, die tief stehende Sonne wirft ihre Strahlen ins grünlich schimmernde Wasser. Lange Zeit gleiten sie schwerelos dahin. Leicht fühlt sich alles an.

Und wie der Willibald dann langsam aus dem Wasser steigt, spürt er auch in Anbetracht der doch erheblichen zu bewältigenden Körpermasse, dass sie wieder zurück sind: seine inneren Kräfte.

Und so wird später, an diesem lauen Sommerabend, ihr letzter Spaziergang entlang des Seeufers ein glückerfülltes Dahinschlendern, jeder in sich versunken voll Vorfreude auf zu Hause. Wobei der Metzger zwecks Psychohygiene beschließt, die Biedermeier-Esszimmergruppe unrenoviert zum Verkauf anzubieten. Er braucht diesbezüglich absolut kein Erinnerungsstück in seinem Leben: nicht den Tisch mit den acht Stühlen als skurriles Schaubild einer erschütternden Familienaufstellung und auch nicht den lieblichen Beistelltisch im Abseits, für den der Metzger bei seinem kleinen Gedankenexperiment keine Person mehr übrig hatte. Und gut ist es, dass er dieses namenlose Unikat nicht behält, denn obwohl es nicht wirklich zur Esszimmergruppe dazugehört, seine Verwandtschaft ist ihm deutlich anzusehen.

Bis zur letzten Bank am Ostufer des Sees marschieren sie in seliger Zufriedenheit dem selbst ernannten Leitwolf Edgar hinterher. Dort fällt dann wortlos der einstimmige Beschluss, Platz zu nehmen, zu dritt, um dem versinkenden Tag zusehen zu können.

Hier sitzt er, Willibald Adrian Metzger, rechts von ihm eine etwas schwer atmende, lächelnde, wunderschöne Frau, seine Frau, links von ihm der zum Kind der Kinderlosen, Einsamen oder Menschheitsverächter vermenschlichte Hund, sein Hund.

»Wie eine kleine Familie«, geht es ihm gerührt durch den Kopf.

Kein Wunder, dass dem Metzger, dem einst ewigen Einsiedler, bei solchen Gedanken einmal mehr das größte Wunder seines bisherigen Lebens bewusst wird: Danjela Djurkovic.

Behutsam nimmt er ihre Hand, während sie zusammen dem letzten Leuchten der untergehenden Sonne hinterherblicken. Es gäbe wohl kein schöneres Motiv für einen der von Danjela bevorzugten Herz-Schmerz-Filme. Willibald Adrian Metzger weint.

»Ich bin so froh, dass es dich gibt. So froh!«, flüstert er hinaus zum schimmernden See.

68

Anton & Ernst – Die Letzte

Anton: Jetzt schaust du aber …!

Ernst: Wie oft noch?

Anton: Wie oft noch, was?

Ernst: Wie oft muss ich dir noch sagen, was du für ein Teufelskerl und Draufgänger bist – der übrigens aus lauter Dickköpfigkeit beinah selbst draufgegangen wäre. Ja, du als überraschender König der Lüfte hast das Unmögliche möglich gemacht, und ja, du hast recht gehabt: Alles darf man sich wünschen! Wir sind wieder zu Hause. Dank dir. Dir ganz allein. Du bist knallhart wie ein Killer, obwohl du kein Killerwal bist, bist ein Hammer, obwohl du kein Hammerhai bist, bist einfach spitze, und deshalb bist du auch ein Spitzenhai. Zufrieden?

Anton: Nicht schlecht. Trotzdem, obwohl ich der Ansicht bin, dass du dich gar nicht oft genug bei mir bedanken kannst, hab ich das nicht so gemeint!

Ernst: Was hast du nicht so gemeint?

Anton: Das mit dem ›Jetzt schaust du aber‹. Du hast mich nämlich wieder einmal, wie du das übrigens die ganze Zeit machst, nicht ausreden lassen. Damit kannst du jetzt ein für alle Mal aufhören, denn jemanden unterbrechen heißt nichts anderes, als diesen jemand nicht richtig ernst nehmen. Und jemand, der Ernst heißt, wird …

Ernst: Ich hab dich schon verstanden!

Anton: Nein, verdammt noch mal, hast du offenbar nicht!

Ernst: –

Anton: –

Ernst: Du hast ja recht, tut mir leid. Ehrlich. Also, wie hast du's dann gemeint?

Anton: Ich wollte sagen: Jetzt schaust du aber bitte kurz mal hinauf.

Ernst: Ach so.

Anton: Na, jetzt schau schon!

Ernst: Ich fass es nicht! Mensch, da schwimmt ja ein Poseidonopfer!

Anton: Mensch ist richtig, weil Pferd ist es schon wieder keins. Aber so schlecht hat der letzte Happen ja auch nicht geschmeckt.

Ernst: Wahnsinn, was der für ein riesiges silbernes Glitzerteil mit sich herumschleppt. Und schau, der hat ja Flossen!

Anton: Das nennt man, glaub ich, Zehen.

Ernst: Das weiß ich schon. Aber die zwei großen da, die eigentlich gewaltig großen, das sind ja keine Zehen mehr, das sind Seegurken. Grauslich!

Anton: Grauslich? Also ich find, die schaun ziemlich knackig aus.

Ernst: Wollen wir jetzt reden, oder wollen wir …

Anton: Halleluja! Das Glitzerteil gehört mir!

Liebe Leser,

können Sie mich brüllen hören in Ihren Händen? Dieser herzhafte Lebensschrei geht Sie an. Sie, meine Geburtshelfer, die Sie sich gerade hinter diesem Buch verstecken. Nur keine falsche Bescheidenheit! Bücher, die nicht gelesen werden, sind Fische ohne Wasser, Wolken ohne Himmel und Planeten ohne Weltall. Erst durch Sie, wie Sie da sitzen, liegen, stehen wohl eher nicht, bin ich zur Gänze in dieses schreibende Leben gerutscht. Ihnen gebührt mein aufrichtiger Dank, aus ganzem Herzen. Genauso wie:

* meiner Frau und Vertrauten Simone, die mich so nimmt, wie ich bin, wodurch ich der sein kann, der ich bin;
* meinem brüderlichen Weggefährten Günther Wildner, ohne den nichts so wäre, wie es ist;
* dem Piper Verlag, allen voran Thomas Tebbe, Michaela Kenklies, Wolfgang Ferchl und Hans-Joachim Hartmann, die ein herzhaftes »Ja« zu mir und W. A. Metzger gesagt haben; im Besonderen Thomas Tebbe, der mich in weiterer Folge mit allerhöchster Professionalität so freundschaftlich an die Hand genommen hat;
* allen Menschen, die beruflich oder ehrenamtlich dem Medium Buch und somit uns Autoren verbunden sind;
* dem Haiexperten im Haus des Meeres Robert Riener, dem Akupunkturpapst Dr. Josef Stockenreiter, dem Kfz-Guru und Freund Oliver Breinsberg, dem unbekannten Herrn am anderen Ende der Leitung zur Feuerwehr;
* dem Leykam Verlag, Christine Wiesenhofer und Martin Schlieber für den unvergesslichen gemeinsamen Weg.

Dieses Buch widme ich meiner Frau Simone.
Familie kann alles sein.